ANDREA SCHACHT

Kyria & Reb
Bis ans Ende der Welt

Zu diesem Buch:

Die siebzehnjährige Kyria gehört im Überwachungsstaat New Europe zu den privilegierten Familien und hat eine vielversprechende Zukunft als Novizin im Tempel der Matronae vor sich. Doch die Berichte über rebellierende Ausgestoßene, deren Proteste gegen die totale Überwachung von der Staatsgewalt grausam niedergeschlagen werden, häufen sich und schüren in Kyria Zweifel an dem perfekt gesteuerten System. Als sie dann erfährt, dass die tödliche Krankheit, die schon seit ihrer Kindheit in ihrem Körper schlummert, vermutlich ausgebrochen ist, und sie nicht mehr lange zu leben hat, steht ihr Entschluss fest: Sie will die ihr noch verbleibende Zeit in Freiheit verbringen! Gemeinsam mit dem Draufgänger Reb, einem der Ausgestoßenen, flieht Kyria in die unabhängigen Reservate. Doch die Schergen des Systems setzen alles daran, sie zurückzuholen. Außerdem scheint eine seltsame Seuche umzugehen, die alle befällt, die sich der Macht von New Europe entziehen. Wird es Kyria und Reb dennoch gelingen, ihren Traum von Freiheit endlich zu verwirklichen?

Über die Autorin:

Andrea Schacht hat lange Jahre als Wirtschaftsingenieurin gearbeitet, bis sie sich entschloss, ihre wahre Leidenschaft, das Schreiben, zu ihrem Beruf zu machen. Vor allem mit ihren historischen Romanen um die Kölner Begine Almut Bossart erlangte sie große Bekanntheit. Ihre Bücher stehen regelmäßig auf den Bestsellerlisten.

Die Romane von Andrea Schacht bei LYX:

Kyria & Reb
1. Kyria & Reb – Bis ans Ende der Welt
2. Kyria & Reb – Die Rückkehr *(erscheint Oktober 2015)*

Jenny & Ghizmo
1. Die Nacht, in der der Kater sang *(erscheint Februar 2016)*

Weitere Romane der Autorin sind bei LYX in Vorbereitung.

ANDREA SCHACHT

KYRIA & REB

BIS ANS ENDE DER WELT

Roman

LYX
EGMONT

Taschenbuchausgabe © April 2015 bei LYX
verlegt durch EGMONT Verlagsgesellschaften mbH,
Gertrudenstr. 30–36, 50667 Köln

1. Auflage
Umschlaggestaltung und Artwork: © Birgit Gitschier,
Augsburg unter Verwendung mehrerer Motive
von Shutterstock (Valery Sidelnykov)
Satz: Greiner & Reichel, Köln
Printed in Germany (670421)
ISBN 978-3-8025-9740-4

www.egmont-lyx.de

MIX
Papier
FSC® C083411

DRAMATIS PERSONAE

IN NUYU (NEW EUROPE)

Kyria	*18-jährige Tochter einer Ministerin, ihr Vater ein Gendefekter*
Reb	*19-jähriger Rebell aus der Subcultura*
Isha La Jonquilla	*Kyrias Mutter, hochrangige Ministerin*
Bonnie Cordialla	*Kyrias Duenna, Freundin und Vertraute*
Saphrina Lascar	*Hohepriesterin des Matronentempels*
Dr. Martinez	*Kyrias Ärztin*
Delbert	*ein öliger Reporter aus der Civitas*
Maie	*Chefermittlerin der Amazonen*
Ole MacFuga	*Stallbursche bei den Wagenlenkern*
Senor Cassius	*ein Büchernarr in der Subcultura*
Camouflage	*ein Wechselbalg*
PanDemicaProtect (PDP)	*Pharmakonzern*

IM RESERVAT

Louise und Berti	*Reiseleiter in den Reservaten*
Dr. Grenouille	*gutmütiger Arzt in Brest*

Alvar TerHag	*Rebs Vater, ein Ausgestoßener*
Hazel	*19-jährige Bretonin, Kyrias Freundin*
Willow	*Hazels weise Großmutter*
Jenevra	*Hazels Mutter, Heilerin*
Gort	*Hazels Vater, Gutsherr*
Maple	*Hazels Tante, Marktfrau*
Tilia	*Hazels Tante, Töpferin*
Elmo	*Hazels Onkel, Mechaniker*
Pecker	*Betreiber des Radiosenders La Forteresse*
Fluke	*ein süßer Fischer und Schmuggler*
Ember	*Hazels glutvolle Freundin*
Milan	*Discjockey von La Forteresse*
Tim und Kevin	*zwei Nerds aus NuYu*
Piper	*Zimmermädchen in der Lodge von Erquy*
Martin le Maniaque	*ein Dämon aus der Hölle*

TEIL 1

DIE FLUCHT DER REBELLEN

GEBURTSTAGSFEIER

Über den großen Wandbildschirm liefen im Halbdunkel schreiende Menschen. Ein Scheinwerfer schwenkte seinen grellen Strahl durch die Gasse, Blaulicht zuckte über die uniformierten Amazonen, die mit gezogenen Waffen einige zerlumpte Männer verfolgten.

Über das Knattern der beiden Hubschrauber hinweg kommentierte die ölige Stimme des Reporters das Geschehen.

»Den Einsatzkräften ist es gelungen, die gewalttätigen Mitglieder der Subcultura zu vertreiben. Doch es hat Opfer gegeben.«

Die Kamera schwenkte auf zwei Männer, die an einer Hauswand lehnten und von Sanitäterinnen versorgt wurden.

Das Gesicht des Reporters, die Stirn in ernste Falten gelegt, schob sich in Großaufnahme vor die Szene.

»Unsere tapferen Helden aus der Civitas haben die junge Frau vor den Übergriffen der Ausgestoßenen beschützt. Sie wird soeben in ärztliche Behandlung übergeben. Leider kann ich Ihnen nicht berichten, in welchem Zustand sie sich befindet, doch ich fürchte, er ist ernst.«

Sirenen heulten, eine Ambulanz entfernte sich.

Wieder zeigte man die Straßenszene. Noch immer flohen zerlumpte, magere Gestalten an den Häuserwänden entlang, brachen unter den Schüssen der Amazonen zusammen. Einer von ihnen fiel direkt vor der Kamera auf den Asphalt. Gekrümmt vor Schmerzen, das Gesicht blutüberströmt. Eine Polizistin sprang über ihn und versetzte ihm dabei einen fiesen Tritt in den Magen.

Er krümmte sich noch mehr zusammen. Eine Sanitäterin ging an ihm vorbei, ignorierte ihn. Die Kamera hielt nach wie vor auf ihn, er schien mich direkt anzusehen.

»Mach das aus, Kyria. Das ist ja grässlich!«

Ja, grässlich war es, aber auch irgendwie wichtig. Derartige Bilder wurden höchst selten gesendet.

»Guck weg, Bonnie«, riet ich meiner Freundin und schob sie von dem Bildschirm fort.

Noch immer hielt die Kamera auf den armen Kerl, der verletzt am Boden lag, und noch immer liefen Amazonen und Sanitäterinnen an ihm vorbei, ohne ihm zu helfen.

Ich merkte, dass ich mit den Zähnen knirschte. Delbert hingegen berichtete ungerührt weiter über die Zustände in den Straßen von La Capitale, über die tapferen Civitates und die Banden der Ausgestoßenen, die sich Subcults nannten und für Unruhe sorgten.

Der Junge schien jemanden zu sehen, richtete sich mühsam auf und stöhnte: »Mama!«

»Was für ein Jämmerling!«, schnaubte Bonnie und schaltete das Gerät aus. »Kyria, du musst dich umziehen.«

Bonnie ist meine Duenna – sieben Jahre älter, aber gut einen Kopf kleiner als ich. Zur Feier des Tages – meines Tages! – hatte sie ein blassgelbes Gewand gewählt, das sie zusammen mit ihrem blonden Haargekräusel und ihren riesigen braunen Kulleraugen wie ein flauschiges Küken aussehen ließ. Ich hingegen habe lange Beine und einen langen Hals, und in dem apricotfarbenen Gewand mochte ich gut als ausgewachsener Flamingo durchgehen. Bonnie wuselte um mich herum, zupfte hier, strich dort ein Fältchen glatt und bot mir dann einen Teller mit Krokantpralinen an. Ich erwog kurz, eine zu nehmen, aber das Essen, das wir eben hinter uns hatten, lag mir noch schwer im Magen.

»Später, Bonnie, ich bin pappsatt. Ich fühle mich so, als müsste man mich gleich in den Saal rollen.«

»Aber nein, Kyria. Du bist so schlank. Du könntest ruhig häufiger naschen.«

Schlank war höflich ausgedrückt – eigentlich war ich mager.

Aber was bedeutete das schon?

»Dieser Ole ist wieder um dich herumgeschlichen, Kyria. Das solltest du unterbinden«, meinte Bonnie. »Er hat zwar die richtige Herkunft, aber du solltest ihn wirklich meiden, Kyria. Er ist ein solcher Trottel. Schon wie er aussieht.«

»Ich finde ihn nett«, verteidigte ich mich schwach. Bonnie hatte schon häufiger über Ole MacFuga gelästert, und ich wollte jetzt, kurz vor dem großen Auftritt, keine Diskussion mit ihr anfangen.

Das blieb mir auch erspart, denn meine Mutter betrat das Zimmer.

»Bonnie, man hat mir gemeldet, dass sich auf der Aussichtsterrasse an dem Rosenspalier ein Hornissennest gebildet hat. Rufen Sie den Gärtner, er soll es umgehend entfernen. Ich möchte nicht, dass es zu Unannehmlichkeiten während des Feuerwerks kommt.«

»Sofort, Ma Dama Isha. Kyria, wir treffen uns unten.«

Dann war ich mit meiner Mutter allein.

Ich wappnete mich.

»Kyria, heute ist dein großer Tag. Wir wollen unsere Streitereien begraben. Ich bin unglaublich glücklich, dass wir ihn zusammen …«

Sie drückte die Hand an den Mund, und ihre Augen schwammen in Tränen.

Ich biss mir auf die Lippe. Meine Mutter war für gewöhnlich alles andere als rührselig. Sie war beherrscht und kühl.

Aber ich verstand schon – ja, ich verstand. Die Chancen, dass ich mein achtzehntes Lebensjahr erreichen würde, hatten nicht besonders gut gestanden. Immerhin, mir war es gelungen zu überleben.

»Schon gut, Mama. Streiten wir nicht mehr«, sagte ich versöhnlich und machte einen Schritt auf sie zu.

Sie hatte sich wieder gefasst und lächelte mich an.

Meine Mutter ist eine schöne Frau, und wenn sie lächelt, bezwingt sie die Massen. Ich merkte, dass ich sie ebenfalls anlächelte.

»Es ist ein rauschendes Fest, Kyria. Du hast bei dem Empfang vorhin eine würdige Figur gemacht. Und auch jetzt, auf dem Ball, wirst du unsere Gäste bezaubern. Ganz besonders, hoffe ich, unseren Überraschungsgast.«

»Einen Überraschungsgast? Wen hast du eingeladen? Die Landesmutter persönlich?«

So etwas sähe Ma Dama Isha ähnlich, dachte ich.

»Nein, nein, so hoch habe ich nicht gegriffen. Wart es ab. Und nun, mein Kind …« Sie öffnete ein Kästchen, das sie in der Hand hielt, und holte eine goldene Kette heraus. »Hier, ein Erinnerungsstück an diesen Tag.«

Ich starrte den Anhänger fassungslos an. Ein goldener Kranz, vielleicht drei Zentimeter im Durchmesser, mit einem komplizierten Muster versehen, darunter ein silbernes Kreuz, verziert mit verschlungenen Linien, ergaben zusammen das Symbol unseres Landes: den Venusspiegel. Viele trugen es, doch in dieser kostbaren Form wohl nur wenige. Zumal dort, wo das Kreuz in den Kreis überging, ein klarweißer Brillant funkelte.

Ein Schauer kroch mir über den Rücken.

»Beug den Kopf, Liebes, damit ich es dir umlegen kann.«

Kühl schmiegte sich das Metall an meine Haut und erwärmte sich langsam.

»Danke, Mama.«

»Bitte, Tochter.«

Ein hauchzarter Kuss berührte meine Wange. Ja, manchmal konnte sie wirklich lieb sein.

Ich schluckte eine kleine Welle der Bitterkeit hinunter – wir mochten für heute Frieden geschlossen haben, aber unsere Auseinandersetzungen waren damit nicht beendet. Um nicht wieder über meine Zukunft zu reden, deutete ich auf den großen Bildschirm.

»Hast du vorhin die Nachrichten gesehen, Mama?«

»Nein, ich hatte keine Zeit. Ist etwas Besonderes geschehen?«

»Ein Überfall der Subcults auf eine Frau der Civitas. Und sie haben es live gezeigt.«

»Wie bitte?«

»Ja, Delbert hat vom Tatort aus berichtet.«

»Ungewöhnlich.«

»Dachte ich auch. Und vor allem, Mama, die Sanitäterinnen haben sich nur um die Opfer aus der Civitas gekümmert, die anderen haben sie einfach verletzt auf der Straße liegen lassen. Eine Amazone hat sogar einen von ihnen noch getreten.«

Meine Mutter bekam schmale Lippen. »Ich kümmere mich morgen selbst darum, Kyria. Aber jetzt«, sie schaute auf die Uhr, »vergessen wir das. Es ist dein Tag. Der Ball beginnt!«

Ich folgte ihr bereitwillig. Wenn die Dama Isha sich selbst um die Angelegenheit kümmern wollte, würde es Folgen haben. Auch wenn meine Mutter Ministerin für Wirtschaft und Verkehr war, so hatte sie doch genügend Einfluss, auch in anderen Staatsangelegenheiten gehört zu werden.

Sie zählte zu denen, die alles erreichten, was sie sich vornahmen. Manchmal machte sie mir damit Angst.

Aber nun traten wir auf die Empore, und ein sanfter Schubs von ihr brachte mich dazu, vor ihr die Treppe hinunterzugehen. Besser, zu schweben. Wie Bonnie es mir beigebracht hatte.

Das Orchester spielte eine triumphierende Musik, und alle unsere Gäste sahen zu mir auf und applaudierten. Das Rauschen erfüllte meine Ohren. Ein leichter Schwindel packte mich.

Nicht jetzt, flehte ich. Nicht gerade jetzt. Viel zu oft hatte ich in den vergangenen Monaten unter Schwindel und Übelkeit gelitten. Ich atmete tief ein.

Es ging wieder.

Ole MacFuga lächelte mich an, verbeugte sich. Ich fand, dass er gut aussah mit seinen breiten Schultern, dem langen sandfarbenen Zopf und den geraden dunklen Brauen. Auch wenn für Männer ein ganz anderes Schönheitsideal galt.

Als ich den letzten Absatz der weit geschwungenen Treppe erreicht hatte, hielt mich eine leichte Berührung an der Schulter zurück. Ich blieb stehen, spürte meine Mutter hinter mir.

Die Musik brauste auf und ging in die Hymne der Großen Mutter über.

Verdammt, Ma Dama Isha hatte ihre Freundin überredet, uns zu beglücken.

Ich hätte es wissen müssen!

Acht blumengeschmückte Priesterinnen tanzten mit schwingenden, goldbestickten Gewändern in den Saal. »Pomp and Circumstance« – das wussten sie zu zelebrieren. Begeistert klatschte man im Takt der Musik. Die Tänzerinnen teilten sich schließlich in zwei Gruppen und bildeten ein Spalier, durch das nun Ma Donna Saphrina selbst in den Saal schritt. Hochgewachsen, in einen prachtvollen Ornat gewandet, die goldblonden Haare zu einer Krone geflochten, auf dem Arm ein kleines Kind, das seine Arme um ihren Hals schmiegte – die Inkarnation der Großen Mutter, die Hohepriesterin des Matronentempels.

Sie nahm gelassen die Huldigungen der Menge entgegen und ignorierte die zahlreichen Medienvertreter, die eifrig Aufnahmen von ihr machten.

Vor meinem geistigen Auge erschien wieder das Bild des verletzten Jungen, der blutend auf dem Pflaster lag und um den sich niemand kümmerte.

Erst recht nicht die Große Mutter.

Es war, als würden die Farben verblassen, grau und grämlich werden. Ich hatte meine Erfahrungen mit den Priesterinnen gemacht. Meine Kommentare über sie hatten mir den Ruf eingebracht, eine Zynikerin zu sein.

Insbesondere Bonnie hatte mich schon häufiger als solche getadelt. Sie bewunderte nämlich die Frauen aus dem Tempel, und während sie unten an der Treppe auf mich wartete, strahlte ihr süßes Gesicht vor Begeisterung und Hingabe. Die Handflächen vor der Brust zusammengepresst, verneigte sie sich nun tief, wie alle anderen auch.

Ich hob nur die Rechte zum halben Gruß und senkte ein wenig den Kopf. Mutter hinter mir zischte leise. Aber ich blieb bei dieser Geste, auch wenn sie ungehörig war.

Ma Donna Saphrinas dramatisch geschminkte Augen ruhten auf mir. Sie war zu weit entfernt, als dass ich ihren Ausdruck hätte deuten können. Amüsierte sie die Respektlosigkeit meiner Reverenz, oder war sie empört?

Es war mir egal.

Die Musik erstarb, die Hohepriesterin übergab das Kind auf ihrem Arm einer Frau aus ihrem Gefolge und trat weiter vor. Mutter forderte mich mit einem Stupser auf, die Treppe zu ihr hinabzusteigen. Ich tat es, froh darüber, dass mein Ärger über diesen prunkvollen Auftritt das Schwindelgefühl endgültig vertrieben hatte.

Ich blieb vor der Hohepriesterin stehen und kam nun nicht umhin, die passende, ehrfurchtsvolle Verneigung auszuführen.

Ma Donna Saphrina lächelte und erhob ihre wohlklingende Stimme. Meinen Ehrentag würdigte sie und in vielen Wendungen und Lobpreisungen vor allem das Glück, dass ich ihn bei Gesundheit und voller Freude erleben durfte.

Mir wurde kalt und kälter. Wenn ich um eines wusste, dann um die Zerbrechlichkeit meines Lebens.

Ich war eine Gendefekte. Der Tod lauerte hinter jeder Biegung, heimtückisch und listenreich. Es war nur eine Frage der Zeit, wann er mich holte.

Achtzehn Jahre hatte ich ihm getrotzt – mit Hilfe der ärztlichen Kunst und andauernder Fürsorge.

Die Zukunft – wer mochte wissen, wie lange meine noch währen würde?

Ich hörte nicht, was die Inkarnation der Großen Mutter auf Erden von sich gab. Ich umfasste den Anhänger, der um meinen Hals lag, und versuchte die Wärme darin auf mich überzuleiten, um die düstere Kälte in mir zu vertreiben.

Es gelang nicht.

Was sie aber vertrieb, war der Schock, den Ma Donna Saphrina mir in diesem Augenblick versetzte.

»Und darum, mein liebes Kind, nehmen Wir dich im Tempel der Matronae auf, damit du in Ihrem Dienst dein Leben erfüllst.«

Alles jubelte.

Ich war wie erstarrt.

»Kyria, du musst dich bedanken«, wisperte Mutter hinter mir.

»Ich will nicht!«

»Kyria, es ist eine einmalige Chance. Sie nehmen nur zwölf Novizinnen im Jahr auf.«

Bonnie starrte mich an, Ole zeigte eine unbewegte Miene, Saphrina lächelte abwartend.

Wie eine Schlange, die ihr Opfer fixiert.

Ich stammelte »Danke«.

»Besuche Uns übermorgen im Tempel, mein Kind«, erwiderte die Hohepriesterin, und wie auf ein geheimes Zeichen setzte die Musik wieder ein, begannen ihre Priesterinnen zu tanzen, und sie wandte sich dem Ausgang zu.

Ich drehte mich zu meiner Mutter um.

»Darüber reden wir noch«, keuchte ich.

»Später, Kyria.«

Aber ihr Gesichtsausdruck sagte mir, dass die Entscheidung endgültig war. Sie hatte es zusammen mit ihrer Freundin Saphrina ausgemacht.

Ich saß in der Falle.

In einer mehr.

»Der Ball ist eröffnet«, verkündete meine Mutter, und einer der vielen jungen Männer verbeugte sich vor mir, um mich zum ersten

Tanz zu holen. Vorsichtig und langsam, als wäre ich aus Glas, führte er mich durch das Rund, bis sich andere Paare anschlossen. Dann brachte er mich zurück an den blumengeschmückten Tisch, an dem schon Bonnie wartete. Sie strahlte mich an.

»Was für ein Angebot, Kyria! Ich gäbe Jahre meines Lebens, um nur in einem der minderen Tempel dienen zu dürfen.«

»Unsere Vorlieben sind da sehr unterschiedlich«, sagte ich trocken. Ich wollte nicht darüber reden. Darum war ich froh, als ein weiterer junger Mann um einen Tanz bat.

Mama hatte die Creme der Electi eingeladen, Töchter und Söhne der einflussreichen Frauen in der Capitale. Seide schimmerte, Schmuck glitzerte, Melodien füllten die duftgeschwängerten Räume. Nach zwei weiteren Tänzen war der Schwindel wieder da, und ich war froh, dass Ole sich zu mir gesellte.

»Gehen wir auf die Terrasse, Junora Kyria. Die Luft wird Sie erfrischen.«

»Ja, danke. Es ist stickig hier drinnen.«

Was nicht ganz richtig war, aber ich brauchte Abstand von all den Menschen. Mochte sein, dass ich zu anfällig war. Mich viel zu schnell aufregte, zu empfindlich war. Aber die Bilder der gejagten Subcults wollten mir nicht aus dem Sinn, und das Angebot der Hohepriesterin drückte mir wie ein Bleiring die Seele zusammen.

Ole öffnete eine der Fenstertüren und ließ mir den Vortritt. Der Blick von der Terrasse war wie immer großartig. Unser Haus gehörte zu den Main-Logen, zu unseren Füßen schimmerte der Fluss, in den Parks und Gärten am gegenüberliegenden Ufer blinzelten unter Geäst und Lauben Feenlichter.

»Was bedrückt Sie, Junora Kyria?«

»Was? Oh, Entschuldigung, Junor Ole. Es ist einfach nur so überwältigend, das alles.«

»Die Hohepriesterin ist überwältigend. Hat ihr Angebot Sie überwältigt?«

Er war wohl scharfsichtiger, als Bonnie vermutete. Sicher, bisher hatten wir nur gesellschaftliche Floskeln ausgetauscht, und besonders redegewandt war er mir nicht erschienen. Aber er hatte eine nette Art zuzuhören.

»Es kam … überraschend.«

Er nickte.

Hinter uns raschelten die Vorhänge, ich sah über die Schulter. Bonnie spähte zu uns hin und huschte dann auf die Terrasse.

»Du solltest ein Tuch umlegen, Kyria. Die Nacht ist kühl.«

»Dann hol mir doch eines aus meinem Zimmer, Bonnie.«

Sie stutzte. Gewöhnlich erteilte man seiner Duenna keine Befehle. Aber mir war das im Moment egal. Ich fügte lediglich ein »Bitte« hinzu. Sie machte eine schnippische kleine Verbeugung und ging in den Saal zurück. Eine Duenna sollte vor allem der ihr anvertrauen jungen Dame höfliche Manieren und einen geschliffenen gesellschaftlichen Umgang beibringen. Gerade eben war sie damit gescheitert.

Ole und ich schwiegen einen Moment, dann murmelte ich entschuldigend: »Bonnie schätzt es nicht, wenn ich mich mit Ihnen unterhalte.«

»Weil ich nicht standesgemäß bin?«

»Das sind Sie. Nur Ihre Beschäftigung …«

»Weil ich als Stallbursche bei den Wagenlenkern arbeite? Rieche ich nach Pferd?«

Es lag ein kleines Lachen in seiner Stimme, das mir gefiel. Also schniefte ich einmal undamenhaft und schüttelte den Kopf.

»Es ist eine sehr ehrenvolle Aufgabe, Junora Kyria. Viele von uns stammen aus guten Familien.«

»Ich weiß, und die Wagenlenker sind samt und sonders Berühmtheiten.«

»Besuchen Sie manchmal die Rennen?«

»Bisher nicht, es ist ein Sport für Männer.«

Ich wollte ihm nicht gerne erklären, dass ich mich eigentlich vor Pferden fürchtete, und zum Glück kam Bonnie zurück. Sie hatte sich sehr beeilt, schon trat sie wieder zu mir und legte mir den breiten aprikosenfarbenen Seidenschal um die bloßen Schultern. Ja, sie hatte recht, die Tunika, am Hals hochgeschlossen, doch ohne Ärmel, war zu leicht für den Maiabend.

»Besser, du gehst wieder rein, Kyria. Man erwartet von dir, dass du mit den Gästen plauderst.«

»Das Feuerwerk beginnt in wenigen Minuten«, entgegnete Ole. »Ich führe Junora Kyria zu einem guten Aussichtsplatz.«

»Oh, ja, richtig. Dann geht rüber zu der Laube, von dort hat man den besten Blick über das Wasser.«

Natürlich heftete sie sich an meine Fersen, und kurz darauf betraten auch die anderen Gäste die Terrasse. Unten am Ufer entzündete man die Raketen, am sternenklaren Himmel erblühten feurige Blumen. Funken stiebten aus bengalischen Feuern bis zu uns hoch, und aus den Augenwinkeln sah ich einen direkt neben mir im Laub landen.

Plötzlich schwirrte die Luft um mich herum.

Etwas krabbelte an meinem Arm. Ich schlug danach.

Es stach. Und es brannte.

Es krabbelte noch mehr.

Ich schrie.

Bonnie schrie ebenfalls. Schlug um sich.

Weitere Stiche brannten an meiner Schulter. Ein riesiges Insekt krabbelte über meine Wange.

Stach. Gleich neben meinem Auge.

Ole warf mich zu Boden.

Bonnie schlug weiter um sich.

»Lassen Sie das bleiben, Junora Bonnie. Sie machen die Hornissen nur noch aggressiver.«

Ich versuchte den Schal enger um mich zu ziehen, Ole deckte seine Jacke über mich.

Bonnie rief nach den Sanitäterinnen. Dann kniete sie neben mir nieder und zog aus ihrem Täschchen den Injektions-Pen. Ole erhob sich, stolperte gegen sie. Sie fielen um, der Pen rollte von der Terrasse.

Die beiden Sanitäterinnen kamen angerannt.

Ich ergab mich in mein Schicksal.

Wieder einmal.

»Alles wird gut, Junora Kyria«, sagte die eine und legte mir die Maske über Mund und Nase.

DAS TREFFEN

Besondere Schwierigkeiten, mich zu orientieren, hatte ich nicht, als ich allmählich wieder zu mir kam. Der große Raum, dunkel bis auf eine Nachtbeleuchtung und das bläuliche Licht eines Monitors, war mir zur Genüge vertraut. Im Heilungshaus hatte ich sozusagen mein eigenes Zimmer. Durch eine dünne Kanüle in meinem linken Arm sickerte ein Medikament aus dem Tropf neben mir, man hatte mir die Festgewänder ausgezogen, die übliche, bequeme Krankentunika angezogen. Seide, blassblau, die die Heilung fördern sollte. Das Schmuckstück hatten sie mir gelassen, und natürlich auch das Id, das ich in einem goldenen Gliederarmband am rechten Handgelenk trug.

Das Brennen der Hornissenstiche hatte nachgelassen, ich tastete nach meiner Wange. Sie war nur noch wenig geschwollen – Wunder der Medizin!

Ich wollte hier raus!

Neben mir, in Griffweite, lag das Kommumikations-Tableau. Erste-Klasse-Behandlung hatte so ihre Vorteile. Auf meinen Ruf hin trat kurz darauf die Ärztin ein. Grauhaarig, schlank, scharfnasig, um die Augen müde, doch lächelnd.

»Junora Kyria! Aufgewacht?«

»Wach und munter und bereit, nach Hause gebracht zu werden.«

»Lassen Sie uns sehen!«

Es irritierte mich, von ihr gesiezt zu werden, schließlich betreute sie mich schon mein ganzes Leben lang. Aber vermutlich würde ich mich daran gewöhnen müssen.

»Die Werte sehen gut aus. Vier Hornissenstiche sind zwar schmerzhaft, bringen aber keinen Menschen um.«

»Warum bin ich denn dann hier?«

»Vermutlich weil Ihre Duenna überreagiert hat. Aber schimpfen Sie nicht zu arg mit ihr. Ihr Tag war sicher anstrengend, und hier finden Sie mehr Ruhe als zu Hause. Und einen Schwips ersparen Sie sich auch.«

»Und wenn ich gerne einen hätte?«

»Dann lasse ich Ihnen eine Flasche Champagner bringen.«

Dr. Martinez hatte Sinn für Humor, einer der Gründe, warum ich ihr vertraute.

»Champagner brauche ich nicht, aber machen Sie mich von diesem Tropf los. Ich hasse das Gepiekse und Gepiepse.«

Sie warf einen Blick auf den Bildschirm, gab etwas in die Konsole ein und nickte dann.

»Ja, kann ich machen. Ihre Werte sind stabil. Und Ihre Mutter hat schon auf dem Transport hierhin Ihr Id für uns freigeschaltet. Wenn also irgendeine Unregelmäßigkeit auftritt, werde ich ohnehin alarmiert.«

Mit wenigen geübten Handgriffen befreite sie mich von der Kanüle, und ich reckte mich erleichtert.

»Morgen früh möchte ich aber nach Hause.«

»Schlafen Sie sich aus, und lassen Sie morgen früh von Dr. Bernhart eine Blutprobe entnehmen. Sie prüft dann noch mal Ihre Werte.«

»Warum, Dr. Martinez? Ich dachte, Hornissenstiche sind nicht gefährlich.«

Ihre dunklen Augen sahen mich mit diesem entsetzlich mitfühlenden Blick an, den ich aus tiefster Seele hasste.

»Lassen Sie mich einfach sichergehen, Junora Kyria. Es wird Ihre Mutter beruhigen.«

Ich seufzte. Sie gab sich wirklich Mühe, mich nicht spüren zu lassen, wie besorgt sie war.

»Also gut. Dann bis morgen.«

»Fein. Schlafen Sie jetzt, es ist schon nach Mitternacht. Ich lasse Ihnen ein leichtes Schlafmittel und ein Schmerzmittel bringen, sollten die Stiche Sie plagen.«

Sie beugte sich vor, strich mir leicht über die Wange und verließ den Raum auf leisen Sohlen. Eine Pflegerin brachte kurz darauf die Tabletten und eine Kanne Tee.

Anschließend war ich mir selbst überlassen.

Kurz erwog ich, die Schlaftablette zu nehmen, aber dann entschied ich mich dagegen. Dr. Martinez hatte in einer Sache recht – hier hatte ich weit mehr Ruhe als zu Hause, wo nach dem Ball sicher Bonnie und meine Mutter um mich herumflattern würden, ängstlich beobachtend, ob ich auch wirklich alles unbeschadet überstanden hätte.

Dabei musste ich dringend einen klaren Kopf bekommen. Das Angebot der Hohepriesterin, mich als Novizin in den Tempel der Matronae aufzunehmen, war für jedes Mädchen äußerst schmeichelhaft. Es waren hochbegehrte Positionen, und man musste besondere Qualifikationen vorweisen, um Einlass in das Allerheiligste zu erlangen.

Oder Beziehungen haben.

Meine Mutter war von Jugend an mit Saphrina befreundet.

Sonst hätte ich dieses Angebot nie erhalten.

Andererseits – ich lief auch außer Konkurrenz. Mein Leben würde vermutlich früh genug erlöschen, bevor ich auch nur einer der besser qualifizierten Novizinnen den Rang einer Priesterin streitig machen konnte. Einer Todgeweihten gegenüber konnte die Hohepriesterin großzügig sein.

Zynisch, ich weiß. Aber ich stand der pompösen Selbstdarstellung unserer Religionsführerinnen nicht besonders freundlich gegenüber. Frustriert drehte ich mich im Bett um und knautschte das Kissen unter meinem Kopf zusammen.

Seit ich denken konnte, wusste ich, dass etwas nicht mit mir stimmte. Kinder sind ja nicht doof. Man lauscht und hört, und wenn man auch die Worte nicht recht versteht, so bemerkt man Blicke und Tonfall und verhuschte Bewegungen. Dass ich nicht mit anderen Kindern in die Tagesstätte durfte, sondern eine eigene Kinderfrau hatte, war so ungewöhnlich nicht, aber als alle anderen Gleichaltrigen zur Schule gingen, bekam ich Hauslehrer. Und bei jedem noch so kleinen Unwohlsein landete ich hier im Heilungshaus. Außerdem musste ich alle drei Monate zu allerlei Vorsorgeuntersuchungen. Irgendwann fiel es mir auf, und ich begann Fragen zu stellen.

Antworten bekam ich nur ausweichend – als Tochter einer der wichtigsten Frauen in NuYu gebührte mir natürlich besondere Fürsorge. Aber das Getuschel der Ärztinnen und der Bekannten meiner Mutter ließ mich anderes vermuten. Mit sechs ungefähr erfuhr ich die Wahrheit – eine Erbkrankheit bedrohte mein Leben. Eine Krankheit, die jederzeit aus ungeklärten Gründen ausbrechen konnte und innerhalb kurzer Zeit meine Organe zerstören würde.

Als Kind hatte ich noch nicht so viel Angst davor, aber ich spürte die meiner Mutter. Als ich älter wurde, versuchte ich das alles als übertriebene Aufregung abzutun. Ich fühlte mich gesund und fit. Doch dann fing das mit dem Schwindel an. Vor drei Jahren etwa. Zuerst beachtete ich ihn nicht weiter, er ging schnell wieder vorbei. Aber einmal packte er mich, während ich allein im Park war. Ich fiel hin und verlor für eine Weile die Besinnung.

Seither wusste ich, was Panik war.

Ich verschwieg diese Anfälle, damit man mich nicht sofort wieder in ärztliche Obhut gab. Was man nicht weiß, passiert nicht.

Trotzdem fing ich an, mir Gedanken über Leben und Tod zu machen.

Weil diese Fragen die Religion beantworten sollte – so hatte man mich gelehrt –, hatte ich eine der Priesterinnen des Matronentempels aufgesucht, um mit ihr darüber zu reden. So im Allgemeinen natürlich.

Sie gab mir ein Kräutersäckchen und ein Badeöl mit – zur Entspannung. An einer Zeremonie durfte ich auch teilnehmen, in der mit viel Duft und Gongschlägen und leisem Summen die Güte der Großen Mutter beschworen wurde.

Antworten hatte ich nicht erhalten.

Aber ich suchte noch immer danach.

Ich lebte ja auch noch immer.

Und müde war ich jetzt auch nicht mehr. Ich stand auf, legte mir den breiten Schal über, etwas dunkler im Blau als Tunika und Hose – ja, VIP-Ausstattung, und trat auf den Gang. Irgendwo in diesem Heilungshaus würden sich andere Schlaflose treffen, das wusste ich aus Erfahrung. Hier, und nur hier, war es mir möglich, mich ohne ständige Aufsicht auch einmal ganz ungezwungen mit

Menschen aus der Civitas zu unterhalten. Eine ganze Reihe interessanter Einblicke in das Leben unserer bürgerlichen Mittelschicht hatte ich dabei erhalten. Und nicht nur in deren Leben, sogar ein Mädchen aus den Reservaten hatte ich auf diese Weise kennengelernt. An Hazel erinnerte ich mich oft – sie hatte mir mehr zu denken gegeben als die Matronenpriesterin.

Der Gang war matt erleuchtet, die meisten Türen, die zu den Ruhezimmern führten, geschlossen. Nur am Ende des Ganges befand sich eine fahrbare Trage. So etwas stand oft irgendwo im Heilungshaus herum, doch immer leer.

Auf dieser hier lag jemand.

Und kein Personal weit und breit.

Das war ungewöhnlich. Und ich neugierig.

Ich trat an die Liege und erschauderte. Blutige Lumpen, verschorfte Haut, verklebte dunkle Locken, ein schmutziges Gesicht, geschlossene Augen, eine Wange blau geschlagen, zerbissene, trockene Lippen.

Und ein leises Stöhnen.

Ich erkannte ihn – der Junge, den die Sanitäterinnen ignoriert und die Amazonen getreten hatten. Irgendwer hatte ihn hierhergebracht.

Und unbehandelt liegen gelassen.

Wut kochte in mir hoch. Wut, von der ich gar nicht gewusst hatte, dass sie in mir steckte.

Vorsichtig legte ich dem Jungen die Hand auf die Schulter.

Er öffnete mühsam die Augen. Im Schein des Deckenlichts schimmerten sie grün mit kleinen Goldsplittern. Ich war fasziniert.

»Kümmert man sich nicht um dich?«, fragte ich leise.

»Pff«, sagte er. »Why?«

»Na ja, du siehst nicht gut aus.«

»Ich lieg nicht auf der Straße, okay? Lass mich schlafen. In ein paar Stunden bin ich hier weg.«

»Deine Wunden müssen versorgt werden.«

»Ach ja?«

Er drehte den Kopf zu mir, und ein Ächzen entrang sich ihm.

»Ach ja!«

Ich drückte mein Id fest auf meinen Puls. Das würde eine Horde Pflegerinnen auf den Plan rufen.

»Du warst in den Nachrichten«, sagte ich zu ihm.

»Ach ja? Toll, nicht?«

»Ja. Wie heißt du?«

»Was geht dich das an?«

»Nichts. Aber ich rede Stars gerne mit Namen an.«

Er grinste schief und stöhnte dabei. Seine Lippen mussten ihn schmerzen.

»Sie nennen mich Reb.«

»Reb wie Rebell. Passt, was?«

Die Pflegerinnen trabten an. Ich drehte mich zu ihnen um.

»Warum wird dieser Patient nicht behandelt?«, fragte ich die erste, die eintraf.

»Gehört zu den Subcults, hat keinen Anspruch«, beschied sie mich kühl.

»Ach ja?«, imitierte ich Rebs Tonfall.

»Das wissen Sie doch, Junora Kyria. Gehen Sie von dem Mann weg. Er ist schmutzig und verseucht.«

»Ein Grund mehr, ihn zu behandeln.«

»Er wird umgehend entfernt. Bringt ihn raus«, befahl sie den beiden anderen.

Ich stellte mich ihnen in den Weg.

»Er bleibt und wird versorgt. Oder soll ich meine Mutter informieren?«

Das bremste sie erst einmal.

»Junora Kyria …«, begann die Nächste. Was immer sie einzuwenden hatte, blieb ungesagt, weil Dr. Martinez kam.

»Junora Kyria, was ist vorgefallen?«

»Ich wollte mir etwas Bewegung verschaffen und habe Reb hier im Gang gefunden. Man hat versäumt, ihn zu behandeln.«

Dr. Martinez betrachtete das zerlumpte Wrack beiläufig. »Ein Freund von Ihnen, Junora Kyria?«

»Ja.«

Die Ärztin wandte sich an die Pflegerinnen: »Behandelt ihn entsprechend. OP drei fertigmachen.«

»Sehr wohl, Dr. Martinez.«

»Und anschließend eines der Einzelzimmer«, fügte ich hinzu. »Auf diesem Gang.«

»Wie Sie wünschen, Junora Kyria.«

»Ich wünsche. Und gehen Sie pfleglich mit Reb um.«

Die Abneigung der drei, sich um ihn zu kümmern, war deutlich spürbar, aber sie würden sich wohl an die Regeln der medizinischen Fürsorge halten und dem Jungen nicht noch weitere Schmerzen zufügen. Ein KomLink piepste, der OP war freigegeben. Sie schoben die Trage an mir vorbei.

Reb sah mich an, dann verzog er den Mund zu einem spöttischen Küsschen. »Danke, oh Herrin!«

Ein komischer Kerl. Und woher wusste er, was mein Name bedeutete? Kyria war das griechische Wort für Herrin, und dankbar dafür war ich meiner Mutter nicht. Aber wenigstens hatte sie mich nicht Zarina genannt. Das war derzeit einer der beliebteren Namen bei den Electi.

Reb war verschwunden, und Dr. Martinez fragte leise: »War das nötig, Junora Kyria?«

»Er ist ein Mensch, oder?«

»Er hat sein Schicksal selbst gewählt.«

»Kann man das? Ich habe meines nicht gewählt. Werde ich deswegen ständig überwacht?«

»Was wollen Sie damit sagen?«

»Die Subcults besitzen keine Ids – keine Identität. Manchmal beneide ich sie. Man kann sie weder orten, noch können sie sich ausweisen. Sie haben sich der Überwachung entzogen. Ich hingegen habe eine privilegierte Identität und einen Gendefekt. Mir sitzt ständig jemand im Nacken. Es gibt Momente, Dr. Martinez, ja, da beneide ich die Ausgestoßenen.«

Mich entsetzte selbst das Zischen in meiner Stimme.

»Gehen Sie schlafen, Junora Kyria. Es ist nicht gut, mitten in der Nacht zu grübeln.«

Nein, das war es nicht, und die Ärztin war eine freundliche und hilfsbereite Frau. Sie war nicht schuld an meiner mistigen Stimmung. Also legte ich die Hände zu einem respektvollen Gruß zusammen, verbeugte mich und ging wieder zu meinem Raum.

Der Schlaf wollte noch immer nicht kommen, und darum ließ ich meine Gedanken wandern. Dieser junge Subcult hatte eine Wut in mir geweckt, die wahrscheinlich schon die ganze Zeit in mir geschwelt hatte. Unwillkürlich spielten meine Finger mit dem Anhänger, den mir meine Mutter vor wenigen Stunden umgelegt hatte. Sie hatte Frieden schließen wollen, aber es konnte keinen Frieden geben. Denn vor drei Tagen hatte ich eine Nachricht erhalten, die mir bewiesen hatte, wie sehr sie mich belog. Nicht von ungefähr war Hazel, das Mädchen aus den Reservaten, mir gerade jetzt deutlich in Erinnerung gekommen. Vor drei Jahren hatte ich sie getroffen, während ich mich mit einer Grippe im Heilungshaus aufhielt. Bei meinen nächtlichen Streifzügen hatte ich sie in der Lounge getroffen, und wir hatten uns unterhalten. Sie war bei einem Brandunfall verletzt worden, und ihrer Großmutter, die irgendwelche Beziehungen zu Leuten in NuYu hatte, war es gelungen, ihr hier in La Capitale eine ärztliche Behandlung zu verschaffen. Ich wusste natürlich, was für eine Ausnahme das bedeutete. Die Reservate hatten sich nach der Großen Pandemie im Jahr 1975 entschlossen, unabhängig von NuYu – New Europe – zu bleiben und sich nicht dem neuen Staatenverbund anzuschließen. Mit der Folge, dass sie weitgehend auf dem technischen Stand von vor hundertfünfzig Jahren stehen geblieben waren. Der Kontakt zu ihren Einwohnern war zwar nicht verboten, aber die Gebiete galten als rückständig, unhygienisch und gefährlich. Man sprach sogar hin und wieder von Anschlägen an den Grenzen, sporadisch auftretenden Seuchen, vor allem aber von Übergriffen auf Besucher aus NuYu. Noch vor wenigen Tagen hatte mir Bonnie von einer Bekannten erzählt, deren Sohn mit einem Segelboot in die Hoheitsgewässer des nördlichen Reservats geraten war. Man hatte ihn später verstümmelt am Strand gefunden. Es hieß, die Einwohner behandelten Eindringlinge aus NuYu brutal. Ich hatte dazu geschwiegen. Ich glaubte ihr nicht.

Hazel hatte nämlich davon berichtet, dass ihre Großmutter vor sechzig Jahren aus NuYu geflohen und freundlich aufgenommen worden war. Sie hatte einen Einheimischen geheiratet und eine große Familie gegründet. Wer immer Aufnahme bei ihr suchte, wurde willkommen geheißen. Hazel hatte mir viel von dem »Land am Ende der Welt« erzählt. Sie liebte ihre Heimat und schien den mangelnden technischen Fortschritt nicht zu vermissen. Wir hatten uns versprochen, in Kontakt zu bleiben, auch wenn das schwierig werden würde. Aber es gab Möglichkeiten. Wenn auch nicht eben legale.

Allerdings wurde unsere Absicht zunichtegemacht. Ich wurde aus dem Heilungshaus entlassen, Hazel von ihrer Großmutter ins Reservat zurückgeholt, und kurz darauf erhielt ich auf offiziellen Wegen die Nachricht, Hazel sei ihren Verletzungen erlegen. Die Trauer um meine Freundin hielt lange an. Aber dann trafen letzte Woche, auf ziemlich ungenehmigten Wegen, ein kurzer Gruß und ein Glückwunsch zu meinem Geburtstag von ihr ein.

Die Nachricht von ihrem Tod war falsch gewesen.

Ich hegte den Verdacht, dass meine Mutter mir damals absichtlich die Falschmeldung übermittelt hatte. Also stellte ich sie zur Rede. Sie leugnete nicht, behauptete, es sei – wie üblich – zu meinem Besten. Unser Streit nahm galaktische Ausmaße an, als ich mir zum Geburtstag eine organisierte Reise in die Reservate wünschte, um Hazel zu treffen. »Unmöglich« war das Wort, das mehrfach fiel. Mutter hielt den Aufenthalt in den »schmutzigen« Gegenden für viel zu gefährlich für mich. Dabei waren diese Fahrten wirklich sicher. In komfortabel ausgestatteten Langstreckenbussen fuhr man in von versierten Reiseleitern geführten Gruppen zu den Sehenswürdigkeiten dieser rückständigen Gebiete. Den Bildern zufolge, die ich von ihnen gesehen hatte, gab es wirklich eindrucksvolle Orte, und zusammen mit Hazels Schilderungen war der Wunsch in mir gewachsen, sie zu besuchen. Ich wollte keine Dokumentation über wilde Meeresküsten auf dem Bildschirm sehen, ich wollte das

Meer riechen, die Brandung hören, den feuchten Sand unter meinen nackten Füßen spüren.

Nun aber hatten Mutter und Ma Donna Saphrina entschieden, dass ich Novizin im Tempel der Matronae werden sollte. Eine Gefangene in dieser Institution.

Ich knurrte wütend vor mich hin und stauchte das Kopfkissen zusammen.

Aber dann siegte schließlich doch die Müdigkeit, und ich dämmerte weg.

Tief konnte mein Schlaf allerdings nicht gewesen sein, denn schon im Morgengrauen weckte mich ein Geräusch auf dem Gang. Diesmal war es nicht die Wut über meine Mutter, sondern der Gedanke an den Jungen, den ich in der Nacht getroffen hatte, der mich hellwach werden ließ.

Ein seltsamer Zufall – das wurde mir jetzt klar. In der Berichterstattung am Abend zuvor konnte man sehen, dass sich niemand um ihn gekümmert hatte, als er auf der Straße lag. Wieso war er trotzdem hier im Heilungshaus gelandet? Wer hatte ihn hergebracht? Warum hatte sich dann aber keiner um ihn gekümmert?

Und was war überhaupt vorgefallen?

Dass es diese Ausgestoßenen gab, war allgemein bekannt. Sie lebten, soweit ich wusste, in den aufgelassenen Randbezirken der Städte. Seit die Große Seuche die Bevölkerung um die Hälfte reduziert hatte und sie in den nachfolgenden Wiederaufbaujahren noch weiter geschrumpft war, hatte man die Städte neu organisiert. Ich war schon immer an der Geschichte unseres Landes interessiert und hatte meine Lehrer so lange genervt, bis ich ihnen mehr als nur die offiziellen Schulbuchinformationen entlockt hatte. Daher wusste ich, dass die Große Seuche nicht auf natürliche Weise ausgebrochen war, sondern durch ein manipuliertes Mumpsvirus aus den Versuchslaboren für biologische Waffen der damals herrschenden Männerlobby ausgelöst worden war. Die Angst vor neu auftretenden Seuchen hatte zu großen Veränderungen geführt, was der allgemeinen Gesundheit der Bevölkerung dienlich war. Der Tribut, den wir für unsere Gesundheit zahlten, war eine ständige Überwachung. Seit einigen Jahrzehnten hatten sich die Ids durchgesetzt, winzige Chips, die wichtige Personendaten, Bankguthaben, alle möglichen Berechtigungscodes und gewisse Möglichkeiten der Datenübermittlung enthielten. Man konnte beispielsweise jeden Menschen im Notfall damit orten und seine Vitalfunktionen überprüfen, was schon vielen das Leben gerettet hatte.

Die schlimmste Strafe in unserem Land bestand darin, die Identität eines Menschen zu löschen und damit das Id zu deaktivieren. Im schlimmsten Fall sogar verbunden mit Deportation.

Ohne Id zu leben bedeutete, am sozialen Leben keinen Anteil mehr zu haben. Also auch keinen Wohnsitz, keinen Kredit, keine medizinische Versorgung mehr zu erhalten. Irgendwo aber mussten die Ausgestoßenen leben. Sie hatten sich ihre Schlupflöcher gesucht. Auch in der Hauptstadt von NuYu. La Capitale hatte früher Frankfurt am Main geheißen und sich weit bis in das Umland ausgedehnt. Im Osten hatte man eine künstliche Bürostadt angelegt. Eine hässliche, unmenschliche Ansiedlung von Hochhäusern, die als Erstes aufgegeben wurden, nachdem die Bevölkerungszahl zurückgegangen war. Derartige architektonische Auswüchse verfielen überall, während man die Innenstädte den neuen Bedingungen anpasste, also menschlicher, hygienischer, ästhetischer gestaltete. Irgendwann im ersten Jahrzehnt des 21. Jahrhunderts wurden die heruntergekommenen Gebäude von La Capitale gesprengt, das Gelände entweder rekultiviert oder abgesperrt. Man betrat die Außenbezirke nicht.

Außer man war aus der normalen Gesellschaft der Civitas verbannt.

Aber angeblich gab es auch einige seltsame Gestalten, die aus welchen Gründen auch immer freiwillig auf ihre Ids verzichteten. Ich hatte mich schon immer gefragt, warum. Denn ich stellte mir ein Leben ohne festen Wohnsitz, ohne Wahlrecht, ohne Kreditrahmen, ohne ärztliche Versorgung, nun ja, milde gesagt, schwierig vor. Aber selbst mein penetrantes Nachforschen hatte mir nicht viel Erhellendes über jene Subcults beschert, die angeblich in den aufgelassenen Gebieten vor der Stadt wie die Ratten in Kellern und alten U-Bahn-Schächten lebten.

Man berichtete selten über sie. Umso mehr hatte mich die gestrigen Nachrichten überrascht.

Und dann lag auch noch eines der Opfer hier in meinem Gang herum.

Ich schaltete den großen Wandbildschirm ein.

Vielleicht brachte man in den Morgennachrichten mehr zu diesem Vorfall.

AUFKLÄRUNG

Derselbe Reporter, der am Abend zuvor vom Tatort berichtet hatte – Delbert der Ölige –, erschien, doch diesmal im Studio. Das Publikum liebte Delbert, er war der bekannteste Medienkommentator NuYus. Ich teilte die allgemeine Geschmacksrichtung nicht. Das runde Gesicht mit dem schmalen Oberlippenbart, das Doppelkinn, das er gerne gewichtig gegen den Hals drückte, die abfallenden Schultern und der sich unter der violetten Tunika wölbende Bauch mochten ja dem gängigen Idealbild eines Mannes entsprechen, mir jedoch ging seine glatte, gefühlige Stimme auf den Geist.

Aber er war nun mal auf Sendung, und bei ihm war die Chefin der Amazonen, Maie. Ich hatte sie schon ein paarmal gesehen, sie hatte einige spektakuläre Fälle gelöst, bei denen es um verschwundene Kinder und Jugendliche gegangen war. Sie sah hübsch aus in ihrer dunkelroten Uniform, das hellhäutige Gesicht von ihren schwarzen Haaren wie von einem Helm umrahmt.

»Was war der Anlass, weshalb Sie gestern so vehement gegen die Meute der Subcults vorgehen mussten?«, fragte Delbert.

»Wir wurden alarmiert, dass angeblich einige Männer aus den aufgelassenen Gebieten in die Straßen der Innenstadt eingedrungen seien und dort Anwohner belästigten. So etwas kommt immer mal wieder vor, und wie wir häufig feststellen konnten, sind überängstliche Reaktionen Auslöser solcher Alarme. Meist helfen die üblichen Mediatoreneinsätze, um die Situation zu entspannen.«

»Gestern aber haben Ihre Amazonen zu den Waffen gegriffen. Eine verbale Vermittlung war wohl nicht mehr ausreichend?«

»Als wir am Tatort eintrafen, war die Situation eskaliert. Es schlugen sich bereits einige Männer aus der Civitas mit den Eindringlingen. Eine Frau wies uns darauf hin, dass ein junges Mädchen von ihnen angegriffen und verletzt worden sei. Die Sanitäterinnen seien bereits gerufen worden und hätten sich ihrer angenommen. Wir hingegen versuchten, die Kämpfenden auseinanderzubringen, bevor es weitere Verletzte gab.«

»Nun, die gab es aber, nicht wahr? Lag es an Ihren Einsatzkräften, dass Sie dies nicht verhindern konnten?«

Maie sagte ruhig: »Vier männliche Mitglieder der Civitas erlitten leichte Prellungen und Abschürfungen. Sie wurden ambulant versorgt und befinden sich bereits wieder an ihren Arbeitsplätzen.«

»Sie spielen es herunter, Maie. Mir hat man ganz andere Versionen erzählt.«

»Gerüchte, Delbert, sind immer reich an Varianten. Vor allem wenn die Medien ihr Interesse zeigen. Uns stellte sich die Lage so dar, dass mindestens ein Dutzend Civitates gegen fünf junge Subcults gewalttätig vorgingen.«

»Aber, aber, meine liebe Maie, die jungen Männer der Civitas werden doch nicht von sich aus gewalttätig geworden sein. Wir leben in einer friedliebenden Gesellschaft. Die Einzigen, die gegen diese zivilisierten Regeln verstoßen, sind diejenigen, die ihre Identität verloren haben und sich nicht wieder eingliedern lassen wollen.«

»Wer sagt Ihnen das, Delbert? Ist es nicht eher so, dass wir sie nicht mehr in unserer Mitte aufnehmen wollen?«

Ich musste beinahe kichern, so empört glubschte Delbert in die Kamera. Maie hingegen hatte ihre gelassene Miene beibehalten.

»Nun, ähm, es gab durchaus Bestrebungen, das zu tun, nicht wahr? Aber sie verliefen gänzlich erfolglos.«

»Nicht gänzlich, Delbert. Aber die Halbherzigkeit, mit der die Reintegration betrieben wird, trägt eine gewisse Schuld an dem geringen Erfolg. Nichtsdestoweniger sind Vorfälle wie der am gestrigen Abend selten.«

»Sie haben Betäubungswaffen eingesetzt. Man sah einzelne Männer getroffen fallen. Hat es Verhaftungen gegeben?«

»Ja, zwei Civitates.«

»Wie bitte?«

»Sie haben versucht, die Flüchtenden mit Eisenstangen zu schlagen.«

»Das kann ich nicht glauben. Als wir mit der Übertragungseinheit am Tatort waren, trug niemand außer den Amazonen Waffen. Und Augenzeugen berichteten ebenfalls, dass die Aggression von den Subcults ausging.«

»Bislang haben wir nicht völlig aufklären können, wie es zu dem Handgemenge kam, Delbert. Die Untersuchungen laufen noch, und ich werde gerne öffentlich darüber berichten, zu welchen Ergebnissen wir gelangt sind. Mehr kann ich derzeit zu dem gestrigen Einsatz nicht sagen.«

Delbert versuchte dennoch, ihr weitere Einzelheiten zu entlocken, aber die Amazonenchefin schien eine Frau von Konsequenz zu sein. Sie verweigerte Antworten oder gab ausweichende Stellungnahmen von sich.

Ich fand sie bemerkenswert.

Offensichtlich war mehr vorgefallen – oder noch anderes –, als die Medien uns mitgeteilt hatten. Ich würde mich nachher auf die Suche nach einem der Betroffenen machen. Hoffentlich hatten die Ärztinnen und Pflegerinnen Reb gut behandelt und überredet, wenigstens noch heute im Heilungshaus zu bleiben.

Ich schaltete das Gerät aus, als Dr. Bernhard kam, um mir Blut abzunehmen, und trottete in die Lounge zum Frühstück. Man konnte sagen, was man wollte, die Hörnchen, die sie uns servierten, waren köstlich.

Bevor ich mich anschließend nach dem jungen Subcult erkundigen konnte, tauchte Bonnie bei mir auf. Ich fand sie in meinem Zimmer vor, den Blick starr auf den Monitor gerichtet, der meine Zustandsdaten anzeigte. Sie fuhr zusammen, als ich sie fröhlich grüßte. Ihre Augen waren riesengroß aufgerissen, und ihre Unterlippe zitterte. Sie sah nicht nur wie ein flauschiges Küken aus, sie machte den Eindruck, als wäre sie gerade einem zähnefletschenden Fuchs begegnet.

»Hab ich dich erschreckt?«, fragte ich sie, und sie presste die Hand auf die Lippen.

»Oh – nein. Ja, doch, irgendwie.«

Es klang sehr seltsam. Erstickt fast.

»Was ist los, Bonnie? Gab es Ärger zu Hause?«

»Nein, nein. Hier, ich habe dir Zitronenbonbons mitgebracht.«

»Oh, danke. Aber das war nicht nötig. Ich werde nach der Visite entlassen.«

»Ja? Oh …«

»Hör mal, Bonnie, gestern auf der Terrasse, das war ein bisschen übertrieben, meinst du nicht auch? Dr. Martinez meinte, der ganze Aufstand wäre nicht notwendig gewesen, so schlimm seien Hornissenstiche nicht. Siehst du, alle Schwellungen sind weg.«

»Ja, aber …« Bonnie starrte mich noch immer an, die Augen voller Tränen. Dann drehte sie sich um und rannte aus dem Zimmer.

Verflixt, warum musste sie so empfindlich sein?

Ich ging ihr nach und sah nur noch einen Zipfel ihres gelben Gewands am Ende der Treppe. Eilig lief ich ihr hinterher und wunderte mich, dass sie draußen im Park die Richtung zum Tempelchen einschlug. Du liebes bisschen, suchte sie jetzt nach meinem milden Vorwurf Trost bei der für das Heilungshaus zuständigen Priesterin? So leicht war sie doch sonst nicht zu verletzen!

Die Gittertür des Tempels, eines hübschen Rundbaus auf Säulen mit einer vergoldeten Kuppel, schwang auf, und sie trat ein. Ich blieb stehen. Sollte ich mich entschuldigen? Oder die Sache auf sich beruhen lassen? Vielleicht war das einfacher. Bonnie würde sich schon wieder einkriegen.

Andererseits tat es mir leid, sie machte sich wirklich viele Sorgen um mich. Wahrscheinlich hatte sie eine schlaflose Nacht hinter sich und war entsprechend überdreht.

Ich ging also auch zum Tempel und schob die Tür auf.

Lautes Schluchzen empfing mich. Bonnie kniete vor dem Altar, und die Priesterin, ganz in Weiß, hatte ihr die Hand auf die Schulter gelegt.

»Sie wird sterben, Donna Miriam. Sie wird sterben, und niemand wagt es ihr zu sagen.«

»Dann müssen auch Sie schweigen, Junora. Es ist die Aufgabe der Ärztin oder ihrer nahen Verwandten, mit Ihrem Schützling darüber zu sprechen.«

»Aber was soll ich denn tun? Ich kann ihr nicht in die Augen sehen. Ich kann es nicht. Ich hab sie doch so lieb.«

Wieder schluchzte Bonnie herzzerreißend auf, und mich erfüllte langsam eine Eiseskälte.

»Ich bete mit Ihnen, Junora. Um Kraft und um Heilung.«

Ich war wie erstarrt.

Übelkeit drückte auf meinen Magen.

Das also war die Wahrheit.

Die Hornissenstiche hatten doch etwas ausgelöst.

Ich musste würgen, und während ich langsam in die Knie sank, erbrach ich das Frühstück unter einen Busch.

Zwei Pflegerinnen standen hinter mir, als ich mich langsam aufrichtete.

»Junora Kyria, was ist passiert? Kommen Sie, wir helfen Ihnen zurück ins Haus. Langsam, langsam!«

Sie stützten mich, ich wurde auf eine Trage gelegt und in mein Zimmer gebracht. Hier wartete schon Dr. Martinez auf mich – übermüdet, besorgt.

Meine Zähne klapperten, meine Hände zitterten.

Vorsichtig halfen mir die Pflegerinnen ins Bett und erstatteten der Ärztin Bericht.

»Das Frühstück ist dir also nicht bekommen«, murmelte sie und drückte mir den Diagnosestick an das Handgelenk.

»Dr. Martinez, werde ich sterben?«

Sie sah mich mit kummervollem Blick an. »Jeder Mensch stirbt eines Tages.«

»Werde ich jetzt sterben?«

»Nicht, wenn ich es verhindern kann. Was ist los, Liebes? Gestern waren Sie noch so begierig darauf, nach Hause zu kommen.«

»Es ist das Hornissengift, nicht wahr? Hat es die Krankheit ausgelöst?«

»Wie kommen Sie darauf?«

Ich riss mich zusammen. Es war besser, ich erzählte ihr alles. Das von den Schwindelanfällen und den Sehstörungen und meiner kurzen Bewusstlosigkeit.

»Kind, das hätten Sie mir schon früher mitteilen müssen«, sagte Dr. Martinez sanft. Sie setzte sich an den Monitor und rief meine Krankendaten auf. Ich beobachtete ängstlich ihr Gesicht, doch es blieb ausdruckslos. Wahrscheinlich war es noch schlimmer als erwartet, und mein Herz klopfte so heftig, dass mir das Blut in den Ohren rauschte. Dann wandte sie sich wieder mir zu.

»Ich habe die Labordaten von heute früh noch nicht bekommen und kann ohne weitere Untersuchungen nichts Konkretes feststellen, Junora Kyria. Machen Sie sich nicht so viele Gedanken darüber. Ich muss gleich noch zu einem wichtigen OP-Termin, aber anschließend nehme ich mir Zeit für Sie, und wir gehen alle Ihre Werte noch einmal durch.«

»Ist gut«, presste ich hervor. Mir war die Kehle noch immer eng. Und ohne es zu wollen, brach es aus mir heraus, was ich nie hatte fragen wollen, um das Gespenst der Krankheit nicht zu beschwören: »Dr. Martinez, wie ist mein Vater gestorben?«

Sie sah mich traurig an. »Warum wollen Sie das wissen, Junora Kyria?«

»Warum verschweigt man es mir?«

Sie schüttelte den Kopf. »Du warst noch ein Kind.«

»Jetzt bin ich kein Kind mehr. Das zumindest habe ich geschafft, oder?«

»Ja, natürlich.« Sie nahm meine kalte Hand in ihre warme. »Ich gebe Ihnen ein Beruhigungsmittel.«

»Nein, ich will keins von ihren Scheißegal-Mitteln. Ich will Antworten!« Die kleine Flamme der Wut wärmte mich wieder. »Ich will endlich ehrliche Antworten. Wenigstens von Ihnen, Dr. Martinez.«

Sie seufzte. »Ihre Mutter meint es gut mit Ihnen, Junora Kyria. Aber – nun ja, vielleicht ist es falsch. Sie sind eine ungewöhnlich sensible und intelligente junge Frau.«

Sie rollte ihren Hocker wieder zum Monitor und gab einige Befehle ein. Dann berichtete sie: »Demir wurde am 7. April 2107 bei uns eingeliefert. Sein Zustand war bedenklich. Es gab deutliche Anzeichen von Organversagen, doch er sprach auf keine der Behandlungen an. Wir stabilisierten ihn, aber die Prognosen waren schlecht. Am 26. April bat Ihre Mutter uns, ihn zu sich nach Hause zu überführen, am 28. April starb er in ihrem Beisein. Junora Kyria, Isha, Ihre Mutter, war Demir zutiefst zugetan. Das sollten Sie wissen.«

»Drei Tage vor meiner Geburt«, flüsterte ich.

»Ja, drei Tage vor Ihrer Geburt, Kind. Sie wurden in Trauer und Schmerz geboren. Vielleicht verstehen Sie die Fürsorge, aber auch das Schweigen Ihrer Mutter so ein wenig besser.«

»Es ist nicht nur das Schweigen«, sagte ich. »Es sind die Lügen. Dr. Martinez, was hat die Krankheit bei meinem Vater ausgelöst?«

»Eine verständliche Frage«, sagte Dr. Martinez. »Ich schaue nach.«

Das tat sie dann auch, und plötzlich huschte ein, wie mir schien, äußerst irritierter Ausdruck über ihr Gesicht.

»Seltsam, die Akte ist nicht vollständig«, murmelte sie und klapperte weiter auf der Tastatur. »Mhm, das erklärt es vielleicht.«

»Was?«

»Junora Kyria, es war ein sehr ungewöhnlicher Fall, und Sie wissen doch, dass wir gehalten sind, alles, was auch nur einen Verdacht auf eine ungewöhnliche Infektion aufkommen lässt, von den Forschungslaboren der PDP untersuchen zu lassen. Die Obduktion wurde von PanDemicaProtect durchgeführt, deren Berichte mir aber nicht zugänglich sind. Ich kann sie jedoch anfordern, wenn Sie es wünschen.«

»Ich wünsche es.«

Dr. Martinez nickte und begann mit einer Eingabe, als plötzlich eine absolute Stille im Raum eintrat.

Absolut!

Kein Ticken, kein Brummen, kein Rauschen der Klimaanlage – nichts.

Und dann brach die Hölle los.

Alarme schrillten, Sirenen heulten, grelle Beleuchtung ging an, Geräte piepsten, Türen knallten, jemand schrie gellend.

»Heilige Mutter, was ist das?« Dr. Martinez sprang auf. »Kind, ich muss mich darum kümmern! Ich komme nachher zurück, wenn ich weiß, was die Ursache für dieses Theater ist.«

Eine Sirene nach der anderen verstummte, das Brummen, Piepsen und Ticken, das zu den Grundgeräuschen des Heilungshauses gehörte, hatte wieder eingesetzt.

Was immer passiert war, es hatte mich aus meiner Starre gerissen. Meine Gedanken wurden klarer, das Zittern hörte auf. Ich trank einen Becher Wasser und setzte mich im Bett auf, zog die Knie an, umfasste sie mit den Armen und legte den Kopf darauf.

Mein Vater war drei Wochen lang gestorben. Ich würde sterben – in drei Wochen. Vielleicht dauerte es etwas länger. Man würde versuchen, mich am Leben zu halten, solange es ging.

Es würde die reine Qual werden.

Zeit vertropfte. Ich verkroch mich in der tiefsten Höhle, die ich in mir finden konnte. Im Dunkel, in den Schatten, wo die namenlose Angst lauerte.

Wie aus weiter Ferne nahm ich wahr, dass sich das ganze Heilungshaus in Aufruhr befand, doch das war mir gleichgültig.

Irgendwann fiel die Tür meines Zimmers mit einem lauten Schlag zu, und ich hob den Kopf. Es war jedoch nicht Dr. Martinez, die eingetreten war. Verblüfft blinzelte ich die Gestalt an. Groß, schlaksig, in die dunkelblaue Männertracht des Hauses gekleidet, dunkle Locken bis auf die Schultern, ein schiefes Grinsen im Gesicht, auf dem ein blauer Fleck allmählich verblasste.

»Hey, Princess!«

»Was?«

Das Grinsen verschwand, und der Mann kam näher.

»Hey, Junora Kyria. Was ist los?«

Reb? War das der angeschlagene Subcult, den ich gestern im Gang gefunden hatte?

»Hey, du siehst scheiße aus. Was haben sie mit dir gemacht?« Er setzte sich auf den Hocker neben dem Bett.

»Nichts. Lass mich allein.«

»Nee, geht nicht. Das kannst du nicht bringen. Was ist mit dir? Warum siehst du aus wie ausgekotzte Milch?«

Wieder flackerte das Flämmchen Wut auf. »Ich sterbe!«, schnauzte ich ihn an.

Seine Augen verengten sich zu schmalen Schlitzen. »Ach ja?«

»Ach ja.«

»Und keiner kümmert sich um dich?«

»Das ist doch egal.«

»Nein, das ist es nicht. Wenn sie dich nicht behandeln, sollte ich mal meine Mutter informieren.«

Ich schnaubte. »Wird die was ausrichten können?«

»Du würdest dich wundern. Aber – nein, ich wollte dich zum Lächeln bringen. Hey, stimmt das, ich meine, das mit dem Sterben? Du warst doch gestern total gesund.«

»Das war gestern. Geh endlich weg.«

Er knurrte etwas, das sich wie »verwöhnte Elitezicke« anhörte, und stand auf.

Er war ein Ausgestoßener, ein Nichts, ein Mensch ohne Identität.

Er war in eine gewalttätige Auseinandersetzung verwickelt gewesen. Er hatte sich mit anderen geschlagen.

Er war ein Fremder für mich.

Doch als er die Türklinke hinunterdrückte, sagte ich: »Bleib.«

Ich vertraute ihm. Warum, wusste ich nicht.

»Na gut. Aber nun sag endlich – was ist los?«

Ich erzählte ihm, was ich in der letzten Zeit herausgefunden hatte – von dem Verrat, den Lügen, der Zukunft im Tempel, den Auswirkungen des Giftes, dem ungeklärten Tod meines Vaters. Es brach wie eine Sturzflut aus mir heraus. Irgendwann spürte ich seine Hand auf meiner, irgendwann drückte er sie so fest, dass es wehtat, aber er sagte die ganze Zeit kein Wort.

Dann war alles aus mir heraus, und ich schwieg. Der Druck seiner Finger löste sich langsam. Leise sagte er: »Scheiße.«

»Tja.«

»Mütter!«, knurrte er wie schon einmal und spuckte auf den Boden.

»Du Ferkel!«, fauchte ich.

»Hä?«

»Spinnst du? Wisch das weg.«

Ich rückte angeekelt von ihm ab.

Er sah mich groß an, stand aber auf und wischte mit einem Papiertuch die Spucke weg.

»Ja, verehrte Junora Kyria. Ganz Euer Sklave, Herrin! Stets zu Diensten, Majestät.«

»Lass den Quatsch. Sie haben dich gewaschen, zusammengeflickt und in saubere Kleider gesteckt. Benimm dich entsprechend.«

Der Blick, mit dem er mich bedachte, sprach Bände.

Und ich schämte mich plötzlich. Er hatte mir zugehört. Meine Hand festgehalten.

»Mit Müttern hast du wohl auch keine guten Erfahrungen gemacht, was, Reb?«, meinte ich sanfter.

»Nee, wirklich nicht.«

Er setzte sich wieder und ballte die Faust um das Papiertuch.

»Wirf es da in den Abfalleimer. Magst du ein Bonbon?«

Ich wies auf die Tüte, die Bonnie mir mitgebracht hatte.

»Nein. Was wirst du jetzt machen?«

»Ich weiß es nicht. Ich habe Angst.« Weil die mir die Kehle zudrückte, legte ich den Kopf wieder auf die Knie. »Grauenvolle Angst, Reb. Nicht vor dem Todsein, sondern vor dem Sterben.«

»Leben ist zäh.«

»Ach ja?«

»Ja. Gestern, da dachte ich …«

»Sie haben dich verprügelt. Wollten sie dich umbringen?«

»Vergiss es.«

Ich hob die Hand und berührte den verblassenden blauen Fleck auf seinem Wangenknochen.

Seine Augen, grün mit einem goldenen Flimmern, unter langen schwarzen Wimpern, sahen in meine.

»Ist gut, Princess. Ist vorbei.«

Die Tür wurde aufgerissen, zwei deutlich gestresste Pflegerinnen traten ein. Eine musterte Reb argwöhnisch.

»Junora Kyria, es tut mir leid, Sie belästigen zu müssen, wir haben zahlreiche Notfälle. Unsere Bettenkapazitäten sind beschränkt. Dürfen wir zwei Verletzte in Ihr Zimmer legen?«

»Natürlich. Es ist groß genug.«

Ich stand auf und holte meinen Umhang.

»Sie können selbstverständlich bleiben, Junora Kyria.«

»Komm, wir gehen in den Park«, sagte ich zu Reb.

Es war sonnig und warm, in sorgfältig bepflanzten Beeten blühten Frühlingsblumen in fröhlichen Farben, Flieder wiegte sich duftend an den Wegesrändern. Vögel sangen, und zarte Windspiele klangen in leisen Tönen. Auch der Park diente der Heilung. Schönheit und Ruhe, so hatte man herausgefunden, wirkten lindernd auf die Patienten. Das ständige Geknatter der Rettungshubschrauber und die Sirenen der Ambulanzen machten das alles allerdings zunichte.

»Was ist eigentlich vorhin passiert, Princess? Ich meine, als der Radau losging. War eine komische Sache, nicht?«

»Ich weiß nicht. Ich habe …« Ich tastete in meiner Tasche nach dem KomLink, aber das hatte ich wohl oben im Zimmer liegen gelassen. »Wie spät ist es überhaupt?«

»Keine Ahnung. Fragen wir den da.« Reb wies auf einen älteren Mann, der mit einem Infopad auf dem Schoß auf einer Bank saß.

»Gleich dreizehn Uhr, Junora«, antwortete er auf meine Frage. Das erschütterte mich. Seit meinem Gespräch mit Dr. Martinez waren fünf Stunden vergangen. Es musste etwas sehr Ernstes passiert sein, so lange hatte sie mich noch nie warten lassen.

Reb fragte den Mann, was vorgefallen sei, und er bot uns an, sich zu ihm zu setzen, um die Nachrichten zu sehen.

Diesmal war es nicht der ölige Delbert, der Bericht erstattete, sondern ein mir unbekannter Reporter. Er teilte mit, dass das NuYu-Überwachungssystem um acht Uhr dreißig einen Komplettausfall von drei Sekunden gehabt hatte. Die Techniker waren in höchster Alarmbereitschaft, um die Ursache festzustellen, damit ein solcher Fehler sich nicht wiederholte. Dann versuchte er einen beruhigenden Ton anzuschlagen. Im Prinzip sei das nichts Bedeutsames. Alle Funktionen seien sofort wiederhergestellt worden. Durch den Ausfall sei es jedoch zu Irritationen in den Ortungs- und Verkehrsleitsystemen gekommen. Die Amazonen seien im Einsatz und versuchten den Schaden zu begrenzen.

Man zeigte Bilder von Menschentrauben an den U-Bahn-Stationen, Staus auf den innerstaatlichen Straßen, Warteschlangen vor verschiedenen Einrichtungen.

»Sie sagen nicht alles«, meinte der Mann. »Es muss Unfälle gegeben haben. Die Ambulanzen kommen im Minutentakt hier an, habt ihr das nicht bemerkt?«

»Doch. Gerade haben sie zwei Verletzte in mein Zimmer gebracht. Ja, es muss größere Probleme gegeben haben. Warum berichten sie nicht darüber?«

Er zog sein KomLink aus der Tasche und nahm Kontakt mit jemandem auf. An seiner Miene erkannte ich, dass er erschüttert war. Dann erklärte er: »U-Bahnen und Züge fahren in einem sehr engen Takt, wenn Weichen drei Sekunden zu spät umgestellt werden, Signale verspätet umspringen, Bremsvorgänge zu spät eingeleitet werden … Es hat einige folgenschwere Zusammenstöße gegeben, die

Anzahl der Toten und Verletzten steht noch nicht fest. Aber selbst hier in der Stadt sind es über tausend.«

Reb hielt den Kopf gesenkt. Ich bedankte mich bei dem Mann für die Auskunft und zog an Rebs Ärmel.

»Komm. Gehen wir ein Stück.«

Er folgte mir.

»Sind deine Freunde in Gefahr?«

»Woher soll ich das wissen?«

»Ja, richtig. Aber du hast auch Angst um jemanden.«

Er zuckte mit den Schultern. »Kann sowieso nicht mehr zurück.«

»Wieso denn das nicht? Deine Verletzungen sind doch fast verheilt, oder?«

»Du weißt wirklich nichts, Princess.«

»Nein, ich bin doof und weltfremd.«

Er blieb stehen. Seine Kiefermuskeln waren angespannt, seine Hände zu Fäusten geballt. Er sah unglaublich wütend aus.

Er machte mir Angst, und gleichzeitig tat er mir leid.

»Hey, Reb, ich habe meinen Müll bei dir abgeladen, jetzt kannst du deinen auch bei mir loswerden. Keine Sorge, viel Gelegenheit zum Weitertratschen hab ich eh nicht mehr.«

»Mann, Princess. Mann!«

»Los, setzen wir uns da drüben hin.«

Er folgte mir tatsächlich, obwohl ich einen Augenblick dachte, er würde auf dem Absatz kehrtmachen und verschwinden.

»Was war gestern Abend los, Reb?«

»Etwas, das du nicht glauben wirst.«

»Versuch's.«

Er schüttelte noch mal den Kopf. »Was weißt du darüber? Was kam in den Nachrichten?«

Ich erzählte es ihm.

»Scheiße!«, sagte er und spuckte auf den Boden. Dann sah er mich an, irgendwie schuldbewusst. »Ähm, 'tschuldigung.«

»Spar dir die Spucke fürs Reden.«

Er hob die Schultern. »Sie machen Jagd auf uns.«

»Wer?«

»Die Raider-Groups.«

Den Ausdruck hatte ich noch nie gehört.

»Erklär's mir, ich bin doof.«

»Männer, junge, aus den Prex und den Electi. Sie treffen sich, treiben uns aus unseren Quartieren und schlagen uns zusammen. Das nennen sie Raids – Überraschungsangriffe.«

Ich machte den Mund auf. Und dann wieder zu.

»Sag ich doch, du glaubst mir nicht.«

»Hört sich seltsam an, Reb. Wer sind die Prex?«

»Oh, verzeiht, edle Herrin. Ihr nennt sie höflich Civitas. Wir nennen sie Prex – Prekariat. Die Mitläufer und Nutznießer. Herdenvieh.«

»Ja, aber … Aber sie sind doch friedlich?«

»Meinst du. Sind sie aber nicht. Nur weil die Leute die Augen zumachen, wenn sie über uns herfallen, spricht keiner drüber.«

»Aber Männer werden dazu erzogen, ihre Aggressionen unter Kontrolle zu halten.«

»Scheint ja wohl nicht zu klappen.«

»Raider-Groups – dann war das gestern nicht das erste Mal, dass es zu Schlägereien kam?«

Er lachte verächtlich. »Oh nein.«

»Aber warum?«

»Weil wir Abschaum sind. Freiwild. Weil keiner sie zur Rechenschaft zieht, die jungen Herrchen. Weil man nichts dagegen hätte, wenn sie uns ausrotten würden.«

Ob meine Mutter auch davon wusste? Und schwieg? Vermutlich durfte ich das inzwischen ebenfalls von ihr annehmen. Sie war nicht nur kühl, sie war kalt und berechnend, so, wie sie mich belogen und manipuliert hatte.

»Dann wundert es mich, dass sie gestern darüber berichtet haben.«

»Mich auch, Princess. Mich auch.«

»Heute Morgen habe ich ein Interview mit Maie gesehen, der Chefin der Amazonen. Der ölige Delbert hat behauptet, ihr hättet eine junge Frau der Civitas angegriffen.«

»Quatsch. Wir waren … einkaufen. Sie haben uns aufgelauert und überfallen, zwölf gegen fünf.«

»Und das Mädchen?«

»Ein Lockvogel. Sie hat gekreischt, ich hätte sie angefasst. Hab ich aber nicht.«

»Sie war verletzt!«

»Einer der Raider hat sie geschubst.«

Ich dachte an das Interview mit Maie. Jetzt wurde mir ihre Zurückhaltung verständlicher. Sie musste die wahre Lage durchschaut haben.

»Warum haben die Amazonen auf euch geschossen?«

»Haben sie gar nicht. Sie haben versucht, uns auseinanderzubringen.«

»Eine hat dich getreten.«

»Ja, kommt vor.«

»Absichtlich.«

»Shit happens.«

»Die Sanitäterinnen haben dich ignoriert.«

»Klar.«

»Wie bist du dann hier gelandet?«

Er machte eine verstockte Miene und schwieg.

»Warum kannst du nicht mehr zu deinen Leuten zurück?«

Er starrte auf einen landenden Hubschrauber. Seine Hände waren wieder zu Fäusten geballt. Es war offensichtlich noch mehr geschehen.

»Hast du irgendeinen Mist gebaut, Reb?«

Schulterzucken.

Irgendeinen Mist, genau!

Die letzte Szene kam mir in Erinnerung. Er lag am Boden, hatte Schmerzen. Große Schmerzen. Und dann hatte er jemanden erkannt. Er hatte sich aufgerichtet und etwas gerufen.

Er hatte »Mama!« gerufen, und Bonnie hatte ihn deswegen einen Jämmerling genannt.

Gegen Mütter hatte er etwas.

War unter den Amazonen oder den Sanitäterinnen seine Mutter gewesen?

Hatte sie ihn im Dreck liegen lassen?

Oder hergebracht?

»Wer ist deine Mutter?«, fragte ich leise.

»Eine Schlange!«, zischte er und wollte wieder ausspucken. Aber er hielt sich im letzten Moment zurück.

Dann straffte er die Schultern und atmete tief ein. »Jetzt hast du meinen Müll gehört. Und nun, Princess?«

Damit hatte er mich wieder auf den Boden zurückgeholt. Die

ganze Wucht meines Schicksals brandete in einer riesigen Welle gegen mich.

»Nun? Keine Ahnung. Was tut man, wenn man weiß, dass man nur noch wenige Wochen zu leben hat?«

»Das, was einem gefällt.«

Der letzte Hubschrauber war gelandet, die Ambulanzen kamen nur noch in großen Abständen. Die Ruhe im Park kehrte zurück.

Im Heilungshaus aber würde die Hölle los sein. Und nicht nur heute. In dem Trubel brauchte ich nicht zu bleiben. Ich konnte nach Hause gehen. Wo ich starb, war letztlich egal.

Aber ich wollte nicht zu meiner Mutter zurück. Der Groll auf sie verätzte mir die Seele.

»Ich möchte meine Freundin wiedersehen«, entfuhr es mir.

»Die in den Reservaten?«

»Ja.«

»Dann tu das.«

Ich schnaubte. »Wie wohl? Glaubst du, meine Mutter würde mich nur einen Schritt aus dem Haus gehen lassen?«

»Dann geh ohne ihre Erlaubnis.«

Ich tippte auf das Armband mit dem Id. »So schnell kann ich gar nicht laufen, wie sie mich wieder eingefangen hätte.«

Er nickte. »Werd's los.«

»Witzbold.«

»Hey, ich krieg's seit Jahren ohne so ein Ding gebacken.«

»Du bist ja auch keine verwöhnte Elitezicke.«

Er grinste plötzlich. »Wie wahr!« Dann wurde er wieder ernst. »Du kennst also jemanden in den Reservaten, der dich aufnimmt?«

»Ich bin sicher, Hazels Familie würde das tun.«

»Mhm. Würdest du so lange durchhalten, bis du dort bist?«

»Keine Ahnung. Vielleicht. Wenn ich bald aufbrechen könnte.«

»Heute oder morgen?«

»Würdest du das auch gebacken kriegen?«, ahmte ich ihn nach.

»Schon. Die Gelegenheit ist günstig.«

»Was hast du vor?«

»Eine falsche Fährte legen.«

»Und selbst abhauen.«

»Richtig.«

»Du willst auch in die Reservate?«

»Soll nett sein dort, hat mir eine Princess erzählt. Und – zu zweit macht Reisen mehr Spaß.«

Widerstreitende Gefühle tobten in mir.

Sicherheit, Sauberkeit, Gewohnheit, mein Zuhause, ein langsames, medizinisch betreutes Sterben. Freiheit, meine Freundin, das Meer, der weite Himmel, Einsamkeit … meinen Frieden finden.

Ich stand auf und wanderte langsam die weiß gekiesten Wege entlang. Reb blieb auf der Bank sitzen, offensichtlich auch in Gedanken versunken.

Mein ganzes Leben lang war ich behütet worden, nie ohne Aufsicht gewesen. Reisen waren für mich nie infrage gekommen, meine Freunde hatte ich mir nie aussuchen dürfen. Wann immer ich auch nur einen kleinen Schritt in die Selbstständigkeit unternommen hatte, war ich durch Fürsorge oder Lügen davon abgebracht worden.

Drei Wochen lang war mein Vater gestorben. Vielleicht blieben mir vier, weil ich jünger war als er damals, als die Krankheit bei ihm ausgebrochen war.

Leben ist zäh, hatte Reb gesagt.

Aber auch endlich.

Vier Wochen – nur für mich.

Noch einmal drehte ich eine Runde durch den Park. Als ich am Tempel vorbeikam, stand die Priesterin in der Tür.

Dieses Schicksal zumindest blieb mir erspart.

Reb saß noch immer reglos auf der Bank, als ich mich ihm näherte.

Und meine Entscheidung war gefallen.

Wenn er einen Weg fand, uns unbemerkt aus NuYu herauszubringen, würde ich mitgehen.

FLUCHTPLAN

Ich hab einen Plan«, sagte Reb. »Verwirren wir sie. Bei dem ganzen Tamtam hier wird das nicht schwer sein.«

»Was hast du vor?«

»Dein Id vertauschen. Wir brauchen jemanden, der bewusstlos ist oder in Narkose liegt. Der schön ruhig und langsam atmet. Und dann einen zweiten auf einer anderen Station.«

»Warum das? Ich kann doch ohne Id verschwinden.«

»Hast du Geld?«

Okay, wenn ich NuYu verlassen wollte, brauchte ich Geld. Die Reservate hatte zwar dieselbe Währung wie wir, aber dort, so hatte Hazel mir berichtet, zahlte man nicht mit Kreditchip, sondern mit Münzen und Scheinen. Ganz selten gab es die hier auch noch.

»Wie komme ich an Geld?«

»Mit einem Id. Ich kenne Tauschstellen.«

»Aber mit dem Id von einem anderen ist das Diebstahl.«

»Princess, du schenkst dein Id jemand anderem. Was meinst du, wie schnell dein Konto leer ist.«

Weltfremd und doof, er hatte wohl recht.

»Also gut. Und dann?«

»Besorgen wir uns andere Klamotten. So können wir nicht durch die Stadt gehen.«

»Da ist was dran. Die klauen wir dann auch, ja?«

»Borgen, Princess!« Er grinste wieder. »Kannst sie ja zurückgeben.«

»Mmpf.«

Aber logisch war sein Vorgehen natürlich. Ich hatte sogar noch eine zusätzliche Idee. Sie war allerdings ziemlich grausig.

»Suchen wir uns einen bewusstlosen Patienten und schleichen uns danach in die Pathologie. Die Ids der Toten werden erst nach zwei Tagen abgeschaltet.«

Reb machte ein komisches Geräusch, halb Gurgeln, halb Krächzen.

»Und kein Schwein kriegt die Panik, wenn ein Toter plötzlich aus dem Heilungshaus marschiert?«

»Normalerweise vielleicht schon, aber sie werden genug zu tun haben, die Lebenden zu überwachen.«

»Ist was dran. Dann wollen wir mal in das Haus der Heilung zurückkehren.«

»Ich gehe in mein Zimmer.«

»Okay. Ein Zimmer ist so gut wie das andere.«

»Man hat vorhin zwei Verletzte dort untergebracht, wäre wohl nicht schlecht, wenn mein Id anzeigt, dass ich mich brav in meinem Zimmer aufhalte.«

»Nicht ganz doof!«

»Danke.«

Es zeigte sich, dass die Idee wirklich nicht schlecht war. Auf zwei mobilen Betten lagen die beiden Patientinnen, von denen die Pflegerinnen vorhin gesprochen hatten. Bewusstlos die eine, mit Schläuchen und Sensoren an die Geräte angeschlossen, ein Auge verbunden, der Kopf mit einer Manschette stabilisiert. Die andere schlief offensichtlich tief und fest. Die leichte Bettdecke wölbte sich über ihrem fixierten Bein. Allerdings hatte sie die Beweglichkeit ihrer Arme nicht verloren, in ihrer Reichweite lag das Kästchen mit den Zitronenbonbons. Sie hatte es gründlich geplündert.

Reb sah von der einen zur anderen, dann deutete er auf die Bonbondiebin.

»Besser die. Bei der anderen würde der Alarm losgehen«, wisperte er. »Gib mir dein Id.«

Ich löste das Armband, hielt es aber noch an meine Haut, damit es keinen Datenausfall gab.

Und dann bewunderte ich Rebs Fingerfertigkeit, mit der er das mit Strasssteinen besetzte Plastikarmband löste. Das Mädchen rührte sich nicht.

Sehr langsam ließ ich mein Id auf ihre Haut gleiten, während Reb ihres auf meinen Arm legte. Dann machte er den Verschluss des Goldarmbands zu und ich den des billigen Talmischmucks.

»Raus hier!«

»Mein KomLink!«

»Hierlassen. Du brauchst es nicht mehr.«

Wir traten wieder auf den Gang. Pflegerinnen eilten mit Tabletts, Medikamenten und KomPads an uns vorbei. Sie beachteten uns nicht.

»Wo werden die Toten abgestellt?«, fragte Reb leise.

»Pathologie. Im Keller.«

Ich wandte mich zum Lift, aber er zerrte mich am Ärmel zur Treppe. Er lief so schnell, dass ich ins Keuchen geriet, und erst als wir unten angelangt waren, holte ich ihn wieder ein. Er hatte sich hinter einer Milchglastür an die Wand gedrückt und gab mir ein Zeichen, es ihm gleichzutun. Aus dem Aufzug wurde eine weitere

Bahre geschoben, ein graues Tuch bedeckte die darauf liegende Gestalt.

Mir wurde mulmig, mein Magen wollte sich verknoten. Auf was hatte ich mich bloß eingelassen?

Die Pfleger betraten wieder den Aufzug, und Reb winkte mir.

Es musste zahlreiche Todesopfer gegeben haben, weitere fünf Bahren standen hier mit ihrer leblosen Fracht.

»Schnell, bevor weitere kommen.«

Reb hob eines der Tücher, erbleichte, ließ es fallen und ging zur nächsten Bahre. Dort entfernte er mit schnellen Bewegungen das Lederarmband, ich reichte ihm mein Id. Er legte es dem Toten auf die Brust.

Das leise Surren des Aufzugs war zu hören, wir huschten durch die Tür, die Treppen hoch.

Auf dem zweiten Absatz musste ich luftschnappend innehalten.

»Los, Princess. Schnell!«

»Kann nicht!«, keuchte ich.

»Du musst!«

»Verdammt, du hast mir keine Befehle zu geben.«

»Ach nein? Okay, dann bleib hier.«

Er nahm zwei Stufen auf einmal.

Ich kochte vor Wut. Was bildete der Schnösel sich ein? Männer hatten zu gehorchen, nicht zu befehlen!

Ich hetzte hinterher, schon deswegen, weil ich ihm die Haut abziehen wollte.

Er drehte sich um, als er meine Schritte hörte. Blieb stehen, öffnete mit einer erstaunlich eleganten Bewegung die Tür und säuselte: »Euer Diener, Herrin!«

»Ach, halt die Klappe«, schnaufte ich.

»Klamotten. Wo?«

»Personalgarderobe.«

»Weißt du, wo die ist?«

»Ich kenne mich hier genauso gut aus wie bei uns zu Hause – bin ja oft genug hier zu Gast«, grummelte ich und wies ihm den Weg. Das Personal, das uns begegnete, schenkte uns weiterhin keine Beachtung. Vermutlich waren alle, die sich noch auf ihren eigenen Beinen bewegen konnten, derzeit keines Blickes würdig. Umso besser.

Diesmal ging ich voran, folgte den langen Gängen, wandte mich, ebenfalls den Aufzug meidend, zur Treppe und wies dann in einem Flur auf zwei Türen.

»Da die Männer, dort die Frauen.«

»Männerklamotten, auch für dich.«

Reb öffnete die Tür einen kleinen Spalt, spähte hinein und machte sie dann ganz auf.

»Alles klar. Komm.«

Ich huschte hinein.

Reb hatte schon einen Spind aufgemacht und wühlte eine dunkle Hose, eine braune Tunika und eine ärmellose Weste hervor. Ich wusste nicht recht, was ich machen sollte. Er aber griff an einen Wandhaken und reichte mir einen langen schwarzen Ledermantel und einen grünen Schal.

»Wickel den um deine Haare.«

Ich tat es und zog den Mantel an. Er reichte mir bis an die Fersen und war etwas zu weit an den Schultern, aber es ging.

Reb zog die Hose seiner Heilungstracht aus, und ich drehte mich um. Seine langen, sehnigen Beine wollte ich mir nicht anschauen, aber im Spiegel über dem Becken erblickte ich dann doch seinen mageren Oberkörper. Seine Schulterknochen standen hervor, und seine Arme waren ebenfalls lang und sehnig.

»Ich brauche Schuhe«, meinte ich, um mich abzulenken.

»Kriegst du. Aber erst einmal müssen wir hier raus.«

Er setzte eine Kappe auf und schob mich aus der Tür.

»Hinterausgang?«, fragte er.

»Besser Hauptausgang. Da ist mehr Betrieb. Nur musst du aufpassen, ohne Id wird ein Alarm losgehen.«

»Hätte ich mir auch eins von den Toten borgen sollen«, knurrte er. »Na, egal, die Verwirrung wird uns einen Vorsprung verschaffen.«

Es war tatsächlich so, dass das Foyer von Menschen wimmelte. Angehörige, Leichtverletzte, Amazonen und Sanitäterinnen versuchten Auskünfte einzuholen oder zu erteilen. Kinder weinten, zwei Männer redeten hysterisch auf eine Ärztin ein, eine Frau an Krücken stolperte über eine Tasche und fiel hin …

Reb schlängelte sich gekonnt durch das Tohuwabohu, und ich folgte ihm dicht auf den Fersen. Wir kamen unbehelligt durch die erste Schleuse, dann durch die Drehtür, aber kaum hatten wir die Überwachungssensoren unter dem Vordach passiert, ging der Alarm los.

»Lauf!«

Reb rannte los. Ich hetzte hinterher. Der schwere Mantel schlug hinderlich um meine Beine, durch die dünnen Sohlen meiner Schuhe spürte ich jedes Steinchen. Meine Lungen brannten. Reb schlug Haken, ich hatte Mühe, ihm zu folgen. Dann endlich drückte er sich in einen Hauseingang, und ich blieb japsend neben ihm stehen.

»Ich … kann … nicht … mehr!«

»Du kannst.« Sein Gesicht drückte unnachgiebige Härte aus.

Ich hasste ihn!

»Los, weiter. Wir können hier nicht bleiben, wir machen uns verdächtig.«

»Mir ist schlecht.«

»Dann kotz dich aus! Aber nicht hier in dem Eingang.«

Ich hasste ihn bodenlos!

Er trat wieder auf den Gehweg, verschwand in der Menge der Passanten.

Ich machte mich mit schmerzenden Füßen auf, ihm zu folgen. Immerhin ging er jetzt etwas langsamer. Besonders gut kannte ich mich in La Capitale nicht aus, aber es schien mir, als hätten wir die Innenstadt bereits verlassen. Die Straßen wurden schmaler, die Häuser sahen weniger elegant aus – dies musste ein Viertel der Civitas sein. Wieder hielt er an, diesmal in einer Toreinfahrt.

»Okay, bald haben wir es geschafft. Es scheint uns keiner zu folgen.«

Ich schwieg. Mir ging es wirklich nicht besonders gut. Darum lehnte ich mich an die Wand, schloss die Augen und hoffte, dass der Schwindel sich legte.

»Hey, Princess!«

»Lass mich.«

»Wann hast du das letzte Mal was gegessen?«

Blöde Frage.

Hörnchen, zum Frühstück.

Und dann hatte ich aus Bonnies Mund mein Todesurteil gehört.

»Gestern Nachmittag«, flüsterte ich.

»Okay, dann hast du Hunger. Daran stirbt man nicht. Zumindest nicht so schnell. Ich besorg uns was.«

Ich blinzelte zu ihm hoch.

»Du hast kein Geld.«

»Brauch ich nicht.«

Wieder dieses Grinsen.

»Was willst du machen?«

»Warte hier!«

Er verschwand, ich lehnte mich an die Wand und drückte mir die Hände auf den Magen. Vermutlich hatte er recht, ich war hungrig. Hoffentlich war es nur Hunger.

Es dauerte nicht lange, und Reb tauchte wieder auf. Er kaute mit vollen Backen und hielt mir einen Gemüseburger hin.

Es war Hunger!

Das Wasser lief mir im Mund zusammen. Einen Burger von einem Straßenstand hatte ich noch nie gegessen, und ehrlich, er schmeckte so was von köstlich!

Erst als ich den letzten Krümel von den Fingern geleckt hatte, wurde mir klar, was Reb getan hatte.

»Den hast du geklaut!«

»Geborgt.«

»Oh Mann!«

»Na, du gibst ihn ja Mutter Erde bald wieder zurück.«

»Äh …?«

»Oder haben Junoras keine Verdauung?«

Ich wollte es nicht, aber es passierte: Ich musste kichern.

Und es ging mir erheblich besser.

»Kannst du jetzt wieder?«

»Ich denke schon.«

»Gut, gehen wir einkaufen.«

»Wo denn? Ich weiß nicht, wir sehen ziemlich komisch aus. Bestimmt nicht so wie der, dem das Id gehört.«

»In den Randbezirken, Princess, sieht man nicht so genau hin.«

»Na, wenn du meinst.«

Die Sonne war bereits untergegangen, und die Häuserschatten hüllten die engen Straßen in Dämmerlicht. Laternen gingen an, die Scheinwerfer der Cityliner glitten über uns hinweg, hinter den Fenstern sah man hier und da das bläuliche Licht der Wandbildschirme flackern.

»Hier war ich noch nie«, entfuhr es mir.

»Dachte ich mir. Dort vorne ist die Begrenzungsmauer.«

Dunkel, wohl doppelt mannshoch, mit Rankpflanzen begrünt, ragte sie auf. Nicht einfach eine Mauer, sondern ein gärtnerisches Kunstwerk. Nichtsdestotrotz eine Grenze. Die Grenze zu den ehemaligen Stadtrandgebieten, die schon vor Langem verlassen und von der Natur zurückerobert worden waren.

»Wie kommt man denn da drüber?«

»Gar nicht. Drunter ist der Weg. Aber jetzt erst mal shoppen, Princess. Das macht ihr Mädchen doch gerne, hört man.«

Ich verriet ihm nicht, dass ich bisher so gut wie nie Gelegenheit gehabt hatte, in Geschäften einzukaufen. Was immer ich benötigte oder wünschte, wurde mir ins Haus geliefert.

Der Laden, den Reb anstrebte, lag in einem Hinterhof. Einem ziemlich finsteren Hinterhof. Ein ansprechendes Schaufenster gab es nicht. Aber eine schrille Türklingel.

»Hi, Pietje!«, rief Reb in den vollgestopften, muffig riechenden Raum.

Ein Gnom mit narbigem Gesicht und schütteren grauen Haaren tauchte aus den schummrigen Abgründen auf.

»Reb? Was willst du?«

»Die Princess braucht Klamotten.«

»Hat sie Kredit?«

»Dein Id!«, forderte Reb, und ich hielt das Armband an das Lesegerät.

»Zweitausend Mäuse.«

»Buch sie ab. Wir verrechnen dann.«

»Zehn Prozent Provision.«

»Fünf sind üblich, Pietje.«

»Die kann sich mehr leisten.«

»Kann sie nicht. Mach keinen Ärger, ja?«

»Acht.«

»Sechs.«

»Fünf«, sagte ich kühl. »Das gibt die Handelsspanne üblicherweise her. Prozente darüber hinaus können nur als unmoralisch betrachtet werden.«

Der Gnom starrte mich mit offenem Mund an.

»So lauten die Durchführungsverordnungen für Einzelhändler. Die sind Ihnen gewiss geläufig!«

Mir zumindest waren sie es, ich hatte meine Mutter oft genug darüber diskutieren gehört.

»Also fünf Prozent, Pietje. Du willst doch der Princess gegenüber nicht unmoralisch erscheinen.«

Der Gnom hustete und buchte den Betrag von dem Id ab.

»Was ist sonst noch drauf?«, wollte Reb wissen.

»Erlaubnis zum Führen eines Fahrzeugs, Zugang zu einer Wohnung im Ostend, Schließfach in der Capital-Bank und – tja, jetzt nichts mehr. Ist tot.«

»Gut. Princess, was ist deine Größe?«

»Weiß nicht, warum?«

Reb grub aus einem Regal eine Hose aus derbem Stoff hervor und hielt sie mir an.

»Probier sie an.«

»Hier? Mitten im Laden?«

»Wo sonst, hm?«

Es blieben mir wohl nicht viele Alternativen. Immerhin war der Mantel weit und lang. Ich zog die seidene Hose der Heilungstracht aus und schlüpfte in die andere. Sie passte einigermaßen, fühlte sich allerdings kratzig und steif an. Aber vermutlich durfte ich jetzt nicht maulen.

»Geht so«, verkündete ich also.

»Behalt sie an.«

Ich bekam noch zwei Oberteile, eine Jacke, weiche Lederstiefel und ein Paar Laufschuhe. Unterwäsche durfte ich mir selbst aussuchen, als ich jedoch nach Kosmetika fragte, wurde mir beschieden, dass die in der nächsten Zeit keine Rolle für mich spielen würden. Dafür aber ein ziemlich großer Rucksack.

Reb wickelte den Kauf ab und hielt mir eine Brieftasche mit Scheinen und Münzen hin.

»Verlier das nicht.«

Ich sah die Mappe zweifelnd an.

Er steckte sie mir in die hintere Tasche meiner Hose.

»Und jetzt suchen wir mein Quartier auf. Erschrick nicht, freundlich werden sie mich nicht empfangen. Aber dir werden sie nichts tun.«

Bevor ich etwas sagen konnte, schob er mich aus dem Laden.

SUBCULTURA

Es war dunkel geworden, als wir wieder auf die Straße traten. Reb hatte den Rucksack mit meinen Kleidern geschultert und ging voran. Ich kam mir reichlich bescheuert vor, weil ich immer drei Schritte hinter ihm laufen musste, aber er tat so abweisend, dass ich mich nicht traute, neben ihm zu gehen. Wir näherten uns einer U-Bahn-Station, die nach der großen Frauenstatue auf dem blumenbewachsenen Rondell davor benannt worden war: Alice-Schwarzer-Platz. Es waren kaum noch Passanten unterwegs, niemand schenkte uns Aufmerksamkeit, als wir die Treppen nach unten liefen.

Schließlich machte ich ein paar größere Schritte, und als ich neben Reb angekommen war, fragte ich: »Wohin fahren wir?«

»Nirgendwohin. Hier ist die Endstation der Linie. Wir gehen.«

»Ja, aber … wohin?«

»In den Tunnel.«

Grausen packte mich.

»Das kann man doch nicht machen, es fahren doch noch Züge.«

»Nicht dort, wo wir hingehen. Es wird etwas holperig. Bleib dicht hinter mir.«

»Was heißt das?«

Ich ärgerte mich, dass meine Stimme gickste. Er sah mich herablassend an.

»Habe ich irgendetwas darüber gesagt, dass es einfach wird, NuYu zu verlassen?«

»Nein, aber …«

»Das hier ist noch eine der leichteren Übungen. Und nun sei still. Wir müssen warten, bis der Bahnsteig leer ist.«

Viele Leute warteten nicht auf den späten Zug, und als der einfuhr, stiegen auch nur wenige aus, die sofort zu den Treppen strebten. Die anderen verschwanden in den Waggons, und als die Bahn abfuhr, waren wir allein in der Station.

»Nach mir. Wir sollten nicht für die Überwachungskameras posieren«, sagte Reb, drückte sich an der Wand entlang und sprang kurz vor dem Tunnelende auf das Gleisbett. Immerhin streckte er mir die Hand entgegen, als ich ebenfalls sprang.

»Immer auf die Schwellen treten«, riet er mir und setzte sich in Bewegung.

Eine geschwärzte Mauer verschloss den Tunnel wenige Meter weiter, aber Reb schob eine ebenso schwarze Stahltür auf.

»Stillgelegte Strecke«, erklärte er. »Wird selten kontrolliert. Hin und wieder mauern sie die Durchgänge zu, und wir reißen sie anschließend wieder ein.«

Das also meinte er damit, unter der Begrenzungsmauer die Außenbezirke zu betreten. Wir machten uns auf den Weg. Ich stapfte mühselig hinter Reb her, aber nach einer Weile fand ich den richtigen Rhythmus, passte meine Schritte den Schwellen an. Es war fast vollkommen finster hier unten, nur hier und da drang durch Lichtschächte an der Decke der schwache Schein von Straßenlaternen in den Tunnel. Die Luft stank nach Metall, Treibstoff und Kloake. Dann nur noch nach Kloake und Fäulnis.

Etwas Pelziges huschte mit einem Quieken über meine Füße.

Ich schrie.

Ratten! Große Mutter, Ratten. Widerliche, verseuchte Ratten.

»Komm weiter.«

Aber ich konnte meine Füße einfach nicht mehr heben. Schon wieder wuselte so ein Tier vor mir her. Und je mehr ich darauf achtete, desto mehr erkannte ich, dass es von Ratten nur so wimmelte.

»Ich kann nicht«, stöhnte ich entsetzt.

»Das Lied kenn ich schon. Entweder du kannst, oder du gehst allein zurück.«

Übelkeit und Schwindel packten mich wieder.

Nur nicht hinfallen. Um Himmels willen hier nicht umkippen. Sie würden über mich herfallen, mit ihren Klauen und Zähnen an mir reißen, mich mit ihrem Schmutz besudeln.

»Princess, hierbleiben oder weitergehen?«

Ich musste auf den Beinen bleiben, musste gehen. Er war gnadenlos. Wenn ich mich nicht bewegte, würde er mich diesen Untieren ausliefern.

Mühsam setzte ich Fuß vor Fuß.

Eine gefühlte Ewigkeit lang.

Dann sah ich plötzlich das buchstäbliche Licht am Ende des Tunnels.

»Sind wir da?«

»Ja, gleich.«

Das Licht gab mir die Kraft, mich weiterzuschleppen.

Eine verlassene Station, von einigen trüben Lampen schwach erleuchtet, tat sich vor mir auf. Unsere Schritte hallten auf dem verschmutzten Betonboden, die ehemals farbigen Fliesen waren fast überall von den Wänden gefallen, seltsame, kränklich aussehende Pflanzen krochen aus Spalten und Ritzen. Die Treppe, die nach oben führte, war jedoch einigermaßen instand gehalten. Vermutlich, weil sie häufig benutzt wurde. Ich war froh, die kühle Nachtluft in die Nase zu bekommen, und verschnaufte einen Augenblick. Meine Beine fühlten sich lahm und müde an. So lange Strecken hatte ich noch nie in meinem Leben zu Fuß zurückgelegt.

»Ist es noch weit?«

»Nein, nicht mehr.«

Reb wirkte unwirsch und verschlossen. Er ließ mich deutlich spüren, dass ich inzwischen eine Last für ihn war. Aber was sollte ich tun? Zurück konnte ich jetzt nicht mehr. Also trottete ich wieder hinter ihm her. Im spärlichen Licht der Nacht – die Wolkendecke über uns reflektierte die Beleuchtung der Innenstadt – lag hügeliges Brachland vor uns. Wildes Gesträuch säumte den Trampelpfad, stachelige, niedrige Gewächse überwucherten an manchen Stellen alte Mauerreste. Nach wenigen Minuten erreichten wir eine Betonrampe, die nach unten führte.

»Noch ein Tunnel?«, fragte ich schaudernd.

»Nein, ein Keller. Unser Quartier.«

Barmherzige Mutter, was denn noch? Wieder stieg meine Angst vor Ratten, Kakerlaken, stinkende Fäkalien und Moder in mir hoch. Ein schwarzer Schlund tat sich vor mir auf, der mich verschlingen würde.

Was hatte ich nur getan?

Doch die Pforte der Dunkelheit war plötzlich von einem Strahler erleuchtet, ein Rolltor hob sich scheppernd. Gleich darauf standen wir in einer riesigen Halle, die in regelmäßigen Abständen von Betonsäulen abgestützt war. Zwischen diesen Säulen waren aus allerlei Materialien Zwischenwände gezogen worden. Ein grauer Vorhang bewegte sich, zwei Gestalten traten auf uns zu. Männer, nicht viel älter als Reb.

»Ach, unser Muttersöhnchen ist heimgekehrt«, höhnte einer, der andere stieß einen schrillen Pfiff aus. Auch allen Ecken und Winkeln erschienen nun Menschen. Dunkel gekleidet, in Lumpen, schmuddelig.

Und bedrohlich.

Reb hob die Hand. »Ich habe einen Flüchtling dabei. Versorgt sie.«

Jemand kam näher. Eine ältere Frau. Grauhaarig, faltiges Gesicht. Als sie den Mund öffnete, bemerkte ich, dass ihr ein Schneidezahn fehlte.

Ekel überkam mich.

»Wie heißt du?«, fragte sie. Ihre Stimme klang heiser, aber sanft.

»Ky ...«

»Princess.«

»So heißen deine Mädchen immer«, meinte die Alte.

»Sie heißt besser so.«

»Na gut. Hat Mama dir geholfen, Reb?«

Er zuckte mit den Schultern. »Ich bin wieder hier.«

»Und wann dürfen wir den Besuch von Mama erwarten?«, giftete ein anderer.

»Gar nicht.«

»Glaubst du das wirklich? Du Verräter!«

Der Mann spuckte vor ihm aus, und ich zuckte wieder einmal zusammen.

»Ich hab keinen verraten.«

Sie bildeten einen bedrohlichen Kreis um ihn. Ich spürte Angst in mir aufsteigen.

»Was haben sie vor?«

»Ihn bestrafen. Komm mit, Princess. Dir wird so was nicht gefallen.«

»Aber er hat doch gar nichts getan.«

»Doch, hat er. Und er weiß es recht gut. Also, willst du zusehen oder was essen?«

»Sie dürfen ihm nichts tun. Das gehört sich doch nicht. Das ist Gewaltanwendung.«

»Sicher. Gewalt gehört zum Leben. Und du gehörst zu den Electi, was? Los, komm endlich mit in die Kantine. Nachher kannst du dich um ihn kümmern, wenn dir so viel an ihm liegt.«

»Mir liegt nichts an ihm«, fauchte ich, aber sie zerrte mich schon an meinem Mantelärmel weg und führte mich in einen großen, mit Tischen und Bänken eingerichteten Raum. Auch er war karg, kalt und nicht sehr sauber. Die Frau machte sich an einer Theke zu schaffen und schnitt mit einem Messer von einem Brot zwei dicke Scheiben ab.

»Isst du Fleisch, Princess?«

»Äh … nein.«

»Dacht ich's mir doch. Na gut, also Käse.« Sie klatschte irgendeinen Belag auf das Brot, holte aus einem mächtigen Kühlschrank eine Flasche und stellte beides vor mich hin.

»Danke. Wie heißen Sie?«

»Ria. Und wir duzen uns hier.«

Ich biss vorsichtig in das Brot. Es war nicht ganz so schlecht, wie ich befürchtet hatte. Aber das Getränk schmeckte bitter und widerlich.

»Kann ich bitte ein Glas Wasser haben, Ria? Es reicht auch aus der Leitung.«

»Leitungswasser? Besser nicht. Man muss es erst abkochen. Das hier tut's allenfalls zum Waschen. Bier ist gesünder.«

Aber sie kam mit einer anderen Flasche zurück. Das Zeug war zwar klebrig süß, jedoch besser als das Bier. Ria hatte sich mir gegenüber gesetzt und zog die Bierflasche zu sich.

»Wo sind wir hier?«

»Ehemalige Bürostadt. Tiefgarage. Haben es ganz gut getroffen mit unserem Clan.«

Das mochte sie so empfinden, ich fragte mich allerdings, wie Menschen unter solchen Bedingungen leben konnten. Aber die Subcults konnten es wohl irgendwie.

Weitere Bewohner kamen in die Kantine. Ich bemühte mich, sie nicht allzu entsetzt anzustarren. In meiner Welt gab es keine Krüppel, keine Narben, keine Missbildungen. Hygiene und medizinische Überwachung und Versorgung ließen so etwas nicht zu. Schmutzig waren sie auch, ihre Haare unfrisiert, ihre Kleider gestopft, fleckig, ausgefranst. Sie aßen gierig, meist mit den Händen, aber einige schienen ihr eigenes Besteck mit sich zu führen. Was mir jedoch am meisten auffiel, war, dass sich überwiegend Männer hier versammelten.

»Wo sind die Frauen?«, entfuhr es mir.

»Gibt nur wenige. Johanne, Lennie und ich sind die einzigen in diesem Clan. Und jetzt noch du.«

»Ich bleibe nicht.«

»Ach nee?«

Eine Alarmglocke schrillte durch meinen Kopf. Das hätte ich nicht sagen dürfen. Offensichtlich gab es irgendwelche Regeln unter ihnen, die besagten, dass man, wenn man erst einmal in diese Unterwelt gelangt war, nicht mehr entkommen konnte.

Wieder war eine Falle zugeschnappt.

»Nicht hier bei euch«, bemühte ich mich den Schaden zu begrenzen. »Ich muss weiter weg.«

»Ach so.«

Ich nagte weiter an meinem Brot. Es klebte mir am Gaumen, und die süße Limonade half auch nicht, es besser rutschen zu lassen. Meine Glieder fühlten sich an wie Blei.

»Kann ich hier irgendwo schlafen?«

»Ich bring dich zu Rebs Quartier.«

»Und waschen?«

»Wie viele Extrawünsche hast du noch?«

»Auf die Toilette würde ich auch gerne. Bitte.«

Ria lachte trocken auf. »Höfliches Ding, was? Na, auf denn!«

Sie drückte mir sogar einen gräulichen Waschlappen und ein fadenscheiniges Handtuch in die Hand, wofür ich ihr tatsächlich dankbar war. Daran hatte ich bei unserem Einkauf nämlich nicht gedacht.

Es gab so etwas wie einen Gemeinschaftsnassraum, der weit von jenem Hygienestandard entfernt war, den ich gewohnt war. Mir dämmerte allmählich, dass ich meine Maßstäbe an Komfort erheblich reduzieren musste. Aber das änderte nichts daran, dass ich mich vor Schmutz und Schmier ekelte. Und vor Kakerlaken auch. Mochte der Himmel wissen, was ich mir hier alles für Krankheiten einfangen würde.

Aber im Grunde war das egal.

Niedergedrückt folgte ich Ria nach meiner Katzenwäsche zu einem der Verschläge. Hinter einer Pappwand mit allerlei Plakatresten und einem grünen Plastikvorhang lag eine breite Matratze auf dem nackten Boden, ein paar Decken zerwühlt in der Ecke, ein klumpiges Polster dazwischen. Über den Rand der Pappwand baumelte eine nackte Glühbirne an einem Kabel, neben ihr tickte eine altmodische Uhr mit Ziffernblatt und Zeigern. An ihr konnte ich ablesen, dass es kurz vor Mitternacht war. Ein Stapel zerfledderter Papierbücher – die gab es hier tatsächlich noch, sie mussten uralt sein –, eine halb leere und eine volle Flasche mit einer klaren Flüssigkeit standen daneben. An den Betonpfeilern waren Haken angebracht, an denen Kleidungsstücke hingen. Mitten in dieser Unordnung lag der Rucksack mit meinen neuen Kleidern.

»Ihr werdet euch schon arrangieren«, meinte Ria. »Gute Nacht. Wenn du willst, komm morgen früh in die Kantine. Lennie macht Haferbrei.«

Ich schälte mich aus meinen Kleidern und zog wieder die Sachen aus dem Heilungshaus an. Wie angenehm sich die weiche Seide auf der Haut anfühlte. Dann zerrte ich die Bürste aus dem Rucksack, das einzige Zugeständnis an meine Eitelkeit, und entflocht meine Haare, um sie auszubürsten. Ich war mit dieser langwierigen Prozedur gerade fertig, als Reb durch den Vorhang stolperte. Er ließ sich langsam auf der Matratze nieder, streckte sich mit einem Stöhnen aus und schloss die Augen.

Im spärlichen Licht der Lampe sah er entsetzlich aus.

Seine Lippe war wieder aufgeplatzt, sein Kiefer wurde schon blau, ein Blutrinnsal lief von seiner Augenbraue herab. Und vermutlich hatte er auch ansonsten überall Prellungen.

Es tat mir körperlich weh, ihn so zu sehen.

Ich wühlte meinen Waschlappen aus dem Beutel, in den ich ihn gesteckt hatte, und wischte ihm das Blut aus dem Gesicht.

Er stöhnte wieder leise, wehrte sich aber nicht.

Er wehrte sich auch nicht dagegen, als ich ihm die Stiefel auszog und das Polster unter seinen Kopf schob. Er wehrte sich erst, als ich ihm eine Tablette zwischen die Lippen schieben wollte.

»Was ist das?«

»Ein Schmerzmittel. Hab ich aus meinem Krankenzimmer mitgenommen.«

»Brauchst du selbst.«

»Brauchst du eher. Was ist in der Flasche hier?«

»Wasser.«

»Zum Trinken?«

»Mhm.«

Ich hielt ihm die geöffnete Flasche hin.

»Nimm die Tablette.«

»Brauch ich nicht.«

»Ach nein?«

»Ist schon okay.«

»Nimm das Ding. Ich bin müde und will nicht die ganze Nacht von deinem Gestöhne wachgehalten werden.«

Er blinzelte mich an, und sein Mundwinkel zuckte nach oben.

»Nun jaaa …«

»Reb, spar dir deine anzüglichen Gedanken.«

Der Mundwinkel zuckte noch mal. »Anzüglich! Mann!«

»Tablette, oder du lernst, was Schmerzen wirklich sind!«, fauchte ich ihn an.

»Ja, das trau ich dir zu, Princess. Gib her.«

Er spülte die Tablette mit einem Schluck runter und rückte dann vorsichtig und langsam zur Seite.

»Leg dich zu mir, der Platz reicht für zwei.«

»Vergiss es, so vertraut sind wir nicht miteinander.«

»Wie du meinst.« Er schloss die Augen wieder, und ich legte eine der Decken über ihn. Aus den beiden anderen, dem Rucksack und dem Ledermantel machte ich mir ein ungemütliches Lager auf dem Boden. Die Erschöpfung ließ mich sofort in einen unruhigen Schlaf fallen. Doch lange hielt er nicht an. Die Zeiger der alten Uhr standen auf halb sechs, als ich wieder aufwachte.

Es war unruhig in diesem Quartier, ungewohnt waren die Geräusche, nicht alle konnte ich identifizieren. Manche waren wohl menschlichen Ursprungs. Sozusagen peinlich menschlich, andere schienen aus dem Gebäude selbst zu stammen, und manches Geraschel beschwor in mir Bilder von huschenden, nagenden Ratten herauf.

Ich setzte mich auf und sah zu Reb hinüber. Er lag auf dem Rücken, die Arme über der Brust gekreuzt, kaum hörbar atmend.

Ein seltsamer Kerl. Was mochte ihn in die Subcults verschlagen haben? Er benahm sich rüpelhaft, aber hin und wieder blitzte so etwas wie Gewandtheit hervor. Seine Sprache war ungehobelt, und trotzdem – manchmal drückte er sich gewählt aus.

Außerdem war er abwechselnd stur, abweisend, beleidigend und sagenhaft witzig.

Ich betrachtete sein geschundenes Gesicht.

Mutig war er wahrscheinlich auch.

Irgendwo schrie jemand. Ich zuckte zusammen.

Warum kümmerte mich Reb eigentlich?

Und – warum saß ich eigentlich hier in dieser Welt aus Trümmern und Dreck? Zwischen unzivilisierten Männern, denen es nichts ausmachte, Gewalt anzuwenden? Was hatte mich nur auf die irrwitzige Idee gebracht, das Heilungshaus – nein, meine ganze vertraute Welt – zu verlassen?

Meine Welt, in der harmonisches Miteinander höchstes Gut war, in der Ästhetik und Sauberkeit, Höflichkeit und Gesundheit die größten Werte darstellten, in der Konflikte durch Gespräche gelöst wurden, in der man Kultur und Tradition pflegte, Recht und Ordnung herrschten.

Da war ein Missklang.

Recht und Ordnung wohl nicht für alle.

Aber warum darauf weitere Gedanken verschwenden? Ich musste sterben. Das erste Schock, der mich deswegen getroffen hatte, war verebbt. Es gelang mir allmählich, klarer darüber nachzudenken.

Ich musste sterben, und das wollte ich in Freiheit. So war diese wahnsinnige Idee entstanden, in die Reservate zu reisen.

Das hätte ich vermutlich auch bei meiner Mutter durchsetzen können, ich Idiotin. Wer verweigerte einer Sterbenden schon ihren letzten Wunsch?

Aber wie sollte ich jetzt zurückkehren?

Allein durch den grausigen Tunnel?

Allein durch die Stadt?

Ohne Id? Ohne KomLink? Mit Schwindelanfällen und Übelkeit?

Ich seufzte, lehnte mich gegen den Rucksack und beobachtete den Zeiger der Uhr. Er schob sich Minute um Minute vor, und die Geräusche um mich herum wurden lauter.

Ich musste hierbleiben, zumindest bis ich mehr über meine vertrackte Lage in Erfahrung bringen konnte. Aber eines war mir klar, Reb konnte ich nicht bitten, mich zurückzubringen. Er hatte viel für mich gewagt und viel in Kauf genommen.

Er regte sich, ächzte leise. Als ich versuchte aufzustehen, um zu ihm zu gehen, schoss ein derartiger Schmerz in meine Waden, dass ich ein Aufheulen nicht unterdrücken konnte.

Reb sah mich an.

»Ich sterbe!«, keuchte ich.

»Du stirbst?«

»Meine Beine! Ich kann meine Beine nicht mehr bewegen. Sie tun so weh!«

Er drehte sich schwerfällig auf die Seite und stützte sich auf die Arme. »Ach ja.«

Ich zitterte. Große Mutter, hatte der Typ denn überhaupt kein Mitgefühl?

»Streck dein Bein aus, Princess!«

»Kann ich nicht.«

»Gott, das alte Lied schon wieder. Ausstrecken!«

Ich schniefte.

»Heulsuse.«

Es war mir egal.

»Jämmerliche Elitezicke!«

»Ich sterbe!«

»Quatsch. Jetzt streck dein Bein aus.«

Er griff nach meinem Fuß und zerrte daran.

Mir entrang sich ein Quieken, das mir peinlich war.

Und dann wurde das Leben zur Hölle.

Mit harten Griffen knetete Reb meine Wade. Ich stöhnte vor Schmerz auf.

»Lauter, Princess! Das hebt mein Ansehen bei den Nachbarn.«

Es gelang mir, das nächste Stöhnen zu unterdrücken. Aber die Tränen liefen mir die Wangen hinunter.

»Jetzt das andere Bein.«

Ich schüttelte den Kopf.

»Princess, ich fühle mich am ganzen Körper so, wie sich deine Waden anfühlen.« Und dann grinste er wieder schief. »Ich hab dir ja gesagt, dass du die Schmerztablette für dich aufheben sollst.«

Ich blinzelte ihn an.

»Muskelkater, Princess, führt definitiv nicht zum Tode. Das andere Bein.«

Ich kam mir selten dämlich vor und streckte ihm das Gewünschte entgegen. Und ich verkniff mir auch jeglichen Schmerzenslaut, als er es massierte.

»Eine heiße Dusche würde helfen, aber heißes Wasser haben wir hier nicht. Das Zweitbeste ist Bewegung. Steh auf und hol dir in der Kantine was zu essen. Du kannst meine Schüssel, den Becher und den Löffel mitnehmen. Aber hinterher gut auswaschen, ja?«

Ich kam tatsächlich auf die Füße, und meine Beine gehorchten mir, wenn auch mühsam.

»Und zieh dich richtig an, Princess«, kam es von der Matratze.

»Ich bin richtig angezogen.«

»Aber du bist hier nicht im Heilungshaus.«

Da war was dran. Allerdings konnte ich mich nur hier umziehen, und etwas ratlos betrachtete ich die Kleider, die ich gestern ausgezogen hatte.

Ein kleines Schnauben ließ mich auffahren.

»Ich schau nicht hin.«

Ich antwortete mit einem Knurren und machte mich daran, die weichen Seidengewänder auszuziehen. Und spürte seine Blicke auf meiner bloßen Haut. Weshalb ich mich in den Ärmeln des Hemdes verhedderte und mir saublöd vorkam. Als ich das Ding endlich über die Hüften gezogen hatte, fauchte ich Reb an: »Du wolltest weggucken!«

»Ich habe gesagt, ich schau nicht hin. Aber nicht, wohin ich nicht schaue.«

Ich sandte ihm einen bitterbösen Blick, und er grinste.

»Hey, Princess. Diesen Anhänger da, den lässt du besser niemanden sehen, klar?«

Ich schob ihn sofort unter den Ausschnitt.

»Den würde man sich wohl gerne ausborgen, was?«, grollte ich.

»Nein. Dieses – mhm – Symbol genießt hier keine große Beliebtheit.«

Es war das Symbol der Großen Mutter.

Schon wieder ein Hinweis auf die ungeliebten Mütter.

Ich zog die Hose und die Stiefel an, ignorierte Reb und machte mich erst mal humpelnd auf den Weg zu dem schmuddeligen Nassraum. Ria klatschte sich dort Wasser ins Gesicht, und als sie meine angeekelte Miene bemerkte, meinte sie: »Du kannst nachher hier sauber machen.«

»Was kann ich?«, entfuhr es mir.

»Es gefällt dir ja so nicht, oder?«

»Nein, es gefällt mir nicht. Aber ich hab's nicht dreckig gemacht.«

»Dann bleibt es eben so, wie es ist.«

»Warum putzen die Männer das nicht?«

»Sie sehen es nicht als ihre Aufgabe an.«

»Wie bitte?«

»Du bist in der Subcultura, Princess. Hier gelten andere Gesetze als in deiner schönen heilen Frauenwelt.«

Damit ließ sie mich stehen.

Wieder war es nur eine Katzenwäsche, die ich mir leistete, dann kehrte ich in Rebs Verschlag zurück, schnappte mir Schüssel, Becher und Löffel und hinkte zur Kantine. Dort wirtschaftete diesmal eine andere Frau am Herd herum, groß, dick, rothaarig. Ein Dutzend Männer saß an den Tischen und löffelte eine graue Pampe in sich hinein. Immerhin, der Kaffee roch gut.

»Ah, die Neue«, begrüßte mich die Frau am Herd. »Ich bin Lennie. Gib mir deinen Napf, und hol dir einen Kaffee.«

Ich tat es, und missmutig nahm ich die gefüllte Schüssel entgegen. Zu meiner Überraschung schmeckte der Kleister einigermaßen gut. Es waren irgendwelche Fruchtstücke drin, und süße Sahne hatte Lennie auch darübergegossen. Schweigend wie all die anderen aß ich ihn auf.

»Wie geht's Reb?«, fragte einer der älteren Männer an meinem Tisch.

Verblüfft sah ich ihn an. »Beschissen, dank eurer sogenannten Strafe.«

Lennie legte mir die Hand auf die Schulter. »Mach keinen Terz, Princess. Was sein muss, muss sein, und sie sind nicht zu hart mit ihm umgesprungen.«

»Nicht zu hart … Blutig geschlagen habt ihr ihn.«

»Das kann er ab«, bemerkte ein anderer trocken. »Er hat Mumm.«

Die waren auch noch stolz darauf. Ich schüttelte mich. Und fasste einen Entschluss.

»Bekomme ich noch eine Schüssel von dem Zeug? Und einen Kaffee?«

»Sicher.«

Lennie füllte nach, und ich reckte das Kinn hoch.

»Ich bring's Reb!«

»Natürlich.«

Wieder verblüffte sie mich.

Mit langsamen, vorsichtigen Schritten bahnte ich mir den Weg zu dem Verschlag. Reb schien wieder zu schlafen, aber seine Nasenflügel bebten leise, als ich den Kaffeebecher auf die Kiste neben seiner Matratze stellte.

»Hast du mir Frühstück gebracht, Princess?«

»Was dagegen?«

»Nein. Gehört sich ja so.«

»Wie bitte?«

»Nach allem, was ich für dich getan hab, oder?«

Dieser Mensch konnte einen zur Weißglut treiben. Am liebsten hätte ich ihm den Brei über den Kopf geschüttet. Aber dann merkte ich, wie sehr er sich quälte, um sich aufzusetzen, und hockte mich neben ihn.

»Ich werde dich füttern, du armes Schätzchen.«

Sein Mundwinkel zuckte.

»Gut gegeben. Lass nur, essen kann ich selbst. Scheint mir ungefährlicher zu sein. So, wie du aussiehst, würdest du mir den Löffel gerne in die Kehle rammen.«

»Ja, an der Idee ist was dran.«

Er leerte die Schüssel in Windeseile, und mich flog der Verdacht an, dass er wohl ziemlich hungrig war. Also nahm ich Becher und Schüssel und trabte zur Küche. Ich bekam kommentarlos beides noch mal gefüllt.

Und ebenso kommentarlos leerte Reb sie, streckte sich dann wieder aus und schloss die Augen. Eine Weile blieb ich bei ihm sitzen, aber er gab vor, tief und fest zu schlafen. Also nahm ich das Geschirr wieder und brachte es in die Kantine. Hier werkelte inzwischen nur noch Lennie an dem Spülbecken.

»Du kannst dich nützlich machen, Princess«, meinte sie und drückte mir ein Tuch in die Hand. »Tische abwischen, fegen, anschließend mir beim Kochen helfen.«

»Äh – das sind für gewöhnlich Männerarbeiten.«

»Hier nicht, Herzchen.«

Besser, ich erwiderte nichts darauf. In was für eine Welt war ich geraten?

Ich wischte also auf den Tischplatten herum, die meiner Meinung nach dadurch nicht sonderlich sauberer wurden. Zu tief hatte sich der Dreck schon darin eingefressen.

»Warum bist du hier, Lennie?«, fragte ich, während ich den Lappen ausspülte.

»Das fragt man hier nicht, Princess«, antwortete sie sanft, aber dann sah sie mich mitleidig an. »Du hast ja auch deine Gründe, oder?«

Die ich ihr nicht erläutern würde, das stimmte wohl. Also senkte ich zustimmend den Kopf. Lennie trocknete sich die Hände ab und strich mir über den Arm.

»Es verwirrt dich.«

»Ja.«

»Es gibt viele Gründe, warum man seine Identität aufgibt. Ein paar von uns sind ohne geboren – es gibt immer wieder Frauen, die ihre Kinder hier aussetzen. Tempelhuren tun das gerne.«

Ich schnappte nach Luft. Das war ja ungeheuerlich.

»Natürlich auch die, denen man die Identität genommen hat – vermutlich Verbrecher in deiner Auslegung.«

»Vermutlich. Mörder? Vergewaltiger? Gewalttäter?«

»Nein, Diebe, Betrüger, Hehler. Die Gewaltverbrecher werden deportiert.«

»Ja, natürlich. Ich hatte nur gedacht …«

»Nein, Princess, wir mögen ein verlorenes Gesindel sein, Mörder dulden auch wir nicht unter uns. Aber es gibt etliche, die mit dem Leben in der Civitas nicht zurechtkommen. Die der permanenten Überwachung und medizinischen Betreuung entfliehen wollen, weil sie mehr Drogen oder Alkohol zu sich nehmen möchten, als ihnen erlaubt wird, weil sie Krankheiten haben, die nicht geheilt werden können. Oder sie haben Ungerechtigkeiten erlebt, die sie nicht tolerieren können. Auch solche, die das politische System ablehnen, kommen zu uns. Vor allem Männer, die mehr Rechte für sich verlangen, und Wissenschaftler, deren Forschungen nicht gebilligt werden. Wir sind ein gemischter Haufen, Princess.«

»Kranke kommen hierher?«

»Behinderte oder Gendefekte zum Beispiel, die lieber nicht wissen wollen, wann ihr Leiden zuschlägt, und sich daher den ständigen Untersuchungen entziehen.«

Ich klammerte mich an die Tischkante.

Es gab andere wie mich.

Ich war nicht allein mit meinem Wunsch, ohne ständige Aufsicht zu leben – oder zu sterben.

»Princess, wir geben unsere Identität ab, das mag dir sonderbar vorkommen und als Verlust erscheinen. Aber hier in diesen Gruppen, den Clans der Subcultura, erhältst du irgendwann etwas dafür zurück. Vielleicht deine Seele.«

Damit wandte sie sich ab und ließ mich sprachlos stehen.

Ria tauchte stattdessen auf, sie schleppte einen Sack Kartoffeln herbei.

»Hast du den Waschraum und die Toiletten geputzt?«

»Nein. Ich hab hier gewischt.«

»Sieht man nicht viel von. Hoffentlich klappt das mit dem Kartoffelschälen besser.«

Ich war so verstört von dem, was Lennie mir gesagt hatte, dass ich widerstandslos das Messer nahm und an den Knollen herumschabte. Langsam und nicht sehr geschickt, wie ich feststellte, als ich Ria beobachtete. Aber sie sagte nichts dazu.

Mittags kam Reb in die Kantine. Er hatte sich gewaschen und andere Kleider angezogen. Sein Gesicht schillerte in allen Farben, und er bewegte sich schwerfällig. Ich bemerkte, dass die anderen Männer ihm keine Feindseligkeit mehr entgegenbrachten und ihn in ihre Gespräche einbezogen. Ich füllte gerade auf Rias Geheiß hin Teller und Schüsseln mit Kartoffelbrei und Hackfleisch, als jemand mit einem roten Zettel in der Hand in den Raum kam und ihn an eine Wand pinnte.

»Warnung, Leute. Es ist mal wieder eine Seuche ausgebrochen.«

»Ach nee?«, meinte jemand.

»Ja, ja. Eine ganz neue Krankheit, die sich in der Stadt ausbreitet. Das Gesundheitsministerium zeigt sich betroffen und verspricht alles zu tun, um die Bedrohung einzudämmen. Es gibt einen Aufruf zur allgemeinen Impfung.«

»Toll«, war der einzige Kommentar.

»Eine Seuche?«, flüsterte ich entsetzt und ging zu dem roten Zettel. Ein Flugblatt – wer verteilte denn noch Flugblätter? Das war eine ganz altertümliche Art der Informationsverbreitung. Aber Bildschirme, KomLinks und andere derartige technische Geräte hatte ich hier unten auch noch nicht gesehen. Vermutlich musste man Nachrichten auf diese Weise verbreiten.

Ich las den Text.

Seit fünf Tagen waren erst vereinzelt, dann in der Region um die U-Bahn-Station Alice-Schwarzer-Platz etliche Masernfälle aufgetreten, die sich als lebensbedrohlich erwiesen hatten. Mehrere Mitglieder der Civitas waren bereits unter Quarantäne gestellt worden. Impfungen wurden in allen Stadtvierteln in den Arztpraxen angeboten. Der Verdacht bestand, dass die Quelle der Seuche in den Quartieren der Subcults zu suchen sei. Man plane entsprechende Desinfektionsaktionen.

SEUCHENDROHUNG

»Was heißt Desinfektionsaktionen?«, fragte ich die Umstehenden.

»Sie werden versuchen, uns auszuräuchern.«

Ich war schon wieder sprachlos.

»Ausräuchern?«

»Sie lassen Gas in die alten U-Bahn-Tunnel strömen und versiegeln sie. Es wird eine Weile arg stinken, dann verfliegt das Zeug, und wir brechen die Versiegelung auf. Ist weiter kein Drama.«

»Blöd ist nur, dass wir während der Zeit nicht unseren Beschäftigungen nachgehen können. Oder große Umwege machen müssen.«

»Ach, Carlo, die Leute in der Stadt werden uns jetzt sowieso nicht beschäftigen. Dazu haben sie viel zu viel Schiss, dass wir sie verseuchen.«

»Ihr arbeitet für die Civitates?«, fragte ich verdutzt.«

»Sicher, Dreckarbeit muss immer erledigt werden.«

Es wurde immer abenteuerlicher, was ich hier erfuhr. Und der Gleichmut, mit dem die Subcults all das ertrugen, überraschte mich erneut. Ich schwieg.

»Okay, haben wir genug Vorräte?«, fragte Ria.

Jemand anders bestätigte das, und man zerstreute sich wieder.

Neben mir tauchte Reb auf.

»Geh in mein Quartier, und pack deine Sachen, Princess. Ich bring dich nach Hause.«

»Das tust du auf gar keinen Fall«, entfuhr es mir, und ich wunderte mich selbst darüber.

»Du kannst nicht bleiben, die Gefahr ist ziemlich real, dass du dich ansteckst.«

»Mir ist das egal, weißt du.«

»Princess, mag ja sein, dass deine komische Krankheit ausgebrochen ist, aber noch lebst du. Und du kannst zurück.«

»Ich will aber nicht. Außerdem: Gegen Masern bin ich geimpft und gegen jeder andere dämliche Krankheit auch. Nur gegen meinen Gendefekt nicht.«

»Princess, hier wird es bald ungemütlich.«

»Falsch, Reb, hier *ist* es ungemütlich.«

»Dann pack deine Sachen!«

»Ich lass mir von dir doch nicht vorschreiben, was ich tun soll.«

»Das wirst du müssen. Schließlich habe ich dich hergebracht. Und jetzt bringe ich dich wieder zurück.«

»Das wirst du nicht! Du hast mir gar nichts zu befehlen!«

»Oh doch, Princess. Die Zeit drängt. Noch ist der Weg frei.«

»Männer haben nichts zu sagen!«

»Ach nee?«

Er stand vor mir und hatte die Hände zu Fäusten geballt, seine Augen funkelten mich an. Einen Moment lang herrschte wütendes Schweigen zwischen uns, dann packte er meinen Arm und wollte mich Richtung Ausgang schieben.

Ich holte aus und schlug nach ihm.

Er fing meine Hand ab.

»Du haust wie ein Mädchen«, spöttelte er.

Eine andere Frau trat zwischen uns. Eine zierliche schwarzhaarige Frau mit einer gezackten Narbe auf der Stirn.

»Schluss damit!« Sie drängte mich einige Schritte nach hinten, und als ich den Tisch in meinem Rücken spürte, sagte sie leise: »Leg dich nicht mit Reb an. Er ist schnell wie eine Viper. Und wenn du schon zuschlagen willst, dann mit geschlossener Faust und nie aufs Kinn, sondern auf die Nase.«

Ich sackte zusammen. Ich hatte mich doch tatsächlich dazu hinreißen lassen, Gewalt anzuwenden.

Reb beobachtete uns, zuckte mit den Schultern und meinte: »Ich pack deine Sachen.« Dann ging er fort.

»Das wirst du nicht!«, schrie ich ihm hinterher.

Er sah sich nicht um.

Die Frau hielt mich fest.

»Wir haben schon zwei Kranke in der Nachbarschaft, Mädchen. Wenn du noch eine andere Möglichkeit hast, zu deinem Zuhause zurückzukehren, dann tu es jetzt.«

»Ich will aber nicht.«

»Was willst du denn, Junora?«, fragte sie leise.

Junora – sie wusste also, dass ich zu den Electi gehörte.

Um mich zu beruhigen, atmete ich einmal tief ein.

»Ich will in die Reservate.«

»Gute Idee.«

»Wirklich?«

»Ja, für dich ist das besser. Für Reb vielleicht auch. Er gerät hier ständig in Schwierigkeiten.« Und dann lächelte sie. »Was nicht heißt, dass ihm das dort nicht passieren wird. Aber du scheinst einen gewissen Einfluss auf ihn zu haben, Junora. Nutze ihn vorsichtig.«

»Einfluss? Auf Reb?«

»Er tut normalerweise so, als ginge ihn alles nichts an. Aber du ärgerst ihn. Lass ihn eine Weile allein, und mach dich hier nützlich. Und nachher gehst du zu ihm und bittest ihn, dich zu Cam zu bringen.«

»Wer ist Cam?«

Sie kicherte.

»Unsere Travel-Agency.«

Mehr wollte sie nicht dazu sagen, also befolgte ich ihren Rat. Er schien mir nicht ganz falsch zu sein. Immerhin stand sie auf meiner Seite.

Den Nachmittag verbrachte ich damit, Johanne, wie sie sich vorstellte, bei der Arbeit zu helfen. Ich faltete Dutzende von Laken und Handtücher zusammen, räumte Stapel von Lebensmittel in Regale und hörte dabei ihr und den beiden anderen Frauen überwiegend schweigend zu.

Ich lernte dabei viel über das Leben in der Subcultura. Die Menschen hier waren augenscheinlich recht gut organisiert. Einige von ihnen sammelten in den Vierteln der Civitas als Bettler und Straßenmusikanten Münzen zusammen, andere verdingten sich als Schwarzarbeiter. Vor allem bei der Müllentsorgung und bei Entrümpelungen. Mir war in meinem Elfenbeinturm nie bewusst geworden, dass die Menschen ohne Id sich trotz allem in der Stadt frei bewegten. Verachtet zwar, fast unsichtbar, aber dennoch notwendig bei allerlei Tätigkeiten. Es schien, dass ein blühender Tauschhandel, Geldwäscherei, Schwarzmärkte für allerlei Güter existierten, die auf seltsamen Kanälen in die Subcultura gelangten. Es gab Grauzonen, wo sich Civitas und Subcults trafen, Geschäfte miteinander abwickelten und Informationen austauschten.

Wusste meine Mutter auch das?

Sie hatte versucht, Hilfsprogramme einzuführen, die aber nicht angenommen wurden. Vermutlich waren sie an dem Stolz der Menschen hier gescheitert, denn so allmählich dämmerte mir, dass sie samt und sonders gar nicht so unzufrieden mit ihrem Leben waren.

Ich war müde, als wir uns zum Abendessen zusammensetzten, und aß schweigend. Reb erschien kurz in der Kantine, holte sich ein paar Brote und zwei Flaschen kalten Tee und verschwand wieder. Mich würdigte er keines Blickes.

Ich half noch beim Abwaschen, dann sagte Johanne zu mir: »Geh, red mit ihm.«

»Er hat mich nicht angeguckt.«

»Er hat dich aber auch nicht angeblafft.«

Vermutlich würde er das aber gleich wieder tun. Trotzdem, ich musste eine Möglichkeit finden, mich mit ihm zu einigen. Das gehörte zu den Grundsätzen der menschlichen Zivilisation. Man diskutierte die Probleme aus, die man miteinander hatte. So war es mir beigebracht worden.

Erfolgreich war ich nicht immer damit gewesen. Aber ich hatte an einem harten Brocken geübt – die Diskussionen mit meiner Mutter waren ein unbarmherziges Training.

Ich fand Reb zusammen mit einem weißhaarigen Mann auf der Matratze sitzen, ein Stapel alter Bücher zwischen ihnen.

Er sah auf, als ich eintrat, der Alte erhob sich und verbeugte sich.

»Junora!«

»Guten Abend.«

»Das ist Senor Cassius, Princess. Ein Geschäftspartner.«

Ich bedeutete ihm mit einer Handbewegung, wieder Platz zu nehmen, und sah mich nach meinem Rucksack um. Er war nicht gepackt. Immerhin, das war schon mal ein Anfang.

»Störe ich?«

»Nein, Junora. Bleiben Sie nur, wir sind bald fertig.«

Ich ließ mich also auf meinem Deckenstapel nieder und hörte zu, wie die beiden über die alten Bücher verhandelten. Es schien, dass Senor Cassius auf der Suche nach einigen besonderen Werken war und Reb sich bemüht hatte, sie aufzutreiben. Meine Neugier wuchs.

»Was machen sie mit den Büchern, Senor Cassius?«, fragte ich, als er eines zusammenklappte und auf den Stapel neben sich legte.

»Ich lese sie, Junora.«

»Das habe ich mir fast gedacht. Aber warum?«

»Weil ich wissbegierig bin.« Sein zerknittertes Gesicht verzog sich zu einem Lächeln. »Ich bin Geschichtsforscher, Junora. Und ich habe es mir zur Aufgabe gemacht, insbesondere die Zeit vor der Großen Pandemie zu erforschen.«

»Aber die ist doch gut dokumentiert.«

»Sicher, doch in gewisser Weise einseitig. Es sind vor allem die geschätzten Kolleginnen, die diese Dokumente ausgewertet und für die Nachwelt aufbereitet haben. Ein wenig ist dabei die Rolle der Männer in Politik, Wirtschaft und Forschung verrutscht.«

»Ist sie das?«

»Die Männer in Ihrer Welt, Junora, sind – überspitzt gesagt – nichts weiter als mal die Zierde des Hauses, mal Arbeitstiere, mal Belustigungspersonal. Das war vor Zeiten einmal anders. Sie waren Staatsführer, Philosophen, Wissenschaftler, Künstler.«

»Kriegstreiber, Unterdrücker, Zerstörer.«

»So will man es Sie glauben lassen. In Ihren Schulbüchern steht seit hundertfünfzig Jahren nichts anderes. So wie man einst gelehrt hat, dass Frauen minderwertig, technisch unbegabt und körperlich unterlegen seien und nur dazu dienen, Kinder zu gebären.«

»Das stimmt doch gar nicht!«

»Eben. Genauso wenig, wie es stimmt, Junora, dass Männer lediglich die Aufgabe haben, Kinder zu zeugen. Und so weiter.«

Reb grinste unverschämt.

»Senor, diese Princess glaubt nicht, dass Männer ihr etwas zu sagen haben. Verschwenden Sie nicht Ihren Atem auf sie.«

»Reb, mein Junge, es lohnt sich immer, Atem auf etwas zu verschwenden, das zu besserer Einsicht führen kann. Und die Junora scheint mir eine aufgeschlossene junge Frau zu sein, da sie sich hier in Ihre Gefilde begeben hat.«

»Aufgeschlossen ist nicht das Wort, das ich auf sie anwenden würde. Sie ist stur, abweisend, beleidigend, wenn auch manchmal ziemlich witzig.«

Ich sah Reb mit zusammengekniffenen Augen an.

Genau so hatte ich ihn auch für mich beschrieben.

»Ja, Reb, sie ist Ihnen ähnlich. So, und nun überlasse ich euch euren Zankereien. Ich muss sehen, dass ich nach Hause komme, bevor sie die Zugänge dichtmachen. Danke für Ihre Mühe, Reb.«

Erstaunlicherweise erhob Reb sich höflich und begleitete den Alten zum Ausgang. Als er wieder zurückkam, hatte er zwei Äpfel dabei. Einen reichte er mir.

»Danke.«

»Es wäre besser, wenn du auch zurückgehen würdest, Princess«, meinte er ruhig.

Ich blieb ebenso ruhig und biss in meinen Apfel. Dann antwortete ich: »Reb, ich mag ein wenig panisch reagiert haben, da im Heilungshaus, aber … Ich weiß nicht, es ist zwar grässlich hier, aber langweilig ist es nicht. Ich habe so wenig erlebt in meinem bisherigen Dasein. Ich hab noch drei Wochen, um wenigstens etwas davon nachzuholen. Hilf mir, in die Reservate zu kommen. Es ist mir ernst damit.«

Er nickte. »Gib mir einen Tag Zeit, Princess. Es ist ein weiter, beschwerlicher Weg, und – na ja – mir tun die Knochen noch weh.«

»Ich hätte mehr von den Schmerzmitteln mitnehmen sollen.«

»Was nützt das schon? Es muss von alleine vergehen. Leben ist zäh, Princess. Auch deines.«

Vielleicht. Zumindest hatte ich heute nicht unter Schwindelanfällen gelitten. Ich aß meinen Apfel auf, nagte das Gehäuse ab und warf es in den Eimer, wie Reb es zuvor mit seinem getan hatte.

»Johanne hat gesagt, du sollst mich zu Cam bringen.«

»Das werde ich auch. Übermorgen, einverstanden?«

»Einverstanden.«

Zufrieden mit dem, was ich erreicht hatte, wies ich auf die Bücher.

»Woher hast du die?«

»Mein Job. Ich gehöre zu den Aufräumern. Wenn irgendwo in den Vierteln der Civitas oder der Electi Häuser entrümpelt werden sollen, dann beauftragt man oft uns damit. Das ist ziemlich einträglich. Man findet viel Brauchbares unter dem Müll. Einige von uns sammeln Metalle ein, andere elektronische Geräte, Bilder oder Geschirr. Ich habe ein Auge für Bücher. Und Leute, die sie kaufen.«

»Du bekommst Geld dafür?«

»Sicher. Für manche Leute sind solche Sachen wertvoll.«

Er räumte die restlichen Bücher in eine Kiste und zog die Decken über die Matratze.

»Es ist spät, Princess. Ich hau mich hin. Sei nicht so stur, und leg dich heute Nacht auf die Matratze, sonst bist du morgen genauso lahm wie ich. Keine Sorge, ich tu dir nichts.«

»Mhm.«

Aber er hatte wohl recht. Als ich vom Nassraum zurückkam, zog er sich gerade die Tunika über den Kopf und kämpfte mit den Ärmeln. So entgingen mir die blauen, grünen und roten Flecken auf seinen mageren Rippen nicht. Mir entging aber auch nicht das Glitzern von Gold und Silber auf seiner Brust. Wie gebannt starrte ich auf den Anhänger, der an einem Lederband baumelte.

»Schöner Anblick, was?«

»Hinreißend, Reb. Mir wird schon ganz schwach«, gelang es mir zu spötteln. »Von wem hast du diesen hübschen Schmuck geborgt?« Er fasste nach dem Anhänger. »Nicht geborgt, das ist ein Geschenk.«

»Von einer deiner zahllosen Prinzessinnen?«

»Sie überhäufen mich förmlich damit, Junora.«

»Pfft.«

Ich wandte mich ab, um meine Seidentracht anzuziehen. Reb hatte sich in seine Decke gerollt und war ganz an die Wand gerückt. Ich setzte mich ebenfalls auf die Matratze und zog eine Decke zu mir.

»Wie macht man das Licht da aus?«, fragte ich und wies auf das Glühlämpchen.

»Gar nicht.«

»Mich stört es aber.«

»Mich nicht. Mach die Augen zu.«

Da waren wir also wieder an einer Stelle angelangt, an der mit ihm nicht zu diskutieren war. Also rollte ich mich auf die Seite und zog mir die Decke über den Kopf.

AMULETTE

Rebs Atemzüge waren tief und regelmäßig. Warum hatte ich dennoch das Gefühl, dass er hellwach war? Wach und angespannt.

Das Wissen darum hinderte mich, obwohl ich wirklich erschöpft war, daran, selbst einzuschlafen. Die Geräusche um uns herum wurden leiser, das Ticken der Uhr lauter. Von nebenan erklang lautes Schnarchen.

Ich fühlte mich auf der linken Seite nicht wohl, die Decke kratzte mich, das Kopfpolster drückte auf meine Wange. So vorsichtig wie möglich drehte ich mich auf die andere Seite.

Reb hatte die Decke bis unter die Achseln hochgezogen und wieder die Arme über der Brust gekreuzt. Völlig reglos lag er neben mir. In seiner Halsgrube schimmerte der Anhänger an einem dünnen Lederband. Ich richtete mich vorsichtig auf, um ihn zu betrachten. Ein silberner Kreis, etwa drei Zentimeter im Durchmesser, mit einem verschlungenen Muster verziert. Darin ein goldenes Kreuz, dessen Balken etwas über den Rand des Kreises hinausragten. In das Kreuz war ebenfalls das verschlungene Muster graviert.

Ich griff nach dem Amulett, das mir meine Mutter gegeben hatte, zog es aus dem Ausschnitt und dann über den Kopf, um die beiden genauer vergleichen zu können.

War es Zufall? Konnte das Zufall sein?

Das gleiche Motiv – Kreuz und Kreis, nur anders angeordnet. Die gleichen Materialien – Gold und Silber, nur anders angeordnet. Beide aber wiesen sie das gleiche verschlungene Muster auf.

»Reb, woher hast du den Anhänger?«, flüsterte ich.

Er tat, als höre er mich nicht.

»Reb, ich weiß, dass du nicht schläfst.«

»Und ich weiß, dass du lästig bist.«

»Ja, kann sein. Schau!«

Ich ließ meinen Anhänger vor seiner Nase baumeln.

»Willst du mich hypnotisieren?«

»Wenn ich das könnte, würde ich es tun. Dann würde ich wenigstens ein bisschen was aus dir herausbekommen.«

Er langte nach dem pendelnden Venusspiegel und betrachtete ihn. Dann sah er mich an. »Woher hast du das?«

»Das hat mir meine Mutter kurz vor dem Ball vorgestern geschenkt. Angeblich zur Erinnerung an diesen Tag.«

Nachdenklich betastete er seinen Anhänger. »Ich habe es auch geschenkt bekommen, Princess. Auch vorgestern. Von Maie.«

»Von Maie? Der Amazone?«

»Ja, von ihr. Und, nein, ich lüge nicht.«

»Kennst du sie?«

»Nur aus den Nachrichten. Weiß der Geier, warum sie ihn mir in die Hand gedrückt hat.«

»Reb, wann?«

Er seufzte genervt auf. »Musst du alles so genau wissen?«

»Nein, das muss ich nicht. Aber ich würde es gerne.«

Er drehte sich zu mir um. »Ich hasse es, von meinen Demütigungen zu erzählen.«

»Ich auch. Aber manchmal hilft es, darüber hinwegzukommen.«

Seine Locken fielen ihm über die Augen, als er den Kopf senkte.

»Sie haben mich ziemlich brutal zusammengeschlagen, da auf der Straße. Mit Eisenstangen, Princess. Das ist nicht schön. Ich hatte ein paar klaffende Wunden, und ich hatte Angst, daran zu verbluten. Die Sanitäterinnen kümmern sich nicht um uns. Oder besser, man muss … man muss sich … also, man muss sich ziemlich erniedrigen, damit sie einem helfen.«

Und ich verstand. Der Schrei nach Mama. Neulich, in den Nachrichten.

Ja, das musste ihm wie eine unsägliche Erniedrigung vorgekommen sein. Nein, es war erbärmlich demütigend. Selbst ich würde nur äußerst ungern nach meiner Mama schreien.

»Ist Maie deine Mutter?«, flüsterte ich.

Ein trostloses Lachen war die Antwort. »Nein, Princess. Oh nein. Aber Maie war diejenige, die mich gehört hat. Sie hat die Sanitäterinnen zu mir gerufen, hat sich neben mich gekniet und mir dieses Ding in die Hand gedrückt. Mit ein paar seltsamen Worten, Princess.«

»Mit welchen?«

»Besuch deinen Vater.«

»Heilige Mutter.«

»Vergiss die.«

»Entschuldige. Ist halt so eine Angewohnheit. Aber – was soll das bedeuten?«

»Keine Ahnung, Princess. Die Sanitäterinnen versorgten die ärgsten Wunden und karrten mich ins Heilungshaus. Den Rest kennst du.«

»Wer ist dein Vater?«

»Ein Mann namens Alvar. Er ist vor einigen Jahren spurlos verschwunden.«

»Ups. Wie sollst du dann herausfinden, wo er sich aufhält?«

»Keine Ahnung. Aber ich denke, das kriege ich schon irgendwie raus. Und dann werde ich ein ziemlich großes Huhn mit ihm rupfen.« Er betrachtete das Amulett. »Man bezeichnet es als Celtic Cross. Diese Dinger findet man oft in den nordwestlichen Reservaten.« Er seufzte leise und wischte sich über das Gesicht. Es schillerte noch immer in allen Farben.

»Keltisches Kreuz – ja, das könnte stimmen. Hazel hat mir erzählt, dass man sie an manchen ihrer heiligen Stätten findet.«

»Weshalb ich mich inzwischen dazu durchgerungen habe, die Junora Princess dorthin zu begleiten, um nach ihm Ausschau zu halten. Vielleicht unterstützt mich ja deine Freundin dabei.«

»Sie oder ihre Familie. Das kann schon sein. Trotzdem – es ist seltsam, nicht?«

»Ja, es ist seltsam, Princess. Möglicherweise ist nicht alles Zufall. Aber im Augenblick weiß ich nichts damit anzufangen. Übermorgen hilft Cam uns wahrscheinlich weiter.«

»Ja, gut.«

Ich zog die Goldkette wieder über den Kopf und legte mich auf den Rücken. Reb tat es auch.

»Schlaf jetzt, Princess. Wir können im Augenblick nichts ändern.«

»Mich stört das Licht«, nuschelte ich.

»Mich die Dunkelheit«, sagte er so leise, dass es kaum zu verstehen war.

»Oh.«

Ich stand auf, holte meinen grünen Schal aus dem Rucksack

und band ihn mir um die Augen. Dann kroch ich wieder unter die Decke, drehte mich zu Reb und legte meine Hand auf die seinen.

Er grummelte irgendwas, rührt sich aber nicht, und ich schlief ein.

Den nächsten Tag sah ich Reb kaum, er ging irgendwelchen Geschäften nach, und ich half den drei Frauen beim Aufräumen und Kochen. Hin und wieder kamen Männer mit neuen Nachrichten in das Quartier, und manche hörten sich nicht gut an. Die Masern hatten sich in einigen Unterkünften ausgebreitet, und es schien, als ob es eine besonders bösartige Variante dieser Infektionskrankheit war. Ein alter Mann war bereits gestorben. Der Zugang über die U-Bahn-Station war versiegelt worden, Amazonen patrouillierten an den Stadtgrenzen. Es war also den Subcults nicht möglich, den allgemeinen Impfaufrufen zu folgen. Obwohl sie keine ärztliche Betreuung erhielten, müsste doch den Verantwortlichen daran liegen, dass sich die Krankheit nicht ausbreitete. Ich verstand diese Haltung einfach nicht.

Dann aber kam am Abend ein Mann mit einem Metallkoffer und rief alle in die Kantine.

»Wir haben den Impfstoff«, verkündete er. »Ärmel hoch!«

»Woher habt ihr den?«, fragte ich Ria.

»Wir haben Freunde, Princess. Und Quellen!«

Wieder eine Erkenntnis mehr, die mich erstaunte.

Reb verhielt sich am Abend, als ich in sein Quartier kam, schweigsam. Ich wickelte mir wieder den Schal um den Kopf, damit mich das Licht nicht störte, und schlief ungewöhnlich gut in dieser Nacht. Offenbar gewöhnte man sich nach einer Weile an die Geräusche. Am Vormittag dann packte ich meine Sachen in den Rucksack, und Reb stopfte die seinen in einen grauen Seesack.

»Du musst das Ding selbst tragen, Princess. Aber sehr weit ist der Weg nicht.«

»Müssen wir wieder durch den Tunnel?«

»Nein, heute steht ein Waldspaziergang an.«

»Wie nett.«

Nach dem mittäglichen Mahl verabschiedete ich mich von den drei Frauen. Was Reb tat, wusste ich nicht. Aber er tauchte bald auf und führte mich zu der Rampe, die uns in die Oberwelt brachte.

Es war ein bewölkter Tag, ein kühler Wind wehte, und überrascht sah ich mich um. Irgendwie hatte ich mir eine trostlose Trümmerwüste vorgestellt, denn als ich vor zwei Tagen in der Dunkelheit hier eingetroffen war, hatte ich die Umgebung gar nicht richtig wahrgenommen. Aber es waren weit über hundert Jahre verstrichen, seit die Bürohochhäuser, die hier gestanden hatten, abgerissen worden waren, und inzwischen hatte die Natur das Gebiet zurückerobert. Blühende Büsche und maigrüner Wald erstreckten sich vor mir. Aber kein wild wuchernder Wald, wie ich bald verwundert bemerkte, denn es führten Wege durch ihn hindurch, an deren Rändern hier und da sauber aufgestapeltes Holz lag.

»Einige von uns bewirtschaften ihn«, erklärte Reb, als ich darauf hinwies. »Holz zum Heizen, um Möbel daraus zu zimmern, um Tunnel abzustützen und so weiter. Manche sammeln auch Beeren, Nüsse und Pilze oder jagen. Es gibt ziemlich viel Wild hier. Wir sind nicht abhängig von der staatlichen Fürsorge.«

Ich stapfte hinter ihm her, der lange Mantel schlug um meine Beine, die Träger des Rucksacks drückten auf meine Schultern. Aber das war alles nichts gegen die Fülle von Eindrücken, die ich zu bewältigen hatte. Hier im Tageslicht, die Silhouette der Stadt hinter mir, kam mir alles so unwirklich vor. Eine andere Welt, eine, die ich mir bisher nie hatte vorstellen können. Menschen, die so ganz anders lebten – und zum Leben so eine ganz andere Einstellung hatten als die, die mir bisher vertraut war. Mit eigenen Regeln, mit einer Schattenwirtschaft, mit mir kaum begreifbaren Wertvorstellungen. Aber nun war ich in dieser Welt gelandet, und weil ich nichts mehr zu verlieren hatte, hinterfragte ich meine Entscheidung einfach nicht mehr.

Die Zeit arbeitete gegen mich, und trotzdem fühlte ich mich angstloser als all die Jahre zuvor, in denen man mich behütet und beschützt hatte. Es war so eine Scheißegal-Haltung, wie sie mit gewissen Medikamenten erzeugt werden konnte, stellte ich fest.

Also trottete ich weiter schweigend hinter Reb her und versuchte, einigermaßen Ordnung in meine Gedanken und Gefühle zu bringen. Was mir nicht ganz gelang. Zumindest eines aber kristallisierte sich heraus – ich hatte ein Ziel. Ein ganz schlichtes, einfaches Ziel, das ich erreichen wollte. Hazel und ihre Familie am Ende der Welt zu treffen. Dann würde ich weitersehen.

Der Eingang war so gut versteckt, dass ich ihn ohne Rebs Führung nie gefunden hätte. In einem der zahlreichen Hügel, vermutlich die Trümmer alter Gebäude, gab es eine von wilden Rankgewächsen überwucherte Höhle, die in einen gemauerten Gang mündete. Dunkel zunächst, aber von Rebs Stablampe erhellt, folgten wir ihm einige Stufen nach oben und endeten an einer schweren Stahltür.

Sie schwang lautlos auf, als Reb davorstand und seine Hand auf eine Sensorfläche legte.

Wieder war ich überrascht – es musste eine ausgefeilte Technik dahinterstecken, denn offensichtlich hatte er sich durch seinen Handabdruck zu erkennen gegeben. Zugangsberechtigungen wurde normalerweise über die Ids gesteuert, in denen bestimmte Codes gespeichert waren. Aber Ids gab es hier ja nicht.

Wir traten ein, und ich staunte. Der Raum hatte weiße Wände, einen weißen Boden, alles wirkte klinisch rein, die Beleuchtung war taghell, und leise summte eine Klimaanlage. Nichts, aber auch gar nichts war hier so primitiv wie in der alten Tiefgarage, die den Subcults als Unterkunft diente.

Reb wandte sich einer der zahlreichen Türen zu, ein kleines Klicken ertönte, und er drückte sie auf.

»Hi, Cam!«

»Reb! Hast du meine Nachricht schon bekommen? Das ging aber schnell.«

»Nein, ich habe keine Nachricht erhalten – ich bin aus anderen Gründen gekommen.« Er drehte sich um und bedeutete mir mit einer Geste einzutreten.

Ein langer sandfarbener Zopf hing über den breiten Schultern unter einem engen schwarzen Trikot. Er schwang herum, als der Mann sich auf seinem Arbeitssessel zu mir umdrehte.

Eine der dunklen, geraden Brauen hob sich leicht, das war aber auch alles, was sich an Überraschung in seiner Miene widerspiegelte.

»Hierhin also bist du verschwunden«, stellte Ole MacFuga trocken fest.

»Mach den Mund zu, Princess«, meinte Reb. »Das ist Cam. Täusche ich mich, oder kennt ihr euch?«

»In einem anderen Leben in anderer Gestalt – vielleicht«, sagte

Ole. »Hier treffen wir uns zum ersten Mal. Ich bin Cam. Und du eine von Rebs Prinzessinnen.«

Das war keine höfliche Vorstellung, das war ein Befehl, seinen Namen nicht zu nennen.

Ich nickte. Mir fehlten sowieso die Worte.

Ole MacFuga, der trottelige Stallbursche der Wagenlenker, mit dem ich noch vor vier Tagen auf meinem Ball Konversation betrieben hatte, ein geachtetes Mitglied der Electi, wenn auch nicht ganz so konform, wie man sich junge Männer in unseren Kreisen wünschte.

Er saß an einem riesigen Tisch, vollgestellt mit hochtechnischen Kommunikationsgeräten, die er ganz offensichtlich virtuos beherrschte.

So viel zu trottelig.

»Hast du sie entführt, Reb?«

»Nein, sie hat mir geholfen, und ich bezahle meine Schuld.«

»Ah, dein Auftritt in den Nachrichten.«

»So ungefähr.«

»Setzt euch und erzählt.«

Ich hockte mich auf einen weißen Hocker auf Rollen, Reb zog sich einen einfachen Stuhl heran und berichtete knapp und präzise, was seit jenem Moment passiert war, als ich ihn auf dem Gang im Heilungshaus gefunden hatte. Ich hielt den Mund und konnte einen Anflug von Bewunderung nicht unterdrücken. Reb mochte gewöhnlich eine Schnodderschnauze haben, eine derbe Sprache pflegen, auf den Boden spucken und zu Gewalttätigkeiten neigen – er konnte eine Lage jedoch auch glasklar und in prägnanter Kürze darstellen.

»Stimmt das so, Junora?«, fragte mich Cam, nachdem Reb geendet hatte. »Du leidest an einer Krankheit, an der du in drei, vier

Wochen sterben wirst, und vorher möchtest du eine Freundin in den nordwestlichen Reservaten besuchen?«

»Genau so ist es.«

»Cool.«

»Ähm – bitte?«

»Ungewöhnlich für eine Junora.«

»Na und?«

»Sie suchen dich. Bisher hat noch niemand eine Spur gefunden. Aber das prüfe ich gleich noch mal nach. Reb, ich brauche dich als Kurier.«

»Was ist mit ihr?«

»Wird entweder allein reisen oder dich ins südliche Reservat, nach Mallorca, begleiten. Ist auch eine schöne Landschaft – Meer, Strand, Palmen. Und etwas wärmer als im Norden ist es auch.«

»Aber Hazel lebt im nordwestlichen Reservat. Dort kenne ich wenigstens jemand, dem ich vertraue.«

»Allein reisen sollte sie nicht. Vor allem, wenn sie schon gesucht wird«, stand mir Reb unerwartet bei. »Worum geht es denn bei dem Kurierauftrag?«

Cams helle Augen musterten mich einen Augenblick. »Willst du irgendwann zurück zu deiner Mutter, Junora?«

»Nein. Ich sterbe in drei Wochen.«

Wieder hob sich nur ganz leicht seine Braue. »Also nicht zurück, auch falls du am Leben bleibst?«

»Auch dann nicht.«

»Ist auch besser so. Dann hör zu. Aber solltest du dich, nachdem du gehört hast, was hier vorgeht, doch entscheiden zurückzugehen, dann wird dein Leben keine drei Wochen mehr dauern, klar?«

»Du bist ganz schön von dir eingenommen, was?«, fauchte ich ihn an.

»Ist er nicht«, sagte Reb kurz.

Ich sah von einem zum anderen, und etwas sagte mir, dass beide es bitterernst meinten.

Zwei junge Männer, so ganz anders, als ich sie gewohnt war. Nicht nur körperlich unterschieden sie sich von der üblichen männlichen Bevölkerung. Reb war groß, sehnig, mager, Cam ebenso groß, aber muskulös. Und beide strahlten sie Selbstbewusstsein, Zielstrebigkeit und Energie aus.

Senor Cassius hatte versucht, mir verständlich zu machen, dass Männer einst die Macht hatten. Ich würde vielleicht später darüber nachdenken, aber im Augenblick war es mein Ziel, zu Hazel zu kommen. So einfach.

»Also gut. Soll ich einen Schwur leisten?«

»Nein, Princess. Nur die Klappe halten.«

»Reb, charmant wie immer«, murmelte ich. Und Cam grinste plötzlich.

»Er hat das gewisse Etwas, unser Reb.« Dann wurde er wieder ernst. »Es bahnt sich etwas Großes an. Ich hole ein wenig aus, damit du es verstehst, Princess.«

»Dann los.«

»Seit der Großen Pandemie sind dank intensiver Forschung, Einhaltung von Hygienemaßnahmen und flächendeckender Impfung und Überwachung der Bevölkerung die ansteckenden Krankheiten in NuYu so gut wie verschwunden, richtig?«

Ich nickte.

»Dennoch kommt es immer wieder zu Infektionsherden, von denen aus sich verschiedene Viren verbreiten.«

Ich nickte nochmals. Ein-, zweimal im Jahr wurde von solchen Krankheitsausbrüchen irgendwo in NuYu berichtet. Dann wurden besondere Impfaktionen ausgerufen und die Betroffenen unter Quarantäne gestellt. Aber – und das brachte mir gerade einen Erkenntnisschub – jedes Mal wurde als Ausgangsort ein Gebiet genannt, in dem Subcults Unterschlupf gefunden hatten.

»Man kümmert sich ja auch nicht um die Subcults. Sie haben keinen Zugang zur medizinischen Versorgung, nicht wahr?«, beendete ich laut meine Gedanken.

»Genau, man gibt den Subcults die Schuld an der Entstehung dieser Seuchen.«

»Na ja, die hygienischen Bedingungen …«

»Sind nicht sonderlich gut, ich weiß. Was die Schuldzuweisung einfach macht. Wir haben über Jahre hinweg diese Vorfälle dokumentiert und dabei einige erstaunliche Zusammenhänge festgestellt. Es sind immer neue, aggressivere Mutationen der herkömmlichen Viren, die die Menschen in der Subcultura befallen. Doch dank unserer großen Pharmakonzerne ist sogleich auch ein passender Impfstoff zur Hand, der in der Civitas eingesetzt wird und somit eine pandemische Ausbreitung verhindert.«

»Wer ist ›wir‹?«, fragte ich Cam.

»Eine seit Langem bestehende Gruppe, mehr musst du nicht wissen, Princess.«

Wieder nickte ich und ergänzte: »Eine Gruppe, die offensichtlich die Subcults doch mit Impfstoffen versorgt, nicht wahr?«

»Das hast du also schon mitbekommen.«

»Jörg kam gestern zu uns«, warf Reb ein.

»Daher. Gut.«

»Ich frage besser nicht nach, woher der Impfstoff stammt.«

»Richtig, das fragst du besser nicht. Aber frag dich mal, woher die mutierten Viren stammen.«

Heilige Mutter!

Die Mumpserreger, die die Große Pandemie ausgelöst hatten, waren aus den Laboren der Hersteller biologischer Kampfstoffe entwichen. Dort hatte man mit zunächst harmlosen Viren experimentiert, damit die ausgelöste Krankheit einen lebensbedrohenden Verlauf nahm. Man hatte die perverse Vorstellung, mit ihnen mögliche Feinde außer Gefecht zu setzen. Man – Männer hatten das getan. Skrupellose, verrohte, unmenschliche Männer.

Mir stockte der Atem. »Gibt es etwa noch immer biologische Waffen?«

»Sieht ganz danach aus, oder? Und ihr Einsatz wird seit Jahren getestet. An den Subcults. Wir haben an der U-Bahn-Station Alice-Schwarzer-Platz die Quelle ausfindig machen können. Diesmal galt der Anschlag euch, Reb.«

»Was dann wohl auch die Schlägerei mit den Raider-Groups dort erklärt.«

»Vermute ich auch.«

Mir kam noch ein ungeheuerlicher Gedanke, und ich sprach ihn zögernd aus: »Und der die Berichterstattung über die Aggression der Subcults von dem öligen Delbert erklärt.«

»Auch da könnte ein Zusammenhang bestehen. Man will auf die Gefährlichkeit der Ausgestoßenen aufmerksam machen.«

»Wer, Cam? Wem liegt was daran?«

»Wir haben verschiedene Verdachtsmomente, aber leider nichts wirklich Belastbares. Doch es tut sich etwas, und das fängt an, bedrohlich zu werden. Aus diesem Grund muss Reb ins südliche Reservat reisen. Es besteht die Vermutung, dass genau diese Masernepidemie dort und in einigen anderen Reservaten ausbrechen könnte. Er muss die Kulturen dort hinbringen, damit in den dortigen Laboren der Impfstoff hergestellt werden kann.« Cam lächelte mich an. »Du wirst es nicht glauben, aber Reb ist einer unserer besten Kuriere.«

»Warum?«

»Er ist ziemlich gut darin, sich durchzuschlagen.«

Die Flucht aus dem Heilungshaus fiel mir ein. Ja, das konnte er wohl. Und borgen konnte er auch ziemlich gut. Ich verstand schon, dass Cam und die Leute im Hintergrund ihn gerne einsetzten. Aber er war gewiss nicht der einzige Kurier. Sollte doch ein anderer die Impfstoffkulturen ins südliche Reservat bringen. Denn auch ich hatte ein Ziel. Und das wollte ich erreichen. Eine ungeahnte Beharrlichkeit packte mich. Sie lieferte mir auch prompt eine Idee. Da ich auf Rebs Hilfe angewiesen war, fiel mir nämlich ein Grund ein, warum er mich begleiten sollte.

Darum brachte ich das ins Spiel, was Reb bei seiner Schilderung unserer Lage ausgelassen hatte. Ich zog meinen Anhänger aus dem Ausschnitt.

»Was ist das, Cam?«

»Der Venusspiegel. Du hast ihn auf dem Ball das erste Mal getragen.«

»Richtig. Meine Mutter hat ihn mir geschenkt. Und nun schau dir Rebs Anhänger an.«

»Mhm – ein geschickter Schachzug, Princess«, meinte Reb und gab Cam sein Ringkreuz.

»Verdammt«, murmelte Cam, legte den Anhänger neben sich und fegte mit den Fingern über die Tastatur.

»Du tippst noch?«, fragte ich erstaunt. Gewöhnlich wurden

die meisten Kommunikationsgeräte über Sprachsteuerung bedient.

»Ernsthafte Technik hier, kein Spielzeug«, murmelte Cam und hackte weiter. Dann winkte er uns zu sich. »Ich wusste doch, dass ich das schon mal gesehen habe.«

Auf dem Bildschirm erschien die Aufnahme eines Wagens, der von vier Pferden gezogen wurde – die Quadriga, das Sport- und Wettkampfgerät der Wagenlenker. Er war den römischen Streitwagen nachgebildet, schwarz mit einem Emblem an der Frontseite – ein silberner Kreis mit goldenem Kreuz.

»Spannend«, sagte ich. »Wem gehört der?«

»Das ist seltsamerweise nicht dokumentiert.«

Cam nahm den Anhänger in die Hand und untersuchte ihn gründlich. Dann griff er zu einem der vielen herumliegenden Werkzeuge und bastelte eine Weile an der Rückseite des Amuletts. Mit einer feinen Pinzette holte er schließlich einen winzigen Chip aus einer Vertiefung und legte ihn auf eine Sensorplatte. Wieder ein paar flinke Tastendrucke, und schon erschienen einige kryptische Daten, die Cam aber offensichtlich zu entziffern wusste.

»Ein totes Id. Erloschen am 14. Juni 2115.«

»Wessen Id?«

»Kann ich auf die Schnelle nicht herausfinden. Ist es dir wichtig, Reb?«

»Ja, es ist wichtig«, sagte ich, weil Reb schon wieder eine verschlossene Miene aufgesetzt hatte.

»Euer Wunsch ist mir Befehlt, Herrin!«, sagte Cam. Er griff zu etwas, das wie ein KomLink aussah, und bat einen Tom zu sich. Ein hageres Bürschchen mit zerrauften Haaren und dunklen Ringen unter den Augen schlurfte ins Zimmer.

»Schau, was du von dem Ding retten kannst«, wies ihn Cam an.

»Is' klar, Chef.«

Schlurfender Abgang.

»Kann der überhaupt lesen und schreiben?«, fragte ich verdutzt.

»Keine Ahnung. Können Nerds lesen und schreiben? Ich weiß nur, dass er zaubern kann.«

»Das reicht dann wohl.«

»Gib mir deinen Anhänger, Kyria.«

Ich reichte ihm den Venusspiegel, und er untersuchte das Schmuckstück ebenso gründlich wie Rebs. Dann schüttelte er den Kopf.

»Netter Notgroschen, der Brilli. Aber es ist kein Id darunter. Möglicherweise war mal ein Chip unter dem Stein. Ich will den aber nicht loslösen. Aber hier ist etwas eingeritzt.« Er klemmte sich eine Juwelierlupe ins Auge und untersuchte die Rückseite. »Ein Datum. Sagt dir der 28. April 2107 etwas?«

Schwindel packte mich. Ich merkte, dass ich schwankte. Jemand hielt mich fest, drückte meinen Kopf nach unten.

»Ruhig atmen, Princess. Tief und gleichmäßig atmen.«

Ich bemühte mich, bekam wieder Luft und wehrte mich gegen den Druck, den Cam auf meinen Rücken ausübte. Ich richtete mich auf und nahm das Glas Wasser entgegen, das Reb mir reichte.

»Was war das, Princess?«

»Schwindel. Ich glaub, das hat mit der Krankheit zu tun.«

»Oder hat dich das Datum erschreckt?«

»Ja. Ja, das auch.«

»Es sagt dir also etwas?«

Ich konnte nur nicken. Reb führte meine Hand mit dem Glas an meine Lippen.

»Trink. Langsam. Und dann erzähl es uns. Wir haben Zeit.«

»Eigentlich haben wir die nicht. Aber mir scheint, hier ist etwas Eigenartiges im Gange.«

Nach einer Weile hatte ich mich gefasst und versuchte so klar und präzise wie vorhin Reb zu berichten, was es mit meinem Vater auf sich hatte, und endete mit der Bemerkung: »Am 28. April, drei Tage bevor ich geboren wurde, ist er gestorben. Ich frage mich jetzt, ob er diesen Anhänger meiner Mutter geschenkt hat.«

»Davon können wir wohl ausgehen. Du sagst, er starb an dieser Krankheit, die er auch dir vererbt hat.«

»Ja, Cam.«

»Was war das für eine Krankheit?«

»Ich weiß nicht. Dr. Martinez wollte es herausfinden, aber als sie die Patientenakten anfordern wollte, ging der Alarm los. Du weißt schon, Reb, dieser seltsame technische Ausfall.«

»Von wem anfordern?«

»Von PDP, die die Obduktion durchgeführt haben.«

»Moment.«

Cams Finger flogen nur so über die Tasten.

»Okay, wir bekommen die Akten.« Er zog eine Schublade auf, holte einen Zettel heraus und hielt ihn mir hin. »Spuck drauf!«

Reb lachte trocken auf. »Dieses Prinzesschen spuckt nicht. Das findet sie unmanierlich.«

»Dann leck drüber.«

»Warum?«

»Gentest. Mach schon.«

»Aber es sind schon mehrere Tests gemacht worden.«

»Dann wird jetzt eben noch einer gemacht. Spucken oder lecken.«

Ich spuckte drauf. Cam packte die Speichelprobe in eine Tüte, versiegelte sie und rief einen weiteren jungen Mann zu sich.

»Bring das zum Chef. Es ist eilig.«

»Ist gut.«

Kaum war der eine weg, kam der Nerd namens Tom wieder ins Zimmer geschlurft und brachte den Chip zurück.

»Alvar TerHag, geboren 4. Januar 2080, gelöscht Juni 2115. Mehr is nich.«

»Danke, Tom.«

Schlurfender Abgang.

»Kennst du einen Alvar TerHag, Reb?«

»Mein Vater.«

»Ups, du hast einen Vater? Ich dachte, du seist irgendwo aus dem Schlamm gekrochen.«

»Eine Legende, Cam. Mein Vater war einer der Wagenlenker.«

»Heiliger Steve Jobs, du verarschst mich, ja?«

»Nein.«

Wieder flogen Cams Finger über die Tasten.

»Komisch, in den Annalen der Wagenlenker ist kein Alvar TerHag zu finden. Aber … wo ist er abgeblieben, Reb?«

»Ist im Juni 2115 verschwunden. Vielleicht in eines der nordwestlichen Reservate.«

»Dann haben sie seine Daten gelöscht. Kein Id, kein Ruhm.« Wieder rief er das Bild des Streitwagens auf. »Könnte seiner gewesen sein«, meinte er nachdenklich. »Ich such später mal danach. Celtic Cross oder so ähnlich könnte sein Fahrername gewesen sein.«

»Ja, Celtic Cross. Das kommt mir bekannt vor«, murmelte Reb.

»Hey, warum kommst du erst heute mit dem Ding an?«

»Weil ich es erst seit drei Tagen besitze.«

»Jetzt red schon! Lass dir nicht alles mit der Zange aus dem Schlund ziehen.«

»Maie hat es ihm gegeben, als sie ihn aufgesammelt hat«, sagte ich, weil ich Reb inzwischen so gut kannte, dass ich wusste, er würde über die demütigende Szene nicht sprechen.

»Maie? *Maie?* Die Amazonen-Ermittlerin?«

Jetzt war Cam fassungslos.

»Ja, Maie«, knurrte Reb.

»Maie hatte das Amulett deines Vaters? Jetzt wird es aber wirklich spannend. Leute, ich hab noch einige dringende Aufgaben zu erledigen, aber heute Abend habe ich ein paar Antworten mehr. Reb, geh in mein Zimmer, und nimm eine heiße Dusche. Und um Himmels willen verarzte dich mit der Heilsalbe, die du im Medizinschrank findest.«

»Brauch ich nicht.«

»Dein Stolz nicht, aber dein magerer Kadaver. Es gibt so verdammt viel zu tun, dass ich keinen brauchen kann, der rumlahmt. Also, keine Widerrede.«

»Mann, wir waren mal Freunde.«

»Ich könnte ihm ja helfen«, erlaubte ich mir mit einem bösen Lächeln zu sagen.

»So, wie du ihn ansiehst, wird das seine Schmerzen nicht lindern, Princess. Zieh ab, Reb. Und dich, Princess, bringe ich in eines unserer Gästezimmer.«

»Gibt's da auch eine heiße Dusche?«

»Gibt es.«

HÄUTUNG

Ich war froh, eine Weile allein sein zu können. Das Zimmerchen wirkte nüchtern und praktisch. Das Wasser in der Dusche war richtig heiß und das Klo erfreulich sauber. Als ich mir die Haare getrocknet hatte, klopfte es, und ein Mädchen brachte mir ein Tablett mit Essen und Tee. Es war lecker, und gesättigt legte ich mich auf das Bett. Es gab einen Bildschirm an der Wand, und ich fand nach einigem Herumprobieren heraus, wie man die üblichen Sendungen empfangen konnte. Nichts aber lenkte mich richtig ab. Weder die schnulzige Familiensaga, in der kühne Frauen mit den Pionieren unbekanntes Land eroberten, noch die Talkshow, in der zwei Quotenmänner aus der Wirtschaft für mehr Mitbestimmung in den betrieblichen Abläufen und gleichen Lohn für gleiche Arbeit forderten, nicht die Übertragung eines Sumoringkampfs und schon gar nicht die eines pompösen Zeremoniells aus dem Tempel der Großen Mutter. Dort hatte Ma Donna Saphrina zu einem öffentlichen Gebetsritual aufgerufen, um für die bedauernswerten Opfer der Masernepidemie zu bitten. »Die Große Mutter liebt all ihre Kinder«, tönte sie salbungsvoll. »Und wir wollen auch für die Abtrünnigen und Ausgestoßenen beten und hoffen, dass sie doch noch in ihre liebenden Arme zurückfinden.«

Angeekelt stellte ich die Sendung aus.

Das Bild von Reb, der blutend auf der Straße lag, stand noch zu deutlich vor meinen Augen.

Was hatte Johanne gesagt? Zu den Subcults kamen auch solche, die mit dem politischen System nicht einverstanden waren und die seine Ungerechtigkeiten nicht tolerieren wollten. Ich verstand das inzwischen etwas besser. Die Tatsache, dass jemand Killerviren in den Subcults verbreitete, erboste mich maßlos. Wer konnte, nach all den entsetzlichen Vorkommnissen in der Vergangenheit, heute noch den Wunsch haben, sie herzustellen? Und wer verhielt sich so menschenverachtend, ihre Wirkung an den Ausgestoßenen auszuprobieren? Und warum gelangte dieses Wissen nicht an die Öffentlichkeit? Warum machten die Verantwortlichen die Augen davor zu? Wer war die Gruppe, zu der Cam gehörte?

Mich beschlich allmählich die Ahnung, dass ich in ein weit größeres Komplott geraten war, als ich mir je hätte vorstellen können. Und dabei hatte ich schon – zum Leidwesen meiner Lehrer – unzählige unbequeme Fragen gestellt. Die Antworten aber, die sie mir gegeben hatten, trafen wohl nicht ganz die Wahrheit.

Senor Cassius kam mir in den Sinn, der aus alten Büchern die Vergangenheit erforschte. Als ein Gelehrter, der die Geschichte anhand dieser Dokumente aufarbeitete und darin nach Wahrheit suchte. Auch er war ein Subcult, oder zumindest pflegte er einen intensiven Austausch mit ihnen. Unsere Schulbücher vermittelten ein einseitig gefärbtes Wissen, hatte er behauptet.

In meinem Elfenbeinturm aus Luxus, Fürsorge und Harmoniestreben war ich blind und taub gehalten worden. Und systematisch belogen worden.

Meine Mutter, eine der wichtigsten Politikerinnen in NuYu, hatte mich in so vielen Dingen ebenfalls belogen. Die Hohepriesterin

Saphrina mit ihren schwülstigen Gebeten belog all die, die sich freudig an ihren prunkvollen Inszenierungen der Großen Mutter beteiligten oder ergötzten.

In den Nachrichten dröhnte Delbert über die aggressiven Subcults herum, über die Raider-Groups hatte er kein Wort verloren.

Wenigstens Maie hatte sich differenzierter geäußert und nicht ins gleiche Horn getutet wie der ölige Reporter.

Und sie hatte Reb das Amulett seines Vaters gegeben, mit dem Hinweis, dass er ihn aufsuchen sollte.

Maie wusste mehr über die Wirklichkeit auf den Straßen. Musste sie wohl auch, denn sie war seit über zehn Jahren im städtischen Sicherheitsdienst tätig. Bestimmt war ihr bekannt, wer zu den Männern gehörte, die Jagd auf die Subcults machten. Und ganz sicher wusste sie auch, wie oft diese Raids veranstaltet wurden. Sie und ihre Truppen wurden sicher immer wieder zu solchen Überfällen gerufen. Überfälle, die von der Presse verschwiegen wurden.

Ich lehnte mich mit geschlossenen Augen zurück. Warum regte ich mich noch darüber auf? Ändern konnte ich nichts, es betraf mich nicht mehr. Drei Wochen lagen noch vor mir, wie viel Zeit davon ich überhaupt aufnahmefähig sein würde, stand in den Sternen. Die Verantwortung trugen andere. Ich wollte nur noch zu Hazel.

Um mich von den beunruhigenden Gedanken abzulenken, überlegte ich, was Ole MacFuga wohl dazu gebracht hatte, hier als Cam aufzutreten und – tja, was denn eigentlich? – zu treiben. Hieß er wirklich Ole, oder hieß er Cam? Cam? Mac? Mhm.

Meine Neugier kitzelte mich.

Mac war zumindest ein Teil seines Namens, den er umgedreht hatte. Was war mit Ole und Fuga? Ich spielte mit den Buchstaben herum und kam auf so seltsame Namen wie Olaf Gue, Alf Ogeu oder Ego Faul. Letzteres schien mir gar nicht zu passen, erheiterte mich aber ein bisschen. Dann, kurz bevor ich einnickte, formten sich die Buchstaben zu einem sehr passenden Begriff, und ich musste richtig lächeln.

Beinahe vier Stunden hatte ich geschlafen, und erst das energische Klopfen an der Tür weckte mich. Reb, jetzt auch in einem eng anliegenden schwarzen Trikot und schwarzer Hose, trat ein. Offensichtlich hatte er Cams Anweisung befolgt, die blauen und grünen Flecken in seinem Gesicht waren merklich verblasst, seine Bewegungen geschmeidiger. Die medizinische Wissenschaft hatte für solche Zwecke wahre Wundermittel entwickelt.

»Cam hat Neuigkeiten. Kommst du mit?«

»Ja.«

Ich rappelte mich auf und murrte leise. Ich hätte meine Waden und Schultern ebenfalls mit einer Salbe einreiben sollen. Aber die Schmerzen ließen sich ertragen, also folgte ich Reb wieder zu Cams Arbeitsraum.

»Ausgeruht, Princess?«

»Ja, einigermaßen. Aber musst auch du mich Princess nennen?«

»Muss ich nicht, Kyria. Dann setzt euch neben mich, damit ich euch zeigen kann, was ich herausgefunden und beschlossen habe.«

Auf dem Bildschirm erschien das ruhige, schöne Gesicht von Maie. Sie redete, gestikulierte sparsam, aber der Ton war ausgeschaltet.

»Eine wirklich interessante Frau, die Chefermittlerin der Amazonen. Sie ist dreiunddreißig Jahre alt, stammt aus einer angesehenen Familie der Civitas. Ihre Mutter war ebenfalls ein hochrangiges Mitglied der Amazonen, hat aber vor zwölf Jahren den Dienst quittiert und leitet inzwischen recht erfolgreich einen Wellnesspark auf einer Ostseeinsel. Ihr Vater war in der Stadtverwaltung von La Capitale als Sekretär tätig. Mit achtzehn hat Maie ihre Ausbildung bei den Amazonen begonnen, zuerst im Streifendienst, dann in der Verbrechensermittlung. Sie hat Sonderausbildungen in Mediation, aber auch in der Waffenanwendung und den Kampftechniken gemacht und wurde entsprechend ihrer Dienstzugehörigkeit befördert. So weit eine ganz normale Amazonen-Laufbahn. Dann allerdings gab es einen Einschnitt. Mit dreiundzwanzig wurde sie bei einer Razzia schwer verletzt.«

»Das ist schrecklich, aber sicher nicht ungewöhnlich für die Amazonen«, meinte ich.

»Nein, nicht ungewöhnlich. Bemerkenswert sind Datum und Anlass. Die Razzia fand am 14. Juni 2115 statt. Sie hatte den Zweck, die unautorisierten Gebäude einer Gruppe von Subcults auf belastendes Material hin zu durchsuchen. Man hegte den Verdacht, dass Pläne zu subversiven Anschlägen, möglicherweise auch Waffen zu finden seien. Ein Lagerhaus geriet in Brand, und Maie wurde von den Flammen eingeschlossen. Ein Unbekannter rettete sie unter Einsatz seines Lebens. Maie gab an, den Mann nicht erkannt zu haben. Anschließend verbrachte sie mehrere Monate im Heilungshaus und danach fast ein Jahr in der Rehabilitation. Seither setzt sie sich vor allem für die Suche nach Vermissten ein.«

»Ein Unbekannter rettete sie also«, meinte ich.

»Am Tag, als Rebs Vater verschwand. Was das betrifft, habe ich mich auch umgehört, Reb. Aus den offiziellen Quellen ist er verschwunden, aber es gibt unter uns Leute, die ein gutes Gedächtnis haben. Er war einer von uns. Gehörte zwar einer anderen Gruppe an, aber Tatsache ist, dass er gute Beziehungen zu den Subcults hatte. Und zwar zu genau denen, die bei der Razzia gefasst wurden.«

Rebs Gesicht war weiß geworden.

»Wie alt warst du damals, Reb?«, fragte ich ihn.

»Acht. Ich war acht Jahre alt.«

»Hast du ihn oft getroffen?«

»Ja, oft. Heimlich manchmal. In der Arena. Beim Training. In den Ställen.«

Kurz und abgehackt kam es aus ihm heraus.

»Warum hast du mir das nicht früher erzählt, Reb? Ich hätte schon viel mehr über ihn herausfinden können. Selbst wenn man den Wagenlenkern und ihrem Personal Schweigepflicht auferlegt hat, ich hätte sie zum Reden gebracht.«

Reb schüttelte nur den Kopf.

»Cam, Reb war acht Jahre alt.« Ich drehte mich zu ihm um. »Du hast geglaubt, er hätte dich mit Absicht verlassen.«

Er hatte die Ellbogen auf die Knie gestützt und sein Gesicht in den Händen verborgen. Und er schwieg.

Cam klapperte weiter auf den Tasten.

»Maie besaß den Anhänger mit dem Id von Alvar«, sagte ich. »Sie muss gewusst haben, wer Reb ist. Und – der Anhänger muss ein Hinweis auf Alvars Aufenthaltsort sein.«

»Ich habe mir so was gedacht«, sagte er. »Das keltische Kreuz findet man oft in den nordwestlichen Reservaten, in Irland, Schottland, in der Bretagne. Und darum habe ich einige Handstände, doppelte Überschläge und sonstige akrobatische Kunststücke vollbracht und einen anderen Kurier für Mallorca gefunden. Reb, du reist mit Kyria und dem Impfstoff nach Brest. Übermorgen geht euer Bus von Colonia aus.«

Mühsam hob Reb den Kopf. »Warum von Colonia aus?«

»Weil sich die Lage hier für Kyria zuspitzt. Schau!«

Ein Bild von mir erschien auf dem Monitor. In der blauen Tracht des Heilungshauses. Eine Beschreibung, der Aufruf, sich bei den Dienststellen der Amazonen zu melden, sollte man eine Spur von mir finden. Und die Bitte, mich mit größter Umsicht und Fürsorge zu behandeln, denn ich sei möglicherweise hilflos und desorientiert.

Es folgte eine Aufnahme von meiner Mutter, gefasst, und eine von Bonnie, fassungslos weinend.

»Sie werden sie auch in Colonia erkennen«, wandte Reb ein.

»Wenn sie so im Hemd herumläuft – ja. Aber daran kann man etwas ändern.«

Ich lächelte ihn an. »Der Meister der Camouflage wird mir wohl behilflich sein.«

Cam lächelte zurück. »Ein Haarschnitt, andere Farbe, Schminke, Kleider helfen erstaunlich viel, wenn man sein Aussehen verstecken will. Und ich werde für Ablenkung sorgen. Hast du die blaue Tracht noch?«

»Ja.«

»Gib sie mir. Ich werde dafür sorgen, dass eine blonde, hilflose Junora durch die Straßen irrt, aber nicht aufgegriffen wird.«

»Wie kommen wir nach Colonia?«

»Mit dem Zug.«

»Am Bahnhof haben sie Scanner. Egal, wie sie sich anmalt, man wird sie erkennen.«

»Darum werdet ihr nicht vom Hauptbahnhof in der Stadt aufbrechen, sondern von Hanau.«

»Und wie kommen wir dorthin?«

»In guten Schuhen.«

Ich stöhnte leise.

Reb aber schien seine Erschütterung überwunden zu haben.

»Es gibt noch eine andere Lösung, Cam. Noch etwas ungewöhnlicher.«

»Sag!«

»Leih mir ein Pferd.«

»Mhm.«

»Hey, ich hab schon auf einem Gaul gesessen, bevor ich laufen konnte.«

»Ja, aber Kyria nicht.«

»Das magere Hühnchen kann sich an mir festhalten.«

»An deinem mageren Kadaver?«, schoss ich zurück. Die Vorstellung, auf einem lebenden Pferd zu reiten, gefiel mir überhaupt nicht. Diese Tiere waren so groß und hatten so harte Hufe und so große Zähne.

»Die Idee hat was. Ihr seid schneller als zu Fuß. Es sind gut zwanzig Kilometer, vielleicht ein bisschen mehr, weil ihr die Stadt meiden müsst. Ich sehe zu, was ich regeln kann.«

»Ich will aber nicht.«

»Das oder ich kann nicht, das ist der Refrain, den ich seit Tagen höre, Cam.«

»Du willst zu deiner Freundin, Kyria, oder?«

Ich ließ resigniert die Schultern sinken. Ja, das wollte ich.

»Morgen früh kümmert sich Jeana um dein Aussehen. Ich stelle euch bis dahin zwei Ids zur Verfügung. Reb, auf welchen Namen willst du reisen?«

»Da mein zweiter Name Hengst ist …«

»Haha! Reb Ridder.«

»Okay.«

»Andere Frage: Wollt ihr als Geschwister oder als Pärchen auftreten?«

»Weder noch«, protestierte ich.

»Princess, wir sind zusammen, irgendeinen Grund müssen wir haben.«

»Richtig, ihr könnt nicht als zwei Fremde auftreten. Also – Geschwister oder Paar?«

»Dann Geschwister.«

Cam überlegte eine Weile. Dann meinte er: »Ist vielleicht doch nicht so gut. Als Bruder und Schwester bekommt ihr in den Hotels Zimmer mit anderen Alleinreisenden zugewiesen. Wenn ihr als Paar auftretet, habt ihr wenigstens die Möglichkeit, euch ungestört zu unterhalten.«

»Ob ich das so prickelnd finde?«, murrte ich.

»Und ich erst!«

»Ihr seid kindisch, alle beide.«

»Okay, okay, es ist ja nur für ein paar Tage«, lenkte ich ein.

»Gut, dann zu deinem Namen, Kyria. Ich glaube, Princess ist nicht schlecht, das ist Reb wenigstens gewohnt.«

»Ja, ist okay.«

»Und als Nachname? Was gefällt dir?«

»Kannich!«, sagte Reb und feixte. »Oder Willnich.«

»Klappe!«, fauchte ich.

»Princess Klappe hört sich nicht gut an, aber wenn du drauf bestehst …«

»Uh!«

Die beiden sahen mich ernsthaft an, aber ich wusste, dass sie sich über mich lustig machten. Und plötzlich musste ich auch lachen.

»Also gut, nehmt Princess La Cabra. Als Zicke bezeichnet Reb mich ja auch gerne.«

»Elitezicke, Princess, Elite!«

»Gut. Ihr reitet nach Hanau, von dort nehmt ihr den Zug nach Colonia. Ich werde veranlassen, dass jemand euch abholt und in eine Pension bringt. Übermorgen um dreizehn Uhr müsst ihr euch am Treffpunkt der Reisegesellschaft einfinden. Reb, du bekommst ein KomLink von mir, allerdings nützt es euch im Reservat nichts.«

»Und Geld?«

»Bekommt ihr auf das Id. Nebst Ticket und Berechtigung.«

»Das kannst du alles – herstellen?«

»Camouflage«, sagte Cam. »Mein Spezialgebiet.« Er tippte wieder etwas ein. »Falls es dich interessiert, Kyria – dein Id ist inzwischen tot.«

»Was?«

»Ihr habt es der Verletzten in deinem Zimmer angelegt. Ich habe versucht, es zu verfolgen. Das Mädchen ist gestorben.«

»Ja, aber sie hatte doch nur ein gebrochenes Bein?«

»Herzversagen kam dazu.« Plötzlich sah Cam mich sehr ernst an. »Kyria, wer hat dir gesagt, dass du sterben musst?«

»Das war mir …«

»Nein, dass du in drei Wochen sterben wirst?«

Meine Gedanken bewegten sich wie in einem Strudel.

»Niemand. Heilige M … Himmel, niemand. Bonnie hat es der Priesterin gesagt, und ich habe Dr. Martinez gefragt. Aber die hatte die Werte noch nicht und …«

»Kyria, wer wusste von dem Hornissennest?«

Der Strudel wurde heftiger, Trümmer kreisten darin, Brocken, Schlamm, Schlingengewächse.

»Meine Mutter hat Bonnie gebeten, den Gärtner zu beauftragen, es zu entfernen«, sagte ich wie zu mir selbst.

»Ich habe Bonnie vor deinem großen Auftritt auf der Terrasse gesehen. Sie betrachtete das Hornissennest.«

»Sie hat es nicht entfernen lassen …«

»Richtig. Und sie hat dich sogar ganz in die Nähe geschickt, erinnerst du dich?«

»Ja, als das Feuerwerk begann.«

»Hornissen sind eigentlich friedlich, außer man stört ihren Bau. Jemand hat einen kurzen Laserimpuls hineingelenkt, als das Feuerwerk abbrannte.«

»Jemand.«

»Deine Duenna stand ganz nah dabei.«

»Sie hat sich sofort um mich gekümmert, als ich gestochen wurde.«

»Auch richtig. Aber sie hat wie wild um sich geschlagen, um die Hornissen noch aggressiver zu machen.«

»Ich hab auch um mich geschlagen.«

»Du hattest Angst.«

»Sie auch.«

»Vielleicht. Aber sie hatte den Injektions-Pen schon griffbereit in der Hand.«

»Du bist gegen sie gestolpert.«

»Nenn es Instinkt. Hat sie dir ins Heilungshaus etwas mitgebracht?«

Der Strudel aus Unrat und Dreck schäumte hässlich auf.

»Zitronenbonbons. Das Mädchen mit dem gebrochenen Bein hat einige davon genommen«, sagte ich tonlos.

»Ich werde irgendwie in die Wege leiten, dass eine Obduktion vorgenommen wird. Kyria, du hast eine gefährliche Feindin. Frag mich nicht, warum. Aus irgendeinem Grund ist bei deiner Duenna an jenem Abend die Sicherung durchgebrannt.«

»Bonnie – sie … ich dachte, sie wäre meine Freundin.«

»Tja, auch eine Art von Camouflage.«

»Oh Mann«, sagte Reb. »Es wird wirklich Zeit, dass du hier verschwindest, Princess. Cam, kannst du uns die Ergebnisse der Obduktion irgendwie übermitteln?«

»Es gibt Wege, das weißt du doch. Ich werde sie nutzen, aber es wird seine Zeit dauern. Kyria, ich brauche Name und Adresse deiner Freundin Hazel.«

»Sie heißt Hazel Ploucoat, aber wo sie wohnt? Sie erzählte von einem Cap, eine Landzunge, sagte sie. Cap … Cap Fréhel oder so ähnlich.«

»Dann werde ich sie irgendwie ausfindig machen. Reb, nutz alle Möglichkeiten der Kommunikation, die dir in die Finger kommen.«

»Darf ich borgen?«

»Alles, was du willst.«

»Dann wird es mir schon gelingen.«

»Gut, es ist spät geworden. Und der Morgen beginnt früh für uns alle.«

Ich verbrachte die Nacht überwiegend schlaflos.

Bonnie – sie hatte mich umbringen wollen. Und sie hatte gelogen – der Ausbruch der Krankheit war gar nicht eingetreten. Ich würde weiterleben. Und das machte mich beinahe so fassungslos wie vor Tagen die Nachricht, dass ich sterben würde.

Trotzdem war mein Leben bedroht.

ABREISE

Jeana flocht meine Haare zu einem langen, sehr festen Zopf und band ihn kurz unterhalb meines Nackens mit einem Stoffstreifen ab. Dann zückte sie die Schere.

»Es ist ein Jammer, Princess, deine Haare sind so schön.«

»Los, mach schon. Es wird wohl nicht wehtun.«

»Nein, wird es nicht.«

Doch das knirschende Geräusch, als sie in die Haare schnitt, verursachte mir einen leisen Schauder. Sie legte den Zopf auf den Tisch und begann flink den Rest meines blonden Schopfs zu bearbeiten. Zum Glück gab es keinen Spiegel, in dem ich die Maßnahme beobachten konnte.

»In den Nachrichten haben sie gemeldet, dass du in den Morgenstunden in der Nähe des Heilungshauses gesehen worden bist«, erzählte sie. »Und gegen Mittag wird man dich vermutlich an der Stadtgrenze im Westen beobachten.«

»Meine Doppelgängerin? Gut so.«

»Und jetzt machen wir aus dir eine Dunkelhaarige, und dann zeige ich dir, wie du dich schminken musst.«

Eine Stunde später erkannte ich mich selbst nicht mehr. Dunkelbraune Ponyfransen hingen über meine Stirn, das Make-up hatte mein Gesicht schmaler gemacht, Kontaktlinsen färbten meine grauen Augen braun. Ein Beutel voll mit Kosmetika stand bereit, damit ich diese Maskerade für die nächsten Tage aufrechterhalten konnte. Jeana hatte auch Kleider für mich organisiert, solche, wie sie derzeit bei den jungen Frauen der Civitas beliebt waren. Also trug ich jetzt körpernahe Hosen, ein mit Rüschen besetztes Oberteil in wilden Farben, eine gefütterte schwarze Weste und wadenhohe Stiefel. Bequem war es, aber so ganz anders als die lose fallenden Tuniken und Hosen, die ich gewohnt war.

Cam nickte anerkennend, als ich mich bei ihm einfand. Er reichte mir ein rosafarbenes Armband.

»Dein Id, Princess La Cabra. Es hat nicht alle Funktionen, vor allem kann man es nicht für medizinische Zwecke freischalten. Aber es ist ein ausreichender Kredit drauf. Lass ihn dir an der Übergangsstation zum Reservat auszahlen. Und dann versuch das Ding so bald wie möglich loszuwerden. Ich kann es bis zur Grenze verfolgen, dann bist du auf dich gestellt.«

»Ist in Ordnung.«

»In den Bussen und den Lodges gibt es eine Funküberwachung. Die Mitglieder der Reisegruppen werden – zu ihrer eigenen Sicherheit, wie man sagt – überwacht und sollten sich nicht aus der Reichweite dieser Kontrollen begeben. Sie erstreckt sich über ein bis zwei Kilometer im Umkreis.«

»Verstehe.«

»Ich habe dir einige Angaben zu deiner Biografie als Princess La Cabra ausgedruckt. Lern sie auswendig, damit du dich mit deinen Reisegefährten unterhalten kannst.«

»Mach ich.«

»Es wird dir vielleicht schwerfallen, Kyria, aber du musst Rebs Anweisungen, ohne zu widersprechen, folgen. Er ist schon häufiger unterwegs gewesen und kennt sich mit den Gepflogenheiten in den Reservaten aus. Er wird sich darum kümmern, dass ihr unbeobachtet die Reisegruppe verlassen könnt. Und, Kyria, er hat einen wichtigen Auftrag, der Vorrang vor deinem Anliegen hat.«

Ich kaute einen Moment daran. Ich war es nicht gewöhnt, von Männern derart bevormundet zu werden. Cam saß vor mir und musterte mich mit kühlem Blick.

Wo war der sanfte, freundliche Ole MacFuga geblieben?

Alles Camouflage.

»Hast du ein Problem damit?«

»Reb kann ziemlich unfreundlich und ungehobelt sein.«

»Ja, das kann er sein. Rücksichtslos, aber clever und ehrgeizig ist er auch. Und vor allem, Kyria, ist er unglaublich zäh. Was er erreichen will, erreicht er. Also wird er dich auch sicher zu deiner Freundin bringen. Wenn du nicht herumzickst.«

»Ich zicke nicht.«

»Doch, das tust du. Es kann sein, dass es nicht deine Schuld ist, du bist so erzogen worden. Männer gelten in deiner Welt nichts. Bei den Electi noch weniger als in der Civitas. Wir werden euch, wenn ihr in die Gesellschaft eingeführt werdet, wie Zuchtvieh vorgeführt, und ihr pickt euch von uns diejenigen heraus, die euch würdig erscheinen.«

Er hatte nicht unrecht. Nein, hatte er nicht. Männer hatten in den ersten sechzehn Jahren meines Lebens keine Rolle gespielt. Einen Vater hatte ich nicht, mich hatten Kinderfrauen, Lehrerinnen und dann meine Duenna betreut. An meinem sechzehnten Geburtstag waren erstmals ausgewählte Jungmänner der Electi eingeladen worden, die in ausgesuchter Höflichkeit um meine Aufmerksamkeit buhlten. Allerdings hatte keiner von ihnen mein Interesse an der Gattung Mann geweckt.

Genaugenommen waren Cam und Reb die einzigen, die je in mir mehr als einen Funken Neugier erregt hatten.

Unpassende Männer. Meine Mutter würde aufheulen, wenn sie wüsste, mit wem ich jetzt Kontakt hatte. Und Bonnie? Große Mutter – was hatte Bonnie nur angetrieben, mich umbringen zu wollen?

Aber nun war sie der Grund, warum ich hier verschwinden musste.

»Also gut, Cam. Ich höre auf Reb. Aber wenn er zu pampig wird, werde ich weiterzicken.«

Cam lächelte. »Vielleicht macht es ihm ja Spaß.«

»Oh, gewiss. Genau wie mir.«

»Rauft euch zusammen, Princess. Und spielt zumindest für den ersten Teil der Reise in der Öffentlichkeit das verliebte Pärchen.«

»Erklär ihm das auch.«

»Er weiß es schon.«

»Wann brechen wir auf?«

»Um zwei Uhr. Da wird nämlich deine Doppelgängerin eine weiteren Auftritt in der Capitale haben und hoffentlich alle Amazonen auf ihre Spur schicken.«

»Wo ist Reb?«

»In der Arena. Er trifft Vorbereitungen für euren kleinen Ausritt.«

Die Wettkampfarena, in der die Wagenrennen ausgetragen wurden, befand sich an der östlichen Begrenzung der aufgelassenen Gebiete. Früher, so hieß es, war sie mal eine Pferderennbahn gewesen. In den Wiederaufbaujahren hatte man sie zunächst verfallen lassen, aber als sich die wirtschaftliche und politische Lage in NuYu Anfang des 21. Jahrhunderts stabilisiert hatte, waren die Politikerinnen zu der Erkenntnis gelangt, dass man den Männern einen gewissen Freiraum zum Ausleben ihrer animalischen Triebe gestatten musste. Organisierte Sportwettkämpfe waren ein Ventil dafür, hatten sie entschieden. Wagenrennen nach römischem Vorbild, Sumoringen nach japanischer Art, Sportfeste nach antiker griechischer Tradition – die Olympiaden – erfreuten sich inzwischen nicht nur bei den Männern großer Beliebtheit, auch Frauen sahen gerne zu, wenngleich sie nie daran teilnahmen. Sport betrieben wir natürlich auch, allerdings um unserer Gesundheit willen und nicht, um über andere zu siegen. Das war schlicht unnötig.

Cam hatte sich wieder seiner Tastatur gewidmet, und ich murmelte schließlich: »Ich bin nicht wirklich glücklich darüber, mich auf ein Pferd setzen zu müssen.«

»Wirklich glücklich wärst du auch nicht, wenn du die Strecke zu Fuß gehen müsstest. Und mit einem Fahrzeug welcher Art auch immer könntet ihr viel zu schnell in eine der Kontrollen geraten. Hier, schau, neue Nachrichten.«

Und die waren wirklich beängstigend. Delbert selbst hatte sich meiner angenommen. Der Schmierlappen war immer auf Sensationen aus, und aus mir hatte man inzwischen eine gemacht. Rebs Gesicht tauchte auf, Reb, als er sich vor Schmerzen auf dem Pflaster wand. Er sei in das Heilungshaus gebracht worden, in dem auch ich nach einem gefährlichen Unfall mit giftigen Hornissen behandelt worden sei, verkündete Delbert. Ersten Ermittlungen zufolge habe sich der Subcult in mein Zimmer geschlichen, mir mein Id entwendet und mich aus dem Heilungshaus entführt.

Die heulende Bonnie kam ins Bild und stieß zwischen Schluchzern hervor, dass sie sich schuldig fühle. Ihretwegen sei ich von den furchtbaren Insekten gestochen worden. Sie habe geahnt, dass das Gift mir weit mehr schaden würde als einer normal gesunden Person.

Maie wurde als Nächste gezeigt und herb von Delbert befragt, welche Maßnahmen sie gegen die unerträglichen Ausfälle der Subcults zu ergreifen gedenke, die todkranke Töchter der Electi brutal entführten.

»Mir sind keine Ausfälle bekannt, Delbert. Ich habe den Auftrag, eine Vermisste zu suchen, und wie erste Ermittlungen ergaben, hat sie auf eigene Verantwortung das Heilungshaus verlassen. Ihre Ärztin hat uns bestätigt, dass sie sich zwar schwach und etwas desorientiert gefühlt, aber keinerlei Anzeichen einer lebensbedrohenden Krankheit gezeigt habe.«

»Die Priesterin des Heilungshauses hat mir bestätigt, dass Junora Kyria sich in einem überaus gefährdeten körperlichen Zustand befand«, beharrte Delbert.

»Selbst wenn dem so wäre, hat die Priesterin ihre Kompetenz mit dieser Behauptung weit überschritten. Priesterinnen sollen für das seelische Heil der Patienten sorgen, sie haben keine medizinischen Aussagen zu treffen. Und wenn Sie auf diese Weise versuchen, Delbert, der Vermissten Angst zu machen, dann ist das unlautere Einmischung in unsere Ermittlungsarbeit. Wir gehen mit aller Sorgfalt den Spuren nach, und ich hoffe, wir werden Junora Kyria in Kürze wohlbehalten zu ihrer Mutter zurückbringen.«

Damit wandte sie sich resolut von der Kamera ab.

»Sie schützt Reb«, sagte ich.

»Ja, sie schützt ihn. Und da sie, glaube ich, eine verdammt kluge Frau ist, ahnt sie auch, was wirklich vorgefallen ist. Wenn ihr Glück habt, hat sie euch damit den Weg frei gemacht, hier zu verschwinden.«

»Ob sie auch Bonnie durchschaut hat?«

»Wenn sie mit der Priesterin gesprochen hat, dann ja.«

»Dr. Martinez zumindest hat sie wohl befragt.«

Cam nickte. Mir fiel noch etwas ein, als ich an Dr. Martinez dachte.

»Was ist mit der Patientenakte meines Vaters, Cam? Hast du etwas herausfinden können?«

»Ja, aber was ich gefunden habe, ist nicht hilfreich. Die Akte ist nämlich auch bei PanDemica unauffindbar. Aber solche kleinen Probleme reizen meine Leute. Es wird ein bisschen dauern, aber man kann nicht alle Spuren verwischen. Auch zu Rebs Vater werden wir noch etwas finden.«

»Hazel hat mir damals erzählt, dass es in den Reservaten kein Kommunikationsnetz gibt. Aber sie hat es trotzdem geschafft, mir eine Nachricht zu schicken. Wirst du mich informieren, sobald du etwas gefunden hast?«

»Auf welchem Weg hat Hazel dir die Nachricht geschickt?«

»Es ist wohl so, dass die Fischer auf ihren Booten draußen auf dem Meer Kontakt zu den KomSats haben. Sie schreibt ihre Botschaft auf Papier und gibt sie einem der Fischer mit. Die Fischer geben sie an Kapitäne weiter deren Schiffe über Satellitensender verfügen und die Texte an die Adressen in NuYu weitergeben. Andersherum drucken sie die Meldungen aus NuYu aus, geben sie den Bootsbesatzungen weiter und die verteilen sie über einen sogenannten Postweg an die Empfänger. Das dauert allerdings immer einige Tage, und manches geht dabei auch verloren, hat Hazel mir erzählt.«

»Also brauche ich eine Adresse von den Seeleuten. Sieh zu, dass du mir über sie so schnell wie möglich eine Nachricht zukommen lassen kannst. An diese Adressen.« Er drückte mir einen Zettel in die Hand. »Auswendig lernen, Kyria.«

Ich nahm ihn an mich. Auswendig lernen würde ich die drei kryptischen Adressen nachher.

»Gibt es noch etwas, das du hier jemandem ausrichten lassen möchtest?«

Darüber hatte ich auch schon nachgedacht. Meiner Mutter hätte ich gerne ein paar Wahrheiten an den Kopf geworfen, aber das hatte wohl wenig Sinn. Enge Freundinnen hatte ich nicht, Verwandte, an denen ich mit inniger Liebe hing, auch nicht. Was immer ich irgendwann irgendjemandem zu sagen hatte, würde ich auch später sagen können. Ich starb ja nicht in den nächsten drei Wochen.

»Nein«, antwortete ich also lakonisch, und Cam nickte.

»Ist auch besser so.«

Reb kam zur Tür, ganz in Schwarz, in einem langen Mantel, ähnlich dem, den ich mir im Heilungshaus geborgt hatte. Ein Hauch von Stallgeruch umgab ihn.

»Alles bereit, Cam. Prinzesschen, bist du das?«

»Welche deiner Prinzessinnen hast du sonst hier erwartet?«

»Ah, wenn sie den Mund aufmacht, ist sie noch die Alte. Niedlich siehst du aus.«

»Niedlich. Kleine Jungs sind niedlich.«

»Große Ziegen nicht, da hast du recht. Bist du so weit, oder musst du dich noch hübsch machen?«

»Für dich reicht es so.«

»Spart euch das Zanken für unterwegs. Holt euch noch etwas zu Essen, und dann begleite ich euch zu den Ställen«, knurrte Cam uns an.

Das Mittagessen verlief schweigend. Ich verspürte eine gewisse Aufregung. Meine Flucht ging weiter, und es war nicht ganz sicher, ob sie gelang. Vor allem weil ich mich auf ein Pferd setzen sollte. Anschließend folgte ich Reb und Cam durch einen hell beleuchteten, unterirdischen Gang zur Arena. Angeblich war er schon vor langer Zeit angelegt worden, das hatte Jeana mir am Morgen erzählt. Denn von den Männern, die sich den Wagenrennen widmeten, fühlten sich etliche mit der, wie ich nun wusste, geheimen Gruppe der Wardens solidarisch. Viel hatte Jeana nicht über diese Leute verraten, aber ich hatte den Eindruck, dass sie über ein außerordentliches Wissen verfügten und höchst subversiv die Überwachungstechniken NuYus unterliefen.

Das Pferd war braun und groß und hatte ein hässliches Grinsen auf den Lippen. Ich mochte es nicht. Und ich hatte den Eindruck, dass dieses Gefühl auf Gegenseitigkeit beruhte.

Reb legte Cam kurz die Hand auf die Schulter. »Ich melde mich.«

»Ich weiß. Pass auf das auf, was dir anvertraut wurde.«

Cam schlug ihm auf die Schulter, und mit einer fließenden Bewegung schwang sich Reb auf den Pferderücken. Ich nahm unseren Rucksack auf.

»Kyria?«

Cam stand vor mir, mehr als einen halben Kopf größer als ich. Seine Augen unter den geraden dunklen Brauen leuchteten blau. Er lächelte.

»Du hast Mut«, sagte er. Und dann – ich wurde starr vor Überraschung – legte er seinen Arm um meine Taille, zog mich an sich und gab mir einen langen, heißen Kuss. Ich musste mich an ihm festhalten, weil mir schwindelig wurde.

Als er mich losließ, schnaubten sowohl Reb als auch der Gaul.

»Mag sein, dass wir uns eines Tages wiedersehen, Kyria Princess.«

»Mhm«, war alles, was ich sagen konnte.

»Und jetzt hoch mit dir. Hinter Reb.«

Er verschränkte die Hände, ich setzte meinen Fuß hinein und wurde hochgehoben.

»Halt dich fest, Princess!«

Erst zögerte ich noch, meine Arme um Reb zu legen, aber da machte dieses unsägliche Tier einen Satz, und ich klammerte mich an ihn.

Über den Ritt gab es nicht viel zu sagen. Die erste Zeit kämpfte ich beständig mit dem Gleichgewicht, dann mit der Angst, von irgendwem erkannt und angehalten zu werden, und schließlich mit einem schmerzenden Hinterteil.

Reb schwieg, immerhin aber schien ihm das Tier zu gehorchen, und als wir uns quer durch die Felder der Stadtsilhouette von Hanau näherten, hielt er an einer Koppel an.

»Ende der Gemütlichkeit, ab jetzt gehen wir zu Fuß.«

»Gemütlich ist anders«, murrte ich und kam mit schmerzenden, wackeligen Beinen auf den Boden. »Was ist mit diesem Vieh? Findet das allein zurück?«

»Das wird sich hier mit seinen Artgenossen vergnügen, und heute Abend holt es einer der Stalljungen wieder ab.«

»Woher weiß der, wo es sich befindet?«

»Princess, nicht nur Menschen haben ein Id. Pferde, vor allem so wertvolle, auch.«

»Ach, wertvoll?«

»Gib mir den Rucksack.«

»Nur zu gerne.«

Wir hatten noch einen halbe Stunde zu gehen, dann waren wir in der Stadt. Rebs KomLink mit seiner Navifunktion wies uns den Weg zum Bahnhof, und eine Viertelstunde bevor unser Zug eintraf, standen wir auf dem Bahnsteig. Reb war aufmerksam, das musste ich ihm lassen. Er hatte ein gutes Auge dafür, wo sich Überwachungskameras und Sensoren befanden, und lenkte vor allem mich so, dass so wenig wie möglich von mir erfasst wurde.

Als wir sicher im Zug saßen, erlaubte ich mir ein gewisses Gefühl der Erleichterung. Je weiter ich mich von La Capitale entfernte, desto geringer war die Gefahr, erkannt und aufgegriffen zu werden. Gebannt aber war sie noch lange nicht.

Reb war in sich gekehrt, spielte auf seinem KomLink herum und hatte sich demonstrativ dessen Ohrstöpsel reingesteckt. Ich schaute aus dem Fenster, fand aber die vorbeifliegende Landschaft auch nicht sonderlich inspirierend. Also nahm ich mir den Kopfhörer von der Rückenlehne vor mir, um Musik zu hören. Und nachzudenken.

Zum Beispiel über Cam.

Was, um alles in der Welt, hatte ihn veranlasst, mich derart heftig zu küssen?

Okay, es war nicht der erste Kuss in meinem Leben. Seit meinem sechzehnten Geburtstag hatten sich Jungmänner um mich bemüht, und natürlich hatte ich meine Neugier befriedigen wollen. Der erste, der mir einigermaßen gefallen hatte, war entsetzlich schüchtern gewesen. Seine Küsschen wirkten wie Schmetterlingshäuchlein, und sein – ich konnte es nicht anders nennen – hilfloses Gefummel weckte mehr unangenehme als prickelnde Gefühle in mir. Der zweite war etwas mutiger, aber er fragte nach jedem Kuss und nach jeder Berührung, ob mir das gefalle und ob es mir auch guttäte. Das nervte mich dermaßen, dass ich ihn nach der fünfundzwanzigsten Wiederholung dieser blöden Frage in die Wüste schickte. Einen dritten Versuch hatte ich vor einem halben Jahr unternommen, und bei dem – ebenfalls recht zögerlichen – jungen Mann fiel es mir dann endgültig auf: Irgendwer brachte ihnen allen die gleichen Handgriffe und Kusstechniken bei. Es war so austauschbar, das Gefummel, dass ich einen Lachkrampf bekam, als er die Schmusechoreografie seiner Vorgänger wiederholte. Es entwickelte sich daraufhin keine innige Beziehung zwischen uns.

Nichts, aber auch gar nichts war vergleichbar mit dem Schwindel, den Cam in mir bewirkt hatte. Und ich war mir ganz sicher, dass dieser Schwindel nichts mit meiner Krankheit zu tun hatte, denn gleichzeitig hatte er eine Glutwelle in meinem Bauch ausgelöst, wie ich sie noch nie gespürt hatte.

Ich wurde schon wieder rot, als ich nur daran dachte.

Und noch heißer wurde mir, als ich mich dabei ertappte, dass ich das Erlebnis zu gerne wiederholt hätte.

»Vielleicht sehen wir uns wieder«, hatte er gesagt.

Wusste Cam, was er angerichtet hatte?

Reb riss mich aus meinen Gedanken, als er mir sein KomLink reichte. Was ich auf dem kleinen Bildschirm sah, löschte alle Tagträume von irgendwelchen feurigen Knutschereien. Es erschreckte mich. Eine Gruppe Amazonen, begleitet von männlichen Vigilantes in Schutzkleidung als Verstärkung, hatten das Quartier der Subcults hinter dem Alice-Schwarzer-Platz gestürmt. Sie waren auf der Suche nach Reb und mir. Dabei hatten sie, das sah man auf den Aufnahmen, die ganzen Verschläge auseinandergenommen, Möbel zertrümmert, Vorräte verstreut und sich offensichtlich mit den Bewohnern geprügelt.

Gebracht hatte ihnen der Einsatz wenig, augenscheinlich hatte keiner der Subcults ein Wort über uns verloren.

Ich wollte etwas sagen, aber Reb wisperte: »Später.«

Er hatte recht, hier im Zug saß man zu eng aufeinander.

Immerhin hatte die Meldung mich merklich ernüchtert, und ich verstaute die Erinnerung an Cam und seinen wundervollen Kuss in die hinterste Ecke meines Bewusstseins. Dafür lernte ich lieber noch einmal meine neue Biografie als Princess La Cabra auswendig.

Bald darauf liefen wir in den Bahnhof von Colonia ein. Der alte Dom, dessen sandfarbene Mauern in der Abendsonne schimmerten, ragte mit seinen beiden Türmen hoch neben dem Bahnhof auf. Er war eines der weltbekannten Baudenkmäler der Vergangenheit, das gepflegt und erhalten wurde. Früher einmal war er Hort der Männerreligion gewesen, die einen Vatergott und seinen geschundenen Sohn verehrt hatte. Heute diente er als Ort der Besinnung und Freude, an hohen Feiertagen auch als Zeremonienhalle der Matronae. Ich hoffte, wir würden morgen Zeit finden, das Innere zu besichtigen. Es sollte spektakulär sein, hieß es.

Eine grauhaarige Frau, ihren fließenden Gewändern zufolge eine Electi, kam zielstrebig auf uns zu.

»Reb Ridder, Princess La Cabra?«

»Ja, Senora.«

»Ich bin Elli. Ich bringe euch zu eurer Unterkunft.«

»Danke, Senora Elli.«

Sie brachte uns zu einem kleinen Hotel in der Almut-Allee, nicht weit von dem Treffpunkt der Reisegruppe entfernt.

Es war beruhigend, wieder ein Id zu besitzen. Das Leben war so viel einfacher, wenn man sich ausweisen, einkaufen und bezahlen konnte. Reb ging zu meiner gelinden Überraschung auch völlig selbstverständlich mit dem Id um. Er muss also schon mal eines besessen haben. Gut, Cam hatte gesagt, er sei oft gereist. Aber ich fragte mich – gerade jetzt zum ersten Mal –, woher er wohl stammte. War er ein Ausgestoßener von Geburt an? Wenn sein Vater schon zu der Gruppe an der Arena gehört hatte, war das nicht ausgeschlossen. Fragte sich nur, wer seine Mutter war.

Die er nicht leiden konnte.

Und über die er bestimmt nicht freiwillig mit mir sprechen würde.

Warum interessierte mich das eigentlich?

Weil, so erhob sich ein neues, piepsiges Stimmchen in mir, du nicht sterben musst und darum wieder neugierig wirst.

Das Stimmchen hatte recht.

Nun, wir hatten einige Tage vor uns, in denen wir eng zusammenbleiben mussten. Mal sehen, was sich ergab.

Zumindest wollte es so scheinen, als ob der Abend zwischen uns friedlich verlaufen würde. Nach dem Essen gingen wir in unser Zimmer und fragten uns unsere Biografien ab. Danach kam ich noch mal auf die Nachrichten zu sprechen.

»Ja, Princess, sie halten den Mund. Darauf kann man sich bei den meisten Subcults verlassen.«

»Wie sind die Ermittler überhaupt auf diese Gruppe gekommen?«

»Ich habe sie verraten, das weißt du doch.«

»Hast du nicht!«

»Doch, Princess. Ich habe um – mhm – Hilfe gerufen. Weshalb ich ins Heilungshaus kam. Und da haben sie natürlich meine Daten ermittelt. Du hast ihnen meinen Namen genannt, sie haben meine DNA, sie wussten, wo man mich aufgelesen hat – und damit ist es leicht für sie, meinen Aufenthaltsort herauszufinden.«

Er hatte recht, so hatte man ihn aufgespürt, und so hatte man wohl auch rekonstruiert, dass wir zusammen verschwunden waren. Und da man den Subcults per se Übles unterstellte, hatten sie auch gleich eine Entführung daraus gemacht.

»Was passiert mit deinen Leuten?«

»Cam und die Wardens werden sich um sie kümmern. Wenn sie es zulassen.«

»Ich bin froh, dass sie mich nicht verraten haben«, murmelte ich. »Ich wünschte, ich könnte mich irgendwie bedanken.«

»Merk es dir einfach.«

»Wie bist du zu ihnen gekommen, Reb?«

Die Frage entflutschte mir, bevor ich mir auf die Zunge beißen konnte.

»Zu Fuß, wie alle anderen auch.«

»Die Antwort hab ich wohl verdient. Entschuldigung. Ich geh jetzt ins Bett.«

Reb stand auf und wühlte in unserem Rucksack.

»Morgen müssen wir noch einkaufen. Schreib auf, was du brauchst.«

Damit verschwand er im Badezimmer.

Ich durchwühlte ebenfalls die paar Sachen, die wir besaßen. Mit so wenigen Kleidern würde wohl niemand in Urlaub fahren. Ich kritzelte ein paar Notizen auf einen Zettel.

Als Reb aus dem Bad kam, nahm ich das zweite Hemd als Nachtgewand an mich, um mich bettfertig zu machen.

Die beiden Betten in dem Zimmer standen getrennt. Als ich zurückkam, hatte sich Reb wieder in seine Decke gerollt und die Arme über der Brust gekreuzt. Inzwischen wusste ich, dass er die ganze Nacht so schlief, ohne sich zu rühren. Ich machte alle Lampen bis auf das kleine Nachtlicht auf seiner Seite aus und kroch unter meine Decke. Aber nachdem ich mich zweimal um mich selbst gedreht hatte, stand ich noch einmal auf.

Er schlief.

Ich war mir diesmal sicher. Er schlief, vielleicht nicht tief und fest, vielleicht trotz allem noch immer wachsam. Die Spuren der Schläge waren aus seinem Gesicht verschwunden, ein feiner, dunkler Barthauch lag auf seinen Wangen.

Ich hätte gerne darübergestrichen.

Was für ein seltsamer Wunsch. Mitleid hatte ich nicht mit ihm, das würde er sich auch verbitten. Es war – ja, Dankbarkeit. Auch wenn er mir nur aus Eigennutz geholfen hatte, dem Heilungshaus, der ewigen Überwachung und nicht zuletzt einer mörderischen Freundschaft zu entfliehen, war ich ihm dafür dankbar. Mir war in den vergangenen Tagen mehr als klar geworden, wie unbedarft, wie leichtgläubig, wie weltfremd ich bisher gewesen war. Zwar hatte ich die Lügen meiner Mutter durchschaut – Bonnies jedoch nicht. Ich hatte von den Subcults gewusst, aber mir war nicht klar, was es wirklich bedeutete, zu den Ausgestoßenen zu gehören. Ich ahnte inzwischen, dass auch etwas deutlich Ungeklärtes hinter dem Tod meines Vaters steckte.

Antworten hatte ich noch nicht viele gefunden, aber ich hatte gelernt, in eine neue Richtung zu denken.

Mochte derzeit mein früher Tod noch nicht auf dem Spielplan stehen – die Bedrohung und das Bewusstsein, nur noch wenig Zeit zur Verfügung zu haben, hatten mich in den vergangenen Tagen verändert.

Ich hatte ein Ziel.

Vorher hatte ich Wünsche gehabt, manche konkret, viele diffus.

Nichts hatte ich mit Energie angestrebt. Wenn mir Grenzen gesetzt worden waren, war ich zurückgezuckt.

Als für mich jedoch plötzlich klar geworden war, dass es keine Alternative mehr gab, dass meine Zeit abgelaufen war, hatte ich alles zur Seite geschoben, was mich hinderte, und mich auf ein Ziel konzentriert.

Darum war ich jetzt hier, und darum würde ich morgen ins Reservat aufbrechen.

Cam hatte gesagt, dass Reb ungeheuer zielstrebig und zäh sei, wenn er etwas erreichen wollte.

Warum?

Hatte er auch keine anderen Alternativen gehabt und darum diese Zielstrebigkeit entwickelt?

Warum mochte er nicht im Dunkeln schlafen? Obwohl er mich durch den finsteren U-Bahn-Tunnel, ohne zu zögern, geführt hatte.

Wie hatte er Cam kennengelernt? Die beiden schienen Freunde zu sein, wenngleich Cam drei Jahre älter war als er und eine, wie mir schien, verantwortungsvolle Position innehatte.

Warum wollte ich ihm so gerne über die Haare streichen? Um ihn zu trösten, ihm zu zeigen, dass es trotz allem doch so etwas wie Frieden gab? Damit er ausruhen konnte und nicht immer fliehen musste?

Seltsame Gefühle bewegten mich.

Ganz sacht strich ich ihm eine Locke aus der Stirn.

»Schlaf endlich, Princess«, murmelte er.

Ich ging in mein Bett und zog die Decke über mich.

Grollend.

Er konnte wunderbar vorgeben zu schlafen, der verrückte Kerl.

BUSREISE

Der Dom war ein beeindruckendes Bauwerk. Einst, hieß es, war er vom Ausstoß der fossilen Brennstoffe, die man in großer Menge zum Antrieb von Maschinen verwendet hatte, fast schwarz geworden. Aber nach den Wiederaufbaujahren hatte man ihn restauriert und gereinigt, und nun leuchteten seine Zwillingstürme hell gegen den blauen Maihimmel. Wie zartes Spitzengewebe wirkten die schlanken Streben und Pfeiler, und weit hallte das Geläut seiner Glocken über die Stadt.

Nachdem wir unsere Einkäufe erledigt hatten, betraten wir durch das hohe Portal das Innere des Doms.

Sofort umfing uns sanftes, farbiges Licht. Hologramme von Blütenregen rieselten von den hohen Gewölben herab, Blumenduft erfüllte die Luft, und als die Glocken verklangen, verwebten sich schwebende Töne mit Blüten und Wohlgeruch. Überall saßen oder lagen Menschen auf weichen pastellfarbenen Kissen auf dem Boden, lauschend, versunken träumend.

Ich wäre beinahe auch der entspannenden Atmosphäre erlegen, hätte Reb mich nicht am Ellbogen gefasst.

»Denk dir mal den Kitsch hier weg, und konzentrier dich auf die Architektur und die Fenster«, flüsterte er.

Ich musste ein paarmal zwinkern, um das holografische Geriesel auszublenden, aber dann war ich wahrhaftig beeindruckt. Die Säulen leiteten meinen Blick nach oben, sodass ich den Kopf in den Nacken legen musste, und mündeten in ein Gewölbe, das schlichtweg Ehrfurcht gebietend war. Und das farbige Glas in den hohen Spitzbogenfenstern erstrahlte durch die einfallende Sonne – ein Wunderwerk aus Licht und Stein.

Unnötig eigentlich, das künstliche Gedudel. Stille hätte weit mehr die Andacht gefördert.

Ich drehte mich um und ging hinaus.

Wir wanderten schweigend zum Treffpunkt der Reisegesellschaft. Ein komfortabler Bus wartete bereits. Eine energische Frau und ein überaus höflicher Jungmann, Senora Louise und Junor Berti, beide ihren fließenden Gewändern zufolge Electi, stellten sich als die Reiseleiter vor, prüften unsere Berechtigungen, wiesen uns unsere Sitze zu, und der Fahrer verstaute unsere Rucksäcke in dem Gepäckraum des Gefährts. Da es ein schöner Tag war und wir stundenlang im Bus sitzen würden, suchten wir draußen auf dem Platz eine Bank und beobachteten das Treiben. Reb und ich hatten – in ungewohnter Eintracht – ausgemacht, möglichst wenig Kontakt mit den Mitreisenden zu pflegen, um nicht ausgefragt zu werden oder irgendeine unbedachte Äußerung zu machen.

»Die Senora Louise beobachtet uns«, sagte Reb leise. »Ich mag das nicht. Bieten wir ihr ein Schauspiel.«

»Welcher Art?«

»Fieser Art«, sagte er mit seinem schiefen Lächeln und legte mir den Arm um die Schultern. »Immerhin geben wir hier das Liebespärchen.«

Und dann wühlte er sich mit der anderen Hand in meine kurzen Haare, zog mich zu sich und küsste mich.

Ich wollte mich wehren.

Ich wollte kratzen und beißen.

Ich wollte um mich treten.

Ich wollte … einfach nur noch schnurren …

Und ich war heilfroh, dass ich saß.

»Unterlassen Sie das!«, herrschte Senora Louise uns an, und Reb fuhr zurück, als hätte ihn ein Schlag getroffen. »Es ist ungehörig und geschmacklos, sich in der Öffentlichkeit sexuellen Handlungen hinzugeben«, schnauzte sie. »Wenn das noch einmal vorkommt, werde ich Sie von der Reise ausschließen!«

»Ja, Senora. Entschuldigen Sie, Senora. Es wird nicht mehr vorkommen, Senora«, stammelte Reb.

»Nein«, krächzte ich. »Das wird nicht mehr passieren. Es war alles meine Schuld. Verzeihen Sie, Senora.«

»Also gut. Benehmen Sie sich zukünftig! Sie haben ein schlechtes Beispiel geliefert.«

»Ja, Senora.«

Sie rauschte ab, um Neuankömmlinge zu begrüßen.

Ich suchte den Rest meines Verstandes zusammen. Er befand sich in Regionen weit unterhalb meines Gehirns. Wie es schien, war er durch irgendwelche hormonellen Tsunamis weggespült worden.

»Reb?«

Meine Stimme gehorchte mir auch noch nicht wieder.

»Kommt nicht mehr vor. Versprochen!«

»Äh – aber warum?«

»Weil wir solche Spielchen nicht mehr treiben müssen, um unsere Glaubwürdigkeit als verliebtes Pärchen zu beweisen. Sie wird nur noch darauf achten, dass wir uns anständig benehmen, und nicht darauf, wie wir uns sonst verhalten oder was wir reden. Und wir werden ab jetzt sehr gehorsam sein, ist das klar, Princess?«

»Ja.«

Was immer er damit meinte. Mein Hirn fühlte sich wie aufgeweicht an, während im Rest meines Körpers die ungeheuerlichsten Gefühle tobten. Ich versuchte durch gleichmäßiges tiefes Ein- und Ausatmen meine Fassung wiederzugewinnen.

Denn wenn Cams Kuss schon wie heiße Schokolade gewesen war – dieser hier eben war heiße Schokolade mit noch heißerem Chili gewesen.

Wahnsinn.

Endlich schielte ich zu Reb hin. Der coole Hund wirkte völlig entspannt und gelassen.

Das allerdings brachte mich dann endgültig auf die Erde zurück.

Vermutlich hatte er auf diesem Gebiet reichlich Erfahrungen mit seinen Prinzessinnen gesammelt.

Immerhin hatte die Vorführung den Vorteil, dass wir gemaßregelt und darum leicht bedrückt wirken und uns schuldbewusst auf unsere Sitze verkrümeln konnten, als wir zum Einsteigen gerufen wurden.

Ich war froh über das Schweigen.

Reb beschäftigte sich mit seinem KomLink. Offensichtlich wollte er, solange wir noch im Bereich des Netzwerks waren, so viele Nachrichten wie möglich abrufen. Ich fragte ihn nicht, was es an Neuigkeiten gab. Das würde er mir hoffentlich abends in unserem Zimmer erzählen.

Um mich von den aufwühlenden Gefühlen und Gedanken abzulenken, zog ich mein Lesepad aus der Tasche und versuchte mich in einen hochgelobten Klassiker aus dem letzten Jahrhundert zu versenken. Das Buch war 1975, kurz vor der Großen Pandemie, erschienen und hieß »Der kleine Unterschied und seine großen Folgen«, von Alice Schwarzer. Es war mühselig zu lesen, und nach einer Weile gab ich es auf und sah mich vorsichtig nach unseren Mitreisenden um. Beim Einsteigen hatte ich bemerkt, dass etwa die Hälfte der Reisenden so jung wie wir war, eine achtköpfige Gruppe schien eine Art Studienfahrt zu machen. Drei Familien mit kleinen Kindern hatten sich im hinteren Teil des Busses eingerichtet, ein älteres Paar saß im Gang neben uns, eine Vierergruppe junger Männer schräg vor uns. Von ihnen sah ich nur die Köpfe – seidige Locken, kompliziert geflochtene Zopffrisuren, schimmernder Wellenfall –, modisch gestylt, was auch für ihre farbenprächtige Kleidung galt. Civitates, wohlbeleibt und gepflegt.

»Wir haben Haarglanz und Lockencreme für dich vergessen«, konnte ich mich nicht zurückhalten, Reb zuzuflüstern. »Ich werde beim nächsten Halt sofort dafür sorgen.«

Er schaute auf, bemerkte, was ich gesehen hatte, und sein Mundwinkel zuckte. »Wehe!«

»Camouflage! Ich musste meine Haare auch opfern.«

Er klopfte auf sein gefüttertes Wams. »Ich hab schon meine Figur geopfert. Das reicht.«

Ich gluckste leise. Ja, sein magerer Kadaver war alles andere als modisch gerundet. Aber um nicht weiter aufzufallen, senkte ich den Kopf wieder und sah auf mein Lesepad. Allerdings fesselte mich der Text nach wie vor nicht.

Reb hatte nicht viel über seinen Vater Alvar gesagt, außer dass er zu den Wagenlenkern gehört hatte. Mich hatten diese Männer und ihr martialischer Sport nie sonderlich interessiert, aber nun wollte ich doch mehr über sie erfahren.

Es gab recht viele Informationen, wie ich feststellen konnte. Seitenlange Artikel widmeten sich den einzelnen Fahrern. Sie kamen zu gleichen Teilen aus der Civitas und den Electi, wobei Letztere ihre eigenen Ställe unterhielten, die Civitates hingegen meist von großen Unternehmen gesponsert wurden. Es gab Rennbahnen in allen größeren Städten, wobei die in La Capitale die berühmteste war. In den einzelnen Regionalstaaten wurden Wettkämpfe ausgetragen, deren Sieger wiederum alle zwei Jahre zum Großen Preis in der Hauptstadt antraten.

Die Bilder der Rennen waren beeindruckend in ihrer Gewalttätigkeit. Eine Abbildung zeigte den zweirädrigen, von vier Pferden gezogenen Wagen, auf dem der Lenker stand. Die Führungsleinen wurden nicht in der Hand gehalten, sondern um die bloßen Arme geschlungen, und mir wurde klar, dass eine gewaltige Kraft notwendig war, die rasenden Tiere zu bändigen. Weshalb sich die Wagenlenker deutlich von den normalen Männern unterschieden. Sie waren samt und sonders groß, breitschultrig, ihre Kleidung betonte die mächtigen Muskeln der Arme und Beine. Beim Rennen trugen sie eng anliegende Hosen aus Leder, hohe Stiefel und ärmellose Wämser, Armstulpen, die vom Handgelenk bis zum Ellbogen reichten – das alles in den Farben ihrer Wagen. Diese Farben, ebenso wie die Embleme, hatten sicher etwas zu bedeuten. Das Emblem des Wagens wiederholte sich auf dem Wams des Fahrers, und wenn sie in ihren Zeremonialgewändern auftraten, auch darauf. Dieses Gewand glich dem, das wir Electi anzulegen pflegten, wenn wir bei offiziellen Auftritten zugegen waren. Ich hatte meine Robe mit sechzehn erhalten, in der Familienfarbe meiner Mutter – elfenbeinweiß, mit dem eingewebten Namenswappen auf dem breiten Revers. Wie stolz war ich damals gewesen, das bodenlange, mantelartige Seidengewand mit seinen weiten Ärmeln anlegen zu dürfen. Die weiße Narzisse –Jonquilla, unser Familienname und Wappen – war nur zu erkennen, wenn man sehr genau hinsah.

Die Roben der Wagenlenker dagegen waren ärmellos, stattdessen trugen sie kurze Lederstulpen an den Handgelenken und schnürten sich schwarze Lederstreifen um die Oberarme, wohl ein Hinweis auf die Führungsleinen der Pferde. Irgendwie wirkte dieser Aufzug bedrohlich, aber auch – mhm – sexy?

Diese Männer waren beliebt bei den Frauen, ohne Zweifel.

Und bei jungen Männern ebenfalls.

Aber nur sehr wenigen stand die Laufbahn in der Arena offen. Sie war natürlich mit Risiken verbunden. Es kam häufig zu gefährlichen, oft sogar tödlichen Unfällen, selbst beim Training.

Wusste ich's doch, dass diesen großen, harthufigen Pferden nicht zu trauen war.

Eine Weile noch beschäftigte ich mich mit den verschiedenen Arten der Rennen, den verwirrenden Bedeutungen von Emblemen und Farben, bist Reb mich anstupste.

Senora Louise wünschte uns über den Reiseablauf zu informieren.

Übernachten würden wir heute in Amiens, morgen dann weiterfahren bis Avranches, wo wir die Grenze zum Reservat überschreiten würden. Etliche Verhaltensregeln wurden uns an die Hand gegeben, da wir uns in unzivilisiertes Gebiet begaben. Aus Sicherheitsgründen war es strengstens verboten, die Reisegruppe zu verlassen. Für den Nachmittag war eine Besichtigung des Mont Saint-Michel vorgesehen. Übernachtung in Saint-Malo. Weiterfahrt ins Landesinnere zum Wald von Brocéliande am Folgetag, zwei Übernachtungen dort. Anschließend Besuch der Hafenstadt Concarneau, zwei Tage

Aufenthalt, Weiterfahrt nach Morlaix, ebenfalls zwei Tage Aufenthalt, zurück entlang der malerischen Küste bis zur Grenze, und eine letzte Übernachtung wieder in Amiens. Nach zehn Tagen würden wir wieder zu Hause sein.

»Wir könnten …«

»Still«, sagte Reb.

Ich hielt den Mund. Er hatte recht. Aber die Aussicht, meinem Ziel ganz nah zu sein, weckte Aufregung in mir. Ich bemühte mich, ihrer Herr zu werden. Mit mäßigem Erfolg.

Nach gut vier Stunden Fahrt hatten wir Amiens erreicht und wurden wie eine Schar Gänse in das Hotel getrieben. Eine Stunde Ausruhen war uns gestattet, dann waren das Essen anberaumt und anschließend eine gemeinsame Stadtbesichtigung.

Wir ließen es über uns ergehen.

Als wir am Abend in unser Zimmer kamen, warf ich mich mit einem Seufzer auf mein Bett.

»Das ist ja grässlich! Und solche Touren machen die Leute freiwillig?«

»Sie zahlen sogar viel Geld dafür.«

Auch Reb hatte sich auf seinem Bett ausgestreckt.

»Wann werden wir diese Truppe verlassen?«

»In Concarneau oder Morlaix. Das hängt von den Umständen ab.«

Ich hatte mir die Landkarte auf meinem Pad angesehen und mir auch schon Gedanken gemacht.

»Von Saint-Malo ist es nicht weit bis zum Cap Fréhel.«

»Aber weit bis nach Brest. Und dahin muss ich zuerst.«

»Aber ich nicht.«

»Princess, du kommst mit mir. Es geht nicht, dass einer von uns allein abhaut.«

»Dann hauen wir eben beide ab. Du kannst bestimmt auch von Fréhel aus nach Brest reisen.«

»Ich lasse dich nicht allein. Die Gefahr, dass Senora Louise dich bei deiner Freundin aufstöbert, ist zu groß.«

»Die Gefahr, dass sie uns beide in Brest aufstöbern, ist genauso groß.«

»Mich erwischen sie nicht.«

»Eingebildet bist du gar nicht.«

»Nein, Princess. Ich weiß einfach, was zu tun ist.«

»Und ich bin nur ein blödes Anhängsel.«

»Bitte schön, wenn du dich so siehst.«

Er brachte mich schon wieder in Wut.

»Es ist doch unsinnig, so lange mit dieser affigen Truppe herumzureisen.«

»Es ist noch viel unsinniger, sie überstürzt zu verlassen. Ich muss erst einmal im Reservat sein, um die Möglichkeiten zu prüfen, und ich muss die Leute beobachten, um zu sehen, wer uns gefährlich und wer uns vielleicht von Nutzen sein kann. Und vor allem muss ich die Gepflogenheiten in den Lodges erkunden, um einen Fluchtweg auszuarbeiten.«

Er erklärte mir dies mit einer solch ruhigen Nachsicht, dass meine Wut nur noch größer wurde. Aber ein überzeugendes Gegenargument wollte mir nicht einfallen. Also schmollte ich.

Und er lachte plötzlich.

»Hey, du siehst niedlich aus, wenn du so grollst.«

Ich nahm mein Kopfkissen und warf es nach ihm.

Half aber auch nichts. Er warf es einfach zurück.

»Hör auf rumzuwüten, Princess. Cam hat es dir gesagt – du musst mir gehorchen. Auch wenn es dir schwerfällt. So, und jetzt Frieden!«

Ich nahm das Kissen und drückte es an mich.

Doofe Gefühle beutelten mich.

Ich hätte gerne mit ihm gerauft.

Besser nicht.

Aber Frieden war nicht möglich, allenfalls Waffenstillstand.

»Erzähl mir von deiner Freundin Hazel. Alles, was du weißt«, forderte Reb mich auf. »Jede Einzelheit kann hilfreich sein, und wir wissen nicht, wie oft wir noch ungestört sein können.«

Mit dem Kissen im Arm lehnte ich mich an die Wand und schloss die Augen, um mich zu konzentrieren. Dann erzählte ich.

»Hazel ist zwei Jahre älter als ich. Vor drei Jahren gab es auf dem Hof, auf dem sie lebt, ein Feuer, bei dem sie schwere Brandwunden erlitt. Sie wurde zwar behandelt, aber die medizinische Technik in den Reservaten ist nicht sehr fortschrittlich. Ihre Großmutter hat Beziehungen zu Leuten in der Capitale, und so wurde sie ausgeflogen.«

»Interessante Großmutter. Was weißt du von ihr?«

»Sie ist aus NuYu geflohen und wohnt schon seit fast sechzig Jahren im Reservat. Dort hat sie einen Gutsbesitzer getroffen, mit dem sie ihr Leben lang zusammen war. Ihr Mann starb vor einigen Jahren. Sie hat – mhm – vier oder fünf Kinder. Alle leben auf dem Gutshof oder in der Nachbarschaft.«

»Kannst du mir Namen nennen?«

»Lass mich überlegen. Hazels Großmutter heißt Willow, das ist sicher. Hazels Mutter … ihre Mutter heißt Jenevra. Sie ist die Heilerin in der Familie. Ihr Vater heißt, glaube ich, Gort. Aber mehr weiß ich nicht.«

»Und alle sind Landwirte?«

»Nein, das Gut wird von Hazels Vater geführt, die anderen helfen nur manchmal mit. Einer ihrer Onkel ist Mechaniker, eine Tante ist Töpferin, und Hazel selbst wollte Biologie studieren.«

»Welche Beziehungen hat diese Großmutter nach NuYu?«

»Sie hat einen jüngeren Bruder, der in NuYu-Britannien lebt. Sie stehen in Kontakt miteinander. Ach ja, den nannte Hazel Griffin. Er hat eine Bekannte – ich weiß nicht, welcher Art –, die im Heilungshaus in der Capitale arbeitet. Jedenfalls hat er dafür gesorgt, dass Hazel dort behandelt wurde.«

»Sie kennt also die Kommunikationswege.«

»Offensichtlich gut genug.«

»Und hat gute Beziehungen. Sehr nützlich.«

»Ja. Die Ärztinnen und Betreuerinnen haben versucht, Hazel zu überreden, in NuYu zu bleiben. Sie haben ihr einen Studienplatz angeboten und ein Stipendium. Als sie abgelehnt hat, haben sie versucht, sie unter Druck zu setzen. Ich habe das damals nicht ganz verstanden. Sie haben mich dazu gebracht, auf Hazel einzuwirken. Deshalb hätte es fast Streit zwischen uns gegeben. Und dann kam eines Tages ein alter Mann und holte Hazel ab. Ich glaube, es war der Bruder ihrer Großmutter. Ich kam nicht mehr dazu, mit ihr zu sprechen. Aber wir hatten vorher vereinbart, in Kontakt zu bleiben. Ich habe ihr auch geschrieben, aber keine Antwort erhalten. Zwei Monate später brachte mir meine Mutter die Nachricht, Hazel sei gestorben. Sie hat mich angelogen. Wie so oft.«

Die Bitterkeit darüber sammelte sich wieder in meiner Kehle.

»Hast du eine Ahnung, warum sie das getan hat?«

»Pff – wie üblich –, um mich vor irgendwas zu beschützen, vermutlich. Wir hatten vor Kurzem einen wirklich hässlichen Streit, als ich mir so eine Reise wie diese hier gewünscht hatte. Ich muss doch in klinisch reine Watte gepackt werden, Reb, damit ich überhaupt am Leben bleibe.«

»Leben ist zäh.«

Ich hob die Schultern. Leben war mir gerade neu geschenkt worden. Ja, vielleicht war es zäh.

Reb sah mich nachdenklich an. »Princess, haben Hazel und Bonnie sich kennengelernt?«

»Ja, sicher. Bonnie ist seit meinem vierzehnten Geburtstag meine Duenna.«

»Was genau ist die Aufgabe einer Duenna?«

»Warum willst du das wissen, Reb?«

»Weil du eine Feindin hast, Princess. Schon vergessen? Ich möchte mir eine Vorstellung davon machen, ob sie herausfinden könnte, wohin du gegangen bist.«

»Oh.«

In den letzten Stunden war es mir gelungen, Bonnie aus meinen Gedanken zu verbannen. Aber natürlich hatte Reb recht. Ich legte das Kissen zur Seite und setzte mich aufrecht hin.

»Eine Duenna hat die Aufgabe, ein junges Mädchen auf die Aufgaben in der Gesellschaft vorzubereiten. Du weißt schon – Konversation, korrekte Umgangsformen, richtige Kleidung, passende Freundschaften und so.«

»Weiß ich nicht, kann ich mir aber vorstellen: Zickentraining.«

»Bäh!«

»Das gehört auch dazu?«

»Nein, das lernt man beim Umgang mit rebellischen Kotzbrocken von selbst.«

»Beherrschst du gut. Also – wie stand Bonnie zu Hazel?«

»Sie hat mich im Heilungshaus oft besucht und sich mit uns beiden unterhalten. Hazel und sie hatten aber nicht viel gemeinsam. Bonnie interessierte sich nicht sonderlich für das Leben im Reservat. Aber sie war immer höflich zu Hazel.«

»Billigte sie deine Freundschaft?«

Ich schwieg nachdenklich. Es war drei Jahre her. Hatte sie je etwas Abfälliges gesagt, so wie über Ole MacFuga? Nein, das hatte sie nicht. Aber sie hatte später auch nie mit mir über Hazel gesprochen. Selbst als ich um sie getrauert hatte.

»Sie hat sich nicht eingemischt«, beantwortete ich Rebs Frage also.

»Wie konntest du nach drei Jahren wieder eine Nachricht von Hazel bekommen, Princess?«

Eine interessante Frage.

Eine, die mein Misstrauen plötzlich aufblühen ließ.

»Wir hatten Adressen ausgetauscht, über die wir in Kontakt bleiben wollten. Ich habe ihre Cam gegeben. Hazel hatte die meines KomLinks.«

»Die Nachricht von ihrem Tod hat man aber nicht dahin gesendet.«

»Nein, die hat meine Mutter … Oh – es gab keine solche Meldung, meinst du?«

»Wer hatte die Möglichkeit, Nachrichten auf deinem KomLink zu überprüfen?«

»Mutter sicher und – ja, du hast recht, Bonnie natürlich auch. Dann haben beide unter einer Decke gesteckt.«

»Vielleicht. Zu deinem Geburtstag hast du dann eine Meldung von Hazel erhalten. Hast du ihr geantwortet?«

»Ja, natürlich. Gleich nachdem ich mich von der Überraschung erholt hatte.«

»Hast du eine Antwort von ihr bekommen?«

»Kann sein. Nur – das dauert immer einige Tage. Und mein KomLink habe ich im Heilungshaus liegen gelassen.«

»Mist.«

»Richtig. Ich hätte es doch mitnehmen sollen.«

»Dann hätten sie deine Spur schneller gefunden.«

»Auch wahr.«

»Auf jeden Fall müssen wir also damit rechnen, dass sie – wer auch immer das sein mag – dich bei Hazel aufspüren.«

»Und zurückbringen?«

»Das dürfen sie nicht. Du wirst Asylantenschutz bekommen, denke ich. Wir kümmern uns darum, Princess. Aber du musst es mir überlassen, wann und wo wir diese affige Reisegruppe verlassen.«

»Okay, okay. Du bist der Chef!«

»Mach mal den Mund auf!«

»Warum?«

»Ich will wissen, ob du dir daran eben einen Zahn ausgebissen hast.«

»Idiot!«

AUSREISSEN

Die nächsten drei Tage hielten wir unseren Waffenstillstand aufrecht, und die unangebrachte Hormonschwemme in mir klang auch allmählich wieder ab. Man hatte mich auf solche Gefühlskapriolen vorbereitet, meine Lehrerinnen waren darin sehr sorgfältig gewesen. Als junge Frau war man diesen Wallungen hin und wieder ausgesetzt, und wenn man sie nicht in Schach hielt, konnten sie einen zu Dummheiten verleiten. Ich lenkte mich also so gut es ging ab, und da Reb sich sehr zurückhaltend verhielt, gelang mir das auch ganz gut. Dafür wuchs, wenn auch widerwillig, meine Bewunderung für ihn. Er beobachtete genau, passte sich der Gruppe geschmeidig an, und jeden Abend setzte er mich über seine weitere Planung in Kenntnis. In den Lodges wurden wir mit unseren Ids registriert, KomLinks und InfoPads aber hatten hier im Reservat keine Funktion mehr. Reb hatte sich allerdings von Cam eine sehr detaillierte Karte auf Papier ausdrucken lassen, die die Umgebung der Orte, an denen wir übernachteten, darstellte.

Vor dem Abendessen am zweiten Tag in Brocéliande hatten wir eine Stunde zur persönlichen Erholung. Reb nutzte die Gelegenheit.

»Morgen kommen wir nach Concarneau, Princess«, verkündete er. »Am zweiten Abend verschwinden wir. Die Lodge liegt günstig außerhalb des Ortes an der Küste zwischen Feldern und Weiden. Bis nach Brest sind es ungefähr hundert Kilometer.«

»Wie kommen wir dorthin?«

»Zu Fuß. Und hoffentlich mit Hilfe der Einwohner.«

»Das verspricht, nun ja, interessant zu werden. Ist dir aufgefallen, dass man sich hier mit höchst eigenartigen Fahrzeugen fortbewegt?«

»Tja, die Technologie ist etwas rückständig, aber offensichtlich fahren diese Klapperbüchsen. Wenn auch noch mit fossilem Brennstoff.«

»Also gut, wie stellst du dir das Ganze vor?«

Er erläuterte sein Vorhaben, wobei ich mir dann und wann ein Lachen verbeißen musste. Einige eigene Ideen konnte ich sogar auch beisteuern, denn auch ich hatte unsere Gruppe aufmerksam beobachtet. Reb hatte aber noch etwas bemerkt, das mir entgangen war.

»Ist dir aufgefallen, dass Senora Louise und Junor Berti sich in der Pause nach dem Mittagessen sexuellen Handlungen hingeben?«

»Huch? Tun sie das?«

Reb grinste. »Oh ja, das tun sie. Man hört es. Er grunzt dabei.«

»Igitt!« Ich kicherte. »Es könnte eine Möglichkeit sein, uns zumindest Berti vom Hals zu halten.«

»Mal sehen. Auf jeden Fall darfst du morgen so zickig sein, wie nur möglich, und dann bestehst du darauf, dass wir ein Zimmer im Erdgeschoss bekommen.«

»Du meinst, so richtig die Elitezicke raushängen lassen?«

»Aus vollem Hals, Princess.«

»Fein.«

»Gut, und jetzt testen wir mal das Reaktionsvermögen unserer Reiseleiter. Ich möchte wissen, wie gut sie uns bewachen.«

»Wie willst du das rausfinden?«

»Indem du dein Id-Armband ablegst. Weil du dich mit irgendeinem Schmierzeug eingecremt hast und dann von mir abgelenkt wurdest.«

»Und wie willst du das machen?«

»Vielleicht durch eine sexuelle Handlung?«

»Uh, nicht schon wieder!«

»Dann denk dir was anderes aus.«

Ich sah mich in unserem Zimmer um. Da – ja, tatsächlich – da war ein Spinnennetz am Fenster. Unvorstellbar zu Hause, aber hier in den Reservaten war alles wirklich ein bisschen unhygienischer.

»Ich habe Angst vor Spinnen!«

Reb folgte meinem Blick und nickte anerkennend. »Auch gut. Dann darfst du kreischen.«

Ich bereitete diese kleine Scharade also vor und legte das Armband mit dem Id auf den Nachttisch, wo meine Körperwärme nicht mehr registriert wurde. Dann bediente ich mich aus einer Flasche Bodylotion. Und wirklich, binnen fünf Minuten klopfte Berti an unsere Tür und fragte, ob es Probleme gäbe. Ich spielte meine Rolle bravourös, hatte mich auf mein Bett geflüchtet, quiekte wie besessen und wies mit dem ausgestreckten Zeigefinger auf das Spinnennetz, während Reb sich mit einem Handtuch todesmutig ans Fenster pirschte.

Junor Berti erbleichte, machte auf dem Absatz kehrt und rief den Lodge-Master.

Der erlöste uns von dem Übel, entschuldigte sich ein Dutzend Mal, und ich legte, wenn auch mit zitternden Fingern, das Id wieder an.

»Der arme Berti hatte ja richtig Angst vor der Spinne«, sagte ich.

»So sind die harten Männer der Electi eben.«

Verachtung troff aus jedem Wort, und inzwischen musste ich Reb zustimmen. Die Tage bei den Subcults, bei Cam und nun mit der Reisegesellschaft hatten mir ein neues Verständnis für männliche Tugenden beschert. Da waren zum Beispiel die kleinen Söhne der einen Familie – sechs und sieben –, die von Senora Louise unablässig ermahnt wurden, genauso wie ihre Eltern, deren Erziehungsgrundsätze ständig bemängelt wurden. Ich fand die beiden Rabauken herzerfrischend. Sie lärmten herum, kabbelten sich, mussten sich ständig beweisen, wer schneller, lauter, geschickter, mutiger war. Sie hatten gleich am zweiten Tag einem Mädchen einen lebenden Frosch ins Bett geschmuggelt, was zu einem höllischen Aufruhr geführt hatte, dann einen Hofhund mit Pinienzapfen beworfen und waren von ihm durch ein Artischockenfeld gehetzt worden, waren auf einen Kirschbaum geklettert, hatten sich mit den Früchten den Magen verdorben und sahen anschließend aus, als hätten sie ein Blutbad angerichtet. Und Reb hatte immer wenn uns etwas freie Zeit zustand, mit ihnen herumgetobt. Was ihm ebenfalls Rügen eintrug.

»Die sind in Ordnung, Princess. So müssen kleine Jungs sein. Schau dir die beiden anderen Hänflinge an, die still bei Mama sitzen, sich mit ihren Knüpfarbeiten beschäftigen und nie einen Pieps sagen.«

»Ja, aber sie werden es im Leben leichter haben.«

»Und, ist das gut für sie?«

Ich wusste es nicht mehr. Wahrscheinlich hatten Rabauken weit mehr Spaß im Leben als brave Jungs. Aber sie würden auch mehr leiden müssen.

Manche zerbrachen an ihrem Leid. Reb schien daran gewachsen zu sein.

Meine Überlegungen wurden unterbrochen, als Reb wieder die Landkarte auf dem Tisch ausbreitete.

»Schau, so groß ist etwa der Radius, in dem sie uns über die Ids überwachen können.« Er hatte um die Lodge am Rand von Concarneau einen Kreis gezogen. »Übermorgen wird uns abends eine Folkloregruppe unterhalten, die im Park irgendwelche Tänze aufführt. Das ist unsere Chance.«

Wir sprachen noch über ein paar Details und mögliche Gefahren, dann mussten wir uns erneut der Gruppe anschließen.

Ich war aufgeregt, als wir in der Lodge in Concarneau ankamen, aber es gelang mir tatsächlich mit penetranter Nörgelei, ein Zimmer mit einer Terrasse zu ergattern. Die bösen Blicke der beiden ondulierten Jungmänner, die darauf spekuliert hatten, konnte ich ertragen. Reb und ich erkundeten so unauffällig wie möglich das Terrain, und als er mir am zweiten Tag nach dem Mittagessen ein Zeichen gab, begann ich mit den Vorbereitungen. Wichtig war es vor allem, das Gepäck unbemerkt aus der Lodge zu bringen. Ich verstaute alles sorgfältig und wartete auf Rebs nächste Anweisung.

In dem sehr schönen Park der Lodge mit alten Bäumen, blühenden Hortensienhecken und sorgfältig gestalteten Beeten lag ein kleiner Weiher. Ein alter Waschplatz, wie man uns gesagt hatte. Ein gemauertes Becken, dessen Steine inzwischen Moos angesetzt hatten, war davon noch erhalten geblieben. Ein Ort, wie Reb meinte, der Abenteuer suchende Jungs wie magisch anzog. Ich machte es mir auf der Terrasse gemütlich und gab vor, eines der komischen Worträtsel zu lösen, die im Gemeinschaftsraum auslagen, beobachtete aber, wie Reb wieder einmal mit den Rabauken herumtollte. Dann ließ er sich von der Senora ermahnen und trottete mit hängenden Schultern zu einer Liege im Schatten eines Baumes. Meine Anspannung stieg. Er hatte etwas unternommen – improvisiert, wie ich annahm. Die kleinen gemaßregelten Abenteurer zockelten daraufhin mit einem Ball unter dem Arm los, um die beiden Bravlinge zum Spielen aufzufordern. Die Eltern der Kinder saßen unter einem Sonnenschirm zusammen und unterhielten sich, ohne ihnen große Aufmerksamkeit zu schenken.

Reb stand auf, schlenderte am Weiher vorbei und kam dann zu mir.

Ich stand auf und ging ins Zimmer. Er folgte mir.

»Gleich geht's los!«, sagte er leise und löste das Armband mit seinem Id. Ich legte den Daumen auf die Stelle, wo sich der Chip befand, legte es mir an und zog den Ärmel meiner Bluse darüber. Wer immer uns überwachte, musste davon ausgehen, dass wir uns beide in unserem Zimmer aufhielten.

Ein infernalisches Piepsen alarmierte die Gesellschaft, doch zunächst passierte nichts. Über uns knallte aber eine Tür, und gleich darauf schoss Senora Louise mit aufgelöster Frisur und verrutschtem Hemd durch den Garten auf den Weiher zu.

»Ein Kind, ein Kind ertrinkt!«, kreischte sie.

Reb schulterte seinen Rucksack und packte meinen.

Draußen hetzten alle auf das Gewässer zu.

Nur Junor Berti kam zu spät und versuchte noch im Laufen seinen Hosenbund zuzubinden – ein der Fortbewegung nicht eben förderliches Unterfangen. Auch er sah erhitzt und aufgelöst aus. Ich stellte mich ihm in den Weg und fragte mit großen, schreckgeweiteten Augen, was passiert sei.

»Aus dem Weg, aus dem Weg!«, keuchte er, aber ich stolperte so ungeschickt, dass er auf mich fiel und dabei auch noch einen Stuhl umriss. Die Saftkaraffe auf dem Tisch kam ins Wanken und ergoss ihren Inhalt über seinen Hintern. Ich klammerte mich an ihm fest und jammerte, er habe mir den Knöchel gebrochen. Er versuchte sich aufzurappeln, aber ich kam einfach nicht auf die Beine, weil ich in der Saftlache ausrutschte. Wir rollten in ein Petunienbeet, ich stützte mich auf seinem Unterleib ab, was ihn zu einem entsetzten Quieken direkt an meinem Ohr veranlasste. In heller Panik krallte ich zu.

Er röchelte.

Je nun.

Reb kam angestürmt und stürzte sich auf Berti.

»Was fällt dir ein, meine Freundin anzufassen?«, tobte er los und zerrte den feisten Junor von mir weg. »Was hast du ihr angetan?« Endlich kam Berti auf die Knie. »Ich … ich bin gestolpert.« Er drückte sich die Hände in den Schritt.

Reb sah dermaßen gefährlich und gewaltbereit aus, dass ich ihm seine Wut fast geglaubt hätte.

»Ach ja? Und wieso hast du kein Hemd an? Und wieso hängt dir deine Hose in den Knien?«

Ich mischte mich mit einigermaßen gefasster Stimme ein. »Lass ihn gehen, Reb. Es war wirklich ein Missgeschick. Er kam aus Senora Louisas Zimmer, glaube ich. Wir wollen doch nicht, dass alle mitbekommen, was er dort getrieben hat.«

Der arme Berti war dunkelrot angelaufen und zuppelte an seinem Gürtelband, während Rebs Blick tadelnd über seine verrutschte, saftfeuchte Hose glitt. Bertis schwabbeliger Bauch war kein schöner Anblick.

»Ersparen wir uns diese Vorführung«, murmelte ich und hinkte ins Zimmer.

Reb folgte mir, und geschwind streifte er sich wieder das Armband mit seinem Id über.

»Du hast einem der kleinen Rabauken das Id geklaut und in den Weiher geworfen?«

»Aber nein. Er hat es beim Toben verloren.« Ein schnelles, schiefes Grinsen flog über sein Gesicht. »Und der arme Berti ist einfach so auf dich draufgefallen?«

»Ja, dumm, nicht?«

»Musstest du ihm deswegen gleich die Eier zerquetschen?«

»Musste ich nicht, ergab sich irgendwie so.«

»Lernt man das in der Zickenschule?«

»Gewisse Techniken der Selbstverteidigung werden sogar den Electi beigebracht«, näselte ich vornehm.

»Autsch!«

Die Aufregung im Park hatte sich gelegt, der Lodge-Master fischte das Id des kleinen Jungen aus dem Teich, dieser wurde gescholten, Senora Louise rief alle zur Ordnung und kündete dann die nächste Besichtigung an. Mit einer halben Stunde Verspätung brachen wir auf.

Ich humpelte etwas, bekundete aber mit zusammengebissenen Zähnen, dass die wunderbare Heilsalbe schon ihre Wirkung täte.

Unser Gepäck stand wohlbehalten hinter einem Schuppen im Park, von üppigen Hortensien verdeckt.

Nun musste es nur noch Abend werden.

Und das dauerte!

Aber schließlich wanderte die Sonne dem Westen entgegen, und im Park versammelten sich Einheimische in seltsamen Trachten.

Hazel hatte sie mir einmal beschrieben, so machte ich nicht ganz so große Augen wie die anderen. Und vor allem keine so abfälligen Bemerkungen. Eigentlich waren die Kostüme sehr adrett – schwarze Kleider, gestärkte weiße Schürzen aus wunderbar besticktem Leinen, weiße Halstücher und kunstvolle weiße Spitzenhäubchen für die Frauen, die Männer trugen ebenfalls schwarze Tracht, weiße Strümpfe und flache Hüte. Die Musik war mir zwar fremd, aber sie gefiel mir. Trommeln, Pfeifen und Fiedeln bestimmten Rhythmus und Melodie, und die Gruppe von fast zwanzig Paaren zeigte uns, wie man mit komplizierten Schritten dazu tanzen konnte.

Die Fenster der Lodge flammten im roten Schein des Sonnenuntergangs auf. Man hatte Cidre ausgeschenkt, die Stimmung der Besucher wurde ausgelassen. Irgendjemand ließ eine Flasche mit offenbar stärkerem Alkohol kreisen, denn man versteckte sie sorgsam vor den Reiseleitern. Als ein wildes, lautes Stück gespielt wurde, die Gäste mitklatschten und sich ebenfalls in Tanzschritten versuchten, zupfte Reb mich am Ärmel.

Wir entfernten uns langsam von der Truppe.

Wenn uns jetzt jemand nachging, würden wir wieder das Liebespärchen geben. Aber niemand folgte uns. Noch war der Himmel blassblau, von Streifen roter Wolken durchzogen, aber die Schatten zwischen den Bäumen und Hecken wurden schon dunkler und dunkler. Ein Zaun, nicht besonders hoch, umgab den Park. Reb half mir darüber, und wir standen auf der Weide, die an das Gelände der Lodge grenzte. Nun wurde es etwas kniffelig.

»Da vorne liegen sie, Princess. Komm, langsam und leise auf die Kuh dort links an der Hecke zugehen.«

Ich schluckte. Pferde waren ja schon schlimm, aber wilde Kühe …

Aber was sein musste, musste eben sein.

Die braune Kuh käute im Liegen vor sich hin und schenkte uns lediglich einen gelangweilten Blick aus ihren großen, lang bewimperten Augen. Reb trat näher an sie heran und legte ihr die Hand auf die Stirn. Er murmelte etwas, das sich sanft und begütigend anhörte. Dann kniete er sich neben ihrer Flanke hin und winkte mich herbei. Ängstlich näherte ich mich dem Koloss.

»Dein Armband.«

Ich nahm es ab, hielt es aber in der Hand. Unsere Körpertemperatur war es, die das Id übermittelte, solange keine anderen Funktionen freigeschaltet waren. Reb hob den Schweif der Kuh hoch und wies mich an, das Band ganz nahe am Körper um die Schwanzwurzel zu binden. Zum Glück ließ das Tier sich diese Prozedur gutmütig gefallen. Dann musste ich den Schweif hochhalten, und Reb wickelte sein Armband ebenfalls darum.

»Sie werden glauben, dass wir gemeinsam ins Gebüsch verschwunden sind.«

»Hoffentlich.«

»Willst du hier warten, bis ich das Gepäck geholt habe?«

»Bei den Kühen? Das glaubst du selbst nicht.«

»Angsthase.«

»Und wenn schon. Die sind größer als ich.«

»Dann komm.«

Schließlich ließ ich ihn doch allein über den Zaun steigen und nahm ihm kurz darauf meinen Rucksack ab.

»Los geht's, die Freiheit ruft.«

Ich schulterte mein Gepäck, und in zügigem Schritt wanderten wir einen Feldweg entlang. Der Himmel war inzwischen kobaltblau geworden, und die ersten Sterne flimmerten über uns. Ein halber

Mond hing schief über einigen windgebeugten Pinien, ein letzter Abendvogel zwitscherte müde etwas vor sich hin.

Wir schwiegen. Reb hatte sich die Wege gründlich eingeprägt, und wir hatten vor, so viel Strecke wie nur möglich zwischen uns und die Lodge zu legen.

Scheinwerfer eines Autos leuchteten in der Ferne auf, huschten über den Rain und ließen Schatten tanzen.

»Was werden sie tun, wenn sie entdecken, dass wir weg sind?«

»Uns suchen. Vielleicht finden sie die Ids, aber eigentlich glaube ich das nicht. Kühe haben eine gute Verdauung. Die Dinger werden ihr über kurz oder lang vom Schwanz rutschen und in einem schönen warmen Kuhfladen landen.«

»Sie werden uns spätestens am Morgen vermissen. Und dann?«

»Vielleicht werden sie die örtlichen Ordnungskräfte einschalten. Aber ob die viel Ehrgeiz entwickeln, uns zu suchen, weiß ich nicht. Vermutlich nehmen Flüchtlinge oftmals diesen Weg. Senora Louise wird unsere Angehörigen verständigen und es denen überlassen, die NuYu-Behörden zu informieren.«

»Und wer sind unsere Angehörigen?«

»Cam ist für uns Vater und Mutter.«

»Aha, dann wird er auf diese Weise erfahren, dass uns die Flucht gelungen ist.«

»Auf diese und auf andere Weise.«

Eine gefühlte Ewigkeit trotteten wir über steinige Feldwege, und irgendwann taten mir die Füße dermaßen weh, dass ich um eine Rast bat.

Reb sah auf die Uhr. »Na gut, es ist bald zwei, also haben wir uns ungefähr zehn Kilometer von der Lodge entfernt. Hauen wir uns in die Büsche!«

Als der Rucksack von meinen Schultern glitt, fühlte ich mich beinahe einen halben Meter wachsen. Noch nie in meinem Leben hatte ich so viel Gewicht eine so lange Strecke schleppen müssen. Ich zog eine dünne Thermodecke hervor, Reb hatte seine schon auf dem Gras neben den Sträuchern ausgebreitet.

»Gibt es hier nicht viele Insekten?«, fragte ich misstrauisch.

»Die schlafen jetzt, Princess. Mach keinen Stress.«

Es blieb mir wohl wirklich nichts anderes übrig. Reb rollte sich in seine Decke, legte den Kopf auf den Rucksack – und verschränkte wie üblich die Arme über der Brust.

Ich legte mich neben ihn und streckte mich aus. Meine Beine dankten es mir. Doch einschlafen konnte ich nicht. Also schaute ich zum Himmel auf.

Der Mond war inzwischen untergegangen und der Himmel schwarz geworden. Doch nicht ganz. Sterne funkelten, je länger ich hinschaute, desto mehr entdeckte ich in dem grenzenlosen Dunkel. Dazwischen zogen gemächlich Satelliten ihre Bahn. Milchig weiß ergoss sich der Rand unserer Galaxie über mir, stetig wies der Große Wagen auf den funkelnden Nordstern.

Es war erhebend, machte mich klein, unbedeutend angesichts der Unendlichkeit.

Und einsam.

Reb atmete ruhig. Aber inzwischen wusste ich ja, wie leicht sein Schlaf war.

Ich legte meine Hand auf seine, um mich nicht ganz so allein zu fühlen.

»Angst?«, murmelte er.

»Nein. Nur … ich komme mir so nichtig vor.«

Er öffnete die Augen und blickte zum Firmament auf.

»Ja.«

Dann schloss er die Augen wieder.

Mir fiel etwas Seltsames ein.

»Dich stört die Dunkelheit hier nicht, Reb?«

»Nein, sie stört mich nicht.« Dann drehte er den Kopf zu mir herum. »Hier ist Luft, Princess. Meine Mutter hat mich früher zur Strafe oft in eine dunkle Kiste eingesperrt. Ich wäre ein paarmal fast erstickt.«

Vor Entsetzen fehlten mir die Worte.

Reb sah wieder zum Himmel auf.

Ich legte meinen Kopf an seine Schulter.

Mein Herz tat weh für ihn.

ON ROAD, OFF ROAD

Zum Frühstück aßen wir Erdbeeren. Sonnenwarme, ein bisschen schmutzige, reife, rote, süße Erdbeeren.

Mir fehlte nicht einmal die Sahne. Sie schmeckten köstlich.

Dann wanderten wir weiter, und Reb meinte, dass wir es wagen könnten, die Straße zu benutzen. Was sich als hilfreich erwies, denn in der frühen Morgenstunde waren bereits einige Fahrzeuge unterwegs. Er erklärte mir, dass man mit dem ausgestreckten Daumen den Fahrern anzeigen konnte, dass man mitgenommen werden wollte. Ich konnte es kaum glauben.

»Haben die nicht Angst, dass man ihnen das Auto raubt?«

»Nein, Princess. In den Reservaten ist man gastfreundlich. Zumindest habe ich das bisher immer so erlebt.«

Ein höchst seltsames Gefährt hielt dann auch an. Es war ein kastenförmiger grauer Wagen, offensichtlich aus Wellblech zusammengeschraubt, dessen Schiebetür hinter dem Fahrer offen stand. Aus dem Fenster neigte sich ein kahler Kopf mit einem lockigen grauen Haarkranz.

»Wohin?«

»Nach Brest.«

»Steigt ein.«

»Danke, Monsieur«, sagte Reb und wuchtete erst meinen Rucksack, dann seinen durch die Tür, sprang in den Laderaum und streckte mir die Hand entgegen. Ich ließ mich hochziehen und fand mich Auge in Auge mit einem protestierend krähenden roten Hahn wieder, der in einem Käfig hockte. Die Vögel in den anderen Behältern stimmten in das Gelärm ein.

»Ich fahr nur bis Chateaulin«, brüllte der Mann uns zu. »Ist aber schon mal die halbe Strecke!«

Dann startete er den Motor und fuhr so schwungvoll an, dass ich gegen den Käfig mit dem Hahn prallte. Der pickte nach mir durch die Gitterstäbe.

Reb lachte und zog mich von dem gefährlichen Vieh weg.

Der Wagen dröhnte und klapperte, er stank nach Hühnerscheiße, verbranntem Öl, Zigarettenrauch und Knoblauch. Die beiden letzteren Ingredienzien dünstete der Fahrer aus, der nun aus voller Kehle zu singen begann.

Ich klammerte mich an eine der Metallstreben und hoffte, nicht unversehens auf die Straße geschleudert zu werden. Immerhin drosselte der Fahrer wenigstens in den Kurven die Geschwindigkeit. Ihm schien doch bewusst zu sein, dass er eine Fracht zu verlieren hatte. Als er sein Lied beendet hatte, fing er an, uns auszufragen. Ich verstand nur halb, was er sagte, und überließ es Reb, ihm ausweichend zu antworten.

Man verwendete in NuYu eine einheitliche Sprache, die die Überlebenden der Großen Pandemie aus den einstmals verschiedenen Regionalsprachen entwickelt hatten. Allerdings gab es landestypische Vorlieben. Und in diesem Reservat bevorzugte man die französische Variante, die Reb zu beherrschen schien.

Als eine Gesprächspause eintrat, fragte ich ihn leise: »Wird er uns verraten?«

»Im Gegenteil, er will uns helfen. Er hat mir ein paar Leute in Brest genannt, die sich um Asylanten kümmern. Ich sagte doch, man ist hier gastfreundlich.«

Wieder sang unser Fahrer ein mir kaum verständliches, aber fröhliches Lied, das irgendwas mit Saufen und Raufen zu tun hatte. Die Hühner stimmten zum Glück nicht mit ein.

Nach einer Dreiviertelstunde bremste er ab und hielt am Straßenrand.

»Da vorne muss ich abbiegen. Aber hier kommen viele vorbei, die Richtung Brest fahren. Haltet einfach den Daumen in den Wind, *mes enfants*.«

Wir bedankten uns herzlich, und mit wackeligen Beinen kletterte ich aus dem Gefährt. Von dem roten Hahn verabschiedete ich mich nicht.

»Auf diese Weise macht man ganz anders Bekanntschaft mit einem fremden Land als mit einer Reisegruppe, nicht wahr?«

»Sozusagen mit allen Sinnen. Meine Güte, müssen Hühner so stinken?«

»Du wirst heute Abend auch nicht besser riechen, wenn wir kein Schaumbad für dich finden.«

Ich schüttelte mich bei der Vorstellung. Es war schon schlimm genug, auf die Morgentoilette verzichten zu müssen.

Wir positionierten uns wieder am Straßenrand und warteten auf das nächste Gefährt mit einem hilfsbereiten Fahrer. Zwei einigermaßen ansehnliche Limousinen fuhren in hoher Geschwindigkeit an uns vorbei, eine etwas schäbigere bremste, aber die Frau am Steuer wollte in die für uns falsche Richtung. Dann aber hielt etwas, das ich noch nie in meinem Leben gesehen hatte. Auf einem Zweirad saß ein junger Mann in einem olivfarben gemusterten Overall, darüber eine kettenbehangene schwarze Lederjacke, auf der silberne Nieten die Worte »Hell's Demons« bildeten. Er trug einen kleinen grünen Topf auf dem Kopf und eine Art Taucherbrille vor den Augen. An der rechten Seite des Zweirads war so etwas wie ein Kindersarg angebracht.

»Wohin?«

Ich zerrte an Rebs Jacke.

»Nach Brest.«

»Okay. Das Mädchen in den Beiwagen, du hinten drauf. *Allez*!«

»Ich will nicht!«, zischte ich.

»Das Lied kennen wir. Los, nimm deinen Rucksack.«

Reb half mir, das Gepäck zu schultern, und schwang sich dann selbst auf den Sitz hinter dem Fahrer. Ich musste mich, wenn ich nicht zurückbleiben wollte, in diesen Sarg mit Sitz klemmen. Kaum hatte ich meine Beine darin verstaut, heulte der Motor auf.

Und dann begann etwas, das mich mehr als ernsthaft an der menschlichen Natur unseres Chauffeurs zweifeln ließ.

Er verließ nämlich nach wenigen Minuten die asphaltierte Straße, brüllte »Abkürzung!« und donnerte auf einen holprigen Feldweg. Die Maschine röhrte ohrenbetäubend, die Kiste, in der ich saß, hüpfte über Steine, schlingerte durch Pfützen und Kuhfladen. Kläffende Hunde folgten uns, Vögel stoben aus den Büschen, Kühe blökten. Ich duckte mich so tief es ging hinter die niedrige Schutzscheibe, denn der Wind – staubgeschwängert – zerrte an meinen Haaren, und fliegendes Getier prallte in mein Gesicht. Der Irre am Lenker stieß schrille Schreie aus, wann immer wir über ein Schlagloch flogen, und sein wahnsinniges Gelächter gellte in meinen Ohren.

Ich schloss die Augen und hoffte erstmals in meinem Leben, dass im Jenseits eine gütige Mutter auf mich wartete.

Metall kreischte, Gummi quietschte, Bremsen jaulten. Ich wurde nach vorne geschleudert, der Rucksack knallte mir in den Nacken.

Wir standen.

Leise tuckerte der Motor.

»*Messieurs dames*, alles aussteigen, das Vergnügen ist hier zu Ende.«

Reb glitt vom Sitz und stolperte gegen den Beiwagen. Ich zog mich mit seiner Hilfe und einiger Mühe heraus und sank in die Knie. Der höllische Dämon winkte uns kurz zu und röhrte in einer Staubwolke davon. Reb kniete neben mir.

»Irgendwann, wenn meine Knochen und Zähne aufhören zu klappern, stehe ich wieder auf«, flüsterte ich. »Aber das kann noch etwas dauern.«

Wir lehnten uns einvernehmlich aneinander.

»Ich habe schon einige Male dem Tod ins Auge gesehen, Princess. Aber diesmal habe ich tatsächlich meinen Frieden mit dem Schicksal gemacht.«

Mit allen zehn Fingern fuhr ich mir durch die Haare. Sand rieselte heraus. Reb fummelte ein Tuch aus seiner Tasche und wischte mir das Gesicht ab.

»Hattest recht, Princess. Den Höllenritt hätten wir uns ersparen sollen.«

»Wo sind wir überhaupt?«

»Keine Ahnung. Irgendwo bei der Abkürzung habe ich die Übersicht verloren.« Reb richtete sich auf, schüttelte Arme und Beine aus und half mir auf die Füße. »Geht's wieder?«

»Scheint alles wieder an seinen Platz gerutscht zu sein. Nur bei den Zähnen weiß ich noch nicht.«

»Die brauchst du nicht zum Laufen.«

Wir trotteten also den heckengesäumten Pfad entlang, und als uns ein Traktor entgegenrumpelte, fragte Reb die grauhaarige Lenkerin, wo es zur Straße nach Brest ginge.

»Ist nicht weit.« Sie deutete mit dem Finger über ihre Schulter. »Dreihundert Meter etwa. Wie seid ihr denn hier gelandet?«

»Ein Irrer auf seinem Motorrad …«

Sie begann gackernd zu lachen. »Ach, ihr Ärmsten. Martin le Maniaque hat euch mitgenommen? Hopp, kommt hoch, ich bringe euch zur Straße.«

Traktorfahren hatten wir beide auch noch nicht in der Schule des Lebens. Immerhin war es deutlich bequemer als der Ritt mit dem manischen Martin.

Danach hatten wir sogar prompt Glück. Eine junge Frau in einem ebenfalls aus Wellblech bestehenden Automobil, das von seiner Physiognomie an eine Ente erinnerte, bot uns an, uns direkt in die Innenstadt von Brest zu bringen. Das Gefährt war geradezu spartanisch zu nennen, die Sitze kaum mehr als stoffbespannte Gartenstühle, die Armaturen beschränkten sich auf das Allernotwendigste, durch die Rostlöcher im Boden konnte man den Asphalt sehen. Und in Kurvenlage schaukelte das Ding wie ein Boot auf stürmischer See. Nicht nur ich fühlte mich grün um die Nase, Reb erging es ebenso. Mademoiselle aber beherrschte ihr Schiff und brachte uns sicher in die Hafenstadt.

So blickten wir dann also in der Mittagszeit zu der alten Festung hoch, die über dem Hafen thronte. Passanten wimmelten um uns herum, schenkten uns aber keine Aufmerksamkeit. Der Geruch von irgendetwas Gebratenem wehte mich an, und mein Magen knurrte.

»Können wir etwas essen, Reb?«

Er schnüffelte ebenfalls. »Wär nicht schlecht. Komm, da drüben ist ein Bistro.«

Die Gerichte, die man hier anbot, waren mir fremd. Aber ich war so hungrig, dass ich meine Prinzipien vergaß und nicht auf vegetarischer Kost bestand. Mit unerwartetem Genuss stopfte ich langes Brot mit einer Wurst aus Fleisch in mich hinein und trank den allgegenwärtigen Cidre dazu. An den hatte ich mich inzwischen gewöhnt.

Danach ging es mir erheblich besser, vor allem weil ich mir an dem Becken in der Toilette endlich den Staub abwaschen konnte. Reb hatte schon nach dem Weg zu der Adresse gefragt, bei der er den Impfstoff abliefern sollte. Gut gelaunt schlenderten wir durch die Straßen, und bald standen wir vor der Tür eines mehrstöckigen, überaus hässlichen Gebäudes, in dem sich unter anderem eine Arztpraxis befand.

Eine müde aussehende Frau in einem weißen Kittel saß hinter einer Theke aus dunklem Holz und fragte nach unseren Wünschen.

»Ich habe Nachrichten für Doktor Grenouille, Madame.«

Sie musterte uns für meinen Geschmack viel zu lange. Schließlich sagte sie: »Nennen Sie mir Ihre Namen, Monsieur.«

»Reb Ridder und Princess La Cabra.«

Sie stand wortlos auf, ging um die Theke herum und verschwand hinter einem Paravent.

»Nicht eben sehr umgänglich«, knurrte Reb.

»Warte doch mal, wie die Ärztin ist.«

»Ärztin? Wieso Ärztin?«

»Ja, was denn sonst …«

Okay, es könnte auch ein Arzt sein. Ungewöhnlich, aber hier nicht ausgeschlossen. In NuYu gab es außer einigen sehr wenigen auf besondere Männerkrankheiten spezialisierte Mediziner nur Frauen in diesem Beruf. Männer waren einfach nicht so geeignet für Heiltätigkeiten. Klar, in der medizinischen Technik, da, wo keine Patientenkontakte stattfanden, gab es sie auch. Aber hier befanden wir uns in der Praxis eines Hausarztes, wie mir schien.

Reb hatte recht, Dr. Grenouille war ein Mann. Ein hochgewachsener, doch leicht gebeugter Herr, dessen rötliche Haare sich bereits lichteten. Auch er trug einen weißen Kittel über einer blauen Hose, und tatsächlich ein Ding namens Stethoskop um den Hals, wie die Ärzte es vor über hundert Jahren noch verwendet hatten.

Er lächelte uns weit freundlicher an als Madame.

»Ich habe einige Minuten Zeit bis zum nächsten Patienten. Wenn Sie mir folgen wollen?«

Wir betraten ein kleines, unordentliches Büro, er setzte sich hinter den Schreibtisch und wies auf zwei harte Holzstühle.

»Eine Nachricht haben Sie also für mich.«

»Eine aus La Capitale.«

»Eine lange Reise für eine Nachricht.«

Reb stellte den Rucksack zwischen seine Füße und kramte den Metallkoffer heraus, den Cam ihm mitgegeben hatte.

»Sind wir nicht angekündigt?«

»Doch, das sind Sie. Wenn auch mit etwas kryptischen Worten. Aber manches geht in der Übermittlung natürlich auch verloren. Ich hatte andere Kuriere erwartet. Berichten Sie mir.«

Wieder lauschte ich Rebs präziser, kurz gefasster Meldung über eine möglicherweise bevorstehende Seuche und den Impfstoff gegen die manipulierten Masernviren.

»Exzellent zusammengefasst, Monsieur Ridder. Dieser Koffer enthält also das Material, gut. Hoffen wir, dass es nicht zum Einsatz kommen muss«, seufzte Dr. Grenouille. »Wir hatten vergangenes Jahr eine Influenza, die uns sehr … beschäftigt gehalten hat.«

»In den Subcults sind die Masern bereits ausgebrochen«, sagte Reb trocken.

Der Arzt nickte.

»Warum macht das jemand?«, entfuhr es mir. »Ich meine, das ist doch ein Verbrechen.«

»Richtig, Mademoiselle, es ist ein Verbrechen. Und die meisten Verbrechen werden wegen Geld, Macht und Liebe begangen. Liebe, denke ich, können wir in diesem Fall ausschließen.«

»Und Geld doch auch, oder? Es hat doch niemand was davon, wenn die Leute hier krank werden.«

»Doch, Mademoiselle. Diejenigen, die uns ihre teure Hilfe verkaufen wollen.«

»Die Hersteller des Impfstoffs also. Oder anderer Medikamente.«

»Vielleicht. Aber es gibt noch mehr Interessengruppen, die ein Land wie das unsere gerne schwächen würden, damit wir unsere Unabhängigkeit aufgeben.«

»Warum klagen … Okay, es hätte wohl wenig Sinn, unsere Landesmutter darüber zu informieren, wenn sie selbst ein Interesse daran hat.«

»So ist es, Mademoiselle. Wir haben wenige Möglichkeiten, die Politik von NuYu zu beurteilen. Wir bekämpfen so gut es geht ihren Einfluss auf uns und sind dankbar für die Freunde, die wir in Ihrem Land haben. Ich bin nur Arzt, Mademoiselle, ich werde, wenn es zu einem Ausbruch von Masern kommt, alles daransetzen, um die Epidemie in Grenzen zu halten. Und nun darf ich Sie bitten, meine Gäste zu sein. Sie haben einen beschwerlichen Weg hinter sich und sollten sich etwas ausruhen.«

»Eine heiße Dusche«, murmelte ich sehnsüchtig.

Dr. Grenouille lachte. »Bekommen Sie. Ruhen Sie ein wenig, oder bummeln Sie durch die Stadt, wir treffen uns dann zum Abendessen und besprechen das weitere Vorgehen.«

Er geleitete uns ein Stockwerk höher, wo er seine Wohnung hatte. Das Gästezimmer war klein, aber gemütlich, und es gab ein Badezimmer.

Müde war ich tatsächlich, und obwohl es heller Tag war, legte ich mich nach der sehr heißen Dusche, bei der ich auch endlich die dunkle Farbe aus meinen Haaren gewaschen hatte, aufs Bett.

Reb hatte seinen Rucksack ausgepackt, stand am Fenster und schaute auf die Straße.

»Endlich fertig?«

»Sorry, ich brauchte das jetzt mal.«

Er sah mich an. »Ah, die goldgelockte Herrin ist zurück.«

Ich fuhr mir durch die nassen kurzen Haare. »Noch nicht ganz. Aber wenigstens erkenne ich mich im Spiegel wieder.«

Er nickte. »Ich dusche auch und gehe dann in die Stadt. Willst du mitkommen?«

»Nein, ich bin zu müde. Aber könntest du mir wohl irgendwas ohne Rüschen mitbringen? Ein einfaches Hemd oder so? Dann würde ich mich noch mehr wie ich selbst fühlen.«

»Mal sehen.«

Er verschwand im Bad, ich drehte mich zur Wand, zog die Decke über mich und schlief sofort ein.

Die Sonne stand tiefer, als ich wach wurde, und ein Blick auf den Wecker sagte mir, dass ich vier Stunden geschlafen hatte. Ich fühlte mich einigermaßen ausgeruht, aber durstig. Leider war Reb noch nicht zurückgekommen, also musste ich wieder die bunten Sachen anziehen. Dann machte ich mich auf die Suche nach der Küche.

Es war nicht schwer, sie zu finden, denn der Duft von gewürztem Essen wies mir den Weg.

Dr. Grenouille stand am Herd und rührte in einem Topf. Tomaten. Basilikum. Mir lief das Wasser im Mund zusammen.

»Ah, Mademoiselle. Auferstanden von den Toten?«

»So halbwegs.«

»Sie sahen erschöpft aus. Ein anstrengender Weg bis ans Ende der Welt.«

»Sind wir hier am Ende?«

»Man nennt es das Finistère. Wenn Sie hier ins Meer springen, müssen Sie nur lange genug schwimmen, dann kommen Sie in Amerika an.«

»Heute lieber nicht mehr. Könnte ich bitte ein Glas Wasser haben?«

»Das und vielleicht einen Kaffee zum Munterwerden.«

»Eine traumhafte Vorstellung.«

Er reichte mir eine große Tasse Milchkaffee, mit der ich mich an den Tisch setzte.

»Was haben sie als Nächstes vor, Mademoiselle? Kehren sie nach NuYu zurück?«

»Nein. Nein, ich glaube nicht. Ich … ich habe hier eine Freundin. Sie wohnt in Fréhel. Zu ihr möchte ich.«

»Das können wir leicht bewerkstelligen. Und Ihr Freund?«

Ich schwenkte den Kaffee in meiner Tasse. Was würde Reb machen? Wollte er zurück in die Subcultura? Vermutlich war das im Augenblick zu gefährlich. Wir wussten ja nicht, ob sie noch nach ihm suchten.

Und dann war da natürlich noch sein Vater.

Er hatte nicht wieder von ihm gesprochen. Die wenigen Male, die ich versucht hatte, zu dem Thema etwas aus ihm herauszubekommen, hatte er sich völlig verschlossen.

»Es ist für ihn schwierig«, sagte ich leise. »Er ist kein einfacher Mensch.«

»Nein, das ist er ganz bestimmt nicht. Aber er hat große Umsicht dabei bewiesen, sowohl den Impfstoff als auch Sie unbeschadet hierherzubringen.«

»Ja, das hat er.« Ich trank den Rest des Kaffees aus. »Ich würde ihm gerne helfen. Aber er kann ziemlich starrköpfig sein.«

»Das sind wir Männer gerne. Vor allem, wenn wir glauben, dass es um unseren Stolz geht.«

»Ja, darum geht es wohl.«

»Geben Sie mir einen Tipp, Mademoiselle. Vielleicht kann ich von Mann zu Mann etwas bei ihm erreichen.«

War es ein Vertrauensbruch, wenn ich Dr. Grenouille von Alvar berichtete?

Dr. Grenouille legte den Rührlöffel auf ein Brettchen und setzte sich mir gegenüber an den Tisch.

»Er sucht seinen Vater. Aber ich glaube, er hat Angst davor, ihn zu treffen.«

»Sein Vater lebt hier? Ein NuYu-Flüchtiger?«

»Ja, vor zehn, beinahe elf Jahren ist er geflohen. Wir vermuten, in eines der nordöstlichen Reservate. Hierhin, oder nach Schottland oder Irland.«

»Warum vermuten Sie das?«

»Er hat Reb ein keltisches Kreuz hinterlassen. Einen Anhänger, in dem sein Id enthalten war.«

Der Arzt richtete sich plötzlich auf. »Wie heißt der Vater Ihres Freundes?«

»Alvar TerHag.«

»Großer Gott!«

»Was ist? Kennen Sie ihn? Lebt er hier? Lebt er überhaupt noch?«

»Ja, Mademoiselle, ich kenne ihn. Das ganze Reservat kennt ihn. Himmel, er wird voraussichtlich unser nächster Präfekt.«

»Oh.«

»Er ist einer der einflussreichsten Männer hier. Sind Sie sicher, dass Reb ihn meint?«

»Er war Wagenlenker, sein Emblem war das Celtic Cross auf schwarzem Grund. Er wurde in den Annalen der Arena gelöscht. Reb hat ihn aber oft dort besucht. Nur – er war erst acht, als sein Vater von einem Tag auf den anderen verschwand. Nach einer Razzia, wie wir inzwischen wissen.«

»Der Verstand weiß viel, Mademoiselle, aber das Herz, das einmal verwundet wurde, braucht lange, um zu akzeptieren, dass man es nicht mit Absicht gebrochen hat.«

»Ja, ich denke, da haben Sie recht. Er traut sich nicht zu fragen. Aber er würde gerne zu ihm.«

»Dann wollen wir beide ein Komplott schmieden.«

»Wollen wir das?«

»Ich kann Sie nur bitten, mir zu vertrauen, Mademoiselle. Ich habe dem Jungen viel zu verdanken. Wenn wirklich eine Krankheit hier ausbricht, bin ich in der Lage zu helfen.«

»Haben Sie eine Verbindung zu den Wardens?«

Es war ein Schuss ins Blaue, diese geheime Gruppe zu erwähnen. Dr. Grenouille hob denn auch fragend die Augenbraue.

»Sie wissen davon?«

»Nur ganz wenig. Aber sie wurden mal genannt, und ich reime mir manchmal etwas zusammen. Also – haben Sie?«

»Ja, sicher. Elard war mein Studienkollege.«

»Elard?«

»Der Kopf der Wardens. Vergessen Sie das ganz schnell wieder.«

»Ja, natürlich.«

»Gut, dann überlegen wir mal. Alvar hat ein Haus in Morlaix und eines an der Küste, in Cléder. Wenn Sie nach Fréhel wollen, kommen Sie dort vorbei. Ja, das ginge. Ich werde Alvar anrufen.« Dann legte er den Kopf schief und sah mich an. »Princess La Cabra ist sicher nicht Ihr richtiger Name.«

»Woher wollen Sie das wissen?«

»Er steht Ihnen nicht.«

»Da ist Reb anderer Meinung.«

»Uncharmanter Lümmel! Verraten Sie mir, wie Sie heißen?«

Warum nicht? Die Maskerade war vorbei. Wenigstens zum Teil. Meinen vollen Namen wollte ich trotzdem noch nicht nennen, also sagte ich: »Kyria.«

»In der Tat weitaus passender, Junora.«

»Bitte, einfach Princess. Hab mich dran gewöhnt«

»Sie mögen den uncharmanten Lümmel?«

»An ihn habe ich mich auch gewöhnt.«

Wieder lachte er, dann stand er auf und ging zu einem merkwürdigen Gerät – einem schwarzen Kasten mit einer runden Zahlenscheibe darauf und einem Henkel, den man abnehmen konnte. Als er die Zahlenscheibe drehte, ging mir auf, dass es sich um ein vorsintflutliches Telefon handeln musste.

Oh Mann, die Technik ließ hier wirklich noch zu wünschen übrig. Aber immerhin funktionierte sie.

Am anderen Ende der Leitung meldete sich jemand, und Dr. Grenouille stellte sich vor.

»Ich habe hier zwei Besucher, Alvar. Einen jungen Mann namens Reb, der ein keltisches Kreuz mit Ihrem erloschenen Id bei sich trägt, und eine junge Dame, die auf den schönen Namen Kyria hört. Ich würde die beiden gerne zu Ihnen bringen lassen.«

Dr. Grenouille schwieg, und die Stimme am anderen Ende offensichtlich auch.

»Hallo? Hallo, Sind Sie noch dran?«

Diesmal bekam er Antworten, die ich leider nicht verstehen konnte.

»Kamen als Kuriere mit wichtigen Medikamenten …

Ja, übernachten heute bei mir …

Morgen in Cléder, selbstverständlich.

Natürlich kümmere ich mich darum …

Nichts zu danken.«

Dr. Grenouille legte auf und setzte sich wieder zu mir.

»Sieht aus, als ob ich Alvar TerHag ziemlich sprachlos gemacht habe.«

»Will er Reb nicht sehen?«

»Ganz im Gegenteil, Mademoiselle. Er ist geradezu begeistert, Sie beide bei sich willkommen zu heißen. Er wird auf seinem Gestüt auf Sie warten.«

»Gestüt?«

»Er züchtet und trainiert Pferde, die er mit, glaube ich, großem Gewinn nach NuYu verkauft. Ich nehme allerdings an, dass er es über einen Mittelsmann tut, denn vermutlich ist er noch immer *persona non grata.*«

»Wie kommt es, dass er hier solchen Einfluss hat?«

»Wie er es geschafft hat, als Flüchtling hier Fuß zu fassen, weiß ich nicht. Ich denke, er hatte Beziehungen. Die erfolgreichen Wagenlenker sind über alle Grenzen hinweg berühmt. Wenn bei Ihnen sein Name gelöscht wurde, könnte es noch immer sein, dass Sie hier in den Zeitungsarchiven einiges über ihn finden. Aber besser ist es wohl, er erzählt es Ihnen selbst. Auf jeden Fall kann er Ihnen sehr nützlich sein. Er leitet eine der größten Organisationen, die Asylanten hilft, sich hier einzubürgern.«

Es klingelte an der Tür, und Dr. Grenouille stand auf.

»Sollte das Reb sein, werden wir dieses Thema jetzt beenden. Morgen besorge ich Ihnen einen Wagen und einen Fahrer, der Sie sicher zu Alvar bringt.«

»Danke!«

Es war Reb. Er hatte für sich andere Kleidung besorgt und sah in schwarzer Jeans und einem dünnen schwarzen Pullover endlich wieder wie er selbst aus. Für mich hatte er zwei rüschenlose Shirts und eine etwas zu weite schwarze Hose mitgebracht.

Für die war ich nach dem üppigen Mahl, das Dr. Grenouille uns auftischte, ziemlich dankbar.

GESPRÄCH MIT ALVAR

Ich erklärte Reb, ich hätte darum gebeten, nach Fréhel gebracht zu werden, und Dr. Grenouille habe bereits Erkundigungen eingezogen, wo Hazels Familie lebte. Eine Limousine – auch wieder ein höchst eigenwilliges Gefährt, stromlinienförmig, doch mit allerlei glänzendem Chrom verziert, irgendwie schlitzäugig und hochstirnig – erwartete uns vor dem Haus.

»*Voilà, la Déesse!*«, stellte uns Dr. Grenouille das Fahrzeug vor.

»Die hiesige Göttin?«, fragte ich verblüfft.

»Wenn man so will. Es ist die Typbezeichnung dieses Autos – Citroën DS. Und das hier ist Antoine, der Sie chauffieren wird.«

Antoine trug eine dunkelblaue Uniform samt Schirmmütze und hielt mir höflich die Tür auf. Doch ich verabschiedete mich erst einmal von dem freundlichen Arzt und lernte dabei, dass eine Umarmung und ein Küsschen rechts, ein Küsschen links zu den herzlichen Gepflogenheiten dieses Landes gehörten.

Wieder war es die unglaublich weiche Federung des Gefährtes, die mich einige Minuten mit dem Frühstück kämpfen ließ, dann aber hatte ich mich daran gewöhnt und lauschte Reb und Antoine, die sich angeregt über verschiedene Fahrzeugtypen unterhielten.

Die Reservate waren durch ihre selbst gewählte Unabhängigkeit von vielen Neuerungen ausgeschlossen. In NuYu war der Fahrzeugbau viel weiter entwickelt, kleine E-Jogger dienten den Bewohnern in den Städten als Fortbewegungsmittel. Sie standen an allen leicht erreichbaren Stellen, jeder mit der Berechtigung auf seinem Id konnte sie benutzen und stellte sie dann an ihren Ladestationen in der Nähe seines Zielortes ab. Für längere Fahrten über Land gab es E-Limos, die man bei den Vermietern orderte – ebenfalls über Id-Berechtigungen –, in unterschiedlicher Ausstattung und Leistungsklasse. Aber der Individualverkehr war gering. Hochgeschwindigkeitszüge, die Intertrains, verbanden alle größeren Städte miteinander. An den Stationen fand man dann die Kleinfahrzeuge vor, mit denen man die persönlichen Ziele ansteuerte. Mit sechzehn konnte man eine Fahrerlaubnis für sie erwerben. Ich fand es sehr komfortabel. Hier aber stand der individuelle Besitz eines Fahrzeugs noch hoch im Kurs. Und da die Reservate selten ausreichend Rohstoffe besaßen, wurden die Gefährte aus den Jahren nach der Abspaltung nachgebaut, gepflegt, repariert und recycelt. Technische Veränderungen hatte man kaum vorgenommen, vermutlich fehlte entweder das nötige Wissen, oder man hatte kein Interesse daran. Unzufrieden war man aber anscheinend nicht damit, Antoine schien sogar eine persönliche Beziehung zu seiner *Déesse*, seiner Göttin, entwickelt zu haben. Er sprach wie ein Liebhaber von ihr, wenn er ihre Schönheit und Leistungsstärke pries. Ich bemerkte hin und wieder an dem kleinen Zucken von Rebs Mundwinkel, dass er ähnlich amüsiert darüber dachte wie ich. Trotzdem unterhielt er sich mit dem jungen Mann fachmännisch über Straßenlage und Benzinverbrauch, Keilriemenverschleiß und das Reinigen der Zündkerzen. Woher auch immer er seine Kenntnisse darüber erworben hatte.

Es lenkte ihn vor allem davon ab, sich zu fragen, wohin wir eigentlich fuhren.

Ich hingegen beobachtete die Landschaft und die Orte, die wir durchquerten. Hübsche kleine Dörfer, deren Häuser aus grauem Stein gebaut und deren Dächer mit schwarzem Schiefer gedeckt waren. Viele Bewohner hatten die hölzernen Fensterläden und Türen bunt gestrichen, rote, weiße, gelbe und lachsfarbene Stockrosen bildeten ebenfalls fröhliche Farbkleckse an den grauen Mauern, die dicken Ballen der Hortensienblüten leuchteten blau, weiß und rosa aus dunkelgrünem Blattwerk. Vor manchen Türen lagen träge Hunde in der Sonne, von mehr als einer Gartenmauer folgte uns der Blick einer mageren Katze. An Wäscheleinen flatterten Hosen, Hemden, bunte Handtücher, aus geöffneten Fenstern streckte uns wild gemusterte Bettwäsche die Zunge heraus.

Dann kamen lange Strecken, auf denen wir durch Felder und Weiden fuhren, zwischen denen vereinzelte Gehöfte standen. Traktoren wirbelten Staub auf, Kühe und Pferde grasten friedlich, Wassersprenger verteilten ihr Nass über das Gemüse, das hier angebaut wurde.

Und schließlich erhaschte ich sogar einen Blick auf das sonnenglitzernde Meer, auf dem einige weiße Segel blinkten.

Antoine bog von der breiten Straße ab und folgte einem schmalen, asphaltierten Weg.

»Wohin fährst du?«, fragte Reb plötzlich misstrauisch.

»Abkürzung!«

Ich jaulte auf.

»Oh, nein!«, protestierte Reb ebenfalls.

»Keine Angst, keine Angst, wir sind gleich da.«

»Ja, aber …«

»Er scheint sich auszukennen, Reb. Und wir sitzen in einer Limousine, nicht auf einem Motorrad«, versuchte ich ihn abzulenken.

Natürlich hatte er sich die Strecke auf seiner Karte angesehen, und in Fréhel wären wir nach seinen Berechnungen erst in zwei, drei Stunden eingetroffen. Aber schon kam ein großes, lang gestrecktes Haus mit einem Rundturm in Sicht, und Antoine durchfuhr das geöffnete Tor.

»Verdammt, wo sind wir hier?«

»In Cléder, denke ich.«

»Princess, was soll das?«

»Eine Überraschung!«

»Antoine, sofort zurück auf die Straße!«

»Gleich, gleich, muss hier tanken.«

»Das ist keine Tankstelle, du Idiot.«

»Ich muss den Reifen wechseln!«

»So ein Quatsch!«

»Und den Keilriemen überprüfen.«

»Mann, hör auf!«

Ich sah im Rückspiegel, dass Antoine bis über beide Ohren grinste. Dann hielt er auf dem gekiesten Platz vor dem Haus an und würgte den Motor ab.

»Maschine kaputt!«

Ich machte die Tür auf und stieg aus.

Und aus der Haustür trat ein Mann. In schwarzem Shirt, schwarzer Hose. Graue, sehr kurz geschnittene Haare, ein ebenfalls sehr kurz geschorener grauer Bart, sonnengebräunt, groß und mit mächtigen, breiten Schultern.

Ich ging auf ihn zu.

»Junora Kyria?«

»Monsieur Alvar!«

Das schiefe Grinsen ließ keinen Zweifel daran, wer er war.

Ich drehte mich um. Auch Reb war inzwischen ausgestiegen, lehnte aber wie gelähmt am Kotflügel des Autos. Alvar wandte sich von mir ab und ging mit wenigen großen Schritten auf ihn zu.

Mit welchen Worten er ihn begrüßte, konnte ich nicht hören. Ich sah nur, dass Reb steif und misstrauisch die Schultern hochzog und seine verschlossenste Miene aufgesetzt hatte. Doch dann tat sein Vater etwas, das er wohl nicht erwartet hatte. Er breitete die Arme aus und zog seinen Sohn an sich.

Ich betrachtete die blühenden Hortensien neben der Tür und maß meinen Blick mit einer sandfarbenen Katze, die hochmütig auf der Fensterbank thronte. Die Katze gewann spielend.

Als ich mich wieder umdrehte, hatte Reb seine steife Abwehr aufgegeben, sein Kopf lehnte an der Schulter seines Vaters. Die beiden waren gleich groß, doch Reb so viel hagerer.

Antoine gab mir ein Zeichen, und ich nickte. Er holte unser Gepäck aus dem Wagen, setzte sich ans Steuer, winkte mir zu und rauschte davon.

Reb löste sich von seinem Vater und sah der Staubwolke nach.

Ich ging auf die beiden zu.

»Verzeihen Sie, Junora Kyria«, sagte Alvar und streckte auch mir die Hände entgegen. »Seien Sie willkommen.«

Und damit wurde auch ich in eine gewaltige Umarmung gezogen.

Noch nie war ich an einen solch männlichen Körper gedrückt worden, noch nie hatte ich so harte Muskeln gespürt, noch nie eine so kratzige Wange an der meinen gefühlt.

Dann schob Alvar mich ein Stückchen von sich und sah mir ins Gesicht. Er lächelte mich mit einer solchen Wärme an, dass ich zwinkern musste, damit sich meine Augen nicht mit Tränen füllten. »Willkommen, mein Kind.«

»Danke, Monsieur Alvar.«

Er ließ mich los und sah wieder Reb an.

»Kommt, genug der Rührung. Mein Haus ist euer Haus.«

Es war ein großes, geräumiges Gebäude mit einer eigentümlich altmodischen Einrichtung. Dunkle Holzmöbel, ein Fliesenboden mit Teppichen, ein gemauerter Kamin und gemütliche Sessel. Ich war kühle, gerade Linien gewöhnt, Glas, Metall, Marmor.

Auch Reb sah sich um, schwieg, hatte eine Maske aufgesetzt. Aber ich war mir sicher, dass seine Gleichmütigkeit erschüttert war. Alvar stellte uns seine Haushälterin Nora vor, eine energische Frau von knochiger Gestalt, die uns die Treppe hinaufbat und jedem von uns ein Zimmer zuwies. Meines lag sogar noch eine Etage höher und war – ich fasste es kaum – rund.

»Sie haben aus dem Turmfenster einen schönen Blick über den Strand, Mademoiselle«, sagte Nora. »Dafür müssen Sie es in Kauf nehmen, dass das Bad eine Treppe tiefer liegt.«

Ich nickte, es war mir egal, denn mitten im Raum – ich traute meinen Augen nicht – stand sage und schreibe ein Himmelbett mit bordeauxroten Vorhängen.

Als ich meine wenigen Habseligkeiten in eine Truhe geräumt hatte, stieg ich wieder in die unteren Gefilde hinab. Hier traf ich Reb, der in einem Sessel saß und eine altmodische Zeitung las. Er ließ sie sinken, als ich eintrat.

»Verräterin.«

»Ja, das bin ich.«

»Weibern darf man wirklich nicht trauen.«

»Nein, kein bisschen.«

Und dann fiel mir auf, dass seine Augen gerötet waren. Ich kniete mich auf den Teppich vor seinem Sessel und sah zu ihm hoch.

»Einer von uns beiden musste es doch machen.«

Er rieb sich das Gesicht. »Ist schon gut. Nur …«

»Es fühlt sich vermutlich komisch an.«

»Ja. Ich weiß nicht. Er hat sich nicht viel verändert.«

»Und er freut sich, dass du hier bist.«

»Aber, Mann, warum hat er mir nicht schon früher eine Nachricht geschickt?«

»Das wird er dir bestimmt erklären.«

»Das werde ich, mein Sohn«, sagte Alvar, der gerade ins Zimmer trat. »Und ich hoffe, du verzeihst mir mein Handeln. Kommt mit, wir setzen uns in der Garten.«

Wir folgten ihm, und bei einem großen Krug Cidre begann Alvar uns seine Geschichte zu erzählen. Er tat es ebenso präzise und nüchtern, wie Reb Bericht zu erstatten pflegte.

Alvars Mutter war eine Frau aus der Civitas, eine angesehene Professorin für Volkswirtschaft, sein Vater Tierarzt. Alvar war schon früh den Talentsuchern der Electi aufgefallen und gefördert worden. Im Gegensatz zu den übrigen jungen Männern hatte man ihn in der Pubertät nicht mit den aggressionshemmenden Medikamenten vollgestopft, sondern in das Ausbildungslager der Wagenlenker gesandt, erzählte Alvar.

»Was für Medikamente?«, fragte ich verdutzt.

Nun schenkten mir beide das für sie so typische schiefe Lächeln.

»Männer werden zu reißenden Tieren, wenn man sie ungehindert aufwachsen lässt. Wusstest du das nicht, Princess? Die Errungenschaften der Medizin sind das Einzige, was uns zähmen kann. Mit der kleinen Nebenwirkung, dass der Körper rundlich wird und das Verlangen nach Frauen sich in Grenzen hält. Aber wir zetteln keine Kriege mehr an und verhauen uns nicht mehr gegenseitig.«

»Nein, nein, das wusste ich nicht.«

»Die meisten wissen es auch nicht. Die Mittel sind in bestimmten Lebensmitteln enthalten. Die Mütter dürfen sie nach eigenem Ermessen einsetzen. Und fast alle tun es.«

»Und du hast es geschafft, sie nicht verabreicht zu bekommen?«, fragte Alvar Reb.

»Ja. Was mir entsprechenden Ärger eingehandelt hat.«

»Verständlich. Wir kommen später dazu.«

Alvar berichtete kurz von seiner Ausbildung als Wagenlenker und seinen ersten Erfolgen.

»Unseligerweise stieg mir das zu Kopf, und schon in deinem Alter, Reb, gehörte ich zu den bevorzugten Objekten weiblicher Begierde. Ich ließ mir das gefallen. Wir hatten eine wilde, aufregende Zeit, und als ich deine Mutter kennenlernte – nun, da wurden wir leichtsinnig, und du wurdest gezeugt. Ich war darauf einigermaßen stolz, auch wenn sie es mir verübelte. Dennoch ließ sie sich überreden, dich zur Welt zu bringen.«

Reb nickte nur.

»Ich fuhr weiter von Sieg zu Sieg, aber dann geschah ungefähr ein Jahr nach deiner Geburt etwas, das meine Welt aus Siegeslorbeeren und Bewunderung zusammenbrechen ließ. Mein bester Freund wurde umgebracht. Er gehörte damals schon zu einer Gruppe, die sich für mehr Rechte der Männer einsetzte. Vor allem kämpfte sie gegen die medikamentöse Beeinflussung der jungen Männer und die Ungleichheiten im Bildungssystem. Bei dieser Arbeit ist er auf einige üble Machenschaften gestoßen. Bevor er sie publik machen konnte, wurde er ermordet.«

»Von wem?«

»Wir haben versucht, es herauszufinden, aber die Spuren waren sauber verwischt worden. Dennoch, für mich war das der entscheidende Augenblick, in dem ich erkannte, dass ich aus meinem Leben mehr machen sollte, als mit einer Quadriga von Pferden durch die Arena zu hetzen. Ich schloss mich ebenfalls dieser Untergrundorganisation an und lernte eine erstaunliche Welt hinter der schönen Fassade des NuYu kennen.«

»Ich verstehe«, sagte ich leise.

»Sie haben auch Einblick in die Subcultura erhalten, Mademoiselle?«

»Es hat sie ziemlich aus den Puschen gehoben, was, Princess?«

»Warum nennst du Mademoiselle Kyria nur immer Princess, Reb?«

Bevor Reb antworten konnte, antwortete ich schnell: »Weil er alle Mädchen so nennt, das ist einfacher für ihn, als sich die Namen zu merken. Ich mache es mir also ebenfalls einfach und nenne alle uncharmanten Lümmel Reb.«

»Der Punkt geht an Mademoiselle!«

»Sie, Monsieur Alvar, dürfen mich Kyria nennen. Und sagen Sie doch bitte Du.«

»Ich danke dir, Kyria, aber nur, wenn du auch bei mir den Monsieur fortlässt. Reb darfst du gerne weiterhin einen uncharmanten Lümmel nennen.«

»Ich habe dich aus den Fängen der Ärzte, deiner Duenna, den Subcults und der grässlichen Reisegruppe befreit, Princess. Ich wusste nicht, dass dir Charme wichtiger ist. Sonst hätte ich Junor Berti einen Tipp gegeben. Er steht ja auf Edelzicken.«

Ich knurrte.

»Der nächste Punkt geht an Reb, denke ich, auch wenn mir Junor Berti nicht bekannt ist. So, aber da nun Punktgleichstand herrscht, können wir die Revanche vielleicht auf später verschieben?«

»Entschuldigung«, sagte ich. Reb schob sein Glas auf dem Tisch hin und her.

»Gut. Ich lernte einige recht interessante Männer kennen, die ebenfalls die Missstände des Systems untersuchten, und gemeinsam machten wir uns daran, die Hintergründe des Mordes zu erforschen. Es war eine mühsame Arbeit, denn wir konnten nicht die üblichen Kommunikationswege nutzen. Allerdings gab es einige begabte Computerspezialisten unter uns, die nach und nach ein eigenes Netzwerk aufbauten, sodass es nach einigen Jahren leichter wurde, unentdeckt an brisante Informationen zu gelangen. Ein paar von uns betrieben auch Maulwurfsarbeit in Unternehmen, andere in den politischen Gremien. Meine Aufgabe war es, die Sicherheitskräfte zu beobachten, um herauszufinden, ob sie uns auf die Spur kamen.«

»Maie«, sagte ich.

Alvar nickte.

»Ja, Maie. Ich hatte das Glück, dass sie meinem Charme erlag. Und vielleicht das Pech, dass ich dem ihren erlag. Zwei Jahre lang war sie meine Geliebte, ohne dass sie wusste, welches Doppelspiel ich trieb. Durch sie aber erfuhr ich, wenn auch fast erst im allerletzten Moment, dass eine Razzia geplant war. Wir hatten uns zwar auf einen solchen Fall vorbereitet, aber alles musste plötzlich sehr schnell gehen. Also blieb uns nichts anderes übrig, als alles zu vernichten, was wir an Beweismitteln in unserem Quartier gesammelt hatten. Es war ein Lagerhaus in der alten Bürostadt. Kurz bevor die Amazonen mit den Vigilanten das Gebäude stürmten, zerstörten wir unsere Ids und zündeten die Halle mit all den Computern, Akten und Datenträgern an. Ich war gerade dabei, ein weiteres Feuer zu legen, als Maie in den Raum kam. Sie erkannte mich, stand einen Augenblick wie vom Donner gerührt unter den brennenden Balken. Einer brach herunter und begrub sie unter sich. Ich zerrte sie heraus, löschte ihre Kleider, schleppte sie ins Freie. Wir hatten nicht viel Zeit, Reb. Ich musste verschwinden. Deshalb drückte ich ihr mein Amulett in die Hand und bat sie, sich um dich zu kümmern. Dann schaffte ich es gerade noch, in unseren Fluchttunnel zu entkommen und den Eingang hinter mir zu zerstören.«

»Sie hat angegeben, ein Unbekannter habe sie gerettet«, sagte Reb.

»So hat sie mich selbst in dieser Situation noch geschützt. Sie ist eine großartige Frau, Reb. Und es hat mir lange wehgetan, dass ich sie verlassen musste. Ich frage mich nur, warum sie dich nicht früher zu mir geschickt hat.«

»Sie konnte mich nicht finden.«

»Sie hatte alle Möglichkeiten, die Ids zu verfolgen.«

»Meines nicht. Meine Mutter fand mein Benehmen schließlich so untragbar, dass sie mir mein Id wegnahm und mich verstieß.«

Es war erstaunlich, wie sehr sich Alvar veränderte. Eine geradezu sichtbare Aura kalter Wut umgab ihn, obwohl er völlig ruhig dasaß.

»Diese Schlange!«

Es war nur ein tonloses Zischen.

Ich war ebenfalls entsetzt, so entsetzt, dass mir die Worte fehlten. Kein Wunder, dass Reb auf Mütter nicht eben gut zu sprechen war. Aber dann atmete ich tief ein. »Maie hat ihn dennoch gefunden, Alvar. Sie muss sehr gründlich nach ihm gesucht haben.«

Alvars Wut legte sich, die Luft im Raum wurde wieder wärmer.

»Ja, sie hat ihr Versprechen gehalten. Wann hat sie dir das Kreuz gegeben?«

Rebs Hände umschlossen das Cidreglas so fest, dass seine Knöchel beinahe weiß wurden. Ich sprang für ihn ein.

»Nach einer Prügelei mit einer Raider-Group am ersten Mai. Sie hat ihn verletzt auf der Straße aufgelesen und in ein Heilungshaus bringen lassen. Dort habe ich ihn getroffen. Und so kam eins zum anderen.«

»Brillant zusammengefasst, Kyria. Wobei mich später das ein oder andere Detail doch noch interessieren würde.«

»Ja, später. Alvar, wieso sind Sie gerade hierhergekommen?«

»Auch darüber hatten wir uns in unserer Gruppe vorher Gedanken gemacht – jeder von uns hat sich ein Reservat als Fluchtort ausgesucht. Ich habe hier familiäre Wurzeln. Mein Großvater väterlicherseits stammt aus Morlaix. Mein Vater war damals nach NuYu gegangen, um in La Capitale zu studieren. Er traf meine Mutter und blieb dort. Die Grenzen sind nicht so hermetisch verschlossen, wie es manchmal scheinen mag, Kyria. Es ist vor allem Angst und Bequemlichkeit, die die Menschen in NuYu hält.«

»Und die Medien berichten wiederum manchmal, dass die Einwohner der Reservate Menschen aus NuYu schlecht behandeln oder sogar umbringen.«

»Idioten. Abgesehen von echten Verbrechern, die hierher fliehen, wird jeder Besucher freundlich aufgenommen. Aber genau das ist eben eines der Dinge, die wir aufgedeckt haben – die Medien werden manipuliert, die Berichterstattung ist einseitig, Informationen werden unterschlagen oder verfälscht.«

»Das habe ich inzwischen auch herausgefunden. Der ölige Delbert hat über den Überfall der Raider auf die Subcults völlig falsch berichtet. Und Maie hat versucht, es richtigzustellen. Sie ist inzwischen Chefermittlerin bei den Amazonen«, erklärte ich.

»Ja, mir war immer klar, dass sie Karriere machen und dennoch sich selbst treu bleiben würde. Es freut mich, das bestätigt zu hören.«

»Haben Sie keine Kontakte mehr nach NuYu? Ich meine, Hazel und ich haben uns schon Nachrichten zukommen lassen.«

Alvars Mundwinkel zuckte, ähnlich wie Rebs, wenn er amüsiert war.

»Natürlich habe ich Kontakte. Aber es wäre für Maie nicht eben förderlich gewesen, wenn sie Nachricht von einem Subversiven erhalten hätte. Ich wollte nicht ihre Loyalität einer solchen Belastung aussetzen. Aber mit den restlichen Mitgliedern unserer ehemaligen Gruppe stehe ich noch immer in Verbindung und auch mit denen, die in NuYu unsere Arbeit fortführen.«

»Die Wardens.«

»Die du gar nicht kennen dürftest, Junora.«

»Ich kenne ja auch nur einen. Und den nur zufällig, weil er als Ole MacFuga bei unseren Empfängen und Festen aufgetaucht ist.«

»Ole MacFuga?«

Reb ließ endlich sein Glas los und sagte: »Camouflage.«

»Oh, ich verstehe. Ein begabter Junge.«

»Er hat uns geholfen.«

»Er hat mich mit dem Kurierdienst beauftragt.«

»Fangt ihr schon wieder an, Punkte machen zu wollen?«

»Ich nicht. Ich würde gerne mehr wissen über das, was Sie herausgefunden haben, Alvar. Ich bin so oft in der letzten Zeit belogen worden …«

Das war mir herausgerutscht, ehe ich mich zurückhalten konnte.

»Du hast in einem sehr behüteten Umfeld gelebt, Kyria. Belogen ist vielleicht nicht der richtige Ausdruck – man hat viel von dir ferngehalten. Aber ich werde dir alle Fragen beantworten, soweit ich es kann. Vorher würde ich aber gerne eure Geschichte hören.«

Reb hatte die ganze Zeit ungewöhnlich wenig gesagt, und mir schien es, dass er noch immer mit ungemütlichen Gefühlen zu kämpfen hatte. Es wäre nicht schlecht, wenn er gezwungen würde, endlich den Mund aufzumachen. Deshalb fragte ich: »Alvar, darf ich an den Strand gehen? Wir haben uns zwar den Mont Saint-Michel angesehen, aber wir durften nicht aussteigen. Es hätte uns ja eine Krabbe kneifen können.«

»Ja, natürlich darfst du an den Strand. Folge dem Pfad dort drüben. Aber geh nur so weit, dass du das Haus noch sehen kannst. Die Flut kommt in einer Stunde.«

»Dann kommen nämlich wirklich die großen Krabben und beißen dir die Zehen ab, Princess!«, sagte Reb.

»Dann fange ich eine und setze sie dir heute Nacht ins Bett. Mal sehen, was sie dir dann abbeißt!«

Alvar hob den Daumen und sagte: »Der ging an Kyria!«

ON THE BEACH

Der Strand war halbmondförmig, feinsandig und endlos – das Wasser war weg.

Von Ebbe und Flut hatte ich gelesen, auch Dokumentationen gesehen, aber die Wirklichkeit überraschte mich. Ich zog meine Schuhe aus und ging auf dem Meeresboden spazieren. Vereinzelt ragten rund gewaschene Felsen auf, Tang und Muscheln hatten sich bis zur Wasserlinie festgesetzt, sonnenwarme Wasserpfützen in den Vertiefungen zu ihren Füßen gesammelt. Ich watete darin herum, und keine Krabbe knabberte an meinen Zehen. Natürlich achtete ich darauf, das Haus nicht aus den Augen zu verlieren. Es stand auf einer kleinen Anhöhe hinter den grasbewachsenen Dünen, die Spitze des Rundturms war unverwechselbar. Als sich die sandigen Wellen des Bodens langsam mit Wasser füllten, kehrte ich zum Strand unterhalb des Hauses zurück und setzte mich in den trockenen Sand, um das Ansteigen der Flut zu beobachten. Sie kam gemächlich, nicht mit rauschenden Wellen, doch stetig stieg der Wassersaum. Kleine Vögel pickten im Gleichtakt irgendetwas aus dem Boden, Möwen kreisten schreiend um die Felsen, zwei Reiher glitten lautlos über mich hinweg.

Die Spannung der vergangenen Tage fiel von mir ab. Eine große Ruhe erfüllte mich.

Ich hatte ein Ziel erreicht.

Nicht das endgültige, aber einen Haltepunkt, der bedeutsam war. Warum, das war mir noch nicht ganz klar. Es war nur ein Gefühl.

Sand rieselte durch meine Finger, Wind zupfte an meinen Haaren, Salz schmeckte ich auf meinen Lippen.

Ich fühlte mich so ungeheuer gesund.

Ja, das war es wohl.

Seit Tagen hatte ich schon nicht mehr an die mir drohende Krankheit gedacht.

Ich schob den Gedanken daran auch jetzt von mir und beobachtete den Flug der Möwen.

Reb schien inzwischen auch etwas lockerer geworden zu sein. Sein Vater beeindruckte mich sehr. Vielleicht deswegen, weil ich Männern seiner Art bisher nicht begegnet war. Wäre es anders, wenn ich auch einen Vater gehabt hätte?

Aber wäre er Alvar ähnlich gewesen oder auch nur ein dicklicher Hanswurst wie Junor Berti? Warum, um der Großen Mutter willen, gab man den heranwachsenden Männern irgendwelche Medikamente, damit sie solche Weichlinge wurden? Und wenn sie sie nicht einnahmen, verhielten sie sich dann wirklich wie wilde Tiere?

Hatten sich früher die Männer alle wie wilde Tiere verhalten?

Man hatte es uns so beigebracht – vor der Großen Pandemie herrschten die Männer, hatten jahrhundertelang die Frauen unterdrückt, mit Gewalt und Krieg und Blutvergießen ihre Macht durchgesetzt.

Senor Cassius fiel mir ein. Er hatte behauptet, die Geschichte sei umgeschrieben worden.

Andererseits – es gab diese Raider-Groups. Junge Männer, die sich einen Spaß daraus machten, die Subcults zu jagen, zu verprügeln, sie – und hier fürchtete ich wirklich, dass noch mehr verschwiegen wurde –, sie umzubringen.

Diese Männer waren gewalttätig und brutal. Und niemand zog sie für ihre Taten zur Rechenschaft.

Je mehr ich darüber nachdachte, desto mehr verwirrte es mich. Ich wusste zu wenig, viel zu wenig. Meine Lehrerinnen hatten mich zwar mit Wissen vollgestopft, aber offensichtlich nur mit solchem, das ihnen genehm war.

Ich stand auf und ging zum Haus zurück.

Ich wollte Antworten haben.

Hier, bei Alvar, konnte ich vielleicht ein paar finden.

Doch zunächst fand ich nur Nora vor, die mir berichtete, dass Reb und Alvar zu den Ställen gegangen seien. Dahin wollte ich ihnen nicht folgen. Dort hausten diese großen Pferde mit ihren großen Zähnen und den harten Hufen. Stattdessen wusch ich mir Sand und Salz ab, cremte meine gerötete Haut ein und folgte dann dem Duft des Essens. Er führte mich in ein gemütliches Zimmer, in dem ein reich gedeckter Tisch stand. Alvar unterhielt sich gerade mit Nora, lächelte mir zu und wies auf einen Stuhl.

»Reb kommt auch gleich, Kyria. Und dann wollen wir essen.«

In der Reisegruppe hatten wir die Mahlzeiten fast immer in den Lodges eingenommen – Essen, genau wie ich es von zu Hause gewöhnt war. Vor allem vegetarische Speisen, fertig vorbereitet, frisches Obst aller Art, Vollkornbrot. Für die Männer standen außerdem immer Kuchen und Puddingcremes bereit, die wir Frauen nur mit äußerster Maßhaltung zu uns nahmen. Angeblich vertrug unser Stoffwechsel derartige Nahrung schlecht. Weder Dr. Grenouille noch Nora schienen derartige Bedenken zu haben. Nicht nur, dass es Fleisch, Nudeln, weißes Brot, selbst gemachte Suppen und Saucen gab, nein, ich bekam zum Nachtisch auch ein süßes Gericht vorgesetzt. Crêpes, hauchdünne Pfannkuchen mit Marmelade und Sahne. Ich schwelgte – mein Stoffwechsel war mir schnurz!

Nach dem Essen fragte Alvar uns nach den Einzelheiten unserer Flucht, und mehr als einmal schmunzelte er. Als ich ihm von unserem Höllenritt mit Martin le Maniaque berichtete, befürchtete ich allerdings, das die Scheiben aus den Fenstern fallen würden, in ein derart brüllendes Gelächter brach er aus.

An diesem Abend stellte ich keine Fragen mehr, sondern erzählte, hörte zu und trank Cidre. Und irgendwann half mir Nora, in mein Zimmer zu kommen.

Ich schlief tief und traumlos, doch in den frühen Morgenstunden wachte ich auf und fühlte mich seltsam allein. Reb lag nicht neben mir. Komisch, ich hatte mich wirklich daran gewöhnt, ihn mit seinen über der Brust gekreuzten Armen, in seine Decke gewickelt, neben mir zu spüren. Ich hatte mich daran gewöhnt, meinen Kopf an seine Schulter zu lehnen und meine Hand auf seine zu legen.

Von draußen klang das Rauschen des Meeres herein, und die Gardine vor dem Fenster bauschte sich in der leichten, salzigen Brise.

Ich stand auf und tappte zum Fenster. Schon wurde der Himmel heller, verblassten die Sterne. Dunst schwebte über dem Wasser.

Er hatte ein Zimmer einen Stock tiefer. Barfuß huschte ich die Treppe hinunter. Die Tür war nur angelehnt, und in dem breiten Bett lag er, wie üblich reglos wie eine Kreuzritterstatue. Doch sein Schlaf war nicht so leicht wie sonst. Glaubte ich zumindest. Ein

Hauch von Alkohol umgab ihn. Offensichtlich hatte er mit seinem Vater noch das ein oder andere Glas mehr geleert.

Ich strich ihm eine Locke aus der Stirn, und noch nicht einmal sein Atem veränderte sich.

Vorläufig tot, war meine Diagnose.

Ich stieg zurück in mein Turmzimmer, kroch unter die Decke und schlief über dem sanften Meeresrauschen wieder ein.

»Ich habe mit der Familie deiner Freundin telefoniert«, sagte Alvar, als ich gegen zehn endlich nach unten kam und hungrig nach einem Frühstück Ausschau hielt. Nora brachte mir sogleich eine Kanne Pfefferminztee und eine Schüssel Müsli mit Erdbeeren. Und wieder Sahne!

»Was haben sie gesagt? Haben Sie mit Hazel gesprochen?«

»Hazel studiert in Rennes. Ihre Mutter gibt ihr noch heute Bescheid, dass du kommst, Kyria. Ich habe mit Jenevra vereinbart, dass du morgen Nachmittag abgeholt wirst. Ist das in Ordnung für dich?«

»Ja, das ist in Ordnung. Danke, dass Sie das für mich getan haben.«

»Nichts zu danken. Reb ist übrigens in den Ställen, falls du ihn sehen möchtest.«

»Reb vielleicht, aber nicht die Ställe.«

»Angst vor Pferden?«

»Sagen wir Respekt.«

»Ja, Respekt sollte man vor ihnen haben. Komm nach dem Frühstück zum Strand hinunter. Ich trainiere dort mit den Pferden.«

Er ließ mich allein, und nachdem ich mein Müsli aufgegessen hatte, folgte ich dem Pfad zum Meer. Auch wenn ich nicht sonderlich begeistert von der Vorstellung war, dort diese Tiere anzutreffen, hatte ich irgendwie das Gefühl, Alvar erwarte von mir, dass ich mich dort einfinden würde.

Auf was ich nicht gefasst war, war das, was mir über den festen Sand entgegengedonnert kam. Ich machte einen erschrockenen Satz rückwärts, als vier graue Pferde nebeneinander, lediglich von einem Mann gelenkt, keine zwanzig Schritte von mir entfernt um eine Markierungsfahne galoppierten. Einige Meter weiter stand Reb, der ein Vierergespann Braune an den Zügeln hielt. Ich hatte den Eindruck, er wusste, was er tat. Aber ich wagte mich nicht in seine Nähe. Wieder kamen die Grauen auf mich zugedonnert, nahmen in halsbrecherischer Geschwindigkeit die Kurve und hetzten auf einen zweiten, weit entfernten Wendepunkt zu. Der kleine, zerbrechlich wirkende Wagen flog förmlich über die Unebenheiten des Bodens, Sand- und Wasserfontänen spritzten auf.

Martin le Maniaque war nichts gegen Alvar TerHag.

Ich setzte mich in die Düne und sah fasziniert zu.

Nach der siebten Runde brachte Alvar die dampfenden Pferde zum Stehen, ein Gehilfe kam und nahm ihm die Leitleinen ab. Reb führte das frische Gespann heran. Sein Vater übernahm es, und Reb setzte sich neben mich.

»Ich bleibe hier«, sagte er.

»Gut.«

»Er will mich ausbilden.«

»Wird dir das gefallen?«

»Ja. Ja, das wird mir gefallen.« Er riss einen Grashalm ab und schlang einen komplizierten Knoten hinein. »Ich habe Cam immer beneidet.«

»Cam? Wieso? Ach ja, er ist ja Stallbursche bei den Wagenlenkern.«

»Und ich werde vielleicht Wagenlenker.«

»Kommst du mit deinem Vater klar?«

»Ich denke schon.«

»Ich fahre morgen zu Hazel.«

Reb schaute den Pferden nach, die um den entfernten Wendepunkt rasten.

Es gab wohl nicht mehr viel zu sagen. Mir fiel zumindest nichts ein, was nicht irgendwie doof und pathetisch geklungen hätte. Also schwiegen wir beide.

»Wir haben einige Arenen hier, der Pferderennsport hat Tradition in der Bretagne«, erklärte Alvar später, als wir beim Abendessen zusammensaßen. »Zumeist werden normale Pferderennen veranstaltet – Jockeys auf einem Pferd. Oder Trabrennen – ein Pferd vor einem Wagen. Die Quadriga-Rennen dagegen sind herausragende Ereignisse. Und besonders bekannt ist die Seerennbahn bei Plouescat.«

»Messt ihr euch auch mit den Wagenlenkern von NuYu?«, fragte Reb.

»Ja, es gab schon einige Wettkämpfe. Sport ist eine der Möglichkeiten, Grenzen zu überwinden. Wir sind durchaus interessiert daran, mit NuYu zu kooperieren.«

»Davon erfährt man nichts. Oder besser, ich habe davon nie gehört«, sagte ich.

»Das kann schon sein. Ich bin mir sicher, dass es unterschiedliche Strömungen und Interessen in NuYu gibt, was die Reservate anbelangt. Und wir machen es den Vertreterinnen der Regierung auch nicht besonders leicht.« Alvar lächelte. »Wir wollen unsere Unabhängigkeit behalten und trotzdem die Dinge von ihnen haben, die uns nützlich erscheinen.«

»Und welche sind das?«

»Rohstoffe, Lebensmittel, Kommunikationstechnologie, Medikamente. Man würde uns entgegenkommen, wenn wir uns den Überwachungssystemen anschließen würden. Aber das ist absolut nicht verhandelbar.«

»Sie wollen, dass auch hier die Ids eingeführt werden? Was habt ihr eigentlich dagegen?«

»Die Ids als solches sind erst einmal nicht schlecht. Es ist nützlich, Geld, Berechtigungen, gewisse Personalien in einem Medium vereint zu haben. Wir haben Personalausweise, Fahrerlaubnisse, Kreditkarten, Rabattkarten, Landkarten und wer weiß was noch alles in unseren Taschen stecken. Aber neben den persönlich nützlichen Informationen sind all diese Daten auf den Ids auch von den Aufsichtsbehörden abrufbar.«

»Ja, aber das ist reglementiert. Es darf nicht jeder …«

»Es kann aber jeder, der will, Princess«, unterbrach mich Reb. »Und die Amazonen, die Ärztinnen, die Lehrbeauftragten sowie vermutlich alle Behörden und politischen Verantwortlichen tun es.«

»Überwachung, Kyria, bemerkt man nicht. Nur ihre Folgen«, ergänzte Alvar.

Ja, ich hatte es am eigenen Leib erlebt. Noch vor zwei Tagen, als wir die Lodge nur mit Tricks unbemerkt verlassen konnten. Wie vieles von mir hatte man in den Jahren zuvor ständig überwacht?

»Immerhin haben wir in den vergangenen Jahren Fortschritte erzielt, Kyria. Einige unserer Studenten können an NuYu-Hochschulen studieren, wenn auch nur eingeschränkte Fächer wie Humanmedizin, Tiermedizin, alte Sprachen. Wir haben die Kontingente an Rohstoffeinfuhren erhöht, insbesondere bei Textilien, Kunststoffen und Metall. Umgekehrt führen wir landwirtschaftliche Produkte aus und erlauben den Touristen, unser Land zu besuchen.«

»Warum haben sich die Reservate und NuYu so weit auseinanderentwickelt?«, fragte ich. »Ich kenne nur unsere Geschichte. Ich möchte nun auch die andere Seite hören.«

»Was bist du für eine verständige junge Frau, Kyria. Ja, hör dir die andere Seite an, und bilde dir dein eigenes Urteil. Ich will mich aber kurzfassen. Als die Große Pandemie ein Drittel der Weltbevölkerung dahingerafft hatte und die Hälfte der Männer anschließend zeugungsunfähig wurde, waren es die Frauen, die sich zuerst erholt und den Wiederaufbau in die Hand genommen haben. In dem Jahrzehnt, als die Seuche ausbrach, Kyria, war, wie die Geschichtsbücher schon ganz richtig schreiben, die Zeit angebrochen, in der es wirklich einen Umbruch in der Gesellschaft gab. Zuvor hatten Hunderte von Jahren die Männer die Herrschaft in den Händen gehalten, Frauen waren Mütter, Haushälterinnen, Handelsware. Zu Beginn des 20. Jahrhunderts aber fanden sie ihr Selbstbewusstsein, erkämpften sich das Wahlrecht, das Recht auf Bildung und auf selbstbestimmte Fortpflanzung. Es verwundert daher kaum, dass sie, als sich die Chance bot, die Macht ergriffen. Ich bewundere sie auch dafür, dass sie aus den Fehlern der Vergangenheit gelernt haben. In den Aufbaujahren bis zu Beginn des 21. Jahrhunderts war die Trennung noch nicht so scharf, erst als die ersten Satelliten ihre Arbeit aufnahmen, begannen einige Visionäre warnend den Finger zu heben. Man verbat ihnen, Kritik zu äußern – und das war ein Fehler. Einige Regionen, Kyria, haben schon immer Rebellen hervorgebracht. Und so versammelten sich – unter anderem in den ehemals keltischen Territorien – jene Mahner, Kritiker und Visionäre, die vor den Folgen der überzogenen staatlichen Fürsorge und der daraus resultierenden Überwachung warnten. Es gab lange, nicht eben höfliche Verhandlungen und Ultimaten. Wenn ihr euch nicht der Überwachung unterordnet, könnt ihr auch keine Unterstützung erwarten, hieß es. Durch Volksentscheid stimmte man ab – die Unabhängigen hier waren in der Mehrzahl, und nach drei Jahren Übergangszeit wurden die Grenzen geschlossen.«

»Das klingt nicht so anders als das, was man bei uns in Geschichte unterrichtet.«

»So weit, so gut, Kyria. In NuYu setzte man auf die weiblichen Tugenden, was auch zunächst nicht schlecht ist. Hausfrauen und Mütter sind durchaus geeignet, ein großes Staatswesen zu führen. Eine gute Haushälterin – Nora ist so eine – muss ausgezeichnete Managerqualitäten haben. Sie wird das Haus in Ordnung halten, Vorräte schaffen, die Wäsche waschen, für Sauberkeit sorgen, Mahlzeiten richten, Gäste bewirten, den Garten bearbeiten, säen, ernten, einmachen. So im Kleinen wie im Großen. Mütter hingegen gebären die Kinder, nähren sie, pflegen sie, erziehen sie, bilden sie, setzen Grenzen, verteilen Lob und Strafe, trösten und tadeln. Auch das ist eine wichtige Aufgabe eines Staates.«

»Die UrSa und die ConMat.«

»Richtig, die beiden Parteien. Die Hausfrauen haben sich in der Urban Social Association zusammengefunden, die Mütter in der Congregatio Matronae.«

»So, wie Sie es darstellen, müsste es doch gut funktionieren.«

»Müsste es, wenn nicht zwei Dinge eingetreten wären. Erstens: Macht korrumpiert, und zweitens ist ein Ungleichgewicht eingetreten. Kyria, ein Haus, so gut es auch geführt wird, wird nur erhalten. Es bleibt so, wie es ist, wenn auch renoviert und gepflegt. Keiner reißt es ab und errichtet auf den Fundamenten etwas Neues. Kinder, nach welchen guten Prinzipien auch immer sie auch erzogen werden, dürfen nicht am Rockzipfel der Mutter hängen bleiben. Sie müssen von ihren Müttern losgelassen werden. Wir Männer sind diejenigen, die das Land außerhalb der Mauern erobern, die fortziehen von den Müttern. Das ist unsere Natur. Dummerweise müssen wir uns außerhalb der schützenden Mauern mit anderen messen, wir wollen erobern, vergrößern, abreißen, neu bauen, gewinnen. Ich weiß, es ist einseitig, es gibt viele Frauen, die das auch wollen. Aber Männer wollen es mehr. Es gehört zu unserem Wesen.«

»Und die wird bei uns mit Medikamenten unterdrückt.« Rebs Stimme klang bitter.

»So ist es. Darum gibt es hinter der schönen Fassade des Hauses NuYu Bitterkeit, Verdruss, Aufbegehren – und damit eine Schattenwelt. Die Subcultura. Und da Macht korrumpiert, unterdrücken die Herrscherinnen diese Welt, indem sie sie leugnen, ignorieren oder gar auslöschen wollen.«

»Wie kann man das denn ändern? Könnte man nicht einfach aufhören, den Jungs die Medikamente zu geben, oder so? Und die Überwachung einstellen?«

»Dazu muss man es erst einmal wollen, Kyria. Und dann muss man bedenken, dass die Civitas seit über hundert Jahren in Abhängigkeit gehalten werden. Einfach einen Schalter umlegen kann man nicht. Angst bedingt Fürsorge, auch diese beiden halten sich im Gleichgewicht. Nimmst du die Fürsorge, gewinnt die Angst. Und ein Mensch oder eine Bevölkerung in Angst wird völlig irrational reagieren.«

»Es will also niemand etwas ändern?«

»Doch, es gibt weitblickende Politikerinnen in NuYu, denen das Problem durchaus bewusst ist. Sie haben erkannt, dass in den Reservaten das Gleichgewicht zwischen Männern und Frauen erhalten geblieben ist und dass sich das Verhältnis zwischen Angst und Fürsorge auf natürliche Weise ergibt und nicht künstlich erzeugt wird. Wir könnten ein Vorbild für die Civitas sein, wenn darüber berichtet wird, wenn wir unser Prinzip lehren dürfen und die Grenzen weiter geöffnet werden. Deine Mutter, Kyria, gehört zu den Befürwortern dieser Politik.«

Mir fiel die Schüssel Vanillepudding aus der Hand. Klirrend zersprang sie auf dem Fliesenboden.

»Entschuldigung«, stammelte ich.

»Nicht schlimm.«

Nora eilte mit Handfeger und Wischtuch herbei und beseitigte den Schaden. Ich war noch immer sprachlos.

Meine Mutter – sie wusste von alldem. Aber sie hatte nie etwas davon erzählt. Sie hatte mich glauben lassen, dass die schöne Fassade ein ebenso schönes Haus verbarg.

»Sie … Sie kennen meine Mutter?«

»Ja, ich habe La Dama Isha einige Male getroffen, und wir haben Verhandlungen miteinander geführt. Sie ist eine harte Gegnerin, steht aber vernünftigen Argumenten aufgeschlossen gegenüber.«

»Ach nee?«

»Du verstehst dich nicht mit ihr?«

»Sie hat mich in Watte gepackt. Ja, vielleicht hat sie mich belogen, um mich zu behüten und vor Gefahren zu schützen. Aber das ändert nichts daran, dass sie mich ständig belogen hat. Werden Sie ihr sagen, dass ich hier bin?«

»Wenn du das nicht möchtest, werde ich selbstverständlich schweigen.«

»Bitte tun Sie das.«

»Vater, weiß sie auch von den Seuchenanschlägen?«

Es war das erste Mal seit geraumer Zeit, dass Reb den Mund aufmachte.

»Keine Ahnung. Es kam bisher nicht zur Sprache. Allerdings werde ich diesen Punkt aufnehmen. Vor allem wenn hier, wie gewarnt wurde, eine Masernepidemie ausbrechen sollte.«

Er hatte Alvar Vater genannt.

Und ich hatte von einer unerwarteten Seite meiner Mutter gehört.

Irgendwie war die schöne Ruhe, die ich am Vortag empfunden hatte, flöten gegangen.

Ich stand auf und entschuldigte mich, weil ich noch einen Strandspaziergang machen wollte.

ABSCHIED UND AUFBRUCH

Ich hatte meine Sachen schon gepackt, und als ich aus dem Turmfenster blickte, sah ich Reb auf einem Pferd über den Strand preschen. Seit den Morgenstunden hielt er sich im Stall auf, ich hatte ihn nur kurz gesehen, wie er im Hof eines der Tiere sattelte.

In zwei, drei Stunden würde Hazels Mutter hier ankommen und mich mitnehmen.

Ein weiterer Schritt irgendwohin.

Es klopfte. Als ich antwortete, trat Alvar in mein Zimmer.

»Hast du einen Augenblick Zeit für mich, Kyria?«

»Natürlich.«

Er setzte sich auf die Bank am Fenster, und ich zog mir einen Stuhl heran.

»Ich habe dich gestern Abend überrascht, nicht wahr?«

»Damit, dass Sie meine Mutter kennen? Ja, das hat mich überrascht.«

»Wirst du mir etwas über sie erzählen? Ich fürchte, es gibt da einige Missverständnisse, die ausgeräumt werden müssen.«

»Zwischen Ihnen und ihr?«

»Nein, zwischen dir und ihr.«

»Vielleicht. Ich bin furchtbar sauer auf sie.«

»Warum?«

»Zum Beispiel wegen Hazel.«

Ich erzählte Alvar von der Todesnachricht.

»Sie hat mein KomLink überwacht.«

»Bist du sicher? War sie die Einzige, die das konnte?«

»Nein, Bonnie konnte das auch, aber …«

»Bonnie, deine Duenna, hat versucht, dich umzubringen, hat Reb mir gesagt.«

»Ja, das hat sie. Ich verstehe noch immer nicht, warum.«

»Müsste deine Mutter das nicht erfahren?«

»Sie würde mir nicht glauben.«

»Bist du sicher?«

»Sie vertraut Bonnie. Mehr als mir.«

»Wer ist Bonnie, Kyria? Aus welcher Familie stammt sie?«

»Oh, eigentlich aus einer sehr angesehenen der Electi. Allerdings hat ihre Mutter einen Mann aus der Civitas geheiratet. Sie ist mit ihm aufs Land gezogen, irgendwo im Osten, wo sie Getreide anbauen. Bonnie wäre dort fast versauert, aber dann hat ihre Tante Tamar sie bei sich aufgenommen und sich um ihre Ausbildung gekümmert.«

»Tamar?«

»Sie ist die Leiterin von PanDemicaProtect, einer großen Pharmafirma.«

Alvar nickte.

»Tamar hat sie auf die besten Schulen geschickt, und nachdem sie ihren Abschluss hatte, begann sie als Sekretärin für ihre Tante zu arbeiten. Sie ist jetzt im Eventmanagement des Unternehmens tätig und organisiert alle großen Präsentationen und so weiter. Das kann sie wirklich gut. Sie hat auch meine Geburtstagsfeiern arrangiert. Und sie hat mir wirklich viel beigebracht – also, was Auftreten und Mode und diese Dinge betrifft. Ich dachte immer, sie sei meine Freundin.«

»Wenn man jemandem wirklich schaden will, muss man zuvor sein Freund werden, Kyria.«

»Das ist entsetzlich kaltblütig.«

»Ja, das ist es. Bonnie erschien dir nie kaltblütig und berechnend?«

Bonnie, die wie ein wuscheliges kleines Küken aussah. Die mit ihren großen Kinderaugen jeden überreden konnte, ihr zu helfen.

»Nein, nie, Alvar.«

»Aber sie wusste von Beginn an, dass du möglicherweise ernsthaft erkranken könntest.«

»Ja, natürlich, das war kein Geheimnis. Sie hat sich auch immer um mich gekümmert, wenn ich mich schlecht fühlte.«

»Hast du dich oft schlecht gefühlt?«

Ich seufzte. Ich wollte nicht daran erinnert werden. Jetzt, seit ich mich so gesund fühlte.

Wieso fühlte ich mich so gesund?

Ich sah von meinen Händen auf. Alvar betrachtete mich ruhig.

»Ich hatte Schwindelanfälle, und mir war oft übel.«

»Ist das noch immer so?«

»Manchmal. Aber …«

»Wann war dir das letzte Mal schwindelig?«

»Als wir in diesem Wellblechauto nach Brest fuhren.«

»Das, Kyria, ist eine Krankheit dieses Autos, und sie überträgt sich auf fast jeden seiner Insassen.«

Ein Kichern entrutschte mir. Aber dann überlegte ich weiter.

»Im Park, am Tempel, als ich hörte, dass ich sterben müsse …«, sagte ich leise.

»Kind, bei einer solchen Nachricht würde mir sicher auch schlecht werden. Weiter.«

»Mhm … Einmal, als wir aus dem Heilungshaus weggelaufen sind, aber da war ich nur hungrig. Nachdem Reb für mich einen Gemüseburger geborgt hat, ging es mir wieder besser.«

»Geborgt. Was für eine elegante Umschreibung.«

Wieder lächelte ich.

»Diese Schwindelanfälle haben eine ziemlich normale Ursache.«

Ich dachte an die beiden anderen Fälle. Und wurde rot.

»Kyria? Gibt es etwas, das dir peinlich ist?«

»Ähm – na ja. Also … mhm … als ich mich von Cam verabschiedet habe, hat er mich geküsst.«

»Tatsächlich ein bemerkenswerter junger Mann, wenn er schafft, damit Schwindel zu erregen. Das ist eine bedeutende Kunst.«

Ich zwinkerte. Und ganz, ganz leise flüsterte ich: »Reb kann das auch.«

»Das will ich doch wohl hoffen. Er ist schließlich mein Sohn.«

Mir war zwar noch immer heiß, aber ein Glucksen bildete sich in meiner Kehle. Und wieder verschwand ein Stückchen Angst.

»Kurzum, Kyria, seit du das Heilungshaus verlassen hast, haben sich keine ernsten Symptome deiner Krankheit mehr gezeigt. Das sollte uns Grund zum Nachdenken geben, meinst du nicht?«

Ich biss mir auf die Lippe. »Was denken Sie, Alvar?«

»Seit wann hast du diese Anfälle von Schwindel und Übelkeit? Schon von Kindheit an?«

»Nein, erst seit … seit … seit drei, vier Jahren.«

»Was sagt deine Ärztin dazu?«

»Ich habs ihr verschwiegen.«

»Deiner Mutter auch?«

Ich nickte. »Nur Bonnie wusste davon.«

»Ist dir schon mal der Gedanke gekommen, dass zwischen ihr und den Anfällen ein Zusammenhang bestehen könnte, Kyria?«

Mir wurde kalt.

Alvar nahm meine Hände in die seinen. Sie fühlten sich hart und schwielig an.

»Aus einem Grund, den wir nicht kennen, scheint deine Duenna den Wunsch gehabt zu haben, dir deine Krankheit ständig vor Augen zu führen. Es gibt viele Mittel, mit denen man die von dir genannten Symptome erzeugen kann.«

»Aber warum? Warum?«

»Ich weiß es nicht, und ich kann von hier aus auch wenig helfen, Kyria. Aber ich glaube, du bist genau zum richtigen Zeitpunkt vor ihr geflohen. Bleib bei Hazel, dort bist du zunächst sicher. Ich werde meine Kontakte nutzen, um mehr herauszufinden. Aber du solltest, wenn du die Möglichkeit hast, Cam benachrichtigen und ihn bitten, Bonnie im Auge zu behalten.«

Wieder nickte ich. Alvar ließ meine Hände los und lehnte sich zurück.

»Ich werde wohl nie wieder zurückgehen«, sagte ich bitter.

»Nie? Nun, man sollte nie eine Tür für immer zuschlagen, Kyria.«

»Hat meine Mutter Bonnie angewiesen, mich krank zu machen? Wollte sie mich noch abhängiger machen, mir noch mehr ihren Willen aufdrücken? Was Sie gestern über den Zusammenhang von Angst und Fürsorge gesagt haben …«

»Glaubst du wirklich, dass eine Frau, die den Fehler in der Politik ihres Staates erkannt hat und zu beheben bestrebt ist, diesen Fehler bei ihrer eigenen Tochter wiederholt?«

»Ja, Alvar, das glaube ich. Sie hat so viele Lügen eingesetzt, um mich zu manipulieren. Und je mehr ich darüber nachdenke, desto mehr sehe ich, worauf sie hinauswollte. Je kränker ich mich fühlte, umso eher würde ich mich in den Schutz des Tempels begeben. An meinem Geburtstag tauchte in ihrem ganzen Pomp Ma Donna Saphrina auf und machte mir vor laufenden Kameras das Angebot, mich als Novizin aufzunehmen. Ich musste zusagen.«

»Du magst die Hohepriesterin nicht?«

»Sie ist eine Schlange!«

Alvar nickte. »Ja, das ist sie. Gut, dass du ihr entkommen bist.«

»Und was ist sie noch – außer einer Schlange?«

»Rebs Mutter.«

Nachdem ich wieder Luft bekam, entfuhr mir ein von ganzem Herzen kommendes »Scheiße!«.

»Behalte es für dich. Kyria, wenn ich gewusst hätte, was sie getan hat, wäre ich allen Widerständen und Gefahren zum Trotz gekommen und hätte ihn zu mir geholt. Jetzt bleibt mir nichts anderes, als zu hoffen, dass er seine Bitterkeit überwindet und seine Wunden heilen.«

»Leben ist zäh«, murmelte ich.

»Ja, aber trotz allem zerbrechlich. Du hast, seit du deine behütete Welt verlassen hast, viel dazugelernt, und wie mir scheint, bewältigst du dein Leben recht gut. Wirst du einen Rat von mir annehmen, Kyria?«

»Ja, Alvar.«

»Die Angst, die man verliert, hinterlässt eine Leere. Versuche sie nicht mit neuer Angst, mit Wut oder Hass auszufüllen.«

»Das hört sich irgendwie seltsam an.«

»Merke es dir einfach, Kyria.« Und damit stand er auf und nahm meinen Rucksack. »Deine neue Familie trifft jeden Augenblick ein.«

Er hatte recht. Im Hof stand bereits ein Lieferwagen, und eine zierliche Frau stieg aus.

»Madame Jenevra?«, begrüßte Alvar sie und wies dann auf mich. »Hier ist ihre junge Freundin.«

Jenevra, Hazels Mutter, reichte mir knapp bis an die Schulter. Halblange braune Haare ringelten sich unter einer grünen Kappe, ihre ebenfalls braunen Augen strahlten mich mit offener Herzlichkeit an, und sie breitete die Arme aus. Ich musste mich für Küsschen links, Küsschen rechts etwas hinunterbeugen und roch den süßen Duft von Blumen und Kräutern an ihr.

»Kyria, ich freue mich so, dich kennenzulernen.«

»Madame Jenevra – ich mich auch. Ist Hazel nicht mitgekommen?«

»Sie wartet zu Hause auf dich. Hast du dein Gepäck schon bereit?«

»Da steht es.«

»Wollen Sie nicht auf eine Erfrischung eintreten?«, fragte Alvar, aber Madame Jenevra schüttelte den Kopf.

»Ich muss meine Zeit ein wenig einteilen, tut mir leid.«

Ich sah mich auf dem Hof um. Wo war Reb?

Alvar, der mein Gepäck schon eingeladen hatte, umarmte mich herzlich.

»Der sture Bengel ist bei den Pferden«, murmelte er. »Aber sein ungehobeltes Benehmen lasse ich ihm nicht durchgehen. Warte einen Moment.«

Mit ausgreifenden Schritten eilte er zum Stall und kam kurz darauf mit Reb an seiner Seite zurück. Ich ging auf ihn zu.

Er hatte wieder sein ausdrucksloses Gesicht aufgesetzt.

»Ich gehe jetzt.«

»Tja. Mach's gut, Princess. Und zick nicht so viel rum.«

»Und du lass dich nicht von den Pferden zertrampeln.«

Mir tat beim Sprechen die Kehle weh. Ich hätte gerne mehr gesagt, aber mir fiel nichts anderes als pathetischer Quatsch ein. Also hob ich den Kopf, versuchte in seine Augen zu blicken. Grün, mit kleinen goldenen Einsprengseln. Einen winzigen Moment lang sah auch er mich an.

Ich streckte meine Hand aus, legte sie um seinen Nacken und küsste ihn auf den Mund.

Er blieb starr und nahm meine Hand von seinem Hals.

»Leb wohl, Princess Kyria.«

Er drehte sich um und ging zurück zum Stall.

Ich stieg in Jenevras Auto. Sie sagte nichts. Alvar hob die Hand.

Der Motor sprang an.

Wir verließen das Grundstück, erreichten die Straße.

Ich sah mich nicht um.

Ich kämpfte. Ich kämpfte wirklich. Doch nach wenigen Minuten verlor ich und brach in heiße Tränen aus.

Jenevra fuhr an den Straßenrand und legte die Arme um mich. Sie wiegte mich, wie man ein kleines Kind wiegt, und an ihrer Schulter schluchzte ich mein ganzes Leid heraus.

»Du liebst ihn?«, fragte sie schließlich.

Ich nickte.

War wohl so.

TEIL 2

DER LANGE WEG

BIENENSTICH

Hazel stand auf der Leiter und pflückte Pfirsiche aus der Krone des knorrigen Baumes. Sie reichte mir vorsichtig die reifen Früchte, die ich in einen Korb legte. Meine Hände waren klebrig von ihrem süßen Saft, und ehrlich gesagt, mein Gesicht war es wohl auch. Denn nicht alle Früchte landeten im Korb.

Seit zwei Monaten lebte ich nun auf dem großen Gut in Plévenon, und wie alle Mitglieder von Hazels großer Familie arbeitete ich selbstverständlich mit. Es ging mir gut, meine Haut war von den langen Sommertagen gebräunt, meine Haare wiesen helle Strähnen auf. Kräftiger und ausdauernder war ich auch geworden, auch wenn es mich etliche Tage Muskelkater an den unmöglichsten Stellen meines Körpers gekostet hatte. Aber mein Ehrgeiz war geweckt worden, als ich beobachtet hatte, wie Hazel, einen Kopf kleiner als ich und geradezu spillerig, Eimer, Heuballen, Saatsäcke herumwuchtete und unermüdlich auf den Feldern, in den Gärten und im Hof mithalf. Es lag nicht am Elfenblut, von dem sie behauptete, dass es in ihren Adern floss. Weder Jenevra noch Gort, ihre Eltern, hatten irgendetwas Elfenhaftes an sich. Wenn Hazel allerdings ihre kurzen Locken zu einem stummeligen Schwänzchen im Nacken zusammenband, enthüllten sie eigenartig spitze Ohren. Die, so behauptete ihre Großmutter Willow, seien ein untrügliches Zeichen dafür, dass sie ein Wechselbalg sei, also ein Kind, das die Elfen ihren Eltern untergeschoben hatten.

Wir lachten viel über diese Vorstellung und schmückten sie nach Belieben aus.

Drei weitere reife Pfirsiche reichte mir der Wechselbalg zu, ich legte sie in den Korb, verspürte ein Kitzeln an meinem Arm und schlug danach.

Ein brennender Schmerz durchfuhr mich.

Ich hob die Hand und sah die letzten Zuckungen einer Biene, die ihren Stachel in meine Haut gebohrt hatte.

Das kalte Entsetzen erfasste mich. Die Welt wurde grau, begann sich zu drehen, die Luft um mich wurde dünner und dünner, und nur ein atemloses Krächzen kam aus meiner Kehle.

»Kyria!«

Wie von weit her hörte ich Hazels Stimme.

»Kyria, was ist mit dir? Sprich mit mir! Kyria!«

»Biene«, keuchte ich. »Sterben!«

»Nein. Unsinn. Atmen, Kyria. Weiteratmen!«

Ich bemühte mich ja, aber es ging nicht.

Meine Beine knickten unter mir weg.

Der Boden kam auf mich zu. Ich starb!

Jemand schrie.

Jemand kam.

Ich wurde hochgehoben, getragen.

»Jenevra!«

Gorts Stimme.

Süßer Tee an meinen Lippen.

»Trink, Mädchen.«

Es ging nicht.

»Kyria!« Willows brüchige Stimme. »Du stirbst nicht. Es ist ein Bienenstich. Du bist auch das letzte Mal nicht gestorben. Hör auf, so ein Theater zu machen!«

Ich machte kein Theater!

Etwas klatschte mir auf die Wange. Es brannte.

Ich blinzelte.

»Tut mir leid, Kyria, aber anders ging es nicht. Und jetzt trink.«

Ich schluckte den süßen, kalten Tee.

Jenevra packte mit spitzen Fingern den kleinen Stachel und zog ihn heraus. Sie hob meinen Arm an, senkte die Lippen auf die brennende Stelle und saugte daran. Dann spuckte sie aus.

»So, der Stachel ist raus. Und ein bisschen Gift wahrscheinlich auch. Hazel, die Zwiebel!«

Beißender Geruch näherte sich, Jenevra legte die Schnittseite einer halben Zwiebel auf den Stich und band sie mit einem blauen Taschentuch an meinem Arm fest.

Ich bekam wieder Luft und begann meine Umgebung wahrzunehmen. Ich saß in der Küche. Auf dem Herd blubberte die Pfirsichmarmelade, auf dem Tisch lag das Gemüse für die Suppe.

Aber die Angst war noch immer da.

»Das Gift. Es kann die Krankheit auslösen«, flüsterte ich.

»Wer behauptet das, Kyria?«, fragte Jenevra und sah mich streng an.

Es schien, dass auch mein Verstand so langsam wieder seine Tätigkeit aufnahm.

»Bonnie hat es gesagt.«

»Eben. Die hat gelogen. Also, sind wir uns einig, dass du jetzt nicht stirbst?«

Ich ließ den Kopf hängen. Ich war wohl ziemlich blöd.

»Mama, sie hatte Angst. Sei nicht so garstig zu ihr«, meinte Hazel und streichelte meine Schultern.

Jenevra kniete sich vor mich und tippte mir mit dem Finger an die Nase. »Entschuldige, Kyria. Aber ich musste dich aus deiner Panik herausbekommen. Darum war ich so garstig zu dir. Ich weiß doch, wie übel man dir mitgespielt hat. Es ist ja noch keine drei Monate her, dass man dir eine Todesangst eingejagt hat. Es braucht seine Zeit, bis man das verwunden hat. So, und nun sag mir, ob der Stich noch sehr wehtut?«

»Brennt ein bisschen.«

»Bald wird er anfangen zu jucken. Lerne daraus, Bienen darf man nicht schlagen, dann wehren sie sich.«

»Ja, ist gut.«

»Und jetzt probier das mal.«

Gort reichte mir ein weiches Brötchen mit warmer Pfirsichmarmelade. Es munterte mich ungeheuer auf.

Kaum hatte ich es aufgegessen, polterte Fluke in die Küche und lud eine schwere Kiste auf dem Tisch ab.

»Hab ich für euch aufgefischt!«

Er grinste bis über beide Ohren. Sehr weit abstehende Ohren unter einem Wust leuchtend roter, krauser Haare.

»Ananas!«, juchzte Hazel.

»Schwimm-Ananas, wie es scheint. Wo ist sie dir ins Netz gegangen, Junge?«, wollte Gort wissen.

»Vor Brest. Hab auch noch was für dich, Kyria.«

Mir reichte er einen schmuddeligen Umschlag.

Eine Nachricht von Cam, vermutete ich, doch zum Lesen kam ich nicht, denn Jenevra fragte, was Fluke für die Ananas haben wollte.

»Einen Kuss von jeder hier anwesenden Frau«, verlangte er.

Schon stürzte Hazel sich auf ihn und bedeckte eine jede seiner zahllosen Sommersprossen mit kleinen, spitzmündigen Küsschen. Überwältigt schwankte der stämmige Fischer unter diesem Ansturm. Als sie von ihm abließ, packte Jenevra ihn lachend an den Ohren – Küsschen rechts, Küsschen links, Küsschen rechts und links. Dann nahm Willow sein rundes Gesicht in die Hände und küsste seine Stirn.

»So, und jetzt Kyria!«, sagte sie.

Fluke sah mich an, erglühte wie eine Karotte und wedelte mit seinen großen Händen.

Ich hatte beinahe Mitleid mit ihm. Er war so was von hoffnungslos verliebt in mich. Also legte ich ihm die Hände auf die breiten Schultern und küsste ihn sanft auf die Lippen.

»Mmmh, Pfirsich«, seufzte er, hielt mich aber nicht fest. »Noch einen, und ich schleppe einen ganzen Container Ananas an!«

»Du verkaufst deine Ware zu billig«, höhnte ein weiterer junger Mann, der mit einem Stapel Zeitschriften in die Küche trat. »Küsse sind nicht mehr als ein Schluck Wasser wert.«

»Tja, wer keine bekommt, kann das nicht beurteilen«, meinte Fluke.

Die beiden waren Konkurrenten in vielerlei Hinsicht. Pecker hatte, gleich nachdem ich von Hazels Familie aufgenommen worden war, versucht, mit mir anzubandeln. Auf eine ziemlich aufdringliche Art. Weshalb ich ihn auf eine ziemlich deutliche Art hatte abweisen müssen. Seither behandelte er mich mit hämischer Verachtung.

»Ich bekomme genug davon. Und ganz bestimmt von den Mädels, die ich zum Tanz einlade. Samstag, drüben am Fort!«

»Hab's schon gehört«, sagte Hazel. »Aber ob ich mir dir hingehen würde, weiß ich nicht.«

»Gehst du mit mir hin?«, fragte Fluke mich und errötete wieder.

»Kannst du denn mit den Flossen tanzen?«, fragte Pecker mit einem herablassenden Blick auf Flukes große Füße. Der vollführte plötzlich einige sehr gewandte Bewegungen, feixte und meinte: »Ich winde mich wie ein Aal und schwebe wie ein Rochen.«

»Und Pecker peckt wie ein Specht beim Tanz«, kicherte Hazel und machte ein paar ruckartige Bewegungen mit dem Kopf.

Wir lachten alle, aber Pecker schien nicht besonders fröhlich dabei.

Immerhin hatte das Geplänkel, wer mit wem zum Tanz ging, meine Panik inzwischen völlig vertrieben. Ich setzte mich zu Willow, die Pfirsiche klein schnitt, während Gort Pecker nach Neuigkeiten ausfragte.

Sowohl Fluke als auch Pecker gehörten zu den Familien in der Nachbarschaft. Flukes Leute waren alle in irgendeiner Weise mit dem Wasser verbunden – als Fischer, Schmuggler, Muschelzüchter; Peckers Angehörige widmeten sich der Geflügelzucht. Doch nicht nur mit Hühnern, Gänsen und Enten machten sie ihr Geschäft, sondern auch mit Brieftauben. Und das führte zu dem weiteren Tätigkeitsfeld seiner Sippe – der Übermittlung und Verbreitung von Nachrichten. In dem mittelalterlichen Fort de la Latte an der Spitze des Caps, etwa fünf Kilometer von unserem Gut entfernt, hatten sie einen privaten Radiosender eingerichtet. »Radio La Forteresse« nannten sie ihn, und er hatte eine Reichweite von etwa zwanzig Kilometern. Neben den Nachrichten, die die Mitarbeiter aus allerlei Zeitungen, offiziellen Meldungen und – wie ich fürchtete – auch einfach nur Gerüchten zusammenklaubten, unterhielten sie die Empfänger mit Musik jeder Art. Es war für mich eine völlig neue

Erfahrung, wie in diesem Reservat die Kommunikation funktionierte. In NuYu war ich es gewohnt, ständig die aktuellsten Meldungen entweder auf großen Bildschirmen oder auf meinem Kom-Link zu empfangen. Umgekehrt konnte ich jeden persönlich damit erreichen oder Botschaften hinterlassen.

Hier gab es zwar Telefone, doch sie waren an Kabel angeschlossen, und jedes Haus hatte nur einen einzigen Apparat. Eine Nachricht konnte man nur demjenigen hinterlassen, der den Hörer abhob und sich meldete. Oder der umsichtig aufschrieb und weitergab, was man ausrichten wollte. Es gab auch Funkgeräte, die mir Fluke gezeigt hatte. Klobige Dinger mit einer Antenne dran, die knisterten und knarzten. Sie wurden auf den Booten und Schiffen eingesetzt. Auch die Feuerwehr und die Polizei verwendeten diese Geräte. Ihre Reichweite war, genau wie die der Radiostationen, begrenzt, denn anders als in NuYu hatten die Bewohner der Reservate keinen Zugang zu den Kommunikationssatelliten im All. Ich hatte verstanden, dass man sich aus Prinzip dieser Technik verweigerte, um nicht überwacht werden zu können. Der Nachteil aber war, dass es gelegentlich Tage dauerte, bis man eine Nachricht erhielt. Man schrieb Briefe, die an Poststellen gesammelt und weitergeleitet wurden. Der Empfänger las sie und schrieb seinerseits eine Antwort. Besonders kompliziert war es, sich über die Grenzen des Reservates hinweg zu verständigen. Hier kamen die Schiffe ins Spiel, die weit draußen vor der Küste in internationalen Gewässern Zugang zu den satellitengesteuerten Kommunikationssystemen hatten.

Auf diese Weise war Cams Nachricht zu mir gekommen. Er hatte sie bereits vor fünf Tagen abgeschickt. Da sie durch viele Hände ging und von vielen gelesen wurde, benutzte er eine sehr verkürzte, beinahe kryptische Sprache. Auf dem Zettel in dem schmuddeligen

Umschlag standen nur sieben Worte. Für mich allerdings ergaben sie einen Sinn.

»Digitalis. MV auf dem Weg zu dir.«

Ich hatte sie, während die anderen sich über die bevorstehende Tanzveranstaltung unterhielten, unauffällig gelesen.

Die Nachricht machte mich beklommen, aber ich konnte im Beisein der anderen nicht darüber sprechen. Also steckte ich sie in meine Hosentasche und griff nach einem Messer, um Willow zu helfen, die Pfirsiche für die Marmelade vorzubereiten.

»Schlechte Neuigkeiten?«, fragte sie leise.

»Sowohl als auch.«

Sie nickte nur, stand auf und gab die zerschnittenen Früchte in den großen Topf auf dem Herd.

Fluke und Pecker zankten sich schon wieder, bis Gort ein Machtwort sprach. Schließlich zogen die beiden jungen Männer ab.

»Der Junge ist ein Großmaul«, grollte er. »Er sollte aufpassen, dass er sich und seine Familie nicht in Schwierigkeiten bringt. Schmuggel ist zwar ein ehrenwertes Geschäft, aber man brüstet sich nicht damit.«

»Woher hat er die Ananas?«, fragte ich. Die Wege der Versorgung mit Luxusgütern waren mir noch immer ein Rätsel.

»Ich meinte nicht Fluke, Kyria. Der macht seine Geschäfte ordentlich. Dieser Pecker und seine Freunde gehen viel zu große Risiken ein. Schmuggeln ist das eine, Stehlen das andere. So, aber jetzt muss ich wieder aufs Feld. Kyria, alles in Ordnung mit dir?«

»Ja, danke. Tut mir leid, dass ich mich so angestellt habe.«

Er tätschelte mir die Schulter und verließ die Küche.

»Die Ananas wird Fluke von einem brasilianischen Frachter bekommen haben«, erklärte Hazel. »Er fährt mit seinem Kutter auf den Atlantik hinaus, und es gibt einige Kapitäne, die uns wohlgesinnt sind. Er kauft sie ihnen ab oder tauscht sie gegen seinen Fang.«

»Und dann will er nur Küsschen von uns haben?«

»Papa hat ihn bezahlt. Die Küsse waren eine Dreingabe.«

»Pah, dann ist er doppelt entlohnt worden.«

»Aber er ist so süß!«

Das war Fluke allerdings. Ein bisschen tollpatschig, weniger in seinen Bewegungen als in seiner Art, sich zu geben. Rührend in seiner Anbetung. Wann immer er mich traf, errötete er, stammelte ein bisschen und machte mir unbeholfen Komplimente. Wenn ich ihn damit vorsichtig neckte, wurde er stumm vor Glück. Aber auch wenn er wirklich rettungslos verliebt war, so trat er mir doch nie zu nahe, sondern behandelte mich immer mit der ihm eigenen Höflichkeit. Weshalb ich auch mit ihm am Samstag zum Tanz gehen würde.

»Was steht auf dem Zettel?«

Hazel kannte keine Zurückhaltung, wenn sie neugierig war. Aber da sich jetzt nur noch sie, ihre Mutter und ihre Großmutter in der Küche aufhielten, erklärte ich, was die wenigen Worte bedeuteten.

»Das Mädchen, mit dem ich im Heilungshaus mein Id getauscht habe, ist an einem Gift namens Digitalis gestorben.«

Jenevra legte den Rührlöffel hin. »Das, Kyria, erklärt einiges.«

»Mir nicht.«

»Doch. Du hast gesagt, sie hat die Bonbons genascht, die Bonnie dir mitgebracht hat.«

»Ja.«

»Dann haben sie vermutlich Digitalis enthalten. Das ist das Gift des Fingerhuts. Du weißt, das sind diese schönen, lila blühenden

Pflanzen, die man auf Waldlichtungen findet. In kleinen Dosen, in winzigen Mengen, hilft dieser Stoff bei Herzkrankheiten. In größeren Mengen führt er zu Schwindel und Übelkeit, und ab einer bestimmten Dosis ist er tödlich. Ich könnte mir vorstellen, dass deine bösartige Duenna dir immer mal wieder Bonbons oder Pralinen angeboten hat.«

Das hatte sie.

Bösartig war gar kein Ausdruck.

»Warum? Warum, verdammt noch mal, hat sie das gemacht?«

»Weil sie eine neidische, eifersüchtige und missgünstige Person ist«, antwortete Hazel. »Ich habe damals nicht viel dazu gesagt, weil ich den Eindruck hatte, du würdest sie als deine gute Freundin schätzen. Aber sie war eifersüchtig, Kyria. Ihr gefiel es gar nicht, dass du so viel Zeit mit mir verbracht hast.«

»Ich habe davon nichts bemerkt – damals. Ich hatte den Eindruck, dass sie höflich war, aber wenig Interesse an dem hatte, was du mir von dem Leben hier erzählt hast.«

»Sie hat mich einmal zur Seite genommen und gestänkert, du würdest dich hinter meinem Rücken bei den Pflegerinnen über meine bäurische Art lustig machen. Aber das hast du nicht getan. Ich hab die nämlich gefragt.«

»Wie oft hast du mir geschrieben?«

»Ein paarmal. Gleich nachdem ich hier wieder angekommen bin und dann bestimmt noch drei- oder viermal. Erst als ich nach fast einem halben Jahr noch immer keine Antwort bekommen hatte, habe ich angefangen, mich ein bisschen zu ärgern. Und noch mehr geärgert habe ich mich, als ich dann eine Nachricht bekam, ich möge doch endlich aufhören, dich zu belästigen.«

»Was?«

»Hast du nicht geschrieben, ich weiß. Das ist mir später auch klar geworden. Ich habe nämlich Fluke gelöchert, er solle herauszufinden, von wem die Meldung kam. Das hat zwar auch noch ein paar Wochen gedauert, bis er wieder mit den Leuten zusammentraf, die die Nachricht empfangen haben. Die kam allerdings nicht von deiner Adresse, sondern von der deiner Mutter. Und nun schimpf nicht gleich wieder auf sie. Könnte doch sein, dass Bonnie sie von ihrem KomLink gesendet hat.«

Ich tat mich noch immer schwer damit, zu glauben, was man mir angetan hatte. Aber allmählich wurde mir klar, dass Bonnie vermutlich nicht im Auftrag meiner Mutter gehandelt hatte. Denn eines würde meine Mutter trotz aller Konflikte zwischen uns nicht wollen – mich umbringen.

Was aber wollte Bonnie damit erreichen, mich krank zu machen, mich in ständiger Angst zu halten, meinen Kontakt zu anderen Menschen zu unterbinden? Letztlich, mich zu töten?

»Kyria, das ist ein sehr hässlicher Verdacht, den Hazel gerade geäußert hat«, sagte Jenevra. »Du solltest ihn nicht ganz ernst nehmen.«

»Doch, Jenevra. Ich nehme ihn sehr ernst. Und ich wünschte, ich könnte herausfinden, was Bonnie mit alldem bezweckt. Aber das geht im Moment nicht. Cam wird sich um sie kümmern, und wenn er etwas in Erfahrung bringt, wird er Wege finden, mir das mitzuteilen.«

»Gut. Hoffen wir also, dass sie nicht so schnell entdecken, wo du dich aufhältst. Was ist mit dem Rest der Nachricht?«

»Oh!«

Viel wichtiger war natürlich der zweite Hinweis.

»Cam teilt mir mit, dass man die Masernviren auf den Weg gebracht hat. Und da er schreibt, sie kämen zu mir, wird er herausgefunden haben, dass man hier in der Gegend etwas damit verseuchen will.«

»Dann sollten wir eine Warnung verbreiten lassen. Schreib ein paar Zeilen für Pecker, Kyria. Er wird es in den Nachrichten senden. Dann wissen die Leute, dass sie ein bisschen vorsichtig sein müssen.«

»Was heißt ein bisschen vorsichtig, Jenevra? Das ist eine gefährliche Seuche!«

»Das ist eine Kinderkrankheit, die zwar unangenehm, aber nicht lebensbedrohlich ist. Sie überträgt sich über die Luft durch Tröpfchen, und wenn man sich häufig und gründlich die Hände wäscht, ist man ziemlich sicher davor.«

»Ich weiß nicht, Jenevra. Es … es kann sein, dass diese Masernviren irgendwie verändert wurden. Und die Krankheit dadurch viel schlimmer wird.«

»Ach, Unsinn. Alle zwei, drei Jahre schleppt hier jemand einen Virus ein. Wir kennen das schon. Ihr Zimperlinge aus NuYu seid viel zu ängstlich, was Kranksein anbelangt. Wir Menschen hier haben ein stabiles Immunsystem und vertrauen auf unsere Selbstheilungskräfte, statt ständig den Ärzten auf dem Schoß zu sitzen.« Sie wies auf die Zwiebel auf meinem Arm. »Es gibt eine ganze Menge Hausmittel, die uns helfen. Nicht nur gegen Bienenstiche, auch gegen Masern.«

»Trotzdem, Jenevra. Ich würde gerne Dr. Grenouille anrufen.«

»Du machst dir wirklich Sorgen?«

»Warum hätte Cam uns sonst mit dem Impfstoff hergeschickt?«

»Da ist was dran. Also gut, ruf ihn an. Und vergiss nicht, die Nachricht für Pecker aufzuschreiben.«

LANDLEBEN

Dr. Grenouille sagte mir zu, gleich am nächsten Tag vorbeizukommen. Er fragte auch nach Reb. Ich erzählte ihm, dass er bei seinem Vater geblieben sei, und der dumpfe Schmerz, der mich immer dann übermannte, wenn ich an Reb dachte, blieb auch den Rest des Tages bei mir.

Ich betäubte ihn so gut es ging mit Arbeit. Und Arbeit gab es wahrlich genug auf dem Gut. Gort, Willows ältester Sohn, leitete es, Tilia, ihre älteste Tochter, betrieb eine kleine Töpferei, Maple, Tilias Schwester, kümmerte sich um den Verkauf der Produkte auf den Märkten. Willows jüngster Sohn Elmo führte einen Betrieb, der sich »Garage« nannte und in dem die seltsamsten mechanischen Dinge repariert wurden – von den riesigen Geräten, mit denen man die Felder bearbeitete, bis zu den Fahrrädern, die von allen hier benutzt wurden.

Ich hatte die Wahl gehabt – Rad oder Pferd.

Ich nahm das Rad und fiel damit auf die Nase.

Aber gut, inzwischen beherrschte ich das Ding, zumindest wenn kein allzu heftiger Wind wehte. Ebenso hatte ich einen Großteil meiner Scheu vor den Tieren verloren, auch wenn ich mit den Gänsen eine stete Feindschaft pflegte, seit sie mich ein paarmal herzhaft in die Waden gezwickt hatten. Die Enten fand ich ganz nett, die Hühner blöd. Aber Willow hatte gesagt, wenn ich Crêpes haben wollte, müsste ich Eier sammeln. Also lernte ich auch das. Die Schweine begrüßten mich mit einem freundlichen Grunzen, wenn ich ihnen abends das Futter brachte. Die drei Pferde waren ziemlich zahm, und ich hatte herausgefunden, dass sie Äpfel oder Möhren mit ganz sanften Lippen aus meiner Hand nahmen. Besondere Freundschaft aber hatte ich mit Mabelle geschlossen. Mabelle war eine sandfarbene Katze, die sich üblicherweise in der Scheune herumtrieb und dort angeblich Mäuse fing. Hazel und Willow strich sie oft um die Beine, und nachdem ich ihr einmal ein Stückchen Käse gegeben hatte, war sie auch mir gegenüber zutraulich geworden. Sie schlich sich nachts manchmal in die Kammer, die Hazel und ich teilten, und kuschelte sich schnurrend an meine Seite. Das half mir gerade in den ersten Wochen über mein Unglück hinweg.

So auch an diesem Abend. Mabelle hopste mit einem ulkigen kleinen Maunzen auf meine Decke, kaum dass ich daruntergeschlüpft war. Hazel kletterte ebenfalls in ihr Bett und fragte: »Deine kleine Seelentrösterin ist ja wieder bei dir. Machst du dir noch immer Sorgen?«

»Nein, Sorgen nicht. Ach, egal.«

»Fluke ist total verschossen in dich.«

»Ich weiß.«

»Hey, der ist wirklich ein Netter.«

»Ich weiß.«

»Aber Reb ist netter?«

Ich hatte ihr ziemlich viel von ihm erzählt. Hazel war meine Freundin, und ich wusste auch von ihr, welche Jungs sie mochte und welche nicht. Sie hatte einen Freund in Rennes gehabt, aber das war auseinandergegangen. Und hier hing ihr Pecker auf der Pelle. Den aber mochten wir beiden nicht sonderlich.

»Nett ist Reb überhaupt nicht. Er ist irgendwie anders.«

»Du könntest ihn besuchen.«

»Besser nicht. Er will mich ja nicht sehen.«

»Wir könnten ihn einladen. Zum Tanz am Samstag.«

»Ich glaube kaum, dass er herkommen würde. Ach, vergiss es. Ich geh mit Fluke hin.«

»Okay, und ich mit Colin. Der ist zwar ein bisschen jünger als ich, aber nett ist der auch. Und er gehört zu den Wasserleuten, die sind sowieso viel lustiger als die Freunde von Pecker.«

»Was hat dein Vater übrigens damit gemeint, als er sagte, dass sich Pecker in Schwierigkeiten bringt?«

»Ach, das tun die alle. Aber er und die beiden Nerds aus NuYu, die für den Radiosender arbeiten, haben neulich aus einer Lodge ein paar Sachen mitgehen lassen. Man hat sie zwar nicht erwischt, aber richtig ist das nicht.«

»Was haben sie geklaut?«

»Technikkram. Ich weiß nicht, irgendwas basteln die da ständig in ihrem Radiosender herum. Manchmal glaube ich, sie versuchen Nachrichten über die Satelliten zu empfangen.«

»Ist das denn verboten?«

»Nein, nicht wirklich verboten. Es verstößt nur gegen unsere Prinzipien. Andererseits – es ist schon ganz praktisch, wie ihr miteinander in Kontakt bleiben könnt. Ich habe das damals in dem Heilungshaus bewundert.«

»Ja, diese Telefone hier sind ziemlich altmodisch.«

»Und vor allem fallen sie immer mal wieder aus, weil so ein Idiot sein Auto um die Masten wickelt oder der Sturm irgendwo eine Leitung abreißt. Vor allem vermisse ich das Fernsehen. Kino ist zwar schön, aber man muss hinfahren, pünktlich sein, und die Nachrichten, die sie zeigen, sind immer mindestens eine Woche alt.«

»Ja, es geht alles unbeschreiblich langsam hier. Aber irgendwie fange ich an, mich daran zu gewöhnen«, sagte ich gähnend.

Mabelle trampelte auf meinem Bauch herum, rollte sich zusammen, schnurrte, und ich schlief ein.

In der Küche stand ein Radioempfänger, und als ich am Morgen hinunterkam, um mir Tee und Marmeladenbrötchen zu holen, wurden gerade die Nachrichten verlesen. Pecker hatte meine Warnung über die Masern weitergegeben. Allerdings nicht in meinem Wortlaut, sondern er hatte sie um eine kleine Gehässigkeit ergänzt.

Er warnte nämlich vor der in der Subcultura grassierenden Masernseuche, die sich durch Flüchtlinge aus NuYu auch in den Reservaten ausbreiten könnte. Man solle sich die Hände waschen.

»Das habe ich so nicht geschrieben!«, fauchte ich, und Jenevra stand ebenfalls kopfschüttelnd vor dem Lautsprecher.

»Was soll das denn? Warum schiebt er denn die Schuld auf die Flüchtlinge?«

Gort schaute von seiner Zeitung auf. »Er schnappt häufig irgendwelche Meldungen auf, Jenevra. In der letzten Zeit immer mehr, habe ich den Eindruck. Masern in der Subcultura – das kann er nur erfunden oder direkt aus NuYu erfahren haben. Kyria, ist daran etwas Wahres?«

»Allerdings. Kurz nach meiner Flucht hat man in dem Bezirk von La Capitale, in dem die Subcults leben, in einer U-Bahn-Station diese Viren freigesetzt.«

»Also hat er die Möglichkeit, an Nachrichten aus NuYu zu gelangen.«

»Über die Schiffe, klar doch«, meinte Jenevra.

»Die haben anderes zu vermelden als Kinderkrankheiten in der Subcultura. Und außerdem finde ich die Anspielung auf die Flüchtlinge auch nicht besonders passend. Wir begegnen denen, die zu uns kommen, immer hilfsbereit und gastfreundlich. Mit einer derartigen Meldung wird nur Misstrauen gesät.«

»Und das wiederum lässt Sie vermuten, dass die Meldung aus NuYu selbst stammt?«, fragte ich.

»Entweder das, oder Pecker ist ein noch größerer Schwachkopf, als ich dachte.«

»Oder beides«, knurrte Jenevra.

»Ich fahre nachher sowieso zum Fort, ich werde mit Robin sprechen.«

Robin war das Oberhaupt von Peckers Sippe. Aber nicht viel sympathischer als der Junge.

»Dann richten Sie ihm bitte auch aus, dass er die Leute auffordern soll, sich vorbeugend impfen zu lassen. Dr. Grenouille kommt im Laufe des Tages und bringt für die Ärzte in der Umgebung den Impfstoff mit.«

»Kann ich machen, nur viel bewirken wird es nicht.«

»Möglich. Aber, Gort, wenigstens Ihre Familie sollte sich impfen lassen!«

»Du nimmst das sehr ernst, nicht wahr?«

»Ja, ich bin ein Angsthase.«

»Dann hüpf an deine Arbeit. Wir lassen uns impfen, Häschen!«

Gort faltete die Zeitung zusammen und stand auf. Ein stämmiger Mann in derben Kleidern und mit dunkelbraun gebranntem Gesicht. Ich mochte ihn, auch wenn er hin und wieder rumpolterte.

Hazel und ich verbrachten den Vormittag wieder in den Obstgärten. Es schien, als ob alle Früchte gleichzeitig reif werden wollten. Willow und Jenevra waren unablässig dabei, sie auf verschiedene Weise haltbar zu machen. Sie legten ein, machten Saft, kochten ein, trockneten. Lauter Tätigkeiten, die mir bisher vollkommen fremd gewesen waren. Obwohl es in NuYu sicher auch Leute gab, die sich mit der Herstellung von Säften und Konfitüren beschäftigten. Allerdings nicht in ihrer eigenen Küche, sondern in großen Fabriken.

Es war überhaupt überraschend für mich, dass man sich hier so ganz anders ernährte, als ich es gewohnt war. Manche Dinge gab es einfach nicht. Oder sie waren nahezu unerschwingliche Luxusgüter. Wie etwa Kaffee oder Ananas. Eigentlich alles, was nicht im Land selbst angebaut werden konnte, war nur über die seltsamsten Kanäle zu erhalten. Zwar liefen auch große Frachtschiffe die Häfen von Brest oder Nantes an, doch das Reservat produzierte nicht genug Ware, mit der man Handel treiben konnte. Was an Überschüssen erwirtschaftet wurde, floss in die Beschaffung weit wichtigerer Güter ein – Rohstoffe wie Stahl, Mineralöl, verschiedene Chemikalien –, alles, was die Industrie brauchte und was im eigenen Land nicht vorhanden war.

Allerdings litten wir wirklich keinen Mangel. Obst, Gemüse, Getreide, Milch, Eier, Fleisch und Fisch waren ausreichend vorhanden, und aus alldem kochten Willow und Jenevra jeden Tag sättigende und überaus schmackhafte Mahlzeiten für alle, die auf dem Gutshof beschäftigt waren.

Heute waren es die Pflaumenbäume, die wir und eine ganze Horde Kinder zu plündern hatten. Anschließend saßen wir im Hof und entsteinten die Früchte, die dann zu Pflaumenmus verarbeitet werden sollten.

Mitten bei dieser klebrigen Tätigkeit traf mich Dr. Grenouille an.

»Mademoiselle, sie sehen zwar verschmiert, aber sehr gesund aus«, begrüßte er mich herzlich, und ich reichte ihm den Ellbogen, nicht meine Hand, weil die schwärzlich vom Obstsaft war.

»Greifen Sie zu Dr. Grenouille, die Pflaumen sind köstlich.«

Er nahm die angebotenen Früchte und begrüßte Hazel ebenso freundlich.

»Ich bringe Sie zu meiner Mutter, Dr. Grenouille. Mit ihr können Sie über diese Impferei sprechen. Sie ist unsere Heilerin.«

Offensichtlich konnte der Arzt Jenevra von der Notwendigkeit der vorbeugenden Impfung überzeugen, denn nach dem Mittagessen ließen sich alle bereitwillig pieksen. Alle, bis auf Willow.

»Ich will mit dem Zeug aus NuYu nichts zu tun haben«, erklärte sie rigoros. »Ich habe die Masern als Kind gehabt, und ich bin zu alt, als dass sie sich noch mal über meinen klapprigen Leib hermachen.«

Es half nichts, dass Dr. Grenouille sie zu überreden versuchte, es halfen meine Schmeicheleien und Jenevras Vorhaltungen nichts, sie blieb hartnäckig.

Als alle verarztet waren, erklärte Dr. Grenouille, dass er sich auf den Weg zu den Arztpraxen in der Umgebung machen wolle, um dort ebenfalls den Impfstoff oder, besser gesagt, die zu dessen Herstellung notwendigen Kulturen abzuliefern. »Aber vorher möchte ich gerne noch ein paar Minuten mit Mademoiselle Kyria sprechen. Unter vier Augen, wenn es möglich ist.«

»Natürlich, Dr. Grenouille. Kyria wird Sie in den Salon führen. Und, Kyria, mach die Tür hinter euch zu«, meinte Jenevra.

Eine geschlossene Tür bedeutete in diesem Haus, dass niemand in den Raum eintreten sollte.

Der Salon wurde beherrscht von einem gewaltigen gemauerten

Kamin, mehreren wuchtigen Ledersesseln, die wie gestrandete Wale um einen bunten Teppich lagerten, einem mit blinkenden Glasprismen behangenen Leuchter, einem Vertiko und anderen wunderbar geschnitzten, offenbar uralten Holzmöbeln. Ich fand den Raum sagenhaft komisch, denn Tilia, Willows jüngste Tochter, hatte ihn mit etlichen Töpfen aus ihrer Werkstatt bestückt und in jedem einen bunten Strauß unechter Blumen versenkt.

»Ähm – anheimelnd hier!«, bemerkte auch Dr. Grenouille und zupfte vorsichtig an einer unzeitgemäß blühenden Fliederdolde.

Ich kicherte und setzte mich in einen der Sessel, der mich fast zu verschlucken drohte. Der Arzt ließ sich auf der anderen Seite des Kamins nieder und rutschte mit leicht entsetztem Blick nach hinten.

»Sehr – mhm – bequem.«

»Nach dem Sonntagsessen sinken hier einige Familienmitglieder gerne in einen erholsamen Schlummer.«

»Ja, das kann ich mir vorstellen. Aber obwohl ich mich überaus angenehm gesättigt fühle, Mademoiselle, würde ich es doch begrüßen, wenn Sie eine Weile wach bleiben würden.«

»Was haben Sie mir mitzuteilen? Ist es wegen meiner Krankheit?«

Mich packte schon wieder ein beklemmendes Gefühl der Angst.

»Aber nein, Mademoiselle, beruhigen Sie sich. Es besteht überhaupt kein Anlass zur Sorge. Hat Ihr junger Freund Ihnen nichts von den Befunden gesagt?«

»Befunden? Nein. Von welchen Befunden?«

»Gut, vermutlich hat die Begegnung mit seinem Vater einige andere Dinge in den Hintergrund gedrängt. Geht es dem uncharmanten Rebellen gut, Mademoiselle?«

»Das weiß ich nicht. Ich habe ihn seit zwei Monaten nicht gesehen.«

»Oh – nun, das wundert mich. Ich hatte den Eindruck, er sei Ihnen sehr zugetan.«

»Ich bin ihm völlig egal.«

»Hoppla. Nun, das macht untereinander aus.«

»Da gibt es nichts auszumachen. Es ist vorbei. Ich bin hier, er bei seinem Vater.«

»Na gut. Also, dann übernehme ich die Aufgabe, Ihnen diese Dokumente zu erläutern. Sie müssen wissen, dass Reb sie mir mit dem Impfstoff zusammen übergeben und mich damals schon gebeten hat, sie Ihnen zu erklären. Aus verschiedenen Gründen habe ich das nicht getan, sondern ihm nahegelegt, es Ihnen selbst zu sagen.«

»Was zu sagen?«

»Sie haben kurz vor Ihrem Aufbruch eine Speichelprobe hinterlassen, die untersucht wurde. Insbesondere auf genetische Defekte.«

»Ach ja, Cam wollte das unbedingt. Aber das ist doch nichts Neues. Ich weiß, dass ich einen Gendefekt habe. Und dass ich vermutlich nicht allzu lange leben werde.«

»Wer hat Ihnen denn den Blödsinn aufgetischt? Pardon, Mademoiselle Kyria, das Fehlen der oberen Weisheitszähne hat noch nie bei jemandem zum vorzeitigen Ableben geführt.«

»Weisheitszähne? Das verstehe ich nicht. Was haben denn meine Weisheitszähne damit zu tun?«

»Ihr genetischer Defekt. Kein Mensch ist vollkommen, Mademoiselle, kleine Defekte hat jedes Modell von uns. Ihr gravierendster ist das Fehlen der oberen Weisheitszähne, wofür manche Leute sogar ganz dankbar wären, weil die gerne Schwierigkeiten machen und gezogen werden müssen.«

Ich schüttelte den Kopf. Ich verstand es noch immer nicht.

»Hören Sie, mein Vater ist an seiner Krankheit gestorben. Nicht an fehlenden Weisheitszähnen.«

»Möglicherweise ist er an einer Erbkrankheit gestorben, Mademoiselle, aber entweder hat er sie Ihnen nicht vererbt, oder der Mann war nicht Ihr leiblicher Vater.«

Ich schnappte nach Luft.

»Meine Mutter …«, begann ich.

»Sollten Sie dringend dazu befragen, denke ich.«

»Meine Mutter hat die Untersuchung schon bei meiner Geburt machen lassen.«

»Und man hat ihr gesagt, ihr Kind haben einen Gendefekt geerbt?«

»So hat sie es mir erzählt. Beziehungsweise mich glauben lassen. Ich weiß nicht mehr, was ich noch denken soll, Dr. Grenouille. Man hat mein ganzes Leben lang versucht, mir klarzumachen, dass ich eine tödliche Krankheit in mir trage. Und meine Duenna hat mir sogar heimlich Digitalis gegeben, damit mir schwindelig wird. Und sie wollte mich glauben lassen, dass ich an einem Hornissenstich sterben würde. Und dann hat sie versucht, mich zu vergiften!«

Ich schrie fast, und Dr. Grenouille stand auf und massierte mir die Schultern.

»Mein Gott, Kind, was hat man Ihnen angetan? Das ist ja kriminell. Das ist ja der reinste Psychoterror.«

Ich vergrub mein Gesicht in den Händen und rang um Fassung.

Wenn das alles wahr war, dann musste irgendjemandem verdammt viel daran liegen, dass ich von dieser Welt verschwand. Die gnädigste Art wäre vermutlich das Noviziat im Tempel gewesen, die radikalste, mich umzubringen.

Die starken Hände des Arztes kneteten sanft meine Muskeln, und langsam beruhigte ich mich wieder.

»Was soll ich nur machen?«, flüsterte ich.

»Weiterleben. Jetzt verstehe ich, warum Reb es mir überlassen wollte, Ihnen die Ergebnisse der Analyse zu erläutern. Er wusste von den Anschlägen auf Sie, nicht wahr?«

»Ja, natürlich. Ich bin ihm im Heilungshaus zum ersten Mal begegnet. Nachdem mir meine Duenna zu verstehen gegeben hatte, dass ich nur noch drei Wochen zu leben hätte.«

»Was für eine bösartige Ratte!«

»Ich habe ihr geglaubt. Und darum wollte ich weg. Ich wollte hier sterben. Reb hat mir geholfen abzuhauen.«

»Und ist selbst seiner Vergangenheit begegnet. Er hatte Angst davor, seinen Vater zu treffen, das haben Sie selbst gesagt.«

»Ja, stimmt. Aber Alvar hat ihn sehr freundlich aufgenommen. Er wird ihn zum Wagenlenker ausbilden, glaube ich.«

»Keine schlechte Beschäftigung für einen heißblütigen jungen Mann.«

»Heißblütig? Der hat Eis in den Adern. Nichts als kaltes Eis.«

»Hat er Sie dermaßen verletzt, Mademoiselle? Das tut mir wirklich leid. Aber vielleicht sollten Sie bedenken, dass er für sein junges Alter schon eine Menge durchgemacht hat und sich dabei vermutlich angewöhnt hat, seine Gefühle nicht zu zeigen. Ich hatte den Eindruck, dass er Sie, trotz seiner uncharmanten Bemerkungen, sehr gerne hat. Wir Männer können manchmal rechte Stoffel sein, wissen Sie.«

Ich erinnerte mich an Rebs verschlossene Miene, die er mir zum Abschied gezeigt hatte.

Und ich erinnerte mich an sein schlafendes Gesicht.

Und ich erinnerte mich daran, wer seine Mutter war und was sie ihm angetan hatte.

Mit einem Mal erkannte ich, dass auch er verletzlich war.

»Fahren Sie auf dem Rückweg dort vorbei?«

Jetzt lächelte Dr. Grenouille. »Nein, meine Liebe. Den *postillon d'amour* mache ich nicht für Sie. Sie sind durchaus in der Lage, den jungen Rebellen selbst einzufangen. Ein Tipp nur – Alvar hat gute Kontakte zu Leuten in NuYu. Er könnte Ihnen möglicherweise behilflich sein, herauszufinden, wer sie warum bedroht.«

»Richtig, er hat Kontakte. Sogar zu meiner Mutter. Aber darüber muss ich erst noch nachdenken.«

»Tun Sie das, Mademoiselle. Und tun Sie es in dem Bewusstsein, dass Sie eine starke, gesunde junge Frau sind.«

Er machte Anstalten, den Raum zu verlassen, und ich erhob mich, um ihn zur Tür zu begleiten.

TANZABEND

Das Fort la Latte stand seit achthundert Jahren an dem äußersten Zipfel des Cap Fréhel und diente den Einheimischen damals als Schutzburg vor den Eroberern, die von See kamen. Ein Männerbauwerk aus einer Männerära, in der man mit Schwertern aufeinander eingeschlagen, später den Feind mit Kanonen beschossen hatte. Eine trutzige Anlage war es, die Gebäude bestanden aus dicken Feldsteinmauern, den Innenhof hatte man in einen Garten umgewandelt. Und in dem runden Turm war der Radiosender eingezogen. Oben wand sich ein gemauerter Wehrgang um den Turm, der von einer Kuppel gekrönt wurde. Eine schmale Steintreppe schwang sich zu dieser Kuppel hinauf, von deren höchstem Punkt der Sendemast aufragte.

An den Gartenmauern hatten Pecker und seine Leute Lautsprecher angebracht, entlang der Festungswand waren Tische aufgebaut, die sich unter den von den Frauen und Mädchen mitgebrachten Platten und Schüsseln bogen. Ich hatte mit Hazel blecheweise Pflaumenkuchen gebacken, den wir dazustellten. Ember, eine von Hazels Freundinnen, stellte ihre Punschschüssel daneben.

»Wie brandgefährlich ist das Zeug?«, wollte Hazel wissen.

»Halb und halb Dieselöl und Methylalkohol«, meinte Ember grinsend. »Wird die Stimmung heben.«

Ich schöpfte mir ein kleines Gläschen heraus und probierte sehr vorsichtig. Schon einmal hatte man mich mit einem in der Kehle brennenden Getränk zu einem entsetzlichen Hustenanfall gebracht. Aber dies hier war kein Calvados, das war überwiegend Apfelsaft mit Fruchtstückchen und etwas Prickelndem darin.

»Nach wie viel Bechern tritt das Koma ein?«

»Ich glaube, man braucht weniger Becher als Fässer. Außer einer von den Burschen kippt den Inhalt seines Flachmanns hinein. Seid also vorsichtig mit dem Punsch.«

Immer mehr Leute strömten in den Innenhof, überwiegend junge, dazu eine kleine Horde Kinder. Aber auch einige grauhaarige Paare suchten sich irgendwo einen Platz. Bunte Kleider mit weiten Röcken, enge Hosen, glitzernder Schmuck, ganz offensichtlich nicht echt, aber fröhlich, mit Blumen geschmückte Frisuren – wir hatten uns in Festtagskleidung geworfen. Eine so ganz andere als in NuYu. Eine Tante von Hazel hatte mir einen Rock geschneidert, der bis an meine Waden reichte, aber wenn ich mich drehte, hob er sich wie ein Teller und enthüllte die Beine. Man durfte sich wohl nicht zu schnell darin drehen.

Fluke kam auf mich zugesegelt. Er machte mit den Händen wiegende Bewegungen wie ein schwimmender Rochen und trug ein breites Grinsen im Gesicht.

»Mademoiselle, Sie sehen entzückend aus«, begrüßte er mich mit einer förmlichen Verbeugung.

»Und Sie, Monsieur, gleiten durch die Menge wie ein Schiff auf hoher See.«

»Was hast du zu futtern mitgebracht, Kyria?«

»Pflaumenkuchen.«

»Oh, wunderbar. Wo ist er? Und was darf ich dir bringen?«

Er war so bemüht, mir zu gefallen, dass ich beinahe ein schlechtes Gewissen hatte, ihn wie meinen Sklaven loszuschicken. In NuYu hätte ich mir deswegen nie Gedanken gemacht. Aber die Männer hier waren alles andere als unterwürftig. Sie hatten eine ganz andere Ausstrahlung. Und die gefiel mir. Meistens jedenfalls.

Pecker stand mit zwei rundrückigen Gestalten an der Turmmauer und wedelte ebenfalls mit den Händen, jedoch nicht elegant, sondern großsprecherisch.

»… den Sender aus dem Bus ausbauen. Mann, dann kriegen wir vielleicht die zweitausend Megahertz hin.«

»… müssen aber wohl noch etwas manipulieren. Die Trägerfrequenz …«

Die Musik begann aus den Lautsprechern zu dröhnen, und ich hörte nicht mehr, was sie sagten. Aber die beiden Rundrücken erinnerten mich an den Nerd, der bei Cam durch das Zimmer geschlufft war. Möglich, dass die beiden die NuYu-Flüchtlinge waren, die Robins Familie aufgenommen hatte. Wenn sie Kommunikationstechniker waren, waren sie hier an genau der richtigen Stelle gelandet. Wobei es für die beiden vermutlich auch eine haarsträubende Umstellung auf die altertümliche Technik bedeutete.

Fluke jonglierte zwei vollgehäufte Teller durch die Menge und legte sicher bei mir an.

»Und das soll ich alles essen?«

»Das schaffst du schon. Und was übrig bleibt, nehm ich dir ab.«

»Na gut.« Ich schnappte mir ein Stück knusprige Pastete und deutete damit, bevor ich hineinbiss, auf die beiden Rundrücken.

»Wer sind die?«

»Tim und Kevin. Auch aus NuYu. Kamen letztes Jahr mit einem

kleinen Boot hier an. Sind zwei echte Freaks. Robin hat sie gleich aufgenommen. Sie hatten auch einen Haufen Elektronikkram dabei. Seither ist der Sender – mhm – aktueller.«

»Und jetzt borgen sie sich weiteren Elektronikkram von den Besuchern der Lodge, was?«

Fluke hob die Schultern. »Die haben genug davon, und hier können sie die Sachen sowieso nicht gebrauchen.«

»Was machen die Jungs dann damit?«

»Basteln rum. Robins Clan hat schon immer gebastelt. Mann, der Kuchen ist saugut!«

Fluke mampfte, und ich knabberte an der Pastete. Die auch sehr gut war.

Die ersten Paare bewegten sich auf der Tanzfläche. Allerdings war das Gehopse weder mit den traditionellen Tänzen zu vergleichen, die uns von der Trachtengruppe vorgeführt worden waren, noch mit den kunstvollen Tanzschritten, die ich einst gelernt hatte. Es sah eigentlich nur ausgelassen aus. Fluke stellte seinen leer geputzten Teller ab und reichte mir die Hand.

»Komm, lass uns tanzen.«

Auch die Musik war anders, als ich sie kannte, aber da im Haus ständig das Radio lief, waren mir die Songs inzwischen vertraut. Also folgte ich Fluke auf die Wiese und tanzte mit ihm. Ich tanzte auch mit anderen, aber immer wieder tauchte sein roter Schopf in meiner Nähe auf.

Die Sonne ging unter, die Beleuchtung in der Festung ging an. Als ich mir durstig ein Glas vom Punsch füllte, verspürte ich beim ersten Schluck ein Brennen. Ich erinnerte mich an Embers Warnung und verdünnte das Getränk vorsichtshalber mit Wasser. Ember kam mit einem hochbeladenen Teller dazu und nickte.

»Das ist klug. Ich habe gesehen, wie Pecker etwas hineingegossen hat.«

»Warum tut er das?«

»Er glaubt, wir Mädchen werden dann zugänglicher«, sagte sie mit einem verächtlichen Grinsen.

»Widerling!«

Das war wirklich die unangenehme Seite dieser jungen Männer hier.

»Hast du Lust, dir mal die Radiostation anzusehen? Ich will Milan etwas zu essen bringen. Er ist der Discjockey, weißt du. Und er kommt bei solchen Veranstaltungen kaum von seinem Plattenteller weg.«

»Discjockey, Plattenteller?«

Ember kicherte. »Kennst du wohl nur aus dem Museum, Schallplatten, Plattenspieler, was?«

»Noch nicht einmal daher. Soll ich für ihn auch einen Becher Punsch mitnehmen?«

»Besser einen Krug Wasser.«

Wir betraten den Rundturm und schlängelten uns die Treppe hoch. In dem Raum, in dem zahllose Geräte standen, Kabelgirlanden sich über die Tische wanden, die von Stapeln bunt bedruckter Papphüllen bedeckt waren, saß vor Reglern und Schiebern ein Mann mit Kopfhörern auf den Ohren und legte eben eine schwarze Scheibe auf einen rotierenden Teller. Die seltsamen Begriffe, die Ember verwendet hatte, ergaben damit einen Sinn.

Als ich die Wasserkaraffe irgendwie auf den vollen Tisch schob, blickte er auf und lächelte uns an.

»Ha, Futter! Ich habe doch noch Freunde!«

»Du hast ganz viele Freunde da draußen.«

»Ja, aber die lassen mich gnadenlos verhungern in meiner Trutzburg. Habt ihr Hübschen einen Musikwunsch?«

»Was schönes Langsames«, meinte Ember. »Dann können wir anfangen zu schmusen.«

»Mit wem willst du schmusen?«

»Nur mit dir!«, sagte sie und gab ihm einen Schmatz. »Und Fluke will mit Kyria schmusen.«

»Das wird er sicher bleiben lassen.«

»Sei nicht so, Kyria.«

»Na gut, ein ganz kleines bisschen. Was ist das hier?«

Ich wies auf das Pult mit den Schiebern, und Milan erklärte mir, was es mit dem Radiosender auf sich hatte. Viel verstand ich nicht davon, nur dass sie über den Sendemast oben auf der Kuppel die Musik und die Nachrichten mittels Funksignalen an die Radioempfänger schickten.

»Und wie weit sendet ihr eure Beiträge?«

»Kann ich dir nicht genau sagen. Diese Art Technik ist nicht mein Ding, da müsst ihr Tim oder Kevin fragen. Die basteln dort oben an ihren Maschinchen herum.«

»Darf ich mal raufgehen?«

»Geht nur.«

Ich stieg die nächste Treppe empor und fand mich in dem Raum unter der Kuppel wieder. Hier allerdings standen keine altmodischen Mischpulte und Ständer mit Schallplatten herum, sondern Monitore, Keyboards, summende Computer. Einer davon war zerlegt, und Tim und Kevin arbeiteten mit feinsten Werkzeugen an den Einzelteilen.

Einer von ihnen sah auf.

»Besuch, Tim!«

Der mit Tim angesprochene Rundrücken legte sein Werkzeug hin, grinste und sagte: »Hey, Princess! What's on?«

Princess.

Das. Ging. Gar. Nicht!

Ich fühlte plötzlich das Gewicht meines Zeremonialgewandes auf meinen Schultern. Ich hatte Perlen und Diamanten in meinen hochgesteckten Haaren. Ich stand auf hohen Schuhen und blickte auf eine Ansammlung niederer Kreaturen herab.

»Für euch noch immer Junora Kyria«, sagte ich mit einer Stimme, von der ich selbst merkte, dass sie klang, als würde ich Glas schneiden.

Tim und Kevin zuckten zusammen.

»Wow!«, flüsterte Ember hinter mir. »Wow.«

»Mesdemoiselles, was macht ihr denn hier?«, hörte ich eine weitere männliche Stimme.

»Oh, Robin!« Ember strahlte ihn an. »Wir haben Milan etwas zu essen gebracht und wollten uns die Bastelstube hier oben mal ansehen.«

»Bastelstube ist wohl der passende Ausdruck. Also lasst die Jungs mit ihrem Spielzeug allein und geht wieder tanzen. Das ist weit unterhaltsamer.«

Er war ein großer, bestimmt auftretender Mann, das Oberhaupt der Sippe, und Ember und ich folgten ihm ohne Widerrede.

Unten, im Gewimmel, wo die Musik laut über den Hof erklang, verließ Robin uns, und Ember zerrte mich in eine Wandnische.

»Was war das denn eben, Kyria?«

»Was?«

»Na, der Auftritt da oben. Mann, wo lernt man das, Männer mit Blicken zu Gewürm zu machen?«

»Habe ich das?«

»Aber locker. Du warst auf einmal zwei Meter groß und hast sie mit Eiszapfen durchbohrt.«

»Mhm – na ja, ich mag es eben nicht, blöd angemacht zu werden.«

»Ich auch nicht. Ich werde mir das merken, das mit den Eiszapfen.«

Wir mischten uns wieder unter die Tanzenden, und natürlich tauchte Fluke sofort auf.

Und Milan legte langsame Musik auf. Rund um uns fanden sich die Paare, tanzten eng umschlungen, und auch Fluke umarmte mich scheu.

Na gut, ein bisschen schmusen.

Es war nicht unangenehm, sich an seine Schulter zu lehnen. Dumm nur, dass ich zu träumen anfing. Und in meinem Traum war es eben nicht Flukes Schulter.

»Du denkst an jemand anders«, sagte er leise an meinem Ohr. Woher wusste er das nur? »Ich kann es spüren, Kyria.«

»Tut mir leid, Fluke. Tut mir echt leid. Ich mag dich, aber …«

»Ist schon gut. Man kann ja mal hoffen, oder?«

Als die Musik endete, machte ich mich von ihm los und bat ihn, mich eine Weile allein zu lassen. Er sah so unglücklich aus, dass ich ihm noch schnell einen kleinen Kuss gab. Dann aber drängelte ich mich durch die träge Masse, zu der die sanfte Musik die Tänzer gemacht hatte, und kletterte die schmalen Steinstufen hoch auf die Mauer.

Das Fort stand auf einer felsigen Anhöhe, und unter mir brachen sich die Wellen in schimmernder Gischt über dem Geröll. Am klaren Nachthimmel funkelte wieder diese unsagbare Menge von Sternen, deren Licht in den Meereswellen glitzerte. Gleichmäßig strich der Lichtstrahl des Leuchtturms an der anderen Seite des Caps über das Wasser, und der salzige Wind zupfte an meinen Haaren. Musik wehte zu mir hoch – Milan hatte in die Kiste mit den Klassikern aus dem 20. Jahrhundert gegriffen. Sie wurden hier genauso gespielt wie in NuYu.

Freddy Mercury fragt in »Bohemian Rhapsody«:

Ist das das wahre Leben? Ist das hier nur Fantasie, Einbildung?

An manchen Tagen kam es mir so vor.

Und dann sang Mercury von dem armen Jungen, der in Todesangst nach seiner Mama schrie.

Ich sah Reb vor mir. Reb, blutend, auf der Straße. Reb, der nach seiner verhassten Mutter schreien musste, um nicht zu verbluten.

Mein Herz tat so weh.

Die Schreie verhallten, eine neue Melodie legte einen tröstlichen Mantel um mich. Ich lehnte mich an eine Zinne. Die Steine waren noch warm von der Sonne. Und als ich die Augen schloss, damit meine Tränen sie nicht überschwemmten, sah ich ihn. Ich sah Reb, auf einem grauen Pferd, die Haare mit einem schwarzen Stirnband zurückgebunden, ein ärmelloses Wams, kniekurze Hosen. Im vollen Galopp donnerte er über den weißen Sand einer Bucht. Er schien in seinem Element, konzentriert auf das Tier, die Strecke, die Wendemarkierung. Sandfontänen stiegen auf, als er wendete und zurückjagte. Umrundete die fernere Marke, dann verlangsamte das Tier seinen Lauf, und als er diesmal auf mich zugeritten kam, wollte mir scheinen, als ob er mich anschaute.

»Reb«, flüsterte ich.

Er wischte sich eine Locke aus dem Gesicht.

Dann verblasste das Bild vor meinen Augen.

Dr. Grenouille hatte recht – ich sollte ihn anrufen. Irgendeinen Grund würde ich schon finden.

Nach einer Weile kletterte ich von der Mauer hinunter und schlenderte über den Hof. Einige Pärchen hatten sich zum Knutschen zurückgezogen, andere saßen mit verträumtem Gesicht auf ihren Stühlen und lauschten der Musik. Zwei Kinder quengelten. Ein anderes stolperte an dem geplünderten Büfett vorbei und fiel hin. Das misstönende Scheppern der Teller und Schüsseln rief eine junge Frau herbei. Während sie den Jungen, er mochte neun oder zehn sein, aufhob, rief sie nach Jenevra.

Ich ging ebenfalls zu ihr. Jenevra legte dem Jungen die Hand auf die Stirn und sagte: »Ja, er hat hohes Fieber.«

Nicht nur das, er hatte auch verschwollene Augen, Schluckbeschwerden und klagte über Gliederschmerzen.

»Ist er geimpft?«, fragte ich leise.

»Nein. Wir wollen das nicht«, antwortete seine Mutter.

»Kyria könnte aber recht haben, Merle. So fangen die Masern an. Hatte er sie schon?«

»Nein. Also haben sie es wahr gemacht.« Ein giftiger Blick traf mich.

»Vielleicht. Aber Kyria ist ganz gewiss nicht schuld daran.«

Einige Leute versammelten sich um uns, und die Eltern der beiden Quengler merkten, dass auch ihre Kinder hohes Fieber hatten.

»Bringt sie nach Hause. Und alle hier sollten sich gründlich waschen.«

Es sprach sich sehr schnell herum, dass die ersten Krankheitsfälle aufgetreten waren, und einer nach dem anderen verließ das Fort.

Die Stimmung war ausgesprochen gedrückt, und mir schlug eine Welle des Misstrauens entgegen.

»Mach dir nichts draus. Wir sammeln unser Geschirr ein und verschwinden auch«, sagte Hazel. »Die werden sich schon wieder beruhigen.«

Ich hoffte es inständig, denn ich hatte eben erst angefangen, mich heimisch zu fühlen, hatte einen Teil meiner beständigen Angst abgelegt und auf seltsame Weise Hoffnung geschöpft, dass ich Reb wiedersehen würde.

AM QUELLHÄUSCHEN

Ganz ohne Arbeit ging es auch am Sonntag nicht, aber zumindest wurde weder geerntet noch eingekocht, und am Nachmittag konnten wir unseren eigenen Beschäftigungen nachgehen. Eigentlich wollte ich Willow bitten, mich zur Quelle zu begleiten, doch als ich sie nach dem Essen suchte, fand ich die alte Dame von einem Sessel im Salon verschlungen. Sie schlief tief und fest. Ich mochte sie nicht wecken, sie hatte die ganze Woche schwer gearbeitet. Hazel besuchte eine ihrer zahllosen Cousinen, Jenevra war mit Gort weggefahren, und mit den anderen war ich noch nicht so vertraut, dass ich sie bitten mochte, mich zu begleiten.

Also holte ich mir ein Fahrrad aus der Scheune und radelte allein zu dem Pinienhain, in dem an einer verborgenen Stelle ein uraltes Quellhäuschen in einem Kreis dunkler Eiben stand. Zweimal hatte Willow mich hierhin mitgenommen, und jedes Mal war es eine überwältigende Erfahrung gewesen. Zu Hause hatte ich in der Stadt gelebt, Natur war in Parks und Gärten gezähmt, die Gebäude neu, licht, überall mit verborgener Technik ausgestattet. Innere Einkehr fand man in den Tempeln der Großen Mutter. Schöne, stimmungsvoll ausgeschmückte Räume, von sanften Tönen durchwebt, weihrauchduftend, von Kerzenlicht und verdeckter Beleuchtung erhellt. Ich hatte sie nur selten besucht, meist zu den üblichen Feiertagen.

Sie gefielen mir nicht besonders. Hingegen faszinierte mich dieses kleine, aus grob behauenen Granitblöcken gemauerte, flechtenüberwachsene Häuschen, das über einer klaren Süßwasserquelle errichtet worden war. Sein spitzer Giebel ragte zwischen Heidekraut und Farnen auf. Mit dem steinernen keltischen Kreuz auf seinem First war es kaum so groß wie ich. Einige Felsblöcke, wie zufällig darum verteilt, luden dazu ein, Platz zu nehmen und die Gedanken schweifen zu lassen. Willow hatte mir erzählt, die Quelle sei einer Heiligen gewidmet, früher aber habe man hier eine Göttin verehrt. Mit Göttinnen stand ich auf Kriegsfuß. Zumindest mit denen, die ich aus NuYu kannte. Aber die Stille und den Frieden an dieser Stelle hatte ich gespürt. Vielleicht, weil Willow sich hier geduldig all meine Sorgen angehört, mich getröstet und aufgerichtet hatte.

Ich setzte mich also auf den Stein und lauschte dem Zwitschern der Vögel, dem fernen Rauschen des Meeres, dem leisen Plätschern des Quellwassers, dem Wispern der Blätter und Zweige.

Vor vier Tagen hatte Dr. Grenouille mir von der großen Lüge über meine angebliche Erbkrankheit berichtet, und ich hatte meine Erschütterung darüber mit Arbeit, Tanz und Geselligkeit verdrängt. Es war an der Zeit, sich der Erkenntnis zu stellen. Ja, Willow wäre mir jetzt eine gute Ratgeberin gewesen. Sie war eine kluge, besonnene Frau, die viel in ihrem über achtzigjährigen Leben erlebt und über all das gründlich nachgedacht hatte.

Aber sie hatte natürlich auch ein Recht auf ihr sonntägliches Verdauungsnickerchen.

Ich musste lernen, allein mit solchen Dingen fertig zu werden.

Zum einen war da tatsächlich eine Leere aufgetreten, genau wie Alvar es gesagt hatte. Die Angst vor dem baldigen Sterben, die ständige Bedrohung meines Lebens war gewichen, an ihre Stelle getreten war – Wut. Ungeheure Wut auf jene, die mir das angetan hatten. Und ich wusste nicht, wer diejenigen waren, die meiner Mutter schon bei meiner Geburt bescheinigt hatten, dass ich eine Gendefekte sei.

Wieso hatte sie es eigentlich nie überprüft?

Offensichtlich war das ja ganz einfach.

Wieso hatten die Ärztinnen nie festgestellt, dass dieser »Defekt« lediglich meine Weisheitszähne betraf? Hätten sie es nicht merken können, so oft, wie sie mich gepiekst und untersucht hatten?

Oder hatten die Ärztinnen und meine Mutter gemeinsam beschlossen, mir das einzureden?

Aber warum?

Ich tastete nach dem Anhänger, den ich immer unter meiner Kleidung trug. Umgedreht, sodass man den Brillanten nicht sehen konnte. Meine Mutter hatte ihn mir gegeben als Erinnerung an meinen achtzehnten Geburtstag. Es war eine ihrer liebevollsten Gesten, wenn sie nicht gespielt war. In den Anhänger eingraviert war das Todesdatum meines Vaters – drei Tage vor meiner Geburt. Aber sie hatte mir nicht gesagt, dass es das Amulett war, in dem er sein Id getragen hatte. Warum denn nur nicht?

Sie sei ihm sehr zugetan gewesen, hatte Dr. Martinez gesagt.

Sie hatte ihn, als er im Sterben lag, zu sich nach Hause geholt.

Ich wusste inzwischen, wie weh es tat, einen Menschen zu verlieren, den man liebte.

Oh, Scheiße, wer hatte Mama das angetan? Wer hatte ihrer Trauer noch die Grausamkeit hinzugefügt, ihr zu sagen, dass das Leben ihrer Tochter ständig bedroht war?

Jemand hatte ihren Schmerz ausgenutzt.

Aber wer, verdammt noch mal? Es musste jemand gewesen sein, dem sie bedingungslos vertraut hatte.

Wenn man jemandem wirklich Schaden zufügen will, muss man zuvor sein Freund werden. Das hatte Alvar gesagt.

Welche falsche Freundin, welcher falsche Freund hatte meiner Mutter das angetan?

Und warum? Warum?

Vor Wut sah ich rote Sternchen.

Aber schwindelig war mir nicht.

Eine Weile kochte ich vor mich hin.

»Füll die Leere, die die Angst hinterlässt, nicht mit Wut oder Hass«, hatte Alvar gesagt.

Jetzt verstand ich plötzlich, was er meinte. Also atmete ich tief die pinienharzduftende Luft ein und stand auf. Mit zu einer Schale geformten Händen schöpfte ich etwas Quellwasser und trank davon.

Süß, ein bisschen modrig schmeckte es, aber es kühlte meine Wut.

Wut war nicht das richtige Gefühl, das den Platz der Angst einnehmen sollte. Wut machte das Denken schwer. Besser war es, etwas zu planen, zu planen, wie ich an weitere Informationen kam. Die einzigen hilfreichen Verbindungen zu NuYu waren Alvar und Cam.

Dabei fiel mir ein, dass Cam auch gewusst haben musste, dass der Gendefekt eine Lüge war. Er hatte Reb die Unterlagen mitgegeben, in der Annahme, er würde mir davon berichten. Er hatte kurz danach auch herausgefunden, dass Bonnie mich umbringen wollte. Wie viel Interesse mochte er daran haben, das ganze Lügengewebe aufzudecken? Es betraf ihn nicht persönlich. Und vermutlich hatte er ganz andere Aufgaben.

Andererseits – warum hatte er als Ole MacFuga meine Bekanntschaft gesucht? Und – was hatten seine Abschiedsworte und der leidenschaftliche Kuss zu bedeuten?

Welches Interesse hatte er an mir?

Dass er in mich verliebt sein könnte, erschien mir denn doch zu simpel. Obwohl der Gedanke mir schmeichelte und mich deutlich aufmunterte.

Wie auch immer – Cam konnte mir nützlich sein, und ich würde gut daran tun, meine nächste Nachricht an ihn sehr sorgfältig zu formulieren.

Alvar war ebenfalls nicht persönlich betroffen von meinem Problem, aber er kannte meine Mutter. Auch was das anging, könnte ich einige Antworten einfordern. Und so ganz langsam dämmerte mir, dass ich wahrscheinlich doch wieder zurückgehen musste, um mit Mama selbst über die Angelegenheit zu sprechen.

Aber jetzt noch nicht.

Ich ließ meine Hände in dem gemauerten Becken vor dem Quellhäuschen im Wasser baumeln.

Heilsam solle es sein, sagten die Alten. Jene, die es einst errichtet hatten. So hatte Willow es mir erklärt. In früheren Zeiten war man hergekommen, um das Wasser zu trinken, wenn man krank war.

Ob es geholfen hatte?

Meine Gedanken wanderten zu den Kindern, die gestern krank geworden waren. Ob sie die Masern hatten, würde sich erst noch zeigen müssen, es könnte auch eine ganz normale Erkältung sein. Hatten sie sich allerdings wirklich infiziert, und dann auch noch mit der gefährlicheren Virenart, dann musste diese hier in der Gegend bewusst verbreitet worden sein.

Hier in der Gegend – war das Zufall?

Wenn es kein Zufall war, dann konnte es sein, dass irgendjemand in NuYu schon wusste, dass ich mich hier aufhielt.

Ich wischte mir mit den nassen Händen über das Gesicht und setzte mich wieder auf den Stein. Es ließ sich gut nachdenken an diesem stillen Platz.

Dass ich mich zu Hazel begeben hatte, war vermutlich nicht schwer zu erraten. Der Streit, den ich mit meiner Mutter darüber geführt hatte, als ich ihre Geburtstagsglückwünsche erhalten hatte, war laut und für viele hörbar gewesen. Ebenso meine heftige Diskussion darüber, dass ich eine der organisierten Reisen in das Reservat machen wollte. Bonnie gegenüber hatte ich mich ebenso laut und wütend über Lüge und Ablehnung beklagt.

Bonnie.

Sie wusste viel von mir. Vermutlich nicht nur das, was ich ihr erzählt hatte. Wer weiß, was sie hinter meinem Rücken alles ausspioniert hatte.

Was hatte sie über mein Verschwinden, mein Untertauchen in der Subcultura, meine Verbindung zu Reb und vielleicht sogar zu Cam herausgefunden?

Es war das Gerücht verbreitet worden, Reb habe mich aus dem Heilungshaus entführt. Das, oder die Annahme, dass er mir bei der Flucht geholfen habe, würde die Spur über die vertauschten Ids bestätigen. Welche Rolle Cam dabei gespielt hatte, war wahrscheinlich unerheblich, wenn sie die Verbindung zu den beiden verschwundenen Mitgliedern der Reisegesellschaft hergestellt hatten.

Ja, es war eine Theorie, die recht schlüssig erscheinen mochte. Ich war geflohen, und ich hatte eine Anlaufstelle in diesem Reservat. Maie kam mir in den Sinn. Sie war bekannt dafür, dass sie erfolgreich jugendliche Ausreißer zurückbrachte. Wenn meiner Mutter etwas an mir gelegen war, würde sie Maie vermutlich mit der Suche nach mir beauftragen.

Maie hatte Reb selbst zu seinem Vater geschickt. Dass wir uns beide im Heilungshaus getroffen hatten, wusste sie ebenfalls.

Erstaunlich, dass noch niemand hier aufgetaucht war, um mich zurückzuholen.

Was nur heißen konnte, dass diejenigen, die die Schlussfolgerung gezogen hatten, es meiner Mutter nicht mitgeteilt hatten, sondern dieses Wissen zu ihren eigenen Zwecken nutzten.

Aber zu welchen?

Der Hinweis, die Viren würden durch NuYu-Flüchtlinge verbreitet, spielte sicher auch eine Rolle. Von wem kam er? Würde er bewirken, dass man mich hier beschuldigte, eine Seuche ausgelöst zu haben? Und mich des Landes verwies? Oder, schlimmer noch – bestrafte?

Kyria, denk nach!

Hazels Familie wusste, dass ich mit der Infizierung nichts zu tun hatte. Alvar und Dr. Grenouille ebenso, denn sie wussten von dem Impfstoff.

Aber üble Nachrede, wenn sie erst einmal in Umlauf gebracht wurde, führte dazu, dass die Menschen glaubten, was sie glauben wollten.

Ich musste so schnell wie möglich meine Unschuld beweisen.

Aber wie?

Unruhig sprang ich auf und ging hin und her.

Allein gelang mir das bestimmt nicht.

Ich musste mit meinen Gastgebern darüber sprechen.

Noch einmal blieb ich an dem Quellhäuschen stehen, beugte mich vor, um einen Schluck Wasser zu trinken. Dann schwang ich mich auf das Fahrrad und fuhr unter einem bleiernen Himmel zurück zum Gut.

Es würde Regen geben.

Das Gutshaus wirkte wie verwaist, als ich ankam. Alle waren ausgeflogen oder hatten sich zurückgezogen. Ich schaute in den Salon, wo Willow noch immer in dem tiefen Sessel saß. Seltsam reglos.

Besorgt trat ich näher. Es war so gar nicht ihre Art, den Nachmittag zu verschlafen.

Ihr Atem ging schwer, und als ich sie sanft an der Schulter berührte, schlug sie verquollene Augen auf.

»Oh, wie spät ist es?«, krächzte sie.

»Beinahe sechs Uhr.«

Mühsam rappelte sie sich auf. »Kann das sein?«

Als sie aufstand, schwankte sie, und ich legte meinen Arm um sie, um sie zu stützen.

»Es geht Ihnen nicht gut«, stellte ich fest.

»Ach was, nur ein bisschen Kopfschmerzen. Es wird Regen geben.«

»Willow, Sie fühlen sich heiß an. Ich glaube, Sie haben Fieber.«

»Nein, nein Kind. Es ist das Wetter.«

Sie machte sich los, ging ein paar Schritte, hielt sich plötzlich am Vertiko fest und sackte zusammen. Ich schaffte es gerade noch, sie aufzufangen, bevor sie sich den Kopf an der Tischkante stieß. Vorsichtig ließ ich sie auf den Teppich gleiten und rannte nach draußen.

»Hazel, Jenevra, Maple, Gort, Tilia, Elmo!«, rief ich laut. »Ist irgendjemand zu Hause?«

Es war Elmo, der mit ölverschmierten Händen über den Hof

gestapft kam. Vermutlich hatte er wieder an seinem Auto herumgebastelt.

»Was ist los, Kyria?«

»Willow ist zusammengebrochen. Ich brauche Hilfe.«

»Willow? Mutter?«

»Im Salon. Helfen Sie mir, sie nach oben ins Bett zu bringen. Und – ich glaube, einen Arzt sollten wir auch rufen.«

»Du immer mit deinen Ärzten«, murrte er, wischte sich aber schon im Gehen die Hände ab. Er war ein starker Mann und hob Willow wie ein Kind auf seine Arme. Sie lag schlaff in seinem Griff.

»Mach mir die Türen auf, Kyria.«

Ich lief voran in Willows Zimmer im ersten Stock. Als Elmo sie auf ihr Bett legte, war sein Gesicht besorgt.

»Das ist ihr noch nie passiert. Jenevra ist mit Gort zu Freunden gegangen. Ich fahre los und hole sie. Kannst du bei ihr bleiben?«

»Natürlich.«

Als er den Raum verlassen hatte, zog ich Willow die Schuhe und die Schürze aus und legte eine Decke über sie. Ihre Stirn war sehr heiß, darum holte ich aus ihrem Bad einen in kaltes Wasser getauchten Lappen, um sie zu kühlen.

Wieder schlug sie die Augen auf. »Danke. Tut gut.«

»Elmo holt Jenevra. Sie wird wissen, was zu tun ist.«

»Mhm.«

So willenlos, so hilflos hatte ich sie noch nie gesehen. Ich war heilfroh, als Jenevra nach einer halben Stunde kam.

»Masern?«, flüsterte ich.

»Hat sie schon gehabt, behauptet sie. Aber ich weiß es nicht. Ich habe gehört, dass Jannies Zwillinge auch krank sind und zwei weitere in der Nachbarschaft heute Fieber bekommen haben.«

»Was sollen wir tun, Jenevra? Elmo wollte keinen Arzt holen.«

»Masern nehmen ihren Lauf, Kyria. Man kann versuchen, das Fieber zu senken, und wenn die roten Quaddeln kommen, etwas gegen das Jucken unternehmen. Ansonsten muss man einfach zwei Wochen im Bett bleiben, den Raum verdunkeln und sich so wenig wie möglich anstrengen. Hilf mir, ihr das Nachthemd anzuziehen, dann mache ich ihr Wadenwickel, damit das Fieber sinkt.«

Ich half Jenevra, aber meine Sorge wurde immer größer.

»Ich muss mit euch sprechen. Mit allen.«

»Was hast du herausgefunden?«

»Nichts – ich will etwas herausfinden.«

EINBRUCH

Meine Überlegungen fielen nach dem gemeinsamen Abendessen auf fruchtbaren Boden.

»Ja, wir müssen klarstellen, dass du nicht diejenige bist, die die Masern hier eingeschleppt hat. Es wäre gut, wenn wir herausfinden würden, wo sich die Kinder und vielleicht auch meine Mutter angesteckt haben«, meinte Gort.

»Bisher sind es Kinder aus dem ganzen Umkreis. Das wird schwierig werden.«

»Dann müssen wir andersherum denken«, warf Hazel ein. »Wenn ich Viren verbreiten möchte, wo würde ich das tun, damit sich möglichst viele Leute infizieren?«

»In NuYu haben sie es in dem Tunnel getan, durch den die Subcults zu ihren Unterkünften gelangen«, sagte ich. »Da fasst man automatisch alles Mögliche an. Zum Beispiel Türklinken und Treppengeländer.«

»Schulen, Sportanlagen, Gemeinschaftsräume der Vereine, Kirchen, Tankstellen, alle möglichen Geschäfte, die Poststelle … es gibt überall unzählige Gelegenheiten, etwas zu verseuchen.«

»Richtig, Jenevra. Aber es müssen Orte sein, die diejenigen, die das ansteckende Serum verbreiten, auch unbemerkt betreten können. Wenn es Leute aus NuYu sind, sind es Fremde. Und Fremde fallen meistens auf. Vor allem, wenn sie beispielsweise eine Schule betreten«, gab Gort zu bedenken.

»Ihr seid Besuchern gegenüber sehr gastfreundlich.«

»Ja, Kyria, das sind wir.«

»Sind denn in der letzten Zeit neue Flüchtlinge hier eingetroffen? Die Meldung, die ich am Mittwoch von Cam bekommen habe, hat er vor zehn Tagen abgeschickt.«

»Nein, du bist die letzte, die in diese Gegend gekommen ist. Zumindest habe ich von keinen anderen gehört.«

»Sie könnten doch einfach mit einer der organisierten Reisegruppen hergekommen sein«, sagte Hazel. »Die wohnen in den Lodges, werden aber auch zu Sehenswürdigkeiten geführt.«

»Immer streng unter Aufsicht.«

»Nicht aber die Reiseleiter, Kyria.«

»Da hast du recht. Wo ist die nächste Lodge?«

»In Erquy.«

»Und Erquy hat ein Collège, einen Kindergarten, die Maternelle, eine Tankstelle, zahlreiche Geschäfte, eine Kirche, die recht sehenswert ist, und überall gibt es Restaurants, die Jakobsmuscheln anbieten«, erläuterte Elmo. »Lauter hervorragende Orte, um etwas von dem Dreckzeug freizusetzen.«

»Willow war letzten Donnerstag mit Maple auf dem Markt in Erquy«, stellte Jenevra trocken fest.

»Und ich bin geimpft worden. Sie nicht. War vielleicht doch ganz richtig«, meinte Maple nachdenklich. Sie hatte sich zuvor gegen die Impfung ausgesprochen.

»Ja, das war es. Es sollte uns wohl gelingen herauszufinden, wann die letzten Besucher in der Lodge einquartiert waren.«

»Kein Problem«, sagte Hazel. »Piper arbeitet dort als Zimmermädchen. Und Piper ist eine Freundin von Ember. Ich ruf sie gleich an.«

Sie ging zum Telefon und wählte.

»Morgen ist wieder Markt in Erquy«, sagte Maple. »Ich werde mich umhören, ob es weitere Masernfälle gegeben hat und wo die Kinder sich angesteckt haben könnten. Auf dem Markt erfährt man oft dererlei Tratsch.«

Das war eine der Informationsquellen, die mich immer wieder überraschten. Man hatte in den Reservaten zwar keine KomLinks, aber manche Dinge erfuhr man beinahe wie durch Geisterhand.

»Nimm Hazel und Kyria mit, Maple. Du brauchst ohnehin Hilfe, jetzt, wo Willow krank ist. Und sie haben spitze Ohren und scharfe Augen.«

»Ja, gute Idee. Aber ihr müsst früh aufstehen.«

»Brrr«, sagte ich.

»Kyria, unser Prinzesschen, ist eine solche Langschläferin.«

»Wir werden ihr eine Erbse ins Bett legen«, spöttelte Jenevra.

»Wieso Erbse?«

»Kennst du das Märchen von der Prinzessin auf der Erbse nicht?«

»Nein.«

Gort lachte. »Es passt ganz gut auf die NuYu-Prinzesschen. Es handelt von einem Prinzen, der unbedingt eine echte Prinzessin heiraten will. Sein Vater bemüht sich, eine Frau für ihn zu finden, aber seiner Mutter gefällt es, dass der Prinz keine von den vorgeschlagenen Mädchen heiraten möchte. Dann bittet eines Abends während eines gewaltigen Unwetters eine junge Frau im Schloss um Obdach. Sie behauptet, sie sei eine echte Prinzessin. Vater und Sohn sind angetan von dem zarten Wesen, die Mutter hingegen bezweifelt, dass sie eine echte Prinzessin ist. Um sie zu prüfen, legt sie eine Erbse auf den Boden der Bettstelle, deckt zwanzig Matratzen und zwanzig Daunendecken darüber. Und siehe da, am nächsten Morgen klagte die zarte Prinzessin, wie schlecht sie geschlafen habe. Zum Beweis zeigte sie die blauen Flecken, die sie vom Liegen auf der Erbse bekommen hatte. Damit sind sich alle einig, dass ihre Behauptung stimmt, denn so sensibel kann nur eine wahre Prinzessin sein. Prinz und Prinzessin heiraten und leben glücklich bis ans Ende ihres Lebens.«

»Autsch! Wirke ich tatsächlich so empfindlich, Gort?«

»Nein, Kyria. Eigentlich bist du ziemlich zäh. Aber eine Langschläferin bist du trotzdem.«

Hazel kam zum Tisch zurück. »Heute kam eine neue Ladung Touris, Freitag und Samstag war eine Gruppe da, Donnerstag waren sie nicht belegt, Dienstag und Mittwoch und davor Samstag und Sonntag hatten sie Gäste. Hilft das weiter?«

»Ja, damit können wir es in etwa eingrenzen. An Masern steckt man sich zwar schnell an, aber bis die Krankheit ausbricht, vergeht ungefähr eine Woche.«

»Woher weißt du so was, Kyria?«

»Ich hab mich mein ganzes Leben mit irgendwelchen Krankheitssymptomen rumgeschlagen, wurde belehrt, hatte Angst, habe mich beobachtet.«

»Nun, und genau das Wissen hilft uns jetzt weiter, nicht wahr?«

Das war ein neuer Aspekt. Ich nickte und führte weiter aus: »Also, wenn man davon ausgeht, dass die ersten Krankheitsfälle am Samstag aufgetreten sind, kommt am ehesten die Gruppe infrage, die das letzte Wochenende hier verbracht hat. Oder eine kurz davor.«

»Dann müsste man sich mal umhören, ob sich von Donnerstag

bis Sonntag irgendwelche Fremde ungewöhnlich verhalten haben. Aber das wird schwierig werden. Diese Gruppen besuchen ja immer gemeinsam die Sehenswürdigkeiten«, gab Maple zu bedenken.

»Zuerst sollten wir daher fragen, wer sich bisher angesteckt hat, möglicherweise gibt uns das einen Hinweis auf die Quelle der Viren. Und dann kann man nachforschen, ob sich dort Fremde aufgehalten haben.«

»Ja, das ist ein guter Vorschlag. Also, haltet morgen auf dem Markt die Ohren auf. Dann überlegen wir weiter.«

Nein, es war keine Erbse, die mich im Morgengrauen aus dem Schlaf riss. Es war Hazels Wecker. Ein widerliches Schrillen gab der von sich, so ganz anders als die sanften Gongklänge meines KomLinks. Überhaupt, die Uhren hier im Reservat – man musste sie jeden Tag aufziehen. Wenn man es vergaß – so wie ich häufig –, blieben sie einfach stehen, und man wusste nicht, wie spät es war.

Nicht eben munter quälte ich mich aus den Federn und sah angewidert zu, wie fröhlich sich Hazel die Haare bürstete.

»Husch, husch, Erbsen-Prinzesschen, wir müssen den Wagen beladen!«

Und das alles ohne Kaffee …

Aber die Morgenkühle vertrieb meine Schläfrigkeit, und ich half Maple und Hazel, Steigen mit Marmeladengläsern und eingelegten Früchten, Saftflaschen, Körbe mit Kartoffeln, Erbsen, Artischocken und Zwiebeln in den Lieferwagen einzuladen. Schwer wogen die Kisten mit Tilias Töpferwaren, die in Stroh gebettet waren. Aber schließlich hatten wir alles verstaut, Maple setzte sich an das Steuer des Wellblechautos, und wir quetschten uns auf den Sitz daneben.

»Ihr habt schon komische Fahrzeuge hier!«, murrte ich, als Maple knirschend den Gang einlegte.

»Sie genügen uns. Weißt du, wir haben weit Wichtigeres zu tun, als uns schnittige Modelle auszudenken. Die Gefährte, die vor der Trennung von NuYu üblich waren, erfüllen nach wie vor ihren Zweck.«

»Ja, aber sind die Dinger denn nicht über hundert Jahre alt?«

Maple lachte. »Nein, nein, wir bauen schon neue, aber nach den alten Bauplänen. Das hat sich bewährt.«

»Na, wenn du meinst.«

Das Ding klapperte und knarzte, der Motor heulte und hustete, die Federung wogte und wallte, und aus dem Auspuff entwichen dann und wann kleine schwarze Wölkchen.

Aber es fuhr.

Und nach Erquy war es nicht weit.

Auf dem Marktplatz rollte Maple an den alten Brunnen, an dem, wie mir Hazel erklärte, ihr üblicher Standplatz war. Wieder durften wir Kisten und Steigen, Körbe und Säcke ausräumen und dann auf einem langen hölzernen Klapptisch ausbreiten. Der Wagen selbst hatte an der Seite eine ausrollbare Markise, die uns Schutz vor Sonne und Regen bieten würde.

Wobei Sonne heute am ehesten zu erwarten war.

Rundherum bauten auch andere Marktleute ihre Stände auf. Rechts von uns schaufelte der Fischhändler in eine Wanne Eisbrocken, auf die er seinen frischen Fang legte. Manche Fische zappelten noch. Ich wandte mich ab. Gegenüber hing eine Frau Kittelschürzen auf vollbusige Kleiderbügel und legte stapelweise geblümte Textilien aus, links stapelten sich Eierkartons, hingen gerupfte Vögel von Haken und – mhm – andere tote Tiere auch. Ich hoffte, es waren keine

Katzen. Seit ich Mabelle kannte, hatte ich ein ganz neues Gefühl für diese samtpfotigen Jäger entwickelt.

Maple tauschte heitere Grußworte aus, Hazel tat es ihr gleich, man kannte sich, man plauderte. Ich hielt mich zurück. Zum einen, weil ich erst einmal erkunden wollte, wie man hier auf dem Markt miteinander umging. Zum anderen mochte ich auch nicht unbedingt auf mich aufmerksam machen, denn wer wusste schon, wie weit die üble Unterstellung, ich hätte die Masern eingeschleppt, sich hier bereits herumgesprochen hatte.

Immerhin hatte ich wenigstens den richtigen Dresscode gewählt – eine derbe Hose, die man Jeans nannte, ein blau-weiß geringeltes Shirt, eine ärmellose Weste und ein blaues Kopftuch mit weißen Punkten.

Die ersten Hausfrauen erschienen zwischen den aufgereihten Ständen. Ja, es waren hier die Frauen, die die Einkäufe tätigten, nicht die Männer. Mit bunten Taschen und Körben strebten sie zügig zu den Händlern. Die Verhandlungen verliefen dann allerdings alles andere als zügig. Es wurde die Qualität der Ware fachmännisch diskutiert, man tauschte Zubereitungsarten und Rezepte aus, es wurde gefeilscht, gelacht, kritisiert und vor allem geschwatzt. Ich bewunderte Maple und Hazel, wie sie immer wieder das Gespräch auf die Masern brachten, und da ich mich nicht am Verkauf beteiligte, machte ich mir in einem Ringheft eifrig Notizen, wer was gesagt hatte. Leider hatte ich noch immer Probleme mit dem hiesigen Dialekt, aber Hazel übersetzte für mich, wenn ich hilflos zu ihr hinschaute, das, was wichtig für uns war.

Es wurde wärmer, belebter, eine Horde Kinder tauchte auf, belagerte den Crêpes-Stand, und eine geordnete Gruppe NuYu-Touris schlenderte, von zwei Reiseleitern wie Schäferhunde bewacht, an den Ständen entlang. Als sie sich uns näherten, erkannte ich als Erstes die Stimme.

Senora Louise!

Und natürlich war auch der dickliche, schwitzende Junor Berti dabei.

»Scheiße, den beiden bin ich entwischt«, sagte ich zu Hazel.

»Ab in den Wagen.«

Ich verkroch mich hinter leeren Kisten und fing augenblicklich an zu garen. Das Wellblechauto wirkte in der Sonnenhitze wie ein Heißluftgrill. Ich fühlte, wie der Schweiß meine Kleider durchfeuchtete. Aber die Angst vor Entdeckung half mir, das Ungemach zu ignorieren. Ich wagte einen Blick zwischen zwei Kisten nach draußen. Wie seltsam mir die Männer und Frauen vorkamen. Vor allem die weichlichen Figuren der Männer. Heimlich schlich sich Rebs magere Gestalt in meine Gedanken, aber ich schob ihn resolut zur Seite und lauschte der Gruppe. Schmerzlich vertraut klang ihre Sprache für mich. Heimweh, Kyria?, fragte ich mich verwundert. Doch ich beobachtete weiter. Die Besucher betasteten die Schüsseln und Vasen, die Tilia getöpfert hatte – klar, solche Handarbeit gab es in NuYu nicht. Sie zögerten, die Probierhäppchen anzunehmen, Weißbrotscheiben mit unseren Marmeladen. Wahrscheinlich hatten sie Angst, damit eine Magenverstimmung zu riskieren. Hazel pries jedoch die Ware fröhlich an, und Maple verwickelte eine einheimische Kundin in ein lautstarkes Gespräch über die Masernseuche, die eben ausgebrochen sei.

Aber hoppla – das brachte Louise und Berti gewaltig in Schwung. Sie hetzten ihre Herde geradezu fluchtartig vom Markt.

»Kannst rauskommen, Kyria. Die werden wir nicht wiedersehen.«

Ich kletterte aus dem Wagen und seufzte. Es war zwar warm hier draußen, aber geradezu elysisch gegenüber dem Backofen. Maple reichte mir eine Flasche Wasser.

»Du siehst ein wenig erhitzt aus, Prinzesschen.«

»Ach was?«

Dankbar trank ich das lauwarme Wasser.

»Eine Stunde noch, dann können wir den Stand abbauen«, tröstete Hazel mich.

Ich überstand auch die und klappte, als die Glocken der Kirche zwölf Uhr schlugen, mein vollgeschriebenes Heft zu. Am Nachmittag würde ich es genauer auswerten, aber es zeichnete sich jetzt schon ab, dass tatsächlich die Maternelle und das Collège infiziert worden waren.

Nachdem wir schließlich die leeren Kisten und die nicht verkaufte Ware im Laderaum verstaut hatten, fragte ich: »Hat sich Willow vergangene Woche im Kindergarten oder in der Schule aufgehalten?«

»Ist es das, was du herausgefunden hast?«, wollte Maple wissen.

»Sieht verdächtig danach aus. Und, hat sie?«

»Lass mich überlegen – wir haben am Montag letzter Woche die Kirschmarmeladen verkauft, und – ja, sie hat doch Butterkaramellen gemacht. Stimmt. Sie hat ein paar übrig gebliebene Beutel davon im Kindergarten abgegeben.«

»Mindestens fünf Kinder unter sechs Jahren haben sich angesteckt.«

»Lass uns ebenfalls an der Maternelle vorbeifahren, Maple, und fragen, ob sich vorige Woche dort Fremde haben blicken lassen. Der Kindergarten gehört bestimmt nicht zum Besichtigungsprogramm der Touris, also müssen sich ein oder zwei von ihnen selbstständig gemacht haben.«

Ruckelnd setzte sich der Lieferwagen in Bewegung, schaukelte durch die engen Straßen, und nach einer kurzen Fahrt hielt Maple an einem mit bunten Blumen bemalten Gebäude inmitten eines großen, grasbewachsenen Areals voller Rutschen, Schaukeln und Wippen. Doch wirkte das Gebäude verwaist.

Wir stiegen aus und klingelten an der Tür. Eine ältere Dame öffnete und erklärte uns, sie hätten heute Morgen beschlossen, den Kindergarten wegen des Ausbruchs der Masern zu schließen und zu desinfizieren. Eine Putzmannschaft war im Hintergrund tätig.

»Sind vorletzte Woche von Freitag bis Montag irgendwelche Fremden bei Ihnen gewesen, Madame Keroux?«, fragte Maple.

»Pff – Sie glauben das Gerücht, dass irgendwelche Flüchtlinge die Masern eingeschleppt haben, Maple?«

»Flüchtlinge wohl nicht. Zumindest unser Flüchtling hier nicht.«

»Mhm. Ich weiß nicht, wir sind ständig mit den Kleinen beschäftigt. Wenn jemand uneingeladen während der Öffnungszeiten hier reinkommen will, kann er das, wenn er es geschickt anstellt, jederzeit.«

»Na gut, halten Sie die Ohren auf, Madame, vielleicht hören Sie ja etwas.«

Im Auto meinte Hazel: »Das wird schwierig.«

»Ja, sieht so aus. In NuYu gibt es Videoüberwachung an den Eingängen, Alarmanlagen an den Fenstern, Id-Sensoren, die jede Bewegung aufzeichnen.«

»Hier schließen wir nicht einmal die Türen ab.«

Den Rest der zwanzigminütigen Fahrt schwiegen wir, alle drei mit unseren Überlegungen beschäftigt.

Nachdem wir ausgestiegen waren, sagten Hazel und ich gleichzeitig leise, sodass Maple es nicht hörte: »Lodge!«

»Wir brauchen die Besucherlisten.«

»Und Bilder. Auf Bildern erkennt vielleicht jemand die Fremden.«

Hazel hatte sich lange genug in NuYu aufgehalten, um meinen Gedankengängen zu folgen.

»Schöne Idee, aber wie wollen wir darankommen?«

»Nun ja – die Touris, die wir heute gesehen haben, sind vermutlich schon abgereist. Und neue werden sicher in den nächsten Tagen nicht kommen. Die Angst vor der Seuche …«

»Gut, aber …«

»Du weißt doch, Piper ist Zimmermädchen in der Lodge.«

»Und?«

Ich hatte mir meinen Teil dazu auch schon gedacht. Piper gehörte zu Robins Familie, und zu der gehörten auch die beiden Nerds aus NuYu. Ebenso Pecker, der sich offensichtlich gerne an den elektronischen Geräten der Touris vergriff. Natürlich war die Lodge gesichert, aber so etwas betrachteten Leute wie Tim und Kevin wahrscheinlich als Herausforderung.

»Wir sollten uns heute Nachmittag mal mit Piper treffen. Ich bin mir sicher, sie weiß, wie man unbemerkt in die Lodge hineinkommt.«

Hazel nickte nur und stemmte einen Stapel leerer Holzkisten hoch. Er wackelte, und ich half ihr, sie ins Lager zu tragen.

Piper war ein pummeliges Mädchen mit einem süßen Puppengesicht, hinter dem sich ein messerscharfer Verstand verbarg. Wie offensichtlich bei allen Mitgliedern ihres Clans. Aber im Gegensatz zu Pecker war sie weitaus umgänglicher. Sie arbeitete während der Semesterferien als Zimmermädchen, um sich das Mathematikstudium zu finanzieren.

»Klar komm ich da rein. Und – hey, der Lodgemaster will, dass das ganze Haus desinfiziert wird. Wir ziehen morgen weiße Kittel an und parfümieren uns mit Formaldehyd.«

»Das ist eine Möglichkeit – ich würde aber lieber so schnell wie möglich die Aufzeichnungen über die Gäste einsehen. Kommen wir heute Nacht da rein, oder wohnt der Lodgemaster dort?«

»Nö. Ja, klar, wir können auch heute Nacht rein. Ich weiß, wie die Alarmanlage funktioniert. Und Schlüssel hab ich auch.«

»Ich frage besser nicht, woher du die hast und wozu du die brauchst.«

»Nö, frag nicht.« Piper grinste.

Offensichtlich »borgten« sich einige Leute recht häufig irgendetwas aus der Lodge.

Wir verabredeten uns also für den späten Abend, denn es wurde erst um halb zehn wirklich dunkel. Da ich zu einer völlig unmöglichen Zeit aus dem Bett geworfen worden war, drückte ich mich am Nachmittag um einige Pflichten. Ich suchte Willow auf, die noch immer mit hohem Fieber im Bett lag und von einem trockenen Husten geplagt wurde. Sie war aber in der Lage, mir ihren Besuch im Kindergarten zu bestätigen. Anschließend legte ich mich ins Bett und schlief erschöpft drei Stunden lang traumlos.

Später half ich Jenevra beim Brotbacken, fütterte die Hühner und die Schweine, aß mit der Familie zu Abend und setzte mich mit Hazel und meinen Aufzeichnungen in den Hof. Wir machten Strichlisten, kamen auf mindestens zweiundzwanzig Krankheitsfälle, davon sieben Kleinkinder, zehn Schulkinder und fünf Erwachsene. Die Erwachsenen gehörten zu den ungeimpften Eltern der Kleinkinder.

Vermutlich hatten sie ihre Töchter und Söhne in der Maternelle abgeholt und waren so mit den Viren in direkten Kontakt gekommen. Die Schulkinder besuchten das Collège. Das war seit letztem Mittwoch geschlossen, da die Ferien begonnen hatten, was bedeutete, dass die Viren kurz vorher dorthin gebracht worden waren.

»Du bist mit einer solchen Gruppe zusammen gewesen. Wie hättest du das gemacht, wenn du die Masern hättest verbreiten wollen?«, fragte Hazel.

»Kommt drauf an. Wenn die Reiseleiter darüber Bescheid wüssten, wäre es leicht. Dann meldet man sich bei ihnen ab und unternimmt, was man will. Wenn sie es nicht wissen, kann man auch seine eigenen Ausflüge unternehmen, sofern man sich nicht weiter als zwei Kilometer von der Lodge oder dem Bus entfernt. Das ist der Radius, in dem die Funküberwachung der Ids funktioniert. Oder man macht es wie Reb und ich – einer übernimmt das Id des anderen, und der ohne Id kann sich frei bewegen. Klappt sicher eine Zeit lang, zumindest so lange, bis sich alle wieder zu einer Besichtigung, dem gemeinsamen Essen oder ähnlichen Zusammenkünften einfinden müssen.«

»Ist also nicht allzu schwierig.«

»Nein. Hast du einen Stadtplan von Erquy? Dann können wir sehen, was im Umkreis der Lodge liegt.«

»Gute Idee. Im Auto liegt einer. Ich hole ihn.«

Wir fanden heraus, dass die zwei Kilometer zu eng gefasst waren. Die Lodge befand sich in dem kleinen Weiler Les Hôpitaux, etwa drei Kilometer von der Schule und der Maternelle entfernt.

»Was bedeutet, dass der oder diejenigen ein Transportmittel benutzt haben müssen«, stellte ich fest.

»Wieso denn das? Das ist doch nur ein kurzer Fußweg.«

»Liebe Hazel, inzwischen stimme ich dir zu. Aber vor drei Monaten noch hätte ich vor Entsetzen mit den Augen gerollt, hätte man mir zugemutet, drei Kilometer über eine Straße oder Feldwege zu gehen.«

»Prinzesschen, Erbse. Aha.«

»Nix mehr Erbse.«

Hazel kicherte. »Wirst du nachher beweisen können. Wir haben zehn Kilometer vor uns.«

Oh, das hatte ich nicht bedacht. Etwas kleinlaut sackte ich zusammen.

»Keine Angst, Prinzesschen, eine knappe halbe Stunde mit dem Fahrrad! Und es ist fast windstill. Das wirst du hinkriegen.«

Eine gute halbe Stunde dauerte es, und es war *nicht* windstill. Der einzige Trost bestand darin, dass wir auf dem Rückweg den Wind von hinten haben würden.

Piper erwartete uns schon vor der Lodge, einem zweigeschossigen Haus, wie jede der Lodges, L-förmig um eine Terrasse gebaut, mit dem landesüblichen grauen Feldstein verkleidet. Dunkel und unbelebt lag das Gebäude vor uns.

»Okay, kommt mit. Wir müssen durch den Hintereingang. Da kenne ich mich aus.«

Piper hatte eine kleine Stablampe dabei, die uns den Weg um das Haus wies. Dort, wo sich die Küche und die Wirtschaftsräume befanden, führten auch die Strom- und Telefonkabel ins Innere. Piper drückte mir die Lampe in die Hand.

»Halt mal. Da drauf leuchten.«

Sie zog ein paar Werkzeuge aus ihrem Rucksack, öffnete den Verteilerkasten und schraubte leise pfeifend vor sich hin.

»So, Telefon ist erst mal inaktiv. Aber in einer halben Stunde muss ich es wieder anschließen, weil regelmäßig ein automatischer Anruf an die Polizeistation erfolgt. Wir können reingehen.«

»Wieso Telefon und halbe Stunde?«

»Die Alarmanlage läuft über die Telefonleitung«, sagte Piper. »Ich weiß nicht, eure Leute aus NuYu sind nicht ganz auf dem Stand der Zeit, dass sie so ein billiges Ding hier verwenden.«

Dazu wollte ich lieber nichts sagen. Piper schloss die Tür auf, und wir betraten vorsichtig den Flur. Nichts passierte.

»Weiß du, was du suchst?«

»Ja, den Raum mit den Überwachungsgeräten. Ich schätze, der liegt oben neben dem Zimmer der Reiseleiter.«

Da die Lodges alle gleich gebaut waren und Reb sich damals sehr genau umgesehen hatte, fand ich das Zimmer kurz darauf.

»Kannst du damit etwas anfangen?«, fragte Hazel und deutete auf die Computer.

»Ich denke schon. Zieht mal die Vorhänge zu.«

Zumindest mit den einfachen Anwendungen kannte ich mich aus – das gehörte bei uns schließlich zum Allgemeinwissen. Und die Geräte in der Lodge waren keine besonders komplizierten – sie dienten lediglich der Verwaltung. Man traute offensichtlich den Einwohnern der Reservate nicht zu, dass sie auch nur eine entfernte Ahnung von der modernen Kommunikationstechnik hatten. Die Computerzugänge waren noch nicht einmal mit einem Passwort gesichert. Und ziemlich simpel war es auch, die Besucherdateien zu finden.

»Klasse, wie du das machst. So habe ich bisher nur Tim und Kevin auf den Tasten klappern sehen«, meinte Piper mit Bewunderung in der Stimme.

»Zwischen ihnen und mir liegen allerdings Welten«, murmelte ich und holte mir die Liste der Gäste vom vergangenen Wochenende auf den Bildschirm.

Zwanzig Leute waren es, und sie waren mit Name, Adresse, Beruf und Id-Nummer gespeichert. Lehrerinnen, zwei Friseure, Cityliner-Fahrer, Möbelverkäufer. Zwei Medizinstudentinnen mit Electi-Namen – deren Foto druckte ich aus. Die anderen waren nicht besonders verdächtig. Dann ging ich eine Gästeliste zurück. Wieder eine ähnliche Mischung: eine Verkaufsleiterin mit ihrem Sekretär – na, na –, zwei Kindergärtnerinnen, ein Kommunikationstechniker mit Frau, sie war Verlegerin, die beiden wurden von ihren zwei Kindern begleitet, zwei männliche Models, ein Bürohelfer, eine Controllerin und eine Laborleiterin. Die letzten drei sprangen mir sofort ins Auge. Sie waren nämlich Mitarbeiter von Serolon Quest, einem Pharmaunternehmen in Paris. Auch ihre Fotos druckte ich aus. Dann ging ich sicherheitshalber noch eine Gästeliste zurück, aber Piper wurde ungeduldig.

»Wir sollten hier allmählich verschwinden, ich muss die Telefonleitung wieder aktivieren, sonst steht gleich die Polizei vor der Tür.«

»Okay.«

Ich schaltete die Geräte aus, faltete die Ausdrucke zusammen und machte das Licht aus. Hazel zog die Vorhänge wieder auf, und wir liefen zum Hinterausgang. Piper machte sich mit ihren flinken Fingern wieder an den Kabeln zu schaffen.

»So, jetzt geht der Kontrollruf wieder raus. Wirklich nicht der Hammer an Alarmanlage.«

»Woher weißt du, wie so was funktioniert?«

»Hab begabte Brüder.«

»Die sich gerne an den elektronischen Spielereien der Besucher bedienen?«

Piper zuckte mit den Schultern. »Sie merken's gar nicht. Ihre komischen Pads und KomLinks funktionieren hier ja nicht.«

»Warum klauen sie die dann? Sie haben doch gar keinen Nutzen davon.«

»Doch. Sie nehmen sie auseinander und bauen einzelne Teile davon in ihre Geräte ein.«

Wir stiegen auf unsere Fahrräder und strampelten los. Mit Rückenwind.

Sie bauten sie in ihre Geräte ein – oben im Turm des Forts standen einige NuYu-Computer. Irgendwas ging da vor sich. Vermutlich versuchten sie in das satellitengestützte System zu gelangen, um die neuesten Meldungen direkt und nicht über die Schiffe draußen auf See empfangen zu können. Was ja verständlich war.

Piper verabschiedete sich an der nächsten Gabelung, und wir radelten schweigend weiter nach Hause. Mir ließ jedoch der Gedanke an die Einbrüche keine Ruhe. Piper wirkte sehr routiniert, sie hatte nicht zum ersten Mal die Alarmanlage ausgeschaltet. Und sie hatte auch recht, bemerken würden die Besucher den Verlust ihrer Kommunikationsgeräte erst wieder, wenn sie über die Grenze kamen. Na gut, der ein oder andere würde sein Lesepad vielleicht auch früher vermissen. Aber die Gefahr war vermutlich relativ gering, dass man das Fehlen mit einem Einbruch in der Lodge in Verbindung brachte.

War es nur Spielerei, was die Jungs mit den Geräten betrieben?, fragte ich mich, als wir zwischen den Hecken entlangfuhren. Spielerei, wie Robin es nannte, oder steckte mehr dahinter? Nachrichten und Informationen, das lernte ich jeden Tag aufs Neue, waren von unglaublicher Bedeutung. Mit ihnen konnte man Stimmung machen, Ängste schüren, falsche Fährten legen.

Ich sollte mir wohl die Nachrichtensendungen des Radiosenders »La Forteresse« genauer anhören. Bisher hatte ich nur auf die Musik und die albernen Sprüche der Ansager geachtet, denn ihre Informationen schienen mir nicht aktueller als die, die in der Zeitung standen, die Gort jeden Morgen in der Küche liegen ließ.

Es war schon nach zwölf Uhr, als wir uns leise ins Haus schlichen. Ich war herzlich erschöpft und hörte auf, über diese Dinge nachzudenken.

ERMITTLUNG

Müde waren Hazel und ich zwar, aber auch völlig aufgedreht, weshalb wir noch eine Weile im Dunkeln über unseren Einbruch schwatzten.

»Ich habe eine bemerkenswerte kriminelle Karriere gemacht«, stellte ich dabei fest.

»Mh, ja. Du hast dich ziemlich verändert, seit wir uns damals im Heilungshaus getroffen haben«, bestätigte Hazel mir. »Vor drei Jahren warst du wirklich noch ein richtiges Prinzesschen. Trotzdem, irgendwie hatte ich damals schon das Gefühl, dass in dir noch etwas anderes schlummert.«

»Die verkappte Verbrecherin?«

Hazel kicherte. »Nein, aber jemand, der mal aufmüpfig wird.«

»Aufmüpfig ist nicht ganz die passende Beschreibung für das, was ich getan habe – Id-Klau, Flucht in die Subcult, falsche Identität, unerlaubtes Verlassen einer Reisegruppe und jetzt auch noch Einbruch und Datendiebstahl.«

»Macht es dir was aus?«

»Eigentlich nicht. Aber komisch, angefangen habe ich mit all diesen üblen Taten in dem Augenblick, als ich erfuhr, dass ich nur noch drei Wochen zu leben hätte.«

»Dann ist einem alles bis auf das Wesentliche egal.«

»Ja, so war es. Ich wollte zu dir. Weil du mir das Leben hier beschrieben hattest. Es war für mich plötzlich der Inbegriff der Freiheit.«

»Und, ist es das noch?«

»Solange ich nicht morgens vor Tag und Tau aufstehen muss.«

»Auch unsere Freiheit hat Grenzen. Aber besser, als ständig bemuttert zu werden, ist es schon, denke ich.«

Ich hörte Hazel gähnen, es kruschelte, und sie zog sich die Bettdecke über die Ohren.

Bemuttert – das war ein recht passender Ausdruck in mehrerer Hinsicht. Ich war von meiner Mutter, den Ärztinnen, den Lehrerinnen und allen möglichen Institutionen bemuttert worden. Und die Obermutter Saphrina sollte diesen Zustand fortsetzen.

Meine Gedanken schlenderten zurück.

Saphrina Lascar – die Schlange. Rebs Mutter.

Verdammt.

Ich sah ihn wieder vor mir, wie er in das Zimmer im Heilungshaus kam, just in dem Augenblick, als ich völlig verstört und total hoffnungslos war. Er hatte sich aufgeregt, dass sich niemand um mich kümmerte.

Ich fuhr senkrecht im Bett hoch.

Was hatte er gesagt?

»Wenn sie dich nicht behandeln, sollte ich mal meine Mutter informieren?«

Und ich hatte höhnisch gefragt, was sie ausrichten könnte.

»Du würdest dich wundern«, hatte er geantwortet.

Ja, ich hätte mich wahrhaftig gewundert. Ich wunderte mich noch immer. Er war der Sohn der Hohepriesterin und eines berühmten Wagenlenkers. Sie stammte aus der Gruppe der Electi.

Wäre sein Leben anders verlaufen, würde man ihn heute mit Junor Reb anreden, und vermutlich hätte er weit mehr Fleisch auf seinen Knochen. Wabbeliges Fleisch.

Junor Reb.

Ich legte mich wieder hin.

Quatsch, nie und nimmer Junor Reb. Reb, der Rebell, war ganz sicher nicht der Name, den Saphrina ihm gegeben hatte.

Er hatte diesen Namen angenommen, nachdem sie ihn verstoßen hatte. Und ihm dann alle Ehre gemacht. Ein Lächeln flog mich an. Er konnte seine Herkunft dennoch nicht ganz leugnen, auch wenn er auf den Boden spuckte und alle Mädchen Princess nannte. Er hatte sich um mich gekümmert, weit besser als alle mütterlichen Frauen. Als ich ganz, ganz tief unten war, hatte er mich aus dem Sumpf gezogen.

Doch als ich auf eigenen Füßen zu stehen begann, hatte er sich abgewendet.

Trotzdem glaubte ich nicht, dass ich ihm plötzlich ganz und gar gleichgültig geworden war. Dr. Grenouille hatte mir die Augen geöffnet. Er war starr und stur, weil er Gefühle nicht zeigen, vielleicht sogar sich selbst gegenüber nicht zugeben wollte. Gefühle machten so verletzlich. Und ihn hatte man verletzt – seine Mutter willentlich, sein Vater unwillentlich.

Ich erlaubte mir, ein wenig von ihm zu träumen. Davon, dass wir uns wiedersahen. Vielleicht an einem langen weißen Strand unter einem silbernen Mond. Und dass ich ihm seine dunklen Locken aus dem Gesicht, das so unnahbar wirken konnte, streichen würde. Und dass sein kleines schiefes Lächeln erscheinen würde. Und er mich wieder Princess nannte.

Und dass er diesmal meinen Kuss erwiderte.

Darüber schlief ich ein und träumte weiter.

»Was machen wir jetzt mit den Bildern von den fünf NuYus, Kyria?«, fragte Hazel, während wir uns für die morgendliche Arbeit anzogen.

»Na ja, erst mal müssen wir wohl erklären, wie wir drangekommen sind.«

»Mhm. Besser nicht meinem Vater. War schon ziemlich idiotisch, so bei Licht betrachtet.«

Ja, im hellen Sonnenschein schien auch mir unsere nächtliche Aktion etwas bedenklich.

»Eigentlich wollten wir ja mit den Fotos die Leute aus der Maternelle und der Schule befragen«, meinte ich schließlich.«

»Donnerstag ist wieder Markt in Erquy.«

»Dann werden wir es zumindest Maple sagen müssen.«

»Die es dann meinem Vater sagt.«

Ich faltete die fünf Blätter auseinander und sah mir die Gesichter an. Durchschnittsgesichter, zwei junge Frauen – die Medizinstudentinnen, ein etwas schwammiger älterer Mann – der Bürohelfer. Die Laborleiterin eine gesetzte Frau mit eleganter Frisur, die Controllerin etwas jünger, peppiger, aber auch nicht sonderlich auffallend.

»Wir haben die Namen, ich könnte sie Cam schicken. Vielleicht kann er bestätigen, dass sie es waren.«

»Oh, gute Idee.«

»Wann kommt Fluke wieder?«

»Keine Ahnung. Er ist gestern ausgelaufen. Das kann zwei, drei Tage dauern.«

»Und dann müssen wir warten, bis er wieder rausfährt und einen Kapitän trifft, der die Botschaft weitergibt.«

»Zu lange. Das dauert zu lange.«

Hazel zog ihre Locken durch ein Haargummi, sodass ihre spitzen

Ohren zu sehen waren. Dann rieb sie sich die Nase und sah mich versonnen an.

»Könnte noch eine andere Möglichkeit geben.«

»Was meinst du?«

»Na, die Jungs von ›La Forteresse‹. Ich glaube, die basteln an einem Sender.«

»Ich dachte, die wollen nur Nachrichten aus NuYu empfangen.«

»Kyria, wer Funksignale empfängt, kann auch welche senden.«

»Ich glaube, ich bin ziemlich blöd, oder?«

»Du bist diese ganze Technik so sehr gewöhnt, dass du dir gar keine Gedanken mehr darüber machst, wie sie funktioniert.«

Ich musste ihr recht geben. Mir war diese ständige Abrufbarkeit aller möglichen Informationen so geläufig, dass ich wirklich nicht mehr darüber nachdachte, wie das zustande kam. Die gesamte dazugehörige Technik war unsichtbar unter Verkleidungen versteckt, die Pads und KomLinks wählte man nach ihrem Design, nicht durch Beurteilung der innewohnenden Funktionsweise, die Bedienung war kinderleicht. Aber in diesem Moment ging mir ein Licht auf.

»Sie versuchen mit unseren Satelliten zu kommunizieren!«

»Richtig.«

Die Stille, diese plötzlich einsetzende Stille, als keine Klimaanlage mehr summte, kein Messgerät mehr piepste, kein leises Brummen aus dem Computer drang – drei Sekunden waren alle elektronisch gesteuerten Systeme ausgefallen.

Und anschließend hatte das Chaos geherrscht.

Es hatte Unfälle gegeben, Verletzte und Tote.

Nur deshalb hatten Reb und ich aus dem Heilungshaus fliehen können.

»Haben die schon mal irgendwas gesendet, Hazel?«

»Weiß ich nicht. So genau kümmere ich mich nicht darum. Aber wir können Pecker mal fragen. Er kommt bestimmt nachher, um sich Vaters Zeitungen abzuholen.«

»Ihm würde ich meine Botschaft an Cam allerdings nicht so gerne anvertrauen«, murmelte ich.

»Gehen wir erst mal frühstücken.«

Jenevra sagte uns, dass Willow eine schlechte Nacht gehabt hatte. Das Fieber wollte nicht sinken, und sie hatte Atembeschwerden.

»Ich habe schon den Arzt angerufen. Aber der hat derzeit wahnsinnig viel mit den Masernkranken und den Impfungen zu tun, er wird erst gegen Mittag vorbeikommen können.«

»Es sind also wirklich die Masern.«

»Ja, und zwar heftige.«

Zu meinem bösen Verdacht, was Peckers Aktivitäten anbelangte, überkam mich auch die Sorge um Hazels Großmutter. Wir gingen beide zu ihr, bevor wir unseren Arbeiten nachkamen. Sie ruhte bewegungslos in ihrem Bett, atmete schwer, und ein leichter Schweißfilm lag auf ihrem Gesicht. Hazel setzte sich auf die Bettkante und streichelte ihre Hände.

Willow reagierte nicht.

Traurigkeit überschwemmte mein Herz. Ich hatte sie so lieb gewonnen.

»Gehen wir«, sagte Hazel heiser und biss sich auf die Unterlippe.

Wir erledigten unsere Pflichten still.

Der Arzt kam, und seine Miene war ernst, als er später zu uns in die Küche trat.

»Ich fürchte, es gibt Komplikationen. Sie hat zu der Infektion eine Lungenentzündung bekommen. Es wäre besser, man würde sie ins Krankenhaus bringen. Aber sie weigert sich. Ich habe ihr Antibiotika gegeben und komme heute Abend noch mal vorbei.«

Jenevra nickte. Die Stimmung war gedrückt, und als Pecker eintraf, hatte er die Neuigkeit schon gehört.

»War ja klar, dass das so kommen musste. Diese verdammten NuYus.« Mich streifte wieder ein böser Blick.

»Pecker, Kyria hat nichts damit zu tun«, fauchte ihn Jenevra an. »Ich finde es eine Unverschämtheit von dir, derartige Gerüchte zu verbreiten.«

»Was heißt hier Gerüchte? Sie hat doch dafür gesorgt, dass dieser Arzt aus Brest den Leuten die Viren spritzt.«

»Du bist ein Idiot, Pecker«, stellte Hazel fest. »Diejenigen, die geimpft wurden, sind nicht krank geworden.«

»Ich habe mich nicht impfen lassen, und ich habe mich nicht angesteckt!«

»Du hast ja auch als Kind die Masern gehabt.«

»Spielt keine Rolle. Sie wollen uns ausrotten, sage ich dir. Sie wollen, dass wir krank und elend angekrochen kommen und uns ihnen unterwerfen!«

»Was für ein Blödsinn, Pecker«, knurrte ihn auch Gort an.

Ich allerdings hielt den Mund. Mir war die Sache wirklich nicht geheuer. Irgendwelche Leute hatten bereits die Subcults versucht zu verseuchen, und dieselben wollten offensichtlich auch in den Reservaten – nicht nur in diesem hier – eine Epidemie auslösen. Cam und die Wardens hatten Kuriere mit Impfstoff in alle Reservate geschickt. Damit würde man vielleicht die Ausbreitung der Krankheit eingrenzen. Aber wenn solche Gestalten wie Pecker nun durch ihre

Nachrichtensendungen eine Panik auslösten, würden sie ihr Ziel vermutlich doch erreichen.

»Das ist kein Blödsinn. Ich habe mehr Infos als das hier.« Pecker wedelte mit den Zeitungen.

»Und woher, junger Mann?«

»Ich hab meine Quellen.«

»Illegale!«

»Was ist schon illegal, wenn es um einen Genozid geht.«

»Jetzt nimmst du den Mund aber sehr voll, Pecker.«

»Denkt doch, was ihr wollt. Ich werde jedenfalls dafür sorgen, dass jeder hier von diesen Machenschaften erfährt. Und dann, Junora Kyria, wird es auch für dich ungemütlich werden.«

»Sag mal, was hab ich dir eigentlich getan, dass du mich dermaßen anpisst?«

»Du bist eine Electi, nicht wahr? Du gehörst doch zu denen, die alle kontrollieren wollen. Du bist doch die geborene Schnüfflerin. Du schickst doch ständig Botschaften an deine Leute. Du kriegst doch von ihnen Anweisungen.«

»Sag mal, tickst du noch ganz richtig, Pecker?«, fragte Hazel mit wütend blitzenden Augen. »Kyria ist hergekommen, weil sie krank war. Aus keinem anderen Grund.«

»Weil sie krank war – na also. Und jetzt hat sie alle hier angesteckt. So ist das also gewesen.«

»Gendefekte sind nicht ansteckend, du Affe!«, entfuhr es mir.

»Auch das noch, eine Gendefekte. Dann haben sie dich also ausgesondert.«

»Pecker, du verschwindest jetzt auf der Stelle. Du beleidigst meine Gäste in meinem Haus.«

»Gäste? Genkrüppel! Seuchenverbreiter!«

Gorts Faust schoss vor, Pecker flog rückwärts gegen den Küchentisch.

»Raus!«

Am Kragen seines Pullovers zerrte Gort ihn zur Tür und beförderte ihn mit Schwung auf den Hof. Pecker rollte über den Boden, kam wieder hoch und brüllte: »Ihr werdet noch sehen, was ihr davon habt! Ihr und diese ganze NuYu-Bande!«

»Das war nicht eben klug, Gort«, meinte Jenevra ruhig.

»Mag sein. Aber wenn so ein kleiner Idiot das Maul so voll nimmt, dann muss man es ihm stopfen.«

»Er wird in seinen Sendungen herumhetzen«, meinte ich. »So oder so. Er wird Stimmung machen.«

»Ein paar Tage lang, Kyria. Es gibt immer wieder mal solche Gerüchte. Spätestens wenn das nächste Gewitter die Ernte bedroht, kümmert sich keiner mehr darum.«

»Trotzdem, Gort. Es ist etwas dran, das wissen wir doch.«

»Ja, sicher ist etwas dran. Aber nicht du bist diejenige, die die Krankheit eingeschleppt hat.«

»Nein, das waren vermutlich diese hier.«

Ich zog die Liste mit den fünf Namen aus meiner Tasche.

Gort begutachtete sie. »Woher hast du die?«

»Papa, wir müssen etwas beichten.«

Hazel und ich berichteten von unserem Einbruch, und das Donnerwetter brach mit aller Gewalt über uns herein. Ich fühlte mich wie ein Regenwurm unter dem Mähdrescher, und Hazel sah auch nicht besser aus.

»Es langt, Gort«, sagte Jenevra, als er einmal Luft holte. »Es war nicht richtig, was die beiden gemacht haben, es war gefährlich, und es darf um Gottes willen nicht aus diesem Kreis hinausdringen. Aber sie haben damit einen Beweis erbracht.«

»Nein, haben wir nicht. Wir vermuten nur, dass die es waren. Wahrscheinlich noch nicht mal die Studentinnen, sondern die Leute von Serolon Quest«, sagte ich leise.

Gort hatte sich beruhigt und setzte sich wieder an den Tisch.

»Ein Pharma-Unternehmen. Liegt nahe. Man wird es ihnen nicht nachweisen können.«

»Irgendetwas hat Pecker dazu aber aufgeschnappt«, meinte Hazel. »Sie haben einen Empfänger in ihrer Radiostation, der vermutlich in der Lage ist, Nachrichten aus NuYu aufzufangen.«

»Möglich, dass er das kann. Aber auch in NuYu wird kaum jemand offiziell verbreiten, dass man uns die Masern auf den Hals geschickt hat. Geschweige denn, dass man einen Genozid plant.«

»Nein«, stimmte ich Gort zu. »Sie haben auch die Infizierung der Subcults anders begründet: schuld seien die unhygienischen Bedingungen, falsche Ernährung, mangelhafte medizinische Versorgung.«

»Pecker ist ein sehr unzufriedener junger Mann«, sagte Jenevra. »Ich fürchte, er ist sehr empfindlich. Kyria, du hast ihn vermutlich verärgert, als du mit Fluke zum Tanz gegangen bist, und nun will er es dir irgendwie heimzahlen. Und du – mhm – kannst Männern gegenüber ganz schön herrisch auftreten. Auch das verträgt er nicht.«

»Also bin ich's doch schuld.«

»Nein, das bist du nicht. Er macht sich seine Probleme ganz allein. Und nun lasst uns überlegen, ob man etwas Sinnvolles mit diesen Namen hier anfangen kann.«

Wir erläuterten unsere ursprüngliche Idee, die Lehrer und Kindergärtner zu befragen. Dann die Möglichkeit, Cam die Namen zur Prüfung zu übermitteln.

»Besser nicht die Leute hier befragen, das würde für noch mehr Unruhe sorgen«, sagte Gort nach einigem Nachdenken.

Aber mir war inzwischen noch eine andere Idee gekommen. Sehr viel schneller würde Alvar Kontakt nach NuYu haben. Und – na ja, vielleicht könnte ich mich auf diese Weise sogar nach Reb erkundigen.

»Ich könnte Alvar anrufen«, schlug ich vor.

»Ausgezeichnet, Kyria«, stimmte Gort zu. »Da steht das Telefon.«

Etwas unsicher stand ich auf. Sollte ich jetzt wirklich vor allen hier in der Küche telefonieren?

»Ich geh noch mal zu Grand-mère«, sagte Hazel und stand auf.

»Ich komme mit«, schloss sich Jenevra an, und ich sah, wie sie Gort einen kleinen Tritt ans Schienbein gab.

»Oh – äh, ich muss mich um die Zäune kümmern.«

Ich war allein. Noch immer belustigte mich das Wählen mit der Drehscheibe. Zum Glück waren die Telefonnummern nicht so lang wie bei uns, sonst wäre man schier wahnsinnig geworden, so ohne Display.

Zu meiner Enttäuschung meldete sich Nora, die Haushälterin.

»Mademoiselle Kyria, wie geht es Ihnen?«

»Gut, danke. Sagen Sie, Nora, ist Monsieur Alvar zu sprechen?«

»Tut mir leid, er ist für einige Tage verreist. Kann ich ihm etwas ausrichten?«

Darauf war ich nicht gefasst. Verzweifelt suchte ich nach einer Formulierung, die nicht allzu hektisch klang.

»Wir haben … Ich müsste persönlich mit ihm sprechen. Ist er irgendwie zu erreichen?«

»Auf eine etwas umständliche Art, und nur, wenn es wirklich dringend ist.«

War es wirklich dringend?

»Wann kommt er zurück, Nora?«

»In drei Tagen. Am Freitagnachmittag wollte er wieder hier sein.«

»Gut, dann richten Sie ihm bitte aus, er möchte mich zurückrufen. Wenn es geht, möglichst bald.«

»Ja, geben Sie mir zur Sicherheit Ihre Telefonnummer.«

Ich gab sie ihr durch und versuchte dann den Kloß in meiner Kehle hinunterzuschlucken.

»Ähm, ist Reb da?«

»Der ist mit den Pferden zum Training. Soll er Sie zurückrufen, Mademoiselle?«

»Ach, sagen Sie ihm einfach einen Gruß von mir.«

»Werde ich gerne tun.«

Wir verabschiedeten uns, und ich drückte eine Hand auf meinen Magen.

Vielleicht rief er ja zurück.

Aber wahrscheinlich wohl nicht.

Ich berichtete den anderen von dem Gespräch und verbrachte dann den Nachmittag damit, im Gemüsegarten Unkraut zu rupfen und Tomaten zu ernten und dann das Essen zuzubereiten. Die Stimmung war trotz des strahlenden Sonnenscheins gedrückt, und ich bekam mit, dass immer einer aus der Familie bei Willow am Bett saß. Nach dem Abendessen besuchte der Arzt die Kranke noch einmal, doch machte er uns keine großen Hoffnungen. Ihr Zustand war noch immer ernst. Auch Jannies Zwillinge hatte es schlimm getroffen, erzählte er. Und eines der Kinder aus der Maternelle hatte man ins Krankenhaus gebracht. Aber es hatte bisher nur fünf Neuerkrankungen gegeben.

Ich ging nach dem Abendessen noch für eine Weile ans Meer. Es war nicht weit, ein schmaler Pfad führte vom Haus durch die Heide zur Küste. Dort hatten sich kleine Sandbuchten gebildet, zu denen man die Felsen hinabklettern musste. Ich setzte mich in den noch warmen Sand und sah den Wellen zu, wie sie mit einem Schaumrand ausliefen. Es war Ebbezeit. Kleine Vögel pickten irgendwelche Nahrung aus dem Sand, drei Kormorane segelten vorüber, Möwen trödelten auf der Dünung herum.

Waren die Leute von »Radio La Forteresse« verantwortlich für den Sabotageakt am 2. Mai?

Oder gab es noch andere Gruppen, die über leistungsstarke Sender und das technische Know-how verfügten, um derartige Anschläge zu verüben? Und wenn ja, warum taten sie es?

Alvar verhandelte mit den Politikerinnen von NuYu. Wollten die Saboteure das verhindern? Oder gingen ihnen die Verhandlungen nicht weit genug, und sie versuchten damit Druck auszuüben?

Ja, darüber vor allem musste ich mit Alvar sprechen. Und über meine Mutter und den Verrat an ihr und mir.

Unruhig stand ich auf und kletterte über die Felsen wieder nach oben. Die Sonne ging als riesiger orangefarbener Glutball im Meer unter. Eigentlich hätte man es zischen hören müssen.

Als ich ins Haus trat, begegnete mir Elmo.

»Geh zu meiner Mutter hoch, Kyria. Ich glaube, sie wollte dich sehen.«

Ich nickte und stürmte die Treppe hoch.

Ja, Willow war wach, wenn auch ihre Augen trübe waren. Jenevra verließ den Raum, und ich setzte mich an das Bett.

»Geht es Ihnen besser?«

Schwaches Kopfschütteln. »Müde.«

Ihre Hand bewegte sich kraftlos in meine Richtung, und ich ergriff sie. Heiß, trocken lag sie in der meinen.

»Geh nach Hause, Junora«, flüsterte sie. »Deine Mutter braucht dich.«

»Ich weiß, Willow. Ich habe es herausgefunden. Aber zuerst muss ich hier ein paar Fragen klären.«

»War auch mal eine Electi. Macht – sei vorsichtig damit, Kind.«

»Ich habe keine Macht.«

Ein winziges Lächeln wehte über ihr zerknittertes Gesicht. »Oh doch.«

Dann schloss sie die Augen und schien einzuschlummern.

»Aber sollte ich sie je haben, Willow, verspreche ich, vorsichtig zu sein.«

Ein leichter Druck ihrer Finger sagte mir, dass sie verstanden hatte.

Ich blieb bei ihr, bis es draußen dunkel war. Maple trat leise ein und schickte mich zu Bett.

Mich riss das Quietschen von Hazels Bett aus dem Schlaf.

»Was ist los?«, fragte ich, als ich ihre Silhouette vor dem Fenster sah.

»Großmutter. Sie hat mich gerufen.«

»Ich habe nichts gehört.«

»In meinem Traum, Kyria. Ich muss zu ihr.«

Sie ging aus dem Zimmer. Ich warf die Decke beiseite und folgte ihr barfuß über den Flur.

Die Tür von Willows Zimmer war nur angelehnt. Als Hazel sie öffnete, sah ich, dass Maple in ihrem Sessel eingeschlafen war. Willow lag regungslos, ihr Atem war nicht zu hören. Hazel ging zu ihr und setzte sich auf den Bettrand.

»Ich bin hier, Grand-mère«, wisperte sie.

Ich blieb hinter Hazel stehen und legte ihr meine Hände auf die Schultern.

Stille. In der Ferne rauschte das Meer.

Wir warteten.

Der Himmel wurde heller.

Es ging ein leises Zittern durch den alten Körper.

Maple erhob sich und öffnete das Fenster.

Etwas entschwebte dem Raum.

WIEDERSEHEN

Es gab Kaffee.

Es gab heißen, duftenden, echten Kaffee.

Ich stand in der Küche, goss mir einen Becher voll ein und gab einen großen Schluck Milch dazu. Ich brauchte das Koffein dringend. Den ganzen Tag über war ich auf den Beinen gewesen, angefangen vom Morgengrauen, als Willow gestorben war, bis jetzt, beinahe acht Uhr abends.

Der Tod war ein Ereignis.

So hatte ich es noch nie erlebt.

Es hatte sich in Windeseile herumgesprochen, und ein Besucher nach dem anderen war gekommen, um Trost zu spenden, Abschied zu nehmen. Und zu reden und zu essen und zu trinken.

Hazel, Tilia und ich hatten den Küchendienst übernommen, Ember half ebenfalls, die Gäste mit Kaffee, Saft, Cidre, Kuchen und Broten zu versorgen.

Für einen Augenblick war ich allein in der Küche und trank dankbar den Kaffee – ein Luxusgetränk, dem Anlass angemessen.

Man ging hier völlig anders mit dem Tod um. Zu Hause wurde er zwar nicht verschwiegen, aber so gut wie verdeckt. Mit gesetzten Worten sprach man darüber, bekundete gemessen Beileid, brachte

Blumen an das Grab. Keiner sah je den Verstorbenen, nachdem der Tod festgestellt worden war. Willow hingegen lag aufgebahrt im Salon. Ihre Töchter und Schwiegertöchter hatten ihr ihr bestes Kleid angezogen, ihre weißen Haare aufgesteckt und ihr einen Strauß Rosen in die Hände gelegt. Wie schlafend lag sie auf ihrem Lager aus besticktem weißem Leinen. Man kam und verabschiedete sich von ihr. Doch nicht nur mit geflüsterten Worten, sondern auch laut und deutlich, als ob Willow sie noch hören würde. Man sprach von ihr, als wäre sie nur eben aus dem Haus gegangen, erinnerte sich an ihre Taten, ihre Eigenarten, ihre Herkunft.

Ich hörte, wenn ich Tabletts mit Kuchen, belegten Broten, Wein, Kaffee und Saft in den Salon brachte, viel aus ihrem Leben. Sie hatte sich um Flüchtlinge gekümmert, und jene dankten es ihr, genau wie ich ihr dankbar war, dass sie mir in den ersten Wochen geholfen hatte, mich in der fremden Umgebung einzuleben.

Sie hatte mir auch den Weg gezeigt, Frieden mit meiner Mutter zu schließen.

Auch ich sprach mit ihr, leise jedoch, und manches sagte ich nur in Gedanken. Grand-mère – eine Frau, die diesen Titel wahrlich verdient hatte. Groß-Mutter.

Meine leibliche Großmutter kannte ich nicht besonders gut. Sie lebte in Stockholm in einer Wohngemeinschaft, die sich Beginenhof nannte, und widmete sich sozialen Aufgaben.

Aber neben der Trauer um die gütige, freundliche und kluge Willow bewegten mich noch andere Dinge, die ich im Laufe des Tages erfahren hatte. Nicht nur, dass auch einer von Jannies Zwillingen mit dem Tod rang, nein, auch die Welle von Wut und Hass, die ins Haus gespült worden war, erschütterte mich. Es wurde bei derartigen Zusammenkünften viel geredet, und nicht alles drang zu mir in die Küche. Aber Peckers gehässige Ankündigung war dann doch bei mir angekommen.

Vergeltung hatte er angedroht. Es sei jetzt der Zeitpunkt gekommen, Vergeltung zu üben. Und er und seine Leute seien bereit, den entscheidenden Schlag auszuführen. Bald schon. In den nächsten Tagen.

Mein Verdacht war also richtig – »Radio La Forteresse« verfügte über einen starken Störsender.

Und das Entsetzliche war, dass keiner Pecker Einhalt gebot. Ich hatte versucht, Gort und Elmo zu erklären, welche Folgen ein solcher Anschlag haben könnte. Hatte von den Unfällen, den Toten und Verletzten gesprochen, die der erste Ausfall der Systeme verursacht hatte, aber beide waren nicht bereit, mir zuzuhören. Ja, Elmo hatte sogar verbittert geantwortet: »Auch die Seuche fordert ihre Opfer. Darüber macht ihr euch ja auch keine Gedanken.«

Meine Tasse war leer, ich goss mir den letzten Rest aus der Kanne ein.

Draußen klappten Autotüren, brummten Motoren. Die letzten Besucher verschwanden. Tilia kam mit einem Stapel Teller herein.

»Könntest du die noch abwaschen, Kyria? Wir räumen inzwischen draußen auf.«

»Ja, mach ich.«

Auch Abwaschen hatte ich inzwischen gelernt. Eine Arbeit, die eine Junora nie machen würde. Aber ich brach mir keinen Fingernagel dabei ab. Diese Beschäftigung half mir sogar, meine Gedanken zu ordnen, und als das Geschirr abgetrocknet und ordentlich gestapelt auf dem Tisch stand, wusste ich, was ich zu tun hatte.

Ich schloss die Tür und griff zum Telefon.

Diesmal meldete sich eine Männerstimme: »Hallo?«

Ich musste schlucken. Es war nicht Alvar.

»Hallo, hier ist Kyria.«

»Hi, Princess.«

»Hallo, Reb. Reb, ich muss mit deinem Vater sprechen. Es ist ziemlich dringend.«

»Schwierig. Er ist auf See.«

»Aber du kannst ihn erreichen.«

Reb zögerte.

»Reb, ich bin sicher, du kannst es.«

»Um was geht's?«

»Erinnerst du dich an den Ausfall der Systeme, damals im Heilungshaus?«

»Sicher.«

»Ein Störsender befindet sich hier, auf dem Fort de la Latte, ›Radio La Forteresse‹. Sie planen in den nächsten Tagen einen neuen Anschlag.«

Wieder ein Moment Schweigen. Dann sagte er: »Scheiße.«

»Richtig. Kannst du deinen Vater informieren?«

»Erzähl mir mehr.«

Ich tat es, berichtete von den NuYu-Nerds, den Einbrüchen in der Lodge und in den Bussen, dem Schmuggel von Elektronikteilen – und den Masern und ihren Folgen. Er hörte schweigend zu. Als ich geendet hatte, sagte er: »Ich versuche ihn zu erreichen. Falls es nicht klappt, hinterlasse ich ihm eine Nachricht. Morgen bin ich bei euch.«

Mein Herzschlag setzte kurz aus.

»Ja, ja, wenn du meinst.«

»Meine ich. Okay, so am Nachmittag.«

»Ja, gut.«

»Bis dann.«

Aufgelegt.

Ich starrte den Hörer in meiner Hand an.

Er hatte gar nicht nach der Adresse gefragt.

Also kannte er sie wohl.

Mhm.

Die Tür ging auf, Jenevra kam mit einem Tablett voll Gläsern herein und stellte sie klirrend auf den Tisch.

»Oh, gut, du hast den Abwasch gemacht.« Sie lächelte, als ich mit roten Ohren den Hörer auf die Gabel legte. »Kommt er her?«

»Ähm – ja.«

»Manchmal ist es ganz gut, wenn man etwas Abstand voneinander hat. Dann wird man sich über seine Gefühle klarer.«

Das war zwar nicht der Grund, warum Reb kommen würde, aber als Ausrede kam mir das sehr passend vor.

»Er kann bei Elmo unterkommen, über der Garage gibt es zwei Gästezimmer.«

»Gut.«

Ich stellte den Kessel auf den Herd, um frisches Wasser zu erhitzen, und zog den Stöpsel aus dem Spülstein. Gläser, vor allem die guten, die heute zum Einsatz gekommen waren, mussten besonders sorgfältig behandelt werden. Jenevra räumte die Teller fort, und als ich das heiße Wasser in die Spüle goss, holte sie neue Geschirrtücher aus der Schublade und half mir abtrocknen.

»Willow wird am Freitag beerdigt. Ich suche dir ein schwarzes Kleid heraus. Das gehört sich hier so.«

»Das gehört sich auch bei uns so.«

»Entschuldige. Ich bin etwas fertig.«

»Schon gut. Sind wir wohl alle.«

Tilia kam ebenfalls mit einem Tablett Gläsern zu uns, und ihre Miene war ernst.

»Der eine Zwilling von Jannie ist gestorben. Der andere ringt mit dem Tod.«

Sehr, sehr vorsichtig stelle ich das nasse Glas ab.

»Möge die Mutter ihr Kind zu sich nehmen«, murmelte ich den Standardspruch.

»Möge der Herr seiner Seele gnädig sein«, ergänzte Jenevra.

In der Nacht war ein Gewitter vom Meer über das Land gezogen. Hazel und ich hatten am offenen Fenster gestanden und den Blitzen zugesehen. Kühl und feucht wehte der Wind uns an, salzig von der Gischt der aufgewühlten See. Am Morgen war es kühl, und Dunst lag über den Feldern und der Heide. Ein Bestattungsunternehmen war in der Frühe gekommen, ein Kirchenmann hatte mit Gort, Elmo, Maple und Tilia und ihren Ehegatten gesprochen, ein Notar war gegen Mittag aufgetaucht, um mit ihnen über das Testament zu sprechen.

Die meiste Arbeit blieb also an uns hängen – Hazel, mir und den Kindern, die seit Ferienbeginn auch auf dem Gut wohnten. Wir waren froh, dass Ember und ihre Mutter am Nachmittag zu uns kamen und uns ihre Hilfe anboten. Die Beerdigung sollte am nächsten Vormittag stattfinden. Willow war eine beliebte, freundliche Frau mit einer großen Familie und vielen Freunden gewesen. Sechzig Jahre lang hatte sie in dieser ländlichen Gemeinde gelebt. Es würden sie unzählige Menschen auf ihrem letzten Weg begleiten. Danach sollte es einen großen Leichenschmaus geben. Und dazu musste Kuchen gebacken werden. Butterkuchen, wie ich lernte. Wir rührten und kneteten und buken stundenlang. Und während wir das taten, erzählten Hazel und die Kinder von Willow. Auch Ember und ihre Mutter erinnerten sich, und so wurde mir Grand-mère auch noch nach ihrem Tod immer vertrauter. Ich bedauerte, dass ich nur so kurze Zeit mit ihr hatte verbringen dürfen. Doch zu der Trauer um den Verlust kam auch ein inniges Gefühl der Verbindung. Sie wurde ein Stück meines Lebens, und ich würde immer an sie als eine mutige, selbstlose Frau denken können. Irgendwann kam Jenevra mit Tilia zu uns und meinte: »Mädchen, macht eine Pause. Wir kümmern uns weiter um die Vorbereitungen.«

Mit einem Krug Saft verließen wir die heiße Küche und setzten uns im Hof in den Schatten. Die letzten Pfützen der Nacht hatte die Sonne weggebrannt, aber noch immer wehte ein leichter Wind. Ich streckte die Beine aus.

»Keinen Bissen werde ich von diesem süßen Zeug essen«, sagte ich.

»Kann einem zu viel werden, nicht? Ich bin allein von dem Geruch pappsatt.«

Wir schlürften unser Getränk und sahen Mabelle zu, die mit gewichtiger Miene über den Hof trabte. Sie ignorierte uns, vermutlich hatte sie Katzengeschäfte zu erledigen. Ember zog seufzend das Band aus dem wuscheligen Knoten ihrer roten Haare und schüttelte sie aus. Sie waren beeindruckend – nicht karottenrot wie die von Fluke, sondern mehr golden.

»Ist Milan eigentlich dein Freund?«, fragte ich sie, weil ich mich erinnerte, dass sie ihn am Tanzabend mit Essen versorgt hatte.

»Nein, er geht mit Claire. Wie kommst du darauf? Hast du Interesse an ihm?«

»Nein, hab ich nicht. Ich dachte nur, weil ihr sehr vertraut schient.«

»Sind wir auch. Wir kennen uns von klein auf. Und – na ja, vor drei Jahren hatten wir es mal mit einer Liebelei versucht, aber so richtig wollte es nicht funken. Also sind wir Freunde geblieben.«

»Er arbeitet für ›La Forteresse‹, nicht?«

»Manchmal, eigentlich betreut er die Poststelle in Fréhel. Warum fragst du?«

Ich suchte nach diplomatischen Worten, mit denen ich mein Anliegen vorbringen konnte. Denn das Thema war offensichtlich schwierig. Aber ich musste einfach herausfinden, wer noch etwas über diesen Störsender wusste.

»Du hast doch gestern mitbekommen, was Pecker vorhat?«, fing ich vorsichtig an.

»Dieser Giftbolzen!«

Ah, das war ein gutes Zeichen.

»Ember, ich habe vor drei Monaten erlebt, was passiert, wenn das NuYu-Kommunikationssystem gestört wird. Ich weiß, ihr mögt die Leute aus NuYu nicht, und es gibt viele gute Gründe dafür. Aber das Land ist groß, und eine solche Sabotage kann Hunderte, Tausende Opfer fordern.«

»Ich verstehe davon zu wenig, Kyria. Was ist schon dabei, wenn die Uhren mal für ein paar Sekunden stehen bleiben?«

»In NuYu ist es anders als hier, Ember«, erklärte Hazel. »Alles Mögliche wird von diesem System gesteuert. Die Züge, die Kraftwerke, die Fabriken. Die Geräte in den Krankenhäusern. Stell dir nur mal vor, was passiert, wenn Signale nicht richtig geschaltet werden und Schnellzüge zusammenstoßen.«

»Ist das passiert?«

»Ja, das ist schon bei dem Drei-Sekunden-Ausfall geschehen. Und ich fürchte, jetzt planen sie einen noch längeren Ausfall.«

»Hast du mit deinem Vater gesprochen?«, fragte Ember Hazel.

»Er duldet es. Er ist so wütend und traurig über Grand-mères Tod, dass er nichts unternehmen wird.«

Ember dreht sich zu mir. »Und du willst irgendetwas dagegen tun?«

»Wenn ich es kann.«

»Wie stellst du dir das vor?«

»Bist du auf unserer Seite, Ember?«

»Ja. Ja, ich denke schon. Pecker ist ein rachsüchtiges kleines Ekel. Er und diese beiden Freaks schrauben, löten und basteln da an Dingen herum, die ihnen irgendwann mal bös auf die Füße fallen werden. Sie mögen ja begnadete Programmierer sein, aber Gott spielen sollten sie denn doch nicht. Ich denke, eure Techniker können recht schnell herausfinden, woher eine solche Störung kommt. Und das wird richtig Ärger geben. Damit schießen sie sich möglicherweise selbst ins Knie.«

»Vermutlich werden sie es herausfinden. Ich frage mich, ob sie schon wissen, woher die erste Störung kam.«

»Nicht von hier, Kyria.«

»Nicht?«

»Nein. Von einem Schiff aus.«

»Aber waren es die gleichen Leute?«

»Es sind mehr als nur Pecker und seine Kumpels. Aber die sind wahrscheinlich diejenigen, die technisch am weitesten vorangekommen sind.«

»Offensichtlich wissen sehr viele davon«, stellte ich betroffen fest. »Und dulden es.«

»So, wie vermutlich auch viele von euch von den inszenierten Seuchen wissen.«

Das war ein geradezu erschreckender Gedanke.

»Ich kann dazu nichts sagen, Ember. Ich habe nie etwas darüber gehört.«

»Ich mach dir keinen Vorwurf, Kyr … Oh, wow! Wow! WOW!«

»Oh Mann!«, stieß auch Hazel hervor.

»Mann, ja! Den will ich haben!«

Ember sprang auf, ich drehte mich um.

Über den Hof kam Reb auf uns zu.

Schwarze Hose, schwarze Stiefel, schwarzes, ärmelloses Shirt, die schwarzen Haare länger, als ich sie in Erinnerung hatte. Und mager war er auch nicht mehr. Das bedeutete allerdings keineswegs, dass er dick geworden war.

Als er noch fünf Schritte von uns entfernt war, zupfte kurz das schiefe Lächeln an seinem Mundwinkel.

»Hi, ihr Hübschen!«

Mir fiel nichts ein. Mein Kopf war schlichtweg leer.

»Hi, schöner Mann«, säuselte Ember und schlug ihre großen grünen Augen schmachtend zu ihm auf.

»Verbrennst du dich nicht an denen?«, fragte Reb und berührte ihre Haare.

»Daran verbrennen sich nur andere. Hast du Angst vor Feuer?«

»Ich mag es heiß!« Jetzt grinste er sogar, der falsche Hund.

»Ähm, du bist Reb?«, fragte Hazel und drängte sich zwischen Ember und ihn.

»So ist es.«

»Dann solltest du Kyria vielleicht mal begrüßen?«

Ember blickte mich mit einer hochgezogenen Braue an.

»Hallo, Reb.« Mehr brachte ich nicht heraus. Dann aber zwang ich mich, meine guten Manieren hervorzukramen. »Meine Freundinnen Ember und Hazel, Reb.«

»Habt ihr was dagegen, Prinzessinnen zu sein? Ist nämlich einfacher für mich.«

»Du bist ein ungehobelter Lümmel!«

»Noch immer nicht gebessert, Princess. Und nun erzählt mir, was ich für euch tun kann.«

»Ooch, ich hätte da Ideen, Reb«, schnurrte Ember.

»Ich komm vielleicht drauf zurück. Aber diese Princess da hat mich um Hilfe gebeten.« Er deutete lediglich mit dem Kinn zu mir.

Ein Knurren sammelte sich in meiner Kehle.

»Da Kyria dich gestern angerufen hat, weiß du doch, worum es geht, oder?«, sagte Hazel kühl.

»In etwa. Weißt du auch Bescheid, rote Princess?«

»Wir sprachen gerade darüber«, antwortete Ember, während ich immer noch lauthals mit den Zähnen knirschte.

Endlich legte Ember ihre provozierende Pose ab und nickte. »Du bist der NuYu-Flüchtige, der Kyria hergebracht hat. Ich verstehe.«

»Ja.«

»Kyria, hol ihm ein Glas und ein Stück Kuchen. Und bring einen frischen Krug Saft mit.«

Gehorsam nahm ich die leere Kanne aus Hazels Hand und trottete zur Küche. Himmel, ich benahm mich dümmer als eine Ziege. Ich wusste doch, was für ein Mundwerk er hatte.

»Ist das da dein Reb?«, frage Jenevra zu allem Überfluss auch noch.

»Ja, das ist Reb.«

Sie lachte. »Eifersüchtig auf Ember? Ich hab die kleine Posse von hier aus beobachtet. Lass nur, sie flirtet einfach gerne.«

»Kann sie meinetwegen.« Ich holte den Saft aus dem Kühlschrank, schnitt ein großes Stück Kuchen ab, schnappte mir ein Glas und ging wieder zu den dreien.

»Ist der auch nicht vergiftet, Princess?«, fragte Reb, als ich ihm den Teller mit dem Kuchen reichte.

»Warum?«

»Deine Blicke sprechen von Pest und Cholera.«

»Ich spar mir nur den Zuckerguss.«

»Wie lange bleibst du?«, wollte Ember wissen.

»So lange wie nötig.« Reb biss in den Kuchen. Dann sagte er: »Erzählt mir einfach mehr.«

Es ging um Wichtigeres als meinen Ärger über ihn, also begann ich mit einer Zusammenfassung, Hazel ergänzte, Ember ebenfalls. Reb hörte konzentriert zu.

»Wir müssen herausfinden, wann sie den Störsender in Betrieb nehmen wollen, und wir müssen herausfinden, wie man ihn notfalls unterbrechen kann. Ich habe meinen Vater informiert, er wird allerdings erst morgen wieder an Land sein, um sich darum zu kümmern. Im Augenblick ist es schwierig, offiziell gegen sie vorzugehen. Sie können alles leugnen, sogar die Geräte verschwinden lassen.«

»Ich werde sehen, ob Milan etwas herausfinden kann. Er arbeitet heute und morgen Abend im Sender«, bot Ember an. Genau das hatte ich gehofft.

»Gut. Aber besser, er hört zu, als dass er zu viel fragt. Ich würde mir das Fort auch gerne ansehen.«

»Ich bring dich hin. Sie sind es gewöhnt, dass ich dort aufkreuze, um mit Milan zu schwatzen«, sagte Ember.

»Ja, Kyria sollte sich dort nicht blicken lassen«, meinte Hazel.

»Pecker kann sie nicht leiden, er würde sie nur wieder dumm anmachen.«

»Tut er das?«

»Er gibt ihr die Schuld am Ausbruch der Masern.«

»Ach ja?«

Dieses kleine »Ach ja« schickte eine Flammensäule durch mein Rückgrat. Ich hatte es ihn schon ein paarmal sagen hören, in genau diesem Tonfall. Etwas gefiel ihm nicht, und er würde es ändern.

»Wir haben schon etwas unternommen, um seine Behauptung zu widerlegen«, sagte Hazel.

»Was?«

»Wir sind ebenfalls in die Lodge eingebrochen und haben uns die Namenslisten der Besuchergruppen angesehen«, erklärte ich.

Grüne Augen mit Goldflimmer darin sahen mich an. Zum ersten Mal, seit er eingetroffen war.

»Du, Princess?«

Ich zuckte mit den Schultern. »Man tut, was man muss.«

»Ja, das tut man. Und?«

»Fünf Namen, fünf Gesichter. Drei davon von Serolon Quest.«

»Das dürfte mehr als ein Verdacht sein. Hast du Cam benachrichtigt?«

»Das konnten wir bislang nicht. Fluke kommt wahrscheinlich erst heute wieder.«

»Wer ist die Flunder?«

»Ein sehr netter junger Mann. Und gar nicht platt, auch wenn er so heißt wie dieser Fisch.« Ich grinste ihn an.

»Fluke ist Fischer und übermittelt Nachrichten«, erklärte Ember erstaunlich trocken. »Und total verschossen in Kyria«, setzte sie weniger trocken hinzu.

»Ach ja?«

»Weißt du, die Männer hier scheinen mich ganz attraktiv zu finden«, näselte ich und warf die Haare zurück.

»Du bist nicht attraktiv, Princess.«

»Ach nein?«

Er musterte mich kühl von oben bis unten. »Du bist sexy.«

Zunge verschluckt.

Und ich war Hazel mehr als dankbar, dass sie es übernahm, Reb von unserem Plan zu berichten, die Einwohner von Erquy nach den Mitarbeitern von Serolon zu befragen.

»Keine schlechte Idee. Könnte ich morgen machen, mich kennen sie nicht. Ich werde mir einen Grund ausdenken, weshalb ich nach den Typen frage.«

»Super. Hast du schon eine Unterkunft?«

»Hab ich dabei.«

»Dabei?«

»Hab mir den Wohnbus von einem Kumpel ausgeliehen. Ich brauche aber noch einen Platz mit Wasser. Brunnen, Tränke, Quelle oder so.«

»Oh, Wohnbus. Klasse. Du kannst ihn an der Pferdekoppel parken. Mit Pferden kennst du dich wohl aus?«

»Ein bisschen.«

»Kyria, zeig ihm doch, wo er den Bus hinstellen kann. Ember und ich gehen wieder in die Küche. Und dann bring Reb zum Abendessen mit.«

Hazel, klein, zierlich und mit spitzen Elfenohren, konnte ganz schön bestimmend sein. Sie bohrte mir ihren Ellbogen in die Rippen, als ich nicht sofort begeistert aufsprang, und zerrte dann Ember an ihrem Shirtzipfel Richtung Haus.

Ich war mit Reb allein.

»Na, dann komm, Princess. Spazierengehen bist du ja inzwischen gewöhnt. Der Wagen steht vorne am Strand.«

»Ja – ähm, ist gut.«

Ich stand auf und folgte ihm. Er schritt weit aus, und ich konnte tatsächlich ohne Mühen mit seinem Tempo mithalten. Wir durchquerten die Heidefläche, aber der schmale Pfad, der das Meer aus bienenumsummten Purpurblüten teilte, erlaubte nur ein Hintereinandergehen. Nach einer Viertelstunde erreichten wir die Küstenstraße, an der wie üblich einige Fahrzeuge der Strandbesucher parkten. Reb blieb stehen und wies nach links.

»Da unten steht er.«

Ich zwinkerte. Ich starrte und zwinkerte noch mal. Ich war inzwischen schon einigen höchst eigenartigen Fortbewegungsmitteln begegnet, aber das, was dort stand, war das wunderlichste Gefährt, das mir je vor Augen gekommen war. Vorne sah es aus wie einer dieser Wellblechlieferwagen, doch anstelle des Laderaums befand sich ein … In Ermangelung eines anderen Begriffs nannte ich es für mich »Gartenhäuschen«. Ein Holzhäuschen mit Fenstern, einer kleinen Veranda und einem Schornstein.

»Niedlich.«

»Praktisch.«

Wir gingen darauf zu, und Reb stieg den zweistufigen Tritt zur hinteren Veranda hoch und öffnete die Tür.

»Mi casa es su casa!«, sagte er und machte eine einladende Geste.

Ich kletterte hinauf und betrat das Häuschen.

Ordentlich, karg, sauber. Eine Zelle mit Tisch, Bank, eingebauten Schränken, einer winzigen Küche mit Gaskocher und Waschbecken.

»Und wo schläfst du?«

»Den Tisch kann man runter-, die Bank aufklappen, dann hat man ein Bett. Der Typ, der das gebaut hat, ist schlicht genial.«

»Sieht so aus.«

»Nur die Sanitäreinrichtung lässt etwas zu wünschen übrig. Darum brauche ich einen Platz, wo Wasser ist.«

»Okay. Dann fahren wir zur Pferdekoppel.«

Ich hangelte mich in die Fahrerkabine, und mit dem üblichen Knirschen und Knarzen setzte sich der Wohnbus in Bewegung. Außer den Weganweisungen sagte ich wenig, und Reb nickte nur hin und wieder. Schließlich hielten wir am Gatter zur Weide, wo auch die Tränke mit der Wasserleitung stand.

»Gut, das genügt.«

Reb stieg aus und ließ den Blick über die Koppel streifen. Die drei Pferde grasten ungerührt, aber auf seinen leisen Pfiff hin hoben sie die Köpfe. Er schwang sich über den Zaun und ging auf die Tiere zu. Oh ja, er kannte sich mit ihnen aus. Sie kamen zutraulich auf ihn zu, er tätschelte sie, sprach mit ihnen und schien dicke Freundschaft zu schließen.

Ich kletterte ebenfalls über das Gatter. Die kleine hellbraune Stute bemerkte mich, wieherte leise und trabte auf mich zu.

»Aber hallo, Princess. Die sind doch gefährlich!«

»Findest du?«

Reb lachte. Das erste Mal, seit er aufgetaucht war, lachte er. Fröhlich und unbeschwert.

»Bist du etwa gar keine Elitezicke mehr?«

»Doch, die kann ich noch immer raushängen lassen. Aber nicht vor den Pferden.«

»Sie sind freundlich. Reitest du auch?«

»Nee, das traue ich mich noch nicht. Aber ich beherrsche ein Fahrrad. Und damit bin ich fast so gut wie Martin le Maniaque!«

Er lachte wieder und scheuchte die Stute weg, als sie versuchte, sein Shirt anzuknabbern.

»Du hast dich auch verändert. Ich meine, ein ungehobelter Lümmel bist du zwar noch immer, aber – du siehst anders aus.«

»Danke für die Blumen. Ich trainiere viel. Das sollte man auch merken.«

»Außerdem frisst du vermutlich auch wie ein Pferd. Komm mit, die Familie wartet. Und versuch dich einigermaßen gesittet zu benehmen.«

»Elitezicke.«

»Sag ich doch.«

Jenevra, Gort, Hazel, Maple, ihr Mann und ihre zwei Kinder saßen bereits am langen Tisch in der Küche, Ember und ihre Mutter waren zum Glück jedoch verschwunden. Ich stellte Reb vor, und zu meiner Überraschung begrüßte er alle mit einer höflichen Verbeugung. Und nannte seinen Nachnamen: TerHag.

»Monsieur Gort, danke, dass ich auf Ihrem Grundstück parken darf. Madame Jenevra, vielen Dank für die Einladung.«

»Mach's nicht so förmlich, Reb TerHag«, sagte Gort. »Ein Freund von Kyria ist auch unser Freund. Setz dich und iss mit uns.«

Alvar TerHag war in der Familie kein Unbekannter, und seine Vergangenheit als Wagenlenker hatte auch hier das Fundament der Bewunderung gelegt. Gort, Elmo und dessen Sohn fragten Reb sogleich nach den Pferden, dem Training und den Rennen aus. Reb verdrückte zwar beachtliche Mengen, aber sein Benehmen war einwandfrei, und er beantwortete freimütig alle Fragen.

Reb TerHag. Er hatte sich mit dem Nachnamen seines Vaters vorgestellt. Ich deutete das als Zeichen, dass er sich mit Alvar arrangiert hatte. Die Aussicht, an den Wettkämpfen teilnehmen zu können, schien ihn mit großer Befriedigung zu erfüllen.

Ich sagte wenig, hörte zu und fühlte eine stille Freude darüber, dass er neben mir saß. Nachdem wir das Mahl beendet hatten, erklärte er jedoch, dass er sich noch etwas die Gegend ansehen wolle, und verabschiedete sich. Ich gab ihm die Bilder der fünf Verdächtigen mit, aber da ich vermutete, dass er zum Fort gehen wollte, fragte ich ihn nicht, ob ich ihn begleiten dürfte.

Das würde wohl Ember übernehmen.

Bah!

Wir hingegen bereiteten alles für die morgige Beerdigung vor. Jenevra brachte mir ein schwarzes Kleid, das leicht nach staubigem Lavendel roch und starre Knickfalten aufwies.

»Probier es mal an, damit wir sehen, was noch geändert werden muss.«

Es war mir in der Taille zu weit, aber der Rock war lang genug und reichte züchtig bis an die Waden. Den oberen Teil, den ich mangels Oberweite nicht ganz ausfüllte, verdeckte Tilia mit einem bestickten, ebenfalls schwarzen Tuch, die Taille band mir Hazel mit einer gestärkten weißen Schürze enger.

»Sieht hübsch aus an dir. Schwarz steht Blonden gut, aber trotzdem werden wir die Haare morgen mit einem Häubchen verdecken.«

»Ist das euer Zeremonialgewand?«

»Na ja, wir nennen es eher Tracht. Hast du ein besonderes Zeremonialgewand? Wie sieht es aus?«

Ich beschrieb den lauschenden Frauen die weite Hose, die ärmellose Tunika, beides in meinem Fall elfenbeinfarben, ohne jeden Zierrat, aber aus schwerer Seide. Darüber die weitärmelige Robe, das breite Revers bestickt mit dem Wappen meiner Mutter, außerdem den Haarschmuck aus Perlen und Brillanten.

»Du gehörst zu einer ziemlich einflussreichen Familie«, sagte Jenevra. »Das war mir bislang gar nicht so klar, Junora Kyria.«

»Lassen Sie bloß die Junora aus dem Spiel. Ich bin hier, ich arbeite hier, ich trauere um Willow und bin froh, eine Freundin wie Hazel zu haben.«

Und ich ärgerte mich, dass ich das aufwendige Gewand beschrieben hatte.

»Mama, wir tragen auch Festtagskleidung und unseren Schmuck zu besonderen Anlässen. Und auch bei uns gibt es Familien, die mehr Ansehen genießen als andere.«

»Aber sie üben keine Macht über andere aus«, grummelte Jenevra. Dann wischte sie sich die Haare aus der Stirn. »Tut mir leid, Kyria. Wir sind alle etwas angespannt. Es heißt, dass auch in anderen Gegenden des Landes die Masern ausgebrochen sind. Robin hat es uns vorhin erzählt.«

Ich konnte nur traurig nicken und zog das Kleid wieder aus, um es auf den Bügel zu hängen, den Hazel mir reichte.

»Lass es besser über Nacht am Fenster lüften«, meinte sie.

BEERDIGUNG

Ein weiterer drückend heißer, aufwühlender Tag lag hinter uns. Ich legte mit Hazels Hilfe das schwarze Kleid ab und zog das an, was ich meistens trug: eine kurze Hose, dazu ein ärmelloses Oberteil. Auch die Haare, sie waren inzwischen wieder schulterlang, erlöste ich aus ihrer straffen Frisur.

Es war fünf Uhr nachmittags, und ein riesiger Abwasch wartete erneut auf uns. Um halb sieben waren wir endlich damit fertig, und ich beschloss, zur Pferdekoppel zu gehen, um nach Reb zu schauen. Ihn hatten wir den ganzen Tag über nicht zu Gesicht bekommen.

»Willst du mitkommen, Hazel?«

»Nein, geh lieber allein. Du kannst mir ja nachher alles erzählen.«

Ihr Grinsen war ausgesprochen vieldeutig.

Mit einer Tüte voller Kuchenstücke und ein paar Möhren machte ich mich also auf den Weg. Das mobile Gartenhäuschen stand wieder oder noch immer an der Koppel. Ich kletterte auf die Veranda und wollte an die offen stehende Tür klopfen. Doch das ließ ich in dem Augenblick bleiben, als ich die rotgoldene Masse von Embers Haaren entdeckte. Sie hatte sich schlangengleich um Reb gewickelt, und beide waren mit einer heftigen Knutscherei beschäftigt.

Ich hüstelte kurz und merkte, dass meine Stimme wie Scherben aus Eis klang. »Ich komm dann später noch mal wieder, wenn es besser passt.«
Damit drehte ich mich um und sprang auf den Boden.

»Hey, Princess. Bleib.«

»Welche Princess meinst du?«

Reb stand in der Tür.

»Dich.«

»Reicht dir eine nicht?«

»Nein.«

»Kyria, ich wollte gerade gehen!« Ember sprang auch hinunter.

»Ach ja?«

»Ja. War nur ein kleiner Abschiedskuss!«

»Klar.«

Ember schwenkte ihre Hüften und hob die Haare mit den Armen hoch. »Warm heute, nicht? Wird noch ein Unwetter geben.«

»Könnte sein«, knurrte ich.

»Hey, du hast keine Exklusivrechte, Kyria. Oder?«

Hatte ich nicht.

Meine Schultern sackten nach unten, ich merkte es deutlich.

Sie tänzelte zum Feldweg, winkte uns noch mal fröhlich lächelnd zu und hob ihr Fahrrad auf.

»Ist das Kuchen?«, fragte Reb und deutete auf die Tüte in meiner Hand.

Hin- und hergerissen zwischen zorniger Eifersucht und dem blöden Wunsch, mit ihm zusammen zu sein, starrte ich auf meine Füße.

»Ich erzähl dir auch, was ich rausgefunden habe, wenn du mir den Kuchen gibst.«

Ja, ja, es gab Wichtigeres, als sich über sein Rumgeknutsche aufzuregen. Also straffte ich mich wieder und reichte ihm die Tüte.

»Komm rein, Princess.«

»Nein, ich war den ganzen Tag drinnen, ich brauche frische Luft.« Und etwas Abstand von ihm.

»Okay.« Er sprang von der Veranda und wies auf die Koppel. »Setzen wir uns auf das Gatter.«

Natürlich kamen sogleich die drei Pferde angetrottet, und während Reb den Kuchen verschlang, verfütterte ich die Möhren an sie.

»So, nun lauft wieder!«, sagte ich zu ihnen, aber danach stand ihnen nicht der Sinn. Sie stupsten mich, wohl in der Hoffnung auf weitere Leckerbissen, und erst als Reb sie mit ein paar Worten und Gesten wegschickte, trollten sie sich.

»Wieso hören die auf dich und auf mich nicht?«

»Keine Ahnung. Das Zeug hier war gut!« Er schüttelte die letzten Krümel von seiner Hose und blinzelte in die Sonne. »Das Unwetter kommt später. Oder bricht es jetzt gleich über mich herein?«

»Warum sollte ich wettern, Reb? Du kannst so viele Prinzesschen befummeln, wie du willst. Es ist nicht wichtig. Was hast du rausgefunden?«

Einen Moment lang hatte ich den Eindruck, dass er verdutzt war, aber vielleicht täuschte ich mich auch.

»Die Labortante und der Bürostoffel waren es. Der Mann, der die leeren Milchflaschen an die Kooperative abliefert, hat die beiden in seinem Lieferwagen ein Stück mitgenommen. Haben sich als Urlauber aus Nantes ausgegeben. Sie kamen ihm zwar komisch vor, aber er ist ein alter Knorzen, der der festen Meinung ist, dass alle, die nicht aus seinem Dorf stammen, eh Fremde sind und spinnen.«

»Du hast ihm hoffentlich nicht erzählt, warum du nach ihnen fragst.«

»Hältst du mich für blöd? Nein, ich hab einfach behauptet, der Bürohänger sei mein Schwager, der mit seiner Chefin durchgebrannt sei. Ich würde versuchen, sie zu finden, um einen Skandal zu vermeiden.«

»Was für eine bescheuerte Geschichte.«

»Er wollte so was hören. Wie gesagt, Fremde spinnen für ihn sowieso.«

»Na gut. Er hat sie in Erquy abgesetzt?«

»Ja. An der Kirche. Sie haben ihm ein paar Münzen in die Hand gedrückt, diese Blindgänger. Und zwar eine viel zu große Summe, deswegen sind sie ihm so gut in Erinnerung geblieben.«

»Hast du die Kindergärtnerinnen und die Lehrerinnen auch befragt?«

»Kindergärtnerinnen waren keine da, die Maternelle ist geschlossen. Lehrer – männlich hierzulande – haben Ferien, aber der Hausmeister der Schule glaubt zumindest, die Labortante am Freitag auf dem Schulgelände gesehen zu haben. Er dachte, sie sei eine der Mütter, die eines der Kinder abholen wollte.«

»Es ist wirklich einfach, die Viren hier irgendwo zu platzieren.«

»Tja, keine Überwachung, großes Risiko.«

»Was machen wir jetzt?«

»Ich geb die Infos an meinen Vater weiter. Er kann sich die Namen bestätigen lassen. Ich denke, es könnte einen Riesenskandal geben, wenn das rauskommt.«

»In anderen Gegenden ist die Seuche auch ausgebrochen.«

»So war das wohl geplant.«

»Warum, glaubst du, haben sie ausgerechnet hier damit begonnen? Ich meine, so klein ist das Reservat ja nun auch nicht. In einer Großstadt wie Brest hätte sich die Infektion doch viel schneller verbreitet.«

»Gute Frage, Princess. Du hast dir wahrscheinlich schon Gedanken dazu gemacht.«

»Ja, und die gefallen mir gar nicht. Die laufen nämlich darauf hinaus, dass jemand weiß, dass ich mich genau hier aufhalte, und dass man mir die Schuld in die Schuhe schieben will. Pecker hat schon angefangen, solche Gerüchte zu verbreiten.«

»Zu Pecker kommen wir später. Deine Theorie hat was, Princess. Dass wir zusammen verschwunden sind, hatte man ja schon nach wenigen Tagen herausgefunden. Und dass du zu deiner Freundin wolltest, war zumindest deiner Mutter und Bonnie nicht unbekannt.«

»So weit war ich auch schon. Nur – aus verschiedenen Gründen kann ich nicht glauben, dass meine Mutter in diese Masernsache verwickelt ist.«

»Wahrscheinlich nicht. Mein Vater achtet sie sehr. Er hält sie für eine der integersten Politikerinnen NuYus.«

»Man hat sie belogen. Bei meiner Geburt schon, Reb«, brach es aus mir heraus.

»Ja, sieht ganz danach aus. Hat Dr. Grenouille dir von dem Gentest erzählt?«

»Ja, da du Feigling das ja nicht getan hast.«

Er zuckte wahrhaftig zusammen.

»Ich dachte, einem Arzt würdest du eher glauben«, murmelte er.

»Schon gut. Also steckt Bonnie wohl hinter der Sache.«

»Zumindest mittendrin. Die Strippenzieherin ist sie wahrscheinlich nicht. Dafür ist diese Sache hier zu groß.«

Mir lief plötzlich trotz der drückenden Schwüle eine Gänsehaut über die Arme.

»Ich bin zwischen zwei Mahlsteine geraten, habe ich langsam den Eindruck.«

»Du bist nicht einfach ein Prinzesschen, Princess. Du bist die wichtige Tochter einer wichtigen Frau.«

»Scheiße, das hat man mir gestern auch schon mal zu verstehen gegeben.«

»Vielleicht solltest du das mal langsam akzeptieren.«

»Und dann?«

»Dann findest du möglicherweise heraus, für wen du sonst noch so überaus wichtig bist, dass er dich für diese Zwecke nutzt.«

Ich sprang vom Gatter und tigerte ein Stück über den Feldweg und wieder zurück.

Er hatte recht – er hatte so verdammt recht. Ich hatte das alles völlig verdrängt. Ich hatte geglaubt, sterben zu müssen. Dann hatte ich erfahren, dass mir dieses Schicksal doch nicht so schnell drohte. Anschließend hat man mir mitgeteilt, dass ich überhaupt keinen gravierenden Gendefekt hatte, und dabei war mir aufgegangen, dass man nicht nur mich, sondern auch meine Mutter auf die gehässigste Weise belogen hatte. Und dass eine Mörderin hinter mir her war. Alles das hatte mich gründlich davon abgehalten, über meine eigene Rolle in dem Spiel nachzudenken.

Ich war nur eine Schachfigur ohne eigenen Willen gewesen.

Hilflos schaute ich zu den friedlich grasenden Pferden.

Wie konnte ich das ändern? Was konnte ich tun?

»Noch bist du eine Weile hier sicher«, sagte Reb leise. »Aber nicht mehr lange, denke ich.«

»Nein, nicht mehr lange. Es bahnt sich etwas an. Aber … Reb, wo soll ich hingehen?«

»Als meine Mutter mich auf die Straße gejagt hat, wusste ich das auch nicht. Damals habe ich gelernt, dass man nur überlebt, wenn man jeden Tag einfach das Notwendige tut.«

»Und dann?«

Er grinste schief. »Dann landet man eines Tages auf einem Gatter und hofft auf das Gewitter.«

Das war eine sehr seltsame Bemerkung, die ich nicht hinterfragen wollte.

»Gut, also werde ich eben jeden Tag tun, was notwendig ist. Etwas Besseres fällt mir im Moment auch nicht ein.«

»Notwendig wird es heute Nacht sein, auf den Einsatz des Störsenders zu achten. Embers Kumpel Milan hat die Ohren offen gehalten. Soweit er es verstanden hat, haben sie vor, in den Morgenstunden die Signale eines Navigationssatelliten zu verändern.«

»Zu verändern?«

»So scheint es. Sie haben sich einen GPS-Faker zusammengeschraubt. Zumindest habe ich das seiner laienhaften Beschreibung entnommen. Es geht nicht einfach um ein Aussetzen, sondern das Fälschen der Signale. Ich schätze mal, die Auswirkungen werden chaotisch sein.«

»Was können wir tun?«

Wieder zeigte sich das schiefe Lächeln in Rebs Gesicht.

»Mein Vater ist inzwischen zurück. Ich habe ihn vorhin angerufen. Ich schätze mal, es wird nicht lange dauern, bis die Kavallerie hier eintrifft.«

»Und was machen wir bis dahin?«

»Vielleicht Radio hören?«

»Warum?«

»Um vor Überraschungen sicher zu sein.«

»Du meinst, weil dein Vater es nicht früh genug schafft, herzukommen?«

»Er schafft das schon, aber ob er die Kavallerie schnell genug dazu bewegen kann … Wir wissen nicht, ob die Polizei auch aufseiten der Saboteure steht. Man sollte immer einen Plan B haben, Princess.«

»Aha. Und den hast du?«

»So ungefähr. Ich hab mich gestern gründlich da oben umgesehen.«

Mit Ember, ja, ja. Und nun spielte er wieder den überheblichen Helden.

»Und was hast du dir ausgedacht, großer Meister?«

Reb grinste. »Die Nerds sind zwar gut im Programmieren und Löten, aber die Basistechnik in diesem Land ist reichlich rückständig. Um das Störsignal auszusenden, nutzen sie den Sendemast oben auf dem alten Fort. Und damit das Signal von ihren Kisten aus über den Sender zum Satelliten gelangt, muss es durch ein Kabel. Ich habe mir einen Kabelschneider besorgt.«

»Wenn das so einfach ist, kannst du doch gleich auf den Mast klettern und das Kabel durchschneiden. Oder aus dem Stecker ziehen. Oder so.«

Er ignorierte meine spöttische Bemerkung und meinte nur: »Das würden sie sofort merken. Was meinst du, was sie dann mit mir machen werden?«

»Dich verhauen?«

»Und anschließend das Kabel reparieren und weitermachen. Nein. Dieser Plan funktioniert nur, wenn sie sich auf das Senden vorbereiten. Und deshalb hören wir Radio.«

Ich sah Hazel auf uns zukommen.

»Hallo, Reb!«, rief sie ihm zu.

»Hi, Princess!«

Er sprang vom Gatter und vollführte einen albernen Kratzfuß.

»Wir wollen zu Abend essen, kommt ihr?«

»Ich kann mich selbst verpflegen.«

»Bin ich mir ganz sicher. Aber es gibt Tilias Hachis, und das ist ziemlich klasse. Außerdem wollen meine Leute diesen komischen Bus besichtigen.«

»Überredet. Steigt ein, meine Prinzesschen!«

Rumpelnd rollten wir vom Feldweg auf die Straße und die wenigen Meter zum Haus. Man bewunderte das fahrbare Gartenhäuschen außen wie innen, dann setzten wir uns zum Essen und schwelgten in Tilias fantastischem Auflauf aus Kartoffeln und Hackfleisch. Reb und ich vermieden jedoch jede Bemerkung zu dem Störsender und auch zu den Masernverbreitern. Es waren anstrengende Tage gewesen, und es tat gut, einfach nur den Gesprächen über das Wetter und die Ernte, die Reparaturen an den landwirtschaftlichen Geräten und den nächsten Markttag zuzuhören. Das Leben ging schließlich weiter.

Allerdings erzählte ich Hazel, als wir zum Schweinestall gingen, um die Küchenabfälle zu verfüttern, von Rebs Plan A und B.

»Dann sollten wir uns nachher in die Küche setzen, Mensch-ärgere-dich-nicht spielen und dabei Radio hören.«

»Ich ärgere mich aber«, murrte ich und kratzte meiner Lieblingssau den Kopf zwischen den Ohren.

»Worüber?«

»Er hat mit Ember geknutscht.«

»Alle Männer sind Schweine.«

»Nein, Schweine sind viel netter.«

»Stimmt, die würden nicht mit Ember knutschen. Aber, Kyria – so richtig nett bist du auch nicht zu ihm.«

»Er lässt es nicht zu.«

»Glaubst du? Oder hast du nur Angst, dass er es nicht zulässt?«

Darüber könnte man nachdenken. Immerhin war er gekommen. Und er hatte genau gewusst, wo er mich finden würde.

»Ja, ich habe Angst, dass er mich wieder abweist. Ist Scheiße, dieses Gefühl.«

»Mhm.«

»Komm, gehen wir spielen und Radio hören. Mal sehen, was passiert.«

Reb war mit Elmo in der Garage verschwunden, tauchte aber, als wir die Küche aufgeräumt und das Spiel aufgebaut hatten, wieder auf. Wir erklärten ihm unser Unterhaltungsprogramm, und nach kurzem Zögern stimmte er zu, bei uns zu bleiben.

»Ruf doch deinen Vater an und sag ihm, wo du bist.«

Er nickte und griff zum Telefon.

»Nora? Ist mein Vater noch da?«

Er hörte zu, dann meinte er: »Okay. Dann wird er sich denken können, wo er mich findet.« Nachdem er aufgelegt hatte, erklärte er: »Er ist unterwegs. Samt Kavallerie.«

Ich nahm den Würfelbecher auf und sagte: »Dann setz dich und lass dich ärgern.«

ANSCHLAG

Milan legte abwechselnd schnelle, dann wieder ruhige Musik auf, gab seine lockeren Sprüche von sich, Pecker verlas die Nachrichten – die Masernepidemie stand wieder einmal im Mittelpunkt, aber es gab auch eine kurze Meldung, dass es neue Verhandlungen zwischen Vertretern von NuYu und dem Reservat gegeben hätte. Der Unterton war jedoch feindselig.

»Dein Vater hat verhandelt?«

»Mh-mh«, sagte Reb und schubste meinen Spielstein vom Brett.

Ich ärgerte mich nicht.

Eine weitere halbe Stunde verging ohne besondere Ereignisse. Die restliche Familie hatte sich zu ihren allabendlichen Beschäftigungen zurückgezogen, mit der Dämmerung schlich sich Mabelle zu uns in die Küche und maunzte mich vielsagend an. Ich gab etwas Sahne in ein Schüsselchen und servierte es ihr mit höflichen Worten. Ich war mir sicher, dass sie dies zu schätzen wusste. Sie hatte so einen freundlichen Blick in ihren grünen Augen.

Doch als das Telefon klingelte, zuckte sie zusammen und flüchtete.

Hazel ging an den Apparat.

»Hallo?«

Während sie schweigend zuhörte, wurden ihre Augen immer größer. Dann legte sie auf und sagte: »Scheiße! Milan! Sie werden in wenigen Minuten anfangen. Sie haben eine Warnung erhalten, dass man ihre Aktion unterbinden will.«

Reb stand schon an der Tür.

Plan B.

Ich rannte ihm nach, Hazel hinter mir. Es gelang mir gerade noch, den Griff der Beifahrertür zu erwischen. Wir hangelten uns in den anfahrenden Bus.

Das Getriebe krachte, der Motor heulte wie ein hungriger Wolf. Hazel und ich klammerten uns aneinander, um nicht gegen die Scheibe zu fliegen.

Reb raste wie ein Wahnsinniger über die Straße, bog in den Schotterweg zum Fort ein. Steine prasselten gegen das Blech. Dann bremste er, wir wurden nach vorne geschleudert. Reb war aus dem Wagen gestiegen, kaum dass er richtig zum Stehen gekommen war. Hazel riss die Handbremse hoch, dann hetzten wir hinter ihm her. Das Tor zum Fort war glücklicherweise offen. Durch den Vorhof, zum Turm.

»Ich geh außen hoch! Ihr rein. Macht so viel kaputt wie nur möglich.«

Reb sprang die Holzstiege hinauf, die zum Wehrgang führte. Wir stießen die Eingangstür auf. Stürmten die Treppe zum Funkraum hoch.

Milan öffnete uns die Tür.

Ich achtete nicht auf ihn, lief die Treppe zur Kuppel hoch.

Riss die nächste Tür auf.

Flüche prallten uns entgegen. Pecker schob wild an irgendwelchen Reglern.

Ich ignorierte auch ihn. Hazel sprang auf einen Tisch zu und riss mit aller Kraft an den Kabeln.

Tim und Kevin sahen uns fassungslos an. Pecker versuchte Hazel zu packen. Ich griff nach einem Keyboard, zerrte es vom Tisch und hieb es ihm über den Kopf.

Neben mir klirrte die Scheibe des kleinen Fensters in der Kuppel. Schwarze Stiefel erschienen, dann der Rest von Reb. Pecker drehte sich zu ihm um. Rebs Faust schnellte hervor.

Hazel schrie, denn Tim hatte sie in den Schwitzkasten genommen.

Ich schwang die Tastatur. Eine Ecke traf Tim in den Solarplexus. Er keuchte. Ich drehte mich auf dem Absatz, holte aus und schlug ihn mit der Kante gegen den Hals. Er ging wortlos zu Boden, Hazel fiel mit ihm, machte sich frei, riss weitere Kabel aus den Geräten und schwang eine Maus wie eine Bola um sich. Das Ding klatschte Kevin ins Gesicht.

Der wollte sie packen, aber ich hatte inzwischen meine Waffe einzusetzen gelernt. Mit beiden Händen packte ich sie und rammte sie ihm in den Unterleib.

Röchelnd sackte Kevin zusammen.

Hinter mir wälzten sich Reb und Pecker auf dem Boden. Pecker hatte seine Hände um Rebs Hals gekrallt, der hatte die seinen in Peckers Haaren und knallte gerade dessen Kopf auf den Boden. Pecker ließ los, Reb richtete sich auf, holte zu einem Schlag aus. Pecker wich aus, zog das Knie an. Reb krümmte sich zusammen. Ich packte das Keyboard, holte aus, um Pecker ins Nirwana zu schicken, doch im letzten Moment wand Reb seinen Kopf.

Die Tastatur traf ihn mit der flachen Seite voll am Hinterkopf.

Er brach vornüber zusammen.

Mir fiel das Keyboard aus den Händen.

Pecker kroch zur Tür, rappelte sich auf und verschwand.

»Scheiße, Scheiße, verdammte Scheiße!«

Ich kniete mich neben Reb.

Bewusstlos. Blutend.

Schon wieder.

Vorsichtig drehte ich ihn auf den Rücken, ließ mich im Schneidersitz nieder, bettete seinen Kopf in meinen Schoß und tastete ihn vorsichtig nach einer Wunde ab. Tränen flossen mir über die Wangen. Hazel reichte mir ein Päckchen Taschentücher.

»Ist es schlimm?«

»Weiß nicht«, schniefte ich und tupfte das Blut an seinem Haaransatz ab.

»Ich hab die beiden verschnürt«, meldete Hazel knapp. Sie stellte sich auf einen Stuhl und schaute aus dem Fenster. »Ich sehe Scheinwerfer. Ich glaube, da kommt Hilfe!«

»Für wen?«

»Oh Gott. Hoffentlich für uns!«

Doch dann ertönte das atemlose Signal der Martinshörner.

Reb rührte sich noch immer nicht. Seine Unterlippe war geschwollen und blutete, auf seinem Kinn breitete sich ein roter Fleck aus. Sein Shirt war zerrissen, ein langer Kratzer reichte von der Schulter bis zum Ellbogen. Seine Hände waren an den Knöcheln abgeschürft. Ganz vorsichtig drückte ich seine Lippe nach unten, um zu sehen, ob er Verletzungen im Mund hatte. Ein wenig Blut verfärbte seine Zähne, aber die waren, soweit ich erkennen konnte, noch alle vorhanden.

Durch das zerborstene Fenster schallte das Knattern eines Motorbootes.

»Pecker haut ab«, sagte Hazel.

»Mir egal.«

Ich strich Reb durch die Haare. Sie waren an der Schläfe blutverklebt.

Die Sirenen wurden lauter, verstummten.

Ich tupfte weiter Blut. Aus der Ecke, in der die Nerds lagen, kam ein Stöhnen.

»Pass auf die Idioten auf, Hazel.«

»Keine Sorge. Diese Kabel reißen nicht so schnell. Und wie man ordentliche Knoten knüpft, lernen wir hier alle schon als Kind beim Segeln.«

Schritte näherten sich, die Tür flog auf, Alvar betrat den Raum.

Wie Reb ganz in Schwarz und buchstäblich zornblitzend. Ein kurzer Rundumblick, dann nickte er.

»Gute Arbeit, die Damen!«

Er beugte sich zu Reb hinunter und betrachtete ihn eingehend, ohne ihn zu berühren.

»Was ist passiert?«

»Ich hab ihn k. o. geschlagen. Ich wollte Pecker treffen. Der ist geflohen. Es tut mir so leid. Und … und er ist noch immer nicht zu sich gekommen.«

»Würde ich auch nicht.« Alvar stieß Reb die Stiefelspitze in die Rippen. »Er hat es da sehr gemütlich. Hoch mit dir, du Simulant.«

Reb blinzelte. Eines der winzigsten schiefen Lächeln zuckte über seine Lippen.

»Warum hast du mich verraten, Vater?«

»Ich brauche deinen Bericht. Verwöhnen lassen kannst du dich später.«

»Och, aber sie macht doch so gern an mir rum.«

Ich rutschte nach hinten, und sein Kopf landete unsanft auf dem Boden.

Reb stöhnte, verdrehte theatralisch die Augen, kam auf die Knie, dann mit einem weiteren, diesmal echten, Stöhnen auf die Füße. Inzwischen waren auch drei Polizisten eingetroffen und musterten das Trümmerfeld.

Reb übernahm es, den Ablauf seit Milans Warnung zu schildern, und berichtete, wie er das Kabel am Sendemast durchtrennt hatte. »Dann bin ich durch die Fensterluke hier reingesprungen, und da war diese Princess gerade dabei, die Clowns da drüben mit dem Keyboard niederzumähen.«

»Bitte?«

»Für eine harmoniebedürftige Junora war das eine coole Vorführung. Vater, sie schwang die Tastatur wie einen Bihander. Und die spitzohrige Princess hat dem einen Nerd dann auch noch seine Maus zu fressen gegeben. Alles in allem war meine Prügelei mit Pecker dagegen recht unspektakulär. Na ja, bis zu dem Augenblick, in dem ich ins Friendly Fire geriet und von den eigenen Truppen erschlagen wurde.«

Alvar sah mich fragend an.

Ich hob die Schultern und drehte die Handflächen nach oben. »Reb hat gesagt, man solle das Notwendige tun.«

»Es war nicht notwendig, mich niederzuschlagen.«

»Es war nicht notwendig, den Kopf zu drehen.«

»Jetzt bin ich also schuld, dass ich von dir zusammengeschlagen wurde?«

»Ja. Finde ich«, sagte ich, stand auf, sah mich um und rümpfte die Nase. »Sie da brauchen gar nicht so zu grinsen«, herrschte ich die Polizisten an.

Die wandten sich den Gefesselten zu, aber ich hörte ihr leises Prusten.

»Ich schlage vor, dass ihr Reb mit nach Hause nehmt, Mademoiselle Hazel. Er sollte eine heiße Dusche bekommen und verarztet werden. Anschließend werden wir euch aber noch für die offiziellen Aussagen brauchen.«

»Können wir die bitte bei uns auf dem Gut machen, Monsieur Alvar?«

»Natürlich. Wir kommen – Messieurs?«

»In einer Stunde, wenn es genehm ist, Mademoiselle.«

»Reb, kannst du uns fahren?«

»Besser als laufen. Kommt, meine Prinzesschen!«

Es wurde eine lange Nacht. Jenevra hatte Reb verarztet und mit einem Eisbeutel versorgt. Hazel und ich holten Wasser, kalten Tee und Säfte für alle. Der ermittelnde Kommissar war eingetroffen, und wir erfuhren, dass Alvar tatsächlich etwas Mühe gehabt hatte, die örtliche Polizei zu einem Einsatz zu bewegen – sie wollten mehr als nur Gerüchte, um einzugreifen. Er hatte seine ganze Autorität als künftiger Präfekt spielen lassen, um sie in Marsch zu setzen. Immerhin waren sie bereits unterwegs gewesen, als die Radiosendung abrupt abgebrochen war. Das beschleunigte ihr Handeln. Wir versuchten herauszufinden, ob und wie lange der Sender seine Störsignale ausgesendet hatte, und wie sich aus den verschiedenen Aussagen über die Zeiten ergab, war es Pecker und seinen Leuten gelungen, mindestens eine Minute lang den GPS-Faker in Betrieb zu halten und Funkdaten zu verfälschen. Ich dachte an meine Heimat. An meine Mutter. Es würde Folgen gehabt haben. Hoffentlich waren sie nicht allzu entsetzlich.

Milan war, genau wie Pecker, verschwunden. Robin, das Oberhaupt dieser Sippe, würde die Verantwortung für sie übernehmen müssen. Die beiden Nerds waren von den Polizisten abgeführt worden.

Gort, der zu der Vernehmung dazugekommen war, saß schweigend und mit betroffener Miene am Küchentisch.

»Ich war ein Idiot. Ich hätte es verhindern müssen.«

»Ja«, sagte Alvar. »Das hätten Sie. Ich habe vier Tage harte, aufreibende Verhandlungen geführt, um diesem Land mehr wirtschaftliche und technische Möglichkeiten zu verschaffen. Solche Sabotageakte treffen nur uns selbst.«

Jenevra kochte Kaffee für alle, die Fragen und Erklärungen wollten kein Ende nehmen. Ich lehnte den Kopf erschöpft an die Wand hinter mir, Hazel kuschelte sich in meinen Arm.

»Lasst die Prinzesschen zu Bett gehen«, hörte ich Reb irgendwann sagen.

»Ja, Kinder, geht zu Bett«, sagte Gort, und ich regte mich noch nicht einmal auf.

Das Unwetter kam und ging, ich bemerkte nichts davon.

STRANDNACHMITTAG

Sie hatten mich ausschlafen lassen. Als ich wach wurde, fiel mir Hazels sorgfältig gemachtes Bett auf, und mein Wecker zeigte beschämende zehn Uhr. Sonnenstrahlen fielen in breiten Streifen durch die Vorhänge.

Die Erinnerung an die Ereignisse der Nacht aber scheuchte mich augenblicklich aus den Decken. Eine hurtige Dusche, anziehen, die feuchten Haare mit den Fingern gekämmt, und schon hastete ich die Treppen hinunter in die Küche.

Jenevra und zwei Mädchen schnipselten Gemüse, der Geruch von frisch gebackenem Brot und kochender Milch fing mich ein.

»Ausgeschlafen?«

»Verschlafen. Tut mir leid.«

»Macht nichts. Sie war schrecklich, diese Nacht.«

»Gibt es schon Nachrichten?«

»Nichts, was du nicht schon wüsstest. Alvar ist in der Frühe aufgebrochen, er will versuchen, mit seinen Verhandlungspartnern zu sprechen und zu schlichten, wenn es geht.«

Also war Reb wohl auch fort. Ohne Abschied.

Unglücklich griff ich nach einem Kanten Brot, strich salzige Butter darauf und nagte daran. Es schmeckte nach Pappe.

»Ich habe Hazel an den Strand geschickt. Du solltest ebenfalls deine Badetasche packen, Kyria. Ich mache dir einen Picknickkorb zurecht. Ihr habt euch einen Ferientag verdient.«

Ich nickte und wollte hochgehen, um meine Sachen zu holen.

»Ach, und Reb ist bei den Pferden. Ich pack dann mal genug für euch beide ein.«

Ich hüpfte die Stufen hoch und war in Windeseile wieder in der Küche. Ein Deckelkorb stand schon bereit, und mit einem müden Lächeln winkte mich Jenevra aus dem Haus.

Sie machte sich Vorwürfe. Ich spürte es. Aber ich konnte ihr nicht helfen. Sie hatten alle von den technischen Spielereien mit dem Störsender gewusst, vielleicht nicht alles über die verheerende Wirkung, aber dass es ein Sabotageakt war, war ihnen klar, und sie hatten es geduldet.

Welche Konsequenzen es nun für die Mitwisser haben würde, würde sich zeigen.

Hazels Familie tat mir dennoch leid. Sie alle waren gastfreundliche, hilfsbereite, arbeitsame Menschen, und ihre Wut über die hinterhältige Seuchenverbreitung war nur allzu verständlich. Gewalt zeugte Gegengewalt – NuYu-Politikerinnen hatten einst genau diesen Teufelskreis durchbrechen wollen. Darum hatten sie die gewaltbereiten Männer entmachtet. Und jetzt … Alvar hatte recht: Macht korrumpiert.

Konnte ich etwas tun?

Willow hatte es für möglich gehalten, schoss es mir durch den Kopf. »Macht – sei vorsichtig damit«, hatte sie mir kurz vor ihrem Tod gesagt. Und als ich bezweifelte, Macht zu haben, hatte sie behauptet: »Oh doch!«

Aber worin bestand meine Macht?

Tu das Notwendige.

Nachdenken half vermutlich wenig.

Notwendig war es jetzt, Reb aufzusuchen. Und ihm einige Antworten zu entlocken.

Sollte sich jedoch Ember wieder bei ihm herumdrücken, würden sie beide erfahren, wie die Macht eine Electizicke aussah!

Ich musste allerdings nicht mein inneres Tier bemühen, Reb galoppierte auf einem der Pferde – ohne Sattel – über die Weide, die beiden anderen folgten ihm und schienen ihren Spaß daran zu haben.

Ja, er sah gut aus als Reiter. Beinahe so, wie ich ihn oben auf dem Fort in diesem einen kurzen Traumbild gesehen hatte. Nur dass diese Pferdchen hier nicht mit den starken Rössern vergleichbar waren, die Alvar züchtete und trainierte.

Er hatte mich gesehen, kam auf das Gatter zu und sprang ab, noch bevor das Tier zum Stehen kam.

Angeber!

Und grinste auch noch.

»Hi, Princess, endlich aufgewacht?«

»Seh ich vielleicht verschlafen aus?«

»Nein, nur ein bisschen störrisch. Aber das kennen wir ja als Charakterzug von dir.«

Störrisch, pah. Nur weil ich ihn nicht gebührend bewunderte.

»Wenn wir schon damit anfangen, Charakterfehler aufzuzählen …«

»Hatte ich Fehler gesagt, Princess?« Er schwang sich über das Gatter und landete neben mir. »Ich bewundere störrische Tiere. Sie sind eine viel größere Herausforderung als lahme Enten.«

»Sag mal, übst du das heimlich nachts?«

»Was?«

»Derartige Beleidigungen?«

»Nein, darin bin ich ein Naturtalent. Was ist in dem Korb?«

»Picknick für fünf.«

»Ah, wer kommt mit?«

»Du, ich und die drei Pferde, für die du frisst.«

Er nickte anerkennend. »Der war auch nicht schlecht.«

Er brachte mich zum Lächeln, der uncharmante Lümmel.

»Jenevra hat uns heute freigegeben. Hazel ist schon zum Strand gegangen.«

»Ja, ich habe sie getroffen. Und, möchtest du auch?«

»Was habe ich wohl in dieser Tasche?«

»Edelzickenklamotten?«

»Der ist abgelutscht. Lass dir was Besseres einfallen.«

Er nahm Korb und Tasche und stellte sie hinten in das Gartenhäuschen seines Busses, dann machte er mir, ganz Gentleman, die Beifahrertür auf.

»Mademoiselle!«

»Monsieur!«

Rumpelnd setzte sich das Gefährt in Bewegung. Der Raum füllte sich mit Rosmarinduft, nicht unangenehm, aber ungewöhnlich an Reb.

»Womit haben Sie sich parfümiert, Monsieur?«, fragte ich hochnäsig schnüffelnd. »Ein Versuch, mein Herz zu erobern?«

Er schnüffelte auch, grinste dann. »Dein Herz erobert man mit Pferdesalbe, Princess? Wie unerwartet.«

»Pferdesalbe?«

»Hilfreich gegen blaue Flecken und Prellungen. Tja, wir sind hier nicht in einem NuYu-Heilungshaus.«

»Pferdesalbe, okay. Was Tieren hilft, hilft auch dir, verstanden.«

»Du weißt doch, man hat mich zum unzivilisierten, wilden Tier werden lassen.«

Lag da ein Hauch Bitterkeit in seiner Stimme?

»Hat Jenevra dir die Salbe gegeben?«

»Die habe ich immer dabei. Ist nicht das erste Mal, dass ich mir blaue Flecken eingehandelt habe.«

»Ich weiß. Und sie riecht wirklich nicht schlecht.«

Der Kratzer an seinem Arm war verschorft, an seiner Schläfe klebte ein Pflaster, seine Lippe war noch ein wenig geschwollen, aber er wirkte nicht so, als ob er große Schmerzen hätte.

»Pecker scheint kein geübter Raufer zu sein.«

»Och, er war nicht schlecht, aber – er trainiert keine Pferde, weißt du.«

»Nein, er trainiert Bits und Bytes.«

»Eben.«

Pecker war mit einem Motorboot abgehauen. Wohin mochte er geflohen sein? Ich schaute aus dem Seitenfenster. Auf dem glitzernden Meer leuchteten vereinzelt weiße Segel, in der Ferne zog ein Frachter vorbei. Da Reb Hazel getroffen hatte, fragte ich nicht, wohin er fuhr. Sie hatte ihm sicher gesagt, zu welcher Bucht sie wollte. An der felsigen Westseite des Caps hatte sich über ein Dutzend kleine, weißsandige Strände gebildet, die von den Einheimischen gerne aufgesucht wurden. Aber dann wunderte ich mich, dass er an allen nahe gelegenen Buchten vorbeifuhr und auf die Küstenstraße nach Erquy einbog.

»Ist Hazel zu den Sables-d'Or gefahren?«

»Nein, aber wir fahren in die Nähe.«

»Aha.«

Les Sables-d'Or war ein langer Strand, der gerne von Urlaubern aus den größeren Städten des Reservats besucht wurde und an einem Samstag sicher weit belebter war als die kleinen Felsbuchten. Na gut, mir sollte es recht sein. Doch auch an dem Parkplatz dieses Strandes fuhren wir vorbei. Schließlich erreichten wir den Pinienhain, der die Felder und die Heideflächen ablöste. Reb verließ die Straße und folgte einem unbefestigten Weg zwischen den Bäumen.

»Du kennst dich aus?«

»Hab hier gestern, nachdem ich in Erquy war, haltgemacht. In der Gegend liegt die Lodge.«

»Stimmt. Und dort sind vermutlich derzeit keine Besucher.«

»Nein, die haben noch immer Schiss, dass sie sich die Masern einfangen.«

Er parkte den Wohnbus am Ende des Weges in einer sandigen Haltebucht.

Harziger Pinienduft mischte sich mit dem Tanggeruch des Meeres. Ich stieg aus und atmete tief ein. Es war ein schöner, heute verlassener Platz. Eine sandverwehte Holztreppe führte zum Strand hinunter, der sich in einem weiten Bogen von Ost nach West erstreckte. Das nächtliche Unwetter hatte die Wellen aufgetürmt, und vereinzelt übten sich Surfer auf dem Wasser.

Wir richteten uns mit Bastmatten und Handtüchern neben einer kleinen Steinformation ein, die unserem Picknickkorb etwas Schatten spendete. Ich hatte das, was man hier als Badebekleidung trug, unter meiner Bluse und dem flattrigen Rock schon angelegt und zog mich bis auf die roten Pantys und das als Bustier gebundene Bandeau aus. Bikinis aus schnell trocknenden, synthetischen Stoffen kannte man hier nicht. Wie so viele der mir bisher vertrauten Dinge. Reb zog sein Shirt und seine über den Knien abgeschnittene Hose aus und präsentierte mir in – mhm – sehr knappen Shorts wieder einmal einen mit – diesmal grünen! Aha, Pferdesalbe – Flecken übersäten, allerdings tief gebräunten Körper. Er setzte sich in die Sonne und band sich die Haare mit einem Stoffstreifen zurück. Um seinen Hals baumelte, an einem Lederband, das keltische Kreuz.

»Hast du mich jetzt genug bewundert?«

Hastig wandte ich den Blick von ihm ab.

Ja, ja, ich hatte ihn bewundert. Aber eher würde ich mir die Zunge abbeißen, bevor ich das ihm gegenüber zugab.

»Schönes Plätzchen hier«, stellte ich stattdessen fest, setzte mich auf meine Matte und klaubte eine Muschel aus dem Sand.

»Mhm.«

Ein ungefährliches Thema, Kyria, such ein harmloses Thema.

»Dein Vater ist heute Morgen zurückgefahren?«

»Heute Nacht schon. Er hat alle Hände voll zu tun, um die Folgen von diesem verdammten Anschlag in den Griff zu bekommen.«

»Was wird er tun?«

»Versuchen, seine Verhandlungspartner in NuYu zu erreichen und … was immer zu erklären ist, erklären. Und die hiesigen Präfekten ebenfalls in Kenntnis zu setzen, damit weitere derartige Anschläge verhindert werden.«

»Er scheint großen Einfluss zu haben.«

»Hoffentlich. Er war ziemlich sauer.«

»Ja, den Eindruck hatte ich auch. Ist er schlimm, wenn er sauer ist?«

Das schiefe Lächeln huschte über sein Gesicht. »Oh ja.«

»Du hast ihn auch schon sauer gemacht, was?«

»Ist nicht schwer.«

»Das, Reb, glaube ich dir sofort. Auch darin bist du ein Naturtalent.«

»Er genauso, Princess. Aber irgendwie kommen wir jetzt miteinander aus.«

»Immerhin hat er dir einige Manieren beigebracht.«

»Findest du?«

»Ja, du spuckst nicht mehr auf den Boden.«

Er biss sich auf die Lippe. »Das, äh, war einer dieser denkwürdigen Momente, in denen ich seine ganze geballte Autorität zu spüren bekommen habe.«

»Mit Erfolg, wie es scheint. Wie kommt es, dass du nicht gleich mit ihm gefahren bist?«

»Ich hab hier noch was zu erledigen. Morgen muss ich aber zurück. Wir müssen zwei Viererzüge Pferde nach Irland bringen. Das darf ich jetzt ohne seine Hilfe machen.«

»Oh. Für ein Rennen?«

»Nein, er verkauft die Tiere. Und will im Gegenzug zwei Zuchtstuten dort abholen. Ich hoffe, er kommt rechtzeitig dazu. Die Auswahl solcher Pferde traue ich mir noch nicht zu.«

»Das gibt es?«

»Ja, Princess, das gibt es. Ich habe noch viel zu lernen.«

Ich unterdrückte eine spöttische Bemerkung, denn er war ungewöhnlich ernst geworden. Offensichtlich bedeutete ihm die Anerkennung seines Vaters sehr viel.

»Was hast du hier noch zu erledigen?«, fragte ich stattdessen. »Etwas für ihn?«

»Etwas, das er mir aufgetragen hat, ja.«

Reb nahm eine Muschelschale auf und zerbrach sie mit den Fingern.

Überrascht sah ich ihm zu, wie er eine zweite nahm und ebenfalls zerbrach.

Er fühlte sich nicht wohl. Der Auftrag musste schwierig oder ausgesprochen unangenehm sein.

»Was ist es, Reb? Kann ich dir dabei helfen?«

Er warf die zerbrochenen Muscheln mit wütender Kraft gegen die Steine.

»Nein, verdammt, kannst du nicht. Kannst du nicht, weil es dich betrifft.«

»Was betrifft mich?«

»Etwas, das er dir verdammt noch mal selbst hätte sagen sollen. Jetzt hat er mir das aufgedrückt.«

»Dann mach den Mund auf und sag es mir.«

Er zog die Knie dichter an seinen Körper und umschlang sie mit den Armen. Fast so, als wolle er sich vor einem Schlag schützen.

»Hey, was ist los? Du bist doch sonst kein Feigling.«

»Doch. Ich bin feige, Princess. Ich hab dir schon mal etwas nicht gesagt, was ich dir hätte sagen sollen.«

»Das mit der Genanalyse. Ja, aber – okay. Das war schon in Ordnung so. Wahrscheinlich hätte mich das in den ersten Tagen unserer Flucht völlig durcheinandergebracht.«

»Ist das so?«

»Ja. Ich bin ein bisschen langsam in solchen Sachen, weißt du. Mich an Neues zu gewöhnen und so, das fällt mir schwer.«

Reb schnaubte. »Wenn sich eine schnell anpasst, dann du. Schau dich doch an – vor drei Monaten warst du eine verängstigte Electiziege, die immer nur Willnich und Kannich jammerte. Und heute fütterst du Schweine und verprügelst Nerds mit ihrer eigenen Tastatur.«

»Ja, tolle Anpassung. Umgang mit unhygienischen Tieren und Anwendung von Gewalt. Meine Mutter würde kollern.«

»Glaubst du das?«

Ich überlegte kurz. Ob es ihr wohl etwas ausmachen würde, wenn sie wüsste, was ich hier tat und wie verwildert ich war? Oder wäre sie froh darüber, mich gesund und ausdauernd und ein bisschen furchtloser zu sehen?

»Ich kenne sie zu wenig«, sagte ich schließlich. »Ich weiß es nicht. Vielleicht würde sie sich freuen, dass ich lebe.«

»Ja, manche Mütter tun das vielleicht.«

Da war wieder diese Düsternis um ihn, und ich dachte an die Schlange Saphrina, die ihn verstoßen hatte. Ich konnte nicht anders, ich strich ihm über den Arm. Er zuckte zurück.

»Entschuldigung.«

Er sah zum fernen Horizont hin. Wieder tat er mir leid. Manche Dinge musste er wohl unbedingt in sich hineinfressen. Störrisch war gar kein Ausdruck für ihn. Um ihn aus dieser finsteren Stimmung herauszuholen, fragte ich noch einmal: »Was ist es, das du dich nicht traust mir zu sagen, Reb?«

Ja, er kam zurück. Er drehte sich sogar zu mir um.

»Es ist etwas, das dir wehtun wird.«

Natürlich. Ich versuchte es ihm leicht zu machen, indem ich spöttisch fragte: »Weil du Ember heiraten und mit ihr Kinder haben willst?«

»Was? Wen?«

Okay, das war schon mal ein Trostpflästerchen.

»Die rote Princess.«

»Ach, die. Nein zum Kindermachen sind wir ja nicht gekommen, wir wurden herb unterbrochen.«

»Gut, das ist es also nicht. Was kann schlimmer sein?«

Reb schüttelte den Kopf. »Du bist wirklich hart im Nehmen,

Princess. Also gut.« Er spielte mit seinem Anhänger, und wie magisch angezogen, umfasste ich auch den meinen. »Erinnerst du dich, was mein Vater über seine Flucht erzählt hat?«

»Die Razzia, bei der er Maie gerettet hat?«

»Ja. Und bei der alles vernichtet wurde, was er und seine Freunde zusammengetragen hatten.«

»Die Wardens.«

»Vorläufer davon, richtig. Sie wollten den Tod seines Freundes aufklären, fanden aber nur einen ungeheuren Haufen Dreck aller Art, jedoch keine Spur von dem Mörder.«

»Ja, das hat er gesagt.«

»Der Mann, der vergiftet worden ist, der beste Freund meines Vaters, starb am 28. April 2107.«

Ich krallte meine Finger um das Amulett.

»Demir, mein Vater«, sagte ich, und meine Stimme klang heiser.

»Demir, dein Vater, vergiftet, nicht an einem Gendefekt gestorben. Vergiftet mit radioaktivem Polonium, wodurch sich seine Organe auflösten. Das zumindest haben sie herausgefunden.«

Jetzt war ich diejenige, die die Knie umschlang und den Kopf darauflegte. Überrascht war ich nicht mehr. Es war nur noch das letzte Puzzlesteinchen, das auf seinen Platz fiel.

»Dein Vater und deine Mutter waren glücklich, dass sie eine Tochter bekommen würden, hat mein Vater erzählt. Demir wollte eine Partnerschaft mit La Dama Isha eingehen, sowie du auf der Welt gewesen wärst.«

Wie von ferne drangen die Worte zu mir.

Ich hatte einen Vater, der mich wollte. Der eine Familie wollte. Man hatte ihn umgebracht. Und meine Mutter und mich belogen.

Und keiner hatte bisher den Grund dafür herausgefunden.

Ich löste meine Arme von den Knien und stand auf.

»Ich gehe zum Strand runter, Reb. Ich muss eine Weile allein sein.«

»Ja, ist gut.«

Die Ebbe hatte vor geraumer Zeit eingesetzt und den welligen Meeresboden freigegeben. Das verbliebene Wasser in den Pfützen und Rinnsalen war warm. Hier und da lag eine gestrandete Qualle, huschte ein vielfüßiges Krabbentier vor meinen Zehen weg, stoben kleine Pickervögel auf. Ich bemühte mich, gar nichts zu denken. Ich wollte meinen Kopf leer machen, damit sich die Gedanken darin neu ordnen konnten.

Als ich das Ende der Bucht erreicht hatte, war ich bereit, mich ihnen zu stellen. Dort, wo die muschelbesetzten Felsen endeten und der Sand trocken und warm war, ließ ich mich nieder.

Wer waren jene, die diesen Mord begangen hatten? Warum hatten sie die Lüge mit dem Gendefekt inszeniert? Es war ihnen ziemlich perfekt gelungen, und es mussten mehrere gewesen sein. Wenigstens eine Ärztin war darunter. Dr. Martinez? Ich kannte sie, seit ich ein Kind war. Warum war es so wichtig, dass auch ich in dem Glauben aufwachsen musste, eine Gendefekte zu sein? Wenn ich jemandem gefährlich war, warum hatte man mich dann nicht schon als Säugling einfach umgebracht?

Was hatte mein Vater herausgefunden? Wem war er zu nahe gekommen?

Hatte er es meiner Mutter anvertraut?

Bonnie wollte mich töten.

Die Fragen schienen zusammenhanglos. Aber es musste eine Verbindung zwischen ihnen bestehen.

Ich schaute den Möwen nach, die über mir ihre Kreise zogen, landeten, eine Muschel in den Schnabel nahmen, wieder aufstiegen und sie aus großer Höhe fallen ließen, damit sie aufbrach. Dann stürzten sie herab, um das Fleisch herauszupicken. Nicht immer gelang es ihnen. Andere waren schneller, es gab wütendes Geschrei, Schnabelhacken, Kampf.

Es war für sie ganz natürlich, um Futter zu kämpfen.

Mutter Staat hatte hingegen das Mäntelchen der Friedfertigkeit über seine Kinder gelegt.

Doch unter diesem dünnen Mäntelchen tobte noch immer ein Kampf. Hinterhältiger und gemeiner als der der Möwen um ihre Nahrung.

Unruhig stand ich auf und machte mich auf den Weg zurück zu unserem Strandlager.

Reb konnte mir vielleicht einige Antworten geben. Alvar weitere.

Und, Kyria, was tust du, wenn du deine Antworten hast?

Ich fasste an mein Amulett – das meinem Vater gehört hatte, das er meiner Mutter geschenkt hatte.

Und das sie mir gegeben hatte.

Meine Mutter, die Demir, meinen Vater, geliebt hatte.

Und mich, seine Tochter.

Nur deshalb lebte ich vermutlich noch. Sie hatte mich beschützt.

Ich musste nur noch das Notwendige tun – zurückkehren.

Mit schnellen Schritten eilte ich über den festen Sand und ging dann auf die Badematten zu.

Reb lag im Schatten, die Arme über der Brust gekreuzt, und schlief.

Himmel, er war die ganze Nacht wach geblieben und schon vor mir wieder bei den Pferden gewesen. Er musste hundemüde sein.

Leise kniete ich mich nieder. Er rührte sich nicht. Aber das hatte nichts zu bedeuten, schon so oft hatte er mich mit seinem wachsamen Schlaf getäuscht. Sacht strich ich ihm eine Locke aus der Stirn.

Er schien wirklich tief zu schlafen, sonst hätte er bestimmt irgendetwas gemurmelt. Nun gut, meine Fragen konnten auch noch warten. Müde – eher erschöpft – fühlte ich mich auch. Also streckte ich mich neben ihm aus und legte, wie in so vielen Nächten zuvor, meine Hand auf die seinen und lehnte den Kopf an seine Schulter.

Er hatte mir nicht wehtun wollen.

Ich döste ein.

Es weckte mich das Rauschen der Wellen. Das und die Tatsache, dass etwas an meiner Seite fehlte. Ich öffnete die Augen und streckte mich. Die Schatten waren gewandert, ich lag in der Sonne. Die Flut hatte den Strand erobert, und als ich mich aufsetzte, sah ich Reb aus dem Wasser kommen. Tröpfchen glitzerten auf seiner Haut, geschmeidig bewegten sich seine Muskeln darunter. Er schüttelte sich, und Wasser sprühte aus seinen Haaren. Als er vor mir stand, reichte ich ihm sein Handtuch, und er wickelte es sich eilig um die Hüften.

Ich tat so, als hätte ich nicht gesehen, was er verbergen wollte.

»Ich habe Hunger«, stellte ich fest.

»Dann mach doch den Korb auf.«

Er war wieder kurz angebunden. Es würde schwierig werden, ihn zum Reden zu bringen, aber das war ja nichts Neues. Wir fanden Brot, ein Glas mit Rillette, ein Glas Marmelade, Kekse, Tomaten, Gurken, eine Thermoskanne kalten Tee und eine Flasche Wasser. Während ich das Brot in Stücke brach und auf Papiertücher legte, erzählte ich ihm von meinen Gedanken. Er aß schweigend, was ich ihm reichte.

»Und, was willst du tun?«, fragte er schließlich.

»Ich weiß es noch nicht. Aber ich werde etwas tun – wahrscheinlich muss ich es sogar, wenn ich am Leben bleiben will. Es wird wohl bedeuten, nach NuYu zurückzukehren. Hat sich dein Vater mit meiner Mutter getroffen, letzte Woche, als er auf See war?«

»Ja.«

»Hat er mit ihr über mich gesprochen?«

»Nein. Er hat dir doch sein Wort gegeben, es nicht zu tun.«

»Hat sie von mir gesprochen?«

»Nein.«

»Dann weiß sie entweder nicht, dass ich mich hier aufhalte, oder sie nimmt an, dass ich inzwischen tot bin.«

»Aber irgendwer weiß, dass du hier bist.«

»Ich drehe mich im Kreis«, knurrte ich.

»Du musst meinen Vater nur bitten, deiner Mutter eine Nachricht von dir zu übergeben.«

»Ob das klug ist?«

Er verschlang einen Keks und trank einen Schluck Wasser. »Gute Frage.«

Ich räumte die Reste unseres Mahls in den Korb und setzte mich wieder neben ihn. Er starrte zu den Wellen hinaus.

»Warum bist du so muffig, Reb? Du hast deinen Auftrag ausgeführt, ich habe nicht geheult, ich verlange von dir nicht, irgendetwas für mich zu tun. Alles ist gut.«

Er drehte sich zu mir. Sah mich an. Grüne Augen, Goldfunkeln darin.

»Nichts ist gut. Überhaupt nichts. Alles ist durcheinander, Princess. Ganz entsetzlich und grässlich durcheinander. Und daran bist nur du schuld. Ach, verdammt!«

Und damit beugte er sich über mich und küsste mich.

Kein bisschen zärtlich oder sanft. Aber als meine namenlose Überraschung verflogen war, setzte ein Schwindel ein, wie ich ihn noch nie erlebt hatte.

Schließlich ließ er mich los, und benommen blinzelte ich ihn an.

»Bin nicht schuld«, krächzte ich.

»Doch, bist du. Du liegst da plötzlich in diesem Nichts-Fummel neben mir und bist braun und riechst nach Blumen und schmeckst nach Pfirsich und, verflucht, ich will trainieren, ich will Wagenlenker werden, ich will Karriere machen, ich habe ein verdammtes Ziel. Ich kann keine Frau brauchen, die sich an mich klammert.«

»Ich klammer nicht!«

»Doch. Die ganze Zeit. Ständig. Jede Nacht klammerst du dich in meine Träume.«

»Oh, entschuldige bitte, das habe ich nicht gewollt.«

Mit einer hilflosen Gebärde strich er sich die feuchten Haare aus dem Gesicht. »Seit du im Heilungshaus so giftig darauf bestanden hast, dass man mich verarzten soll, Princess, seit diesem dreimal verdammten Augenblick wünsche ich mir … Ach, Mist.«

Er küsste mich wieder, und diesmal schaffte ich es, die Arme um seinen Nacken zu legen und ihn zu mir hinunterzuziehen. Er war ein klein wenig sanfter, und seine Hände wanderten über meine Schultern zu dem Bandeau, das meine Brüste bedeckte. Nicht besonders gut bedeckte, wie ich feststellen durfte.

Meine Haut begann überall zu prickeln, und auch meine Hände suchten seinen Körper. Spürten die festen, langen Muskeln seines Rückens.

»Du klammerst auch«, flüsterte ich, als ich wieder Luft bekam.

»Ich? Nein.«

»Doch. Und nicht nur in meinen Träumen. Reitest du manchmal nachts am Strand lang?«

Er stützte sich auf die Ellbogen und sah mich fragend an. »Ja, manchmal.«

»Letzten Samstag auch?«

»Ja.«

»Ich habe dich gesehen. Auf einem grau-weiß gescheckten Pferd.«

»Und du hast auf einer Mauer hoch oben über dem Meer gesessen.«

»Ja.«

»Seltsam, nicht wahr?«

Ich fuhr ihm mit den Händen durch die wirren Haare. Er richtete sich ganz auf, und ich zupfte das Bandeau wieder zurecht.

»Wir spät ist es eigentlich? Ich hab mal wieder vergessen, meine Uhr aufzuziehen.«

Er langte in seine Kleider und zog eine Uhr hervor. »Gleich fünf. Komm, wir fahren nach Erquy, ein Eis essen.«

»Gute Idee.«

Es war besser, etwas Abstand zu wahren. Definitiv besser.

Wir stellten den Wohnbus mitten auf dem Parkplatz vor der Kirche ab, und natürlich wurde er von den Passanten gebührend bewundert. Vor den Cafés und Bistros standen unter bunten Markisen Tische, und fast alle waren besetzt. Also nahmen wir Eis in Waffeln, um sie aus der Hand zu essen, und setzten uns auf den Rand des Brunnens, der fröhlich plätscherte. Reb erzählte von seinem Training, den Pferden und dem Leben in Alvars Haus. Er wirkte entspannter als die ganze Zeit zuvor, hatte den Arm um meine Taille gelegt und wollte von meinem Erdbeereis lecken, nachdem er seines in der üblichen Geschwindigkeit verputzt hatte.

Dann stand er auf und meinte: »Wart hier einen Moment.« Damit schlenderte er über den Platz zu einer Apotheke. Er hatte nichts in der Hand, als er zurückkam, und ich fragte: »Hast du dir Schmerztabletten geben lassen?«

Er grinste. »Nein. Ich habe eines dieser altertümlichen Mittel gegen das Kindermachen gekauft, die man hier verwendet.«

Der letzte Rest meiner Eiswaffel blieb mir im Hals stecken. »Was?«, hustete ich.

»Gespräch zwischen Vater und Sohn heute früh, Princess. Seine Abschiedsworte lauteten«, und hier machte er Alvars tiefe Stimme höchst gekonnt nach: »Vergiss nicht, dir Gummis zu besorgen, Sohn.«

Als ich wieder Herrin meiner Stimme war, meinte ich trocken: »Das artet ja richtiggehend in Romantik aus.«

»Ja, nicht? Hey, hübsche Farbe. Sie steht dir!« Er strich mir über die heiße, vermutlich knallrote Wange. Und dann wurde sein Lächeln auf einmal sanft. »Du musst das nicht tun. Niemand zwingt dich, Princess.«

»Nein, du wirst sicher genug Gelegenheiten finden, sie anderweitig zu verwenden.«

»Glaubst du?«

»So, wie du Ember geknutscht hat, wird sie nichts dagegen haben.«

»Falsch, nicht ich habe Ember geknutscht, sondern sie mich.«

»Ja, und du hast dich mit Händen und Füßen dagegen gewehrt, ich hab's deutlich gesehen.«

»Sicher genauso, wie du dich gegen Fluke gewehrt hast.«

»Fluke? Mit Fluke habe ich nicht geknutscht.«

»Und woher weißt du dann, dass er süß ist?«

»Eifersüchtig?«, fragte ich spitz.

»Nicht auf Flundern. Und du brauchst auch nicht eifersüchtig auf die glutvolle Ember zu sein. Komm, da drüben ist eine Boucherie.«

»Wozu? Brauchst du rohes, rotes Fleisch, um deine Manneskraft zu stärken?«

»Mir reicht dazu zartes, weißes«, sagte er und fuhr mit dem Finger den Ausschnitt meiner Bluse entlang.

Gänsehaut kribbelte über meinen Leib. Ich schob ihn energisch weg, bevor ich auf einem öffentlichen Platz die Haltung verlor.

»Schade«, grummelte er. »Aber gut, schauen wir, ob sie Würstchen haben?«

»Wozu? Suchst du Vergleiche?«

»Jetzt wirst du frech, Princess.«

Ich kicherte. »Junor Bertis Würstchen war so.« Ich hob meinen kleinen Finger.

»Jedem das Seine. Aber ich dachte eigentlich daran, heute Abend zum Cap zu fahren, dort zu grillen und den Sonnenuntergang anzuschauen.«

Das war schon fast wirklich eine romantische Idee. Ich trottete also hinter ihm her und ließ ihn die Fleischwaren kaufen. Inzwischen hatte ich mich an deren Genuss gewöhnt, wenngleich ich nicht viel davon aß.

»Nehmen wir auch Brot mit und Cidre«, schlug ich vor. »Und wir können am Hof vorbeifahren und ein paar Tomaten und anderes einpacken.«

»Grünzeug«, sagte er verächtlich.

»Rotzeug. Und außerdem sage ich besser Bescheid, dass es später wird.«

»Brauchst du eine Erlaubnis dazu?«

»Nein, eigentlich nicht. Aber sie sollen sich keine Sorgen um mich machen.«

»Okay.

VERTRAUEN

Auf der Fahrt nach Plévenon hatte Reb das Radio eingeschaltet. Der Sender »La Forteresse« war stumm, aber es gab andere überregionale Sender, die uns mit Musik und Geplapper versorgten. Ich war froh darum, denn inzwischen fühlte ich mich nervös und aufgedreht. Seit Reb mich geküsst hatte, waren widersprüchliche Gefühle in mir wach geworden. Klar hatte ich davon geträumt. Natürlich hatte ich mich nach seiner Zärtlichkeit gesehnt. Na ja, zärtlich war er eher nicht. Aber auch das war nicht eben unerwartet.

Vor allem war er völlig anders als die NuYu-Jünglinge, mit denen ich meine Erfahrungen gemacht hatte. Romantik hatte bei ihnen immer ganz obenan gestanden. Wenn wir miteinander ausgegangen waren, hatte es Blumen gegeben, ein sorgfältig zusammengestelltes Essen, Kerzen, sanfte Musik. Alle drei Verehrer hatten eine Kulisse aufgebaut, die stimmungsvoll wirken sollte – und die diese Wirkung bei mir total verfehlt hatte. Im Handbuch der Verführungskunst war offensichtlich alles genauestens beschrieben, und lediglich die Wahl der Farbe von Tischdecke und Kerzen wurde den jungen Herren selbst überlassen. Keiner von ihnen hatte je nach Pferdesalbe gerochen, ausgefranste Jeans getragen oder von Kindermachen und dessen Verhütung gesprochen. Komplimente hatten sie mir gemacht, meine Frisur bewundert, den Glanz meiner Augen gerühmt, einer hatte kleine Verse rezitiert – mir gluckste noch immer das Kichern in der Kehle, als ich daran dachte.

Wahrscheinlich war ich einfach kein romantischer Typ.

Aber trotzdem flatterten die Schmetterlinge in meinem Bauch, wenn ich Reb nur von der Seite ansah.

Die Schmetterlinge stürzten jedoch jäh ab, als die Nachrichten verlesen wurden. Reb stellte den Ton lauter, damit er das Motorengeräusch übertönte.

Die Fischer vor der Küste, die die Sendungen aus NuYu auffingen, meldeten, dass ein Sabotageakt am Navigationssystem große Teile von NuYu betroffen habe. Eine Störung von dreißig Sekunden hatte bewirkt, dass der Verkehr und viele Industrieprozesse aus dem Ruder gelaufen waren. Ein größeres Chaos war nur dadurch vermieden worden, dass seit dem ersten Anschlag gewisse Sicherungsmaßnahmen gegriffen hätten. Mit Hochdruck arbeitete man daran, die Quelle der Störung zu orten. Eingegrenzt hatte man die Gegend bereits.

»Wir waren zu spät«, murmelte Reb. »Eine halbe Minute.«

»Mach dir keine Vorwürfe.«

Der Nachrichtensprecher verkündete weiter, dass NuYu Sanktionen gegen die Reservate erwog und dass die für diesen Anschlag Verantwortlichen gefasst und ausgeliefert werden sollten.

»Sie werden sie verstecken. Ausliefern werden sie sie nicht. Dafür gibt es hier viel zu viele, die mit dieser Sabotage einverstanden sind.«

»Ja, das kann sein. Aber es gibt dennoch solche Männer wie meinen Vater. Er will diese Gruppen unschädlich machen. Ausliefern wird er sie allerdings auch nicht.«

»Diese beiden Nerds können sie ruhig zurückschicken«, knurrte ich.

»Das wird auf jeden Fall geschehen. Er meinte, dass sie möglicherweise gar keine Flüchtlinge sind, sondern hergeschickt wurden.«

»Das wäre ja völlig pervers.«

»Genauso pervers, wie Masernviren zu verbreiten.«

»Allerdings.«

»Irgendetwas geht vor, Princess. Irgendjemand spielt ein Spiel mit hohem Einsatz.«

»Warum nur? Worum geht es?«

»Frag mich nicht. Vielleicht weiß oder ahnt mein Vater es. Wenn er zurück ist, kommst du zu uns. Dann beraten wir gemeinsam.«

Ich nickte. Das war im Augenblick das Einzige, was ich tun konnte.

Wir schwiegen, bis wir den Hof erreicht hatten. Reb sagte, er wolle sich das Salzwasser abduschen, ich hatte vor, die Küche zu plündern.

Jetzt, um sieben Uhr, war erstaunlicherweise niemand von der Familie anwesend. Auf einem Zettel am Kühlschrank – der Kommunikationszentrale dieses Hauses – stand, dass sich alle bei Embers Clan versammelt hatten. Und: »Bitte vom Essen und Trinken bedienen.«

Mabelle kam angemaunzt, und als Erstes versorgte ich sie natürlich. Als sie zufrieden schmatzend über ihrem Napf saß, bediente ich mich von den Vorräten. Kartoffelsalat, Vanillepudding, Kekse und Marmelade, Tee, Tomaten und Gurken packte ich in den Picknickkorb, wusch unsere Teller, Gläser und Bestecke ab und nahm mir die Zeit, mich umzuziehen. Und ein wenig Parfüm von Hazel zu stibitzen. Flieder und Rosen dufteten an mir. Das freute die Schmetterlinge in meinem Bauch.

Reb roch wieder nach Rosmarin, als er in die Küche kam.

Auch das brachte die Schmetterlinge zum Flattern. Sie schienen völlig wahllos zu sein, was duftende Pflanzen anbelangte.

»Hat man hier schon die Flucht angetreten?«

»Nein, man ist Besuche machen. Ich denke, sie werden sich auch beraten. Ich sehe mal nach, ob jemand die Tiere versorgt hat.«

»Hat jemand.«

»Du?«

»Princess, ich lebe schließlich auf einem Hof. Ich weiß sogar, wie man Hühnern Körner ausstreut und Schweinen Futter in den Trog schüttet.«

Er nahm den Korb, und wir machten uns auf den Weg zum Cap.

Die größte Hitze des Tages war vorüber, vom Meer her wehte ein sanfter Wind und verwirbelte den Rauch der brennenden Holzkohle in der einfachen Eisenpfanne, über der ein Rost lag. So viel hatte ich zumindest von Hazel gelernt, dass man Fleisch und Würste nicht aufs Feuer legen durfte, sondern auf die Glut warten musste. Ich setzte mich auf einen der Klappstühle und schaute den Schwalben zu, die in wilden Kapriolen an dem steilen Felshang ihr fliegendes Abendessen jagten. Reb war im Wohnbus verschwunden, kam wieder und stellte einen kleinen Tisch auf.

»Ein Beweis meiner guten Manieren. Wir essen am Tisch von Tellern. Mit Bestecken!«

»Ich bin überwältigt.«

Dann stellte ich mich neben den Grill und beobachtete, wie er die Würstchen darauf verteilte. Was mir schon die ganze Zeit durch den Kopf ging, musste ich jetzt einfach fragen.

»Vorgestern hast du dich mit dem Nachnamen deines Vaters vorgestellt.«

»Ja, er ist in Ordnung.«

»Aber eigentlich müsstest du einen Electi-Namen tragen.«

Ein Würstchen fiel in die Glut.

»Spinnst du, Princess?«

»Nein. Es gilt ja die mütterliche Linie.«

»Ich habe keine Mutter.«

»Du leugnest sie, und das vermutlich zu Recht. Das ändert aber nichts an deiner Abstammung. Es ist ja auch okay, dass du dich nach deinem Vater nennst. Aber ein Electi bist du trotzdem.«

Er schüttelte den Kopf. »Vergiss es.«

»Nein, Junor Reb!« Ich grinste ihn an.

Er drohte mir mit der zweizinkigen Gabel. »Princess, noch ein Wort in der Richtung, und ich setz dich mit dem nackten Hintern auf den Grill.«

»Das wirst du nicht. Du hast lange genug meine Geheimnisse mit dir herumgetragen. Jetzt wirst du mir ein paar von deinen preisgeben. Alvar hat mir gesagt, wer deine Mutter ist. Und ich kann deine Haltung wirklich gut verstehen. Aber auch du musst dich der Wahrheit stellen.«

»Die ganz bestimmt keinen Junor Reb aus mir macht!«, zischte er.

»Nein, sicher nicht Junor Reb. Das ist der Name, den du angenommen hast, als du verstoßen wurdest, nicht wahr?«

Er drehte die Würstchen mit großer Sorgfalt um.

Er kämpfte mit sich. Ich konnte es ihm ansehen. Aber – verflixt – auch ich hatte ein Recht darauf, Hintergründe zu erfragen.

»Reb, ich habe dir vom ersten Tag an mein Vertrauen geschenkt. Ich weiß nicht, warum. Es war einfach so. Aber Vertrauen sollte gegenseitig sein, findest du nicht auch?«

Er stocherte in der Glut herum.

»Reb, du hattest Angst, mir mit der Wahrheit wehzutun. Tue ich dir mit meinen Fragen weh?«

»Ja.«

»Gibst du mir dennoch eine Antwort?«

Er ließ die Gabel sinken und schaute wieder mit verschlossener Miene über das Meer. »Rowan«, sagte er leise.

Rowan Lascar, wenn er nach seiner Mutter Saphrina Lascar heißen würde. Junor Rowan. Tja, das würde ich wohl nie, nie, nie laut aussprechen. Diesen stillen Schwur leistete ich jetzt und hier im Anblick des ewigen Meeres.

Dafür aber legte ich meinen Arm um seine Hüfte und lehnte den Kopf an seine Schulter.

»Für mich Reb.«

Einen Augenblick blieb er starr stehen, dann aber legte er seinen Arm um meine Schulter.

Einfach so.

»Ähm – riecht ein bisschen knusprig!«, stellte ich nach einer Weile fest.

»Scheiße!«

Reb sprang zum Grill.

Wir aßen also kurz darauf stilvoll schwärzliche Würstchen zu Kartoffelsalat, Brot und Tomaten. Es war richtig lecker.

Anschließend räumten wir die Sachen zusammen, stiegen die Felsen unterhalb des Leuchtturms hinunter und sahen zu, wie die Sonne im Meer versank. Ein langer glutroter Streifen zog sich vom Horizont bis zu uns über die kleinen Wellen, und mit unnachahmlicher Leichtigkeit tanzten die Möwen im schwindenden Licht. Eine seltsame Ruhe, von innerer Wärme und sanfter Sehnsucht erfüllt, umgab mich wie ein Umhang. Als der letzte orangefarbene Schein versunken war und einige Wolkenstreifen rosig wurden, reichte Reb mir die Hand, um mir bei dem Weg über die Steine nach oben zu helfen.

»Ich bringe dich jetzt nach Hause, Princess.«

»Ja.«

Das Sehnen wurde größer.

Er ging um den Wohnbus herum.

Ich blieb stehen.

Er sah mich über die Kühlerhaube an.

»Princess?«

Ich rührte mich nicht.

Er kam zu mir, öffnete die Beifahrertür.

Ich bewegte mich nicht. Ging nicht. Konnte ich nicht.

»Einsteigen.«

Ich schaute auf meine Füße. Barfuß. In einfachen Sandalen. Ein bisschen sandig.

Er stand vor mir. Ich roch Rosmarin, Rauch, Cidre.

»Princess?«

Heiser, beinahe gepresst.

»Willnich.«

Ein kleines Lachen.

»Princess?«

Hoffnungsvoll.

Ich hob den Kopf. Augen, grün mit Goldflimmern. Die dunklen Locken vom Wind zerzaust. Meine Hand berührte sie, meine Finger schmerzten vor Verlangen.

»Bist du sicher?«, flüsterte er.

Ich nickte. Sprechen konnte ich nicht. Meine Kehle war zu eng.

Er nahm meine Hand und zog mich sacht zur Veranda des Gartenhäuschens. Half mir die Stufen hoch. Öffnete die Tür.

Ich trat nach ihm ein.

Nun ja, so ganz sicher war er sich wohl nicht gewesen, dass ich nach Hause gebracht werden wollte. Das Bett war bereits gemacht.

Aber Blumen und Kerzen fehlten.

Brauchte ich auch nicht.

»Es ist … ähm …«

Reb? Unsicher?

»Ich weiß, ich muss nicht.«

»Aber du willst?«

»Ja.«

Er zog mich an sich, vergrub eine Hand in meinen Haaren und küsste mich sanft. So sanft und zärtlich, fast so wie ein jämmerlicher Electi-Jüngling.

Das ging nicht.

Ich drückte mich fester an ihn, legte meine Hand in seinen Nacken und verlieh dem Kuss etwas mehr Substanz. Als ich ihn entließ, stöhnte er leise an meinem Ohr. Es löste eine Glutwelle in mir aus.

Und dann machte er sich äußerst zielstrebig daran, mich von meiner Bluse zu befreien, begleitet von weiteren Küssen auf jeder Stelle Haut, die er dabei freilegte.

»Weißes, weiches Fleisch«, knurrte er und biss zu.

Ich sah vor Wonne Sternchen.

Das hatte nicht im Handbuch der Verführungskunst gestanden.

Mein Rock sammelte sich um meine Knöchel, ich zerrte an seinem Shirt. Er half mir, es über seinen Kopf zu ziehen.

Warmes, gebräuntes Fleisch.

Ich biss wollüstig hinein.

Er holte heftig Luft.

Schob mich zum Bett hin, sodass ich mich setzen musste. Streifte mir die Sandalen ab, legte sich rücklings auf das Lager und zog mich auf sich. Seine Hände waren überall, rau ein bisschen, selbstbewusst, gierig. Meine waren es nicht minder, und mich drängte es, ihn zu ertasten, zu fühlen, zu schmecken.

Wir waren nackt, erhitzt, bebend, als er sich ein wenig von mir entfernte. Sacht strich er mir die Haare aus der Stirn.

»Das erste Mal, Princess?«

»Ja.«

»Willst du wirklich?«

»Ja.«

»Es … es könnte ein bisschen wehtun.«

»Was hast du neulich gesagt? Man soll das Notwendige tun.«
Er lachte leise. »Ja, notwendig.«

Er küsste mich wieder, heiß und verlangend, und ich verlor etwas die Übersicht.

Ich fand sie wieder, als der kleine Schmerz verebbte, er sich zweimal heftig in mir bewegte und dann zitternd niedersank.

Ups.

Ich hielt ihn fest, hörte seinen heftigen Atem, streichelte seinen Rücken.

»Oh, Mist!«, seufzte er leise. Dann befreite er sich aus meiner Umarmung und sah auf mich nieder. »Oh Mist. Verzeih mir. Ich bin so ein Idiot.«

»Schon gut. Es hat nicht wehgetan.«

»Uch, das ist es nicht, worauf es ankommt.«

Er sah dermaßen verzweifelt aus, dass ich schon fast wieder hätte kichern können.

»Weiß ich. Hat man mir schon mal erzählt.«

Er legte sich neben mich, und mir fehlte seine Wärme. Also kuschelte ich mich an ihn.

»Es ist halt das erste Mal«, murmelte ich.

»Jetzt gib du dir auch noch die Schuld daran, dass ich mich wie ein ungehobelter Lümmel benommen habe.«

»Vorhin am Strand warst du gut darin, mir die Schuld zuzuschieben, als du so unbeherrscht über mich hergefallen bist.«

»Unbeherrscht. Scheiße, ja, ich kann mich nicht beherrschen. Nie kann ich mich beherrschen!« Er ballte die Fäuste, erhob sich wütend und griff zur Wasserflasche.

Hoppla, da hatte ich wohl irgendeine wunde Stelle berührt.

»Reb, wenn du dich nicht beherrschen könntest, wärst du nicht der coolste Subcult von ganz NuYu. Gib mir die Flasche!«

Er setzte sie ab und reichte sie mir. Ich nahm einen langen Schluck und stopfte mir dann das Kopfpolster in den Rücken, um bequemer sitzen zu können.

»Entschuldige. Ach, verdammt.«

»Komm her, Reb. Lass mich jetzt nicht allein. Ich brauche dich bei mir.«

Er setzte sich neben mich und legte mir den Arm um die Schultern.

»Seit ich denken kann, hat man mir das vorgeworfen«, murmelte er.

»Das Unbeherrschtsein?«

»Mhm.«

»Du warst ein garstiger Junge, ja?«

»Mhm. Ja. Weißt du, ich hatte immer Kindermädchen und so.«

»Sie wollten brave, folgsame Jungs.«

»Mhm. Ich habe sie schneller verschlissen als meine Hosen. Und die haben auch nie lange gehalten.«

Das konnte ich mir lebhaft vorstellen. Ein kleiner Rabauke. Immer auf Abenteuer aus, immer auf gefährlicher Expedition.

»Nur wenn ich bei meinem Vater war, war es nicht schlimm. Ich durfte in den Ställen herumtoben, schon mit vier Jahren auf den Pferden reiten, mit den Pferdeburschen raufen. Meine … Mutter sah das nicht gerne. Sie versuchte die Besuche zu verhindern. Mit fünf bin ich das erste Mal weggelaufen.«

»Mutig.«

»Sie fingen mich wieder ein. Und gaben mir etwas ins Essen, das mich träge machte. Als ich das nächste Mal bei meinem Vater war, bemerkte er es. Er hat einen Höllentanz deswegen gemacht. Und danach hat er mir immer wieder erklärt, was ich essen sollte und was nicht. Ich bin sehr vorsichtig geworden. Bin abgemagert und ständig mieslaunig herumgelaufen. Er hat mir Geld gegeben, damit ich mir Essen kaufen konnte.«

Ich streichelte ihn vorsichtig. Diesmal zuckte er nicht zurück.

»Und dann war mein Vater eines Tages nicht mehr da. Ich wurde noch misslauniger und magerer. In der Schule zogen mich die Electi-Zicken ständig damit auf. Und ich knurrte und geiferte wie ein bissiger Hund. Bis es eines Tages zu viel war, Princess. Eines Tages hatten sie mich so sehr gequält, dass ich die Beherrschung verloren habe. Ich habe sie verprügelt. Es war ein Schlachtfeld. Sechs Mädchen lagen mit blutenden Nasen, blauen Augen und Schrammen im Schulzimmer. Meine Mutter kam, riss mir das Id vom Hals und befahl mir, ihr nie wieder unter die Augen zu kommen.«

»Wohin bist du gegangen?«

»Zur Arena. Ich hoffte, dass sich irgendwer an mich erinnert. Ich habe Glück gehabt. Es gab da ein paar Leute, die sich heimlich um mich kümmerten. Alvars Name war gelöscht, niemand durfte ihn aussprechen. Aber man dachte noch an ihn. Ein alter Mann half mir, einen Platz bei den Subcults zu finden. Und ich tat, was immer nötig war, um zu überleben.«

»Senor Cassius?«

»Du erinnerst dich an ihn?«

»Ja, natürlich.«

»Er brachte mir bei, nach alten Büchern zu suchen. Und weil ich mich in den vornehmen Haushalten auskannte, wurde ich bald bei den Entrümplern eingesetzt. Später traf ich dann Cam, der mich als Kurier haben wollte. Es ging mir gar nicht so schlecht, und ich habe eine ganze Menge gelernt.«

»Einschließlich Raufen.«

»Klar, das auch.«

»Und die ein oder andere Princess.«

»Die auch.« Jetzt lächelte er wieder ein bisschen. »Haben mir auch das ein oder andere beigebracht.«

»Hab ich gemerkt. Das ist vermutlich sinnvoller, als Handbücher zu studieren.«

»Handbücher?«

»Oder Bedienungsanweisungen – was weiß ich. Die Electi-Jungs wissen alle ganz genau, wie sie eine romantische Stimmung erzeugen können und wie und wo sie einen berühren müssen, damit man größtmöglichen Genuss verspürt.«

»Ach ja?«

»Beim dritten habe ich einen Lachkrampf bekommen.«

»Oh. Das ist eigentlich nicht Ziel der Sache.«

»Nein, Reb. Das ist es nicht. Und darum bin ich froh, dass du keine weichen, manikürten Hände hast und genau weißt, welche Stelle wann an meinem Körper stimuliert werden muss, damit ich hingebungsvoll zu seufzen beginne.«

»Du hast geseufzt.«

»Ja, weil deine Hände rau und schwielig sind und ganz unerwartete Dinge mit mir machen.«

Und wieder taten sie das, ebenso wie sein Mund. Und diesmal erwies er sich als Meister der Beherrschung, bis ich die meine vollends verlor.

FLUKES NACHRICHT

Das Licht des Leuchtturms streifte über uns hinweg. Hell – dunkel – hell war es in unserem kleinen Häuschen. Reb, die Arme gekreuzt, auf dem Rücken liegend, schlief. Wenn das Licht über sein Gesicht wanderte, sah ich die dunklen Schatten, die sich auf seinen Wangen gebildet hatten. Kein Junge mehr, ein Mann. In jeder Hinsicht.

Ich legte meine Hand auf sein Herz, fühlte seinen steten, ruhigen Schlag.

Er war früh ein Mann geworden. Durch eine grausame Mutter, in einer harten Welt.

Leben ist zäh.

Meines war es auch.

Wieder zog der Lichtstrahl über uns hinweg. Das Amulett in seiner Halsgrube schimmerte.

Wir waren miteinander verbunden. Vielleicht über dieses Symbol. Denn auch mein Amulett war einst ein keltisches Kreuz gewesen. Alvar und Demir waren Freunde gewesen. Mein Vater hatte es vermutlich umarbeiten lassen, damit er es meiner Mutter schenken konnte. Ja, so musste es gewesen sein.

Ich lauschte Rebs Atem, seinem Herzschlag und schlief ein.

Der Morgen begann schweigend, doch in unsäglicher Zärtlichkeit. Zeit außerhalb der Zeit, eingehüllt in Süße und Vertrauen. Eine Weile noch dösten wir, eng umschlungen, dann aber zupfte Reb an meinen Haaren und sagte etwas von knurrendem Magen.

Es gab noch ein paar Kekse. Dann fuhren wir zur nächsten kleinen Bucht und liefen Hand in Hand in das kalte Wasser. Das machte auch mich wieder richtig munter, und wir beschlossen, zum Hof zu fahren und um ein Frühstück zu betteln.

Hazel und Jenevra werkelten in der Küche.

»Anstrengende Nacht gehabt?«, fragte Jenevra und lächelte.

»Er hat sich angestrengt«, sagte ich und zeigte mit dem Daumen auf Reb, der hinter mir eintrat. »Darum meint er, er müsse jetzt ein großes Frühstück haben.«

Wir bekamen beide eins, und Hazel setzte sich dazu und berichtete uns die letzten Neuigkeiten. Pecker war noch immer verschwunden, die Polizei hatte seinen Vater Robin zum Verhör geholt. Die beiden Nerds waren schon auf dem Weg nach Brest, wo sie den Behörden übergeben werden sollten. Milan war wieder aufgetaucht und von sich aus zur Polizei gegangen. Die Einbrüche in der Lodge und in den Bussen waren herausgekommen, Piper hatte jedoch unseren Einsatz dort verschwiegen.

»Meine Eltern, die von Ember und die von Fluke werden wohl mit einer Geldstrafe davonkommen«, meinte Hazel.

»Und ›Radio Forteresse‹?«

»Wird eingestellt. Eigentlich schade.«

»Sind noch mehr Leute krank geworden?«, wollte ich wissen.

»Nein, es scheint, dass sich hier die Masern nicht weiter ausbreiten. Aber in Nantes, in Quimper und in Brest sind sie ausgebrochen.«

»Na, für die kann man mich wenigstens nicht verantwortlich machen.«

»Nein, und das dürfte den Leuten auch den Wind aus den Segeln nehmen.«

»Trotzdem, Hazel, ich werde bald nach NuYu zurückgehen.«

»Ja, das wirst du wohl. Schade, du hättest in Rennes studieren können. Wir hätten uns eine kleine Wohnung zusammen nehmen können – hatte ich so gedacht.«

»Ja, das wäre schön gewesen. Aber sieh mal, ich bin zu Gast hier. Ihr habt mich aufgenommen und mich durchgefüttert. Ein Studium aber kostet viel Geld. Und ich habe nichts.«

»Du hast hier mitgearbeitet wie jeder andere auch. Und außerdem, Reb bleibt doch hier, oder?«

»In zwei Monaten ungefähr werde ich meine Angelegenheiten geregelt haben. Ich gehe mit ihr«, sagte Reb. »Wenn mein Vater und ich aus Irland zurück sind, kommt sie zu uns.«

»Bis dahin, hoffe ich, darf ich noch hierbleiben.«

»Aber natürlich.«

Ich hatte ein feines Gespür entwickelt, deshalb war mir der Hauch von Hazels Erleichterung nicht verborgen geblieben. Ich hatte zu viel Unruhe in das beschauliche Leben der Familie gebracht – auch wenn ich nicht an Willows Tod, der Masernepidemie oder dem Anschlag durch den Störsender die Schuld trug. Doch durch mich waren diese Dinge persönlich geworden.

Ich aß mein Rührei auf und versuchte den ersten Anflug von Traurigkeit damit hinunterzuschlucken. Abschiede – wieder einmal. Aber wenigstens würde Reb nicht wortlos gehen.

Reb stellte unsere Teller in die Spüle.

»Danke, Hazel.«

»Den Abwasch wolltest du nicht mehr machen?«

»Das ist Weiberarbeit, den übernimmt das Prinzesschen.«

»Interessante Einstellung. Damit wirst du in NuYu großen Erfolg haben.«

»Noch sind wir nicht da.«

»Lass ihn nur, Kyria. Wir haben ja noch ein paar Tage Zeit, ich verrate dir ein paar Tricks, wie wir hier mit solchen Männern umgehen.«

»Gute Idee.«

»He, ihr Prinzesschen, ich schaffe es, ein Gespann von vier feurigen Pferden zu bändigen …«

»Das, mein Lieber, ist etwas ganz anderes als *eine* feurige Frau.«

Hazel grinste ihn an. Reb rollte mit den Augen.

»Werden wir sehen. Princess, ich muss los. Auf mich wartet Arbeit.«

Er umarmte Hazel – Küsschen rechts, Küsschen links. Bat sie, der Familie Grüße auszurichten – ganz höflich und korrekt. Dann begleitete ich ihn zu seinem Wohnbus.

Drei Wochen, ein Monat vielleicht. Es würde eine endlos lange Zeit werden.

Er stand an der Fahrerseite und sah mich an. Das kleine schiefe Lächeln lag auf seinem Gesicht.

»Du klammerst.«

»Nur ein bisschen.«

»Es macht mir nichts.«

Ich griff nach der Kette um meinen Hals und zog sie über den Kopf.

»Geh zu einem Goldschmied, Reb. Er soll es wieder umarbeiten.«

»Bist du wahnsinnig, Princess? Der Brilli ist ein kleines Land wert!«

»Unsinn, höchstens eines eurer tollen Pferde. Schau – hier hat man das Kreuz herausgelöst. Es gehört in die Mitte des Kreises.«

Ich zeigte ihm die feinen Spuren im Gold, die mir schon vor einiger Zeit aufgefallen waren, als ich den Anhänger mit einer Lupe untersucht hatte.

Reb starrte es an, dann zog er das Lederband über den Kopf und reichte mir sein keltisches Kreuz.

»Bis wir uns wiedersehen«, sagte er, und ein kalter Schauer kroch meinen Rücken hinab.

»Bis wir uns wiedersehen. Bald.«

»Bald, Kyria. Versprochen.«

Er küsste mich ein letztes Mal, dann stieg er ein.

Mit der Zunge fing ich die Tränen auf.

Drei Tage lang mussten alle das Aprilwetter meiner Launen ertragen. Ich träumte häufig mit offenen Augen vor mich hin, manchmal von dem, was gewesen war, manchmal von dem, was kommen würde. Hoffnung, Sehnsucht, unerklärliche Trauer bestimmten mein Wachen und Schlafen. Ich war nicht ganz von dieser Welt.

Es musste erst die Katastrophe über mich hereinbrechen, um mich wieder auf den Boden der Realität zu bringen.

Die Katastrophe kam in Gestalt von Fluke am Mittwochabend. Wir saßen beim Abendessen, als vor dem Haus ein Wagen kreischend bremste. Die Haustür flog auf, und mit hochrotem Kopf stürzte der junge Fischer in die Küche.

»Gott sei Dank, du bist hier, Kyria!«

»Was ist passiert?«

»Eine verdammte riesengroße Scheiße. Komm gerade von See, hab mich beeilt wie der Teufel. Meldung aufgefangen, Kyria. Aus NuYu. Haftbefehl gegen dich, sofortige Auslieferung.«

»Was?«

»Warum denn das?«

»Bist du sicher?«

Fluke nickte. Er wirkte völlig aufgelöst. »Ich weiß ja, dass es nicht wahr ist. Aber sie sagen, die Wirtschaftsministerin, deine Mutter, Kyria, hätte dich geschickt, um den Störangriff zu organisieren.«

»Meine Mutter? Ma Dama Isha? Bist du sicher?«

»La Dama Isha. Haben sie gesagt. Sie hätte verbreitet, du seist entführt worden, aber in Wirklichkeit solltest du hier die Sabotage vorantreiben.«

»Das ergibt doch überhaupt keinen Sinn.«

»Muss für irgendwen aber Sinn machen. Kyria, sie werden dich verhaften. Die Meldung kommt in Kürze offiziell hier an.«

Meine Gedanken überschlugen sich. Gleichgültig, was oder wer hinter diesem neuerlichen Verrat steckte, wenn man mich verhaftete und auslieferte, dann direkt in die Hände der gesichts- und namenlosen Feinde meiner Mutter. Und meiner Feinde.

»Wann kannst du wieder auslaufen, Fluke?«

»Mit der Flut. Ungefähr in zwei Stunden. Wo willst du hin?«

»Über die Grenze. Setz mich irgendwo in NuYu am Strand ab. Ich komm dann schon zurecht.«

»Bist du sicher?«

Das war ich nicht. Aber es war das Notwendige.

»Ja, ich bin sicher. Ich packe gleich. Und ich muss noch einen Brief schreiben. In einer Stunde bin ich fertig, Fluke.«

»Kyria,« mischte sich Gort ein, »wir sorgen dafür, dass man dich nicht findet.«

»Danke, Gort. Aber dahinter steckt mehr. Ich muss meiner Mutter helfen. Und das kann ich nur, wenn ich ihr ein paar Dinge erzähle, die ich inzwischen erfahren habe. Gort, Jenevra, Maple, Elmo, Hazel – ich danke euch. Ich danke euch von Herzen für eure Hilfe. Aber ich muss mich beeilen. Hazel, kannst du dich darum kümmern, dass Reb meinen Brief bekommt?«

»Natürlich. Ich fahre hin und übergebe ihn persönlich. Und jetzt packe ich für dich, dann kannst du in der Zeit schreiben.«

Ich umarmte sie alle, schluckte Angst und Tränen hinunter und setzte mich an den Tisch im Salon. Die Tür hatte ich hinter mir geschlossen, Briefpapier und Füller lagen vor mir.

Große Mutter, war das schwer.

Reb,

sie wollen mich ausliefern. Ich habe keine Ahnung, wer dahintersteckt. Aber ich bin mir sicher, dass es eine Verbindung zu dem gibt, was man meinen Eltern angetan hat.

Ich hoffe, dass Cam mir weiterhilft.

Ich versuche über ihn oder Hazel oder deinen Vater in Kontakt mit dir zu bleiben.

Fluke bringt mich über die Grenze.

Mach dir keine Sorgen. Leben ist zäh.

Kyria Princess

Mehr ging nicht.

Ich malte ein keltisches Kreuz darunter. Es verschmierte.